1921年，38岁的卡夫卡

尤莉叶·沃里采克（一战期间照片），卡夫卡于1919年1月在施居德尔旅馆与之认识，几个月后与之订婚，因门第不当遭卡夫卡父亲反对而解约

尤莉叶于30年代初嫁给一个姓魏尔纳的军人。这幅合影的左边是她姐姐凯特·奈特尔，1919年11月卡夫卡曾写给她内容广泛的"说明信"，解释解约的理由

卡夫卡在薛莱森认识的一位女性朋友叫艾斯纳·闵彻。卡夫卡对她的农业计划给予咨询

艾斯纳·闵彻于1920年夏寄自己的照片给卡夫卡表示问候

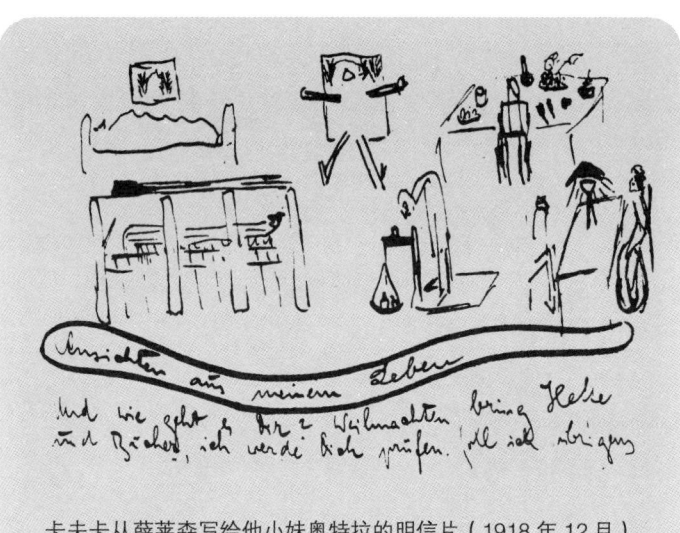

卡夫卡从薛莱森写给他小妹奥特拉的明信片（1918年12月）

上图是卡夫卡所住的名为施居德尔的旅馆,其前面的阳台属于卡夫卡的房间。1918年至1919年的冬天,卡夫卡在这里遇到了他第二个订婚对象——尤莉叶·沃里采克,并于1919年11月写下《致父亲》这封著名的长信
下图是位于易北河岸的里包赫的王宫

30岁出头的卡夫卡标准照。照片上的德文草字为"弗兰茨·卡夫卡博士"

上图是从布拉格到达柏林的火车站
下图是草字为卡夫卡的未婚妻菲莉斯·鲍威尔的亲笔签字

上图是菲莉斯·鲍威尔(左)和她的三个兄弟姐妹:
费雷、艾尔娜与伊丽莎白
下图的建筑位于曼尔多瓦河的对岸

上图是布拉格附近的果树学院，位于曼尔多瓦河的对岸。卡夫卡在那里的树园工作到1913年，后来经常作为园丁去那里
下图是河对岸的高坡，是卡夫卡最喜爱的地方之一

卡夫卡于1913年秋和他的三位同事乘飞机去维也纳参加国际拯救和事故防范大会，并为他的上司起草了大会发言稿

国际拯救和事故防范大会的会场

威尼斯。卡夫卡参加国际拯救和事故防范大会后即前往威尼斯

离开威尼斯后,卡夫卡经过维罗那和德森扎诺去里瓦观光。图为卡夫卡在维罗那参观过的圣·阿那斯塔西亚教学楼内部

上图是卡夫卡乘坐的经德森扎诺去里瓦的轮船
下图是加尔达湖畔的德森扎诺；居民的大多数已聚集起来迎接保险事务所的副秘书卡夫卡博士的莅临

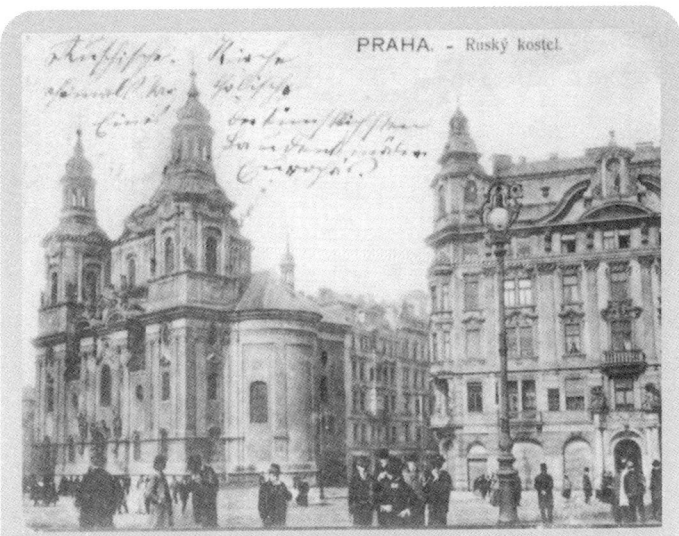

布拉格旧城环城路，左边是尼可拉斯教堂，右边是奥佩尔特家园，在其顶层是 1913 年 11 月以来的卡夫卡一家的住宅

上图是通向莫尔道河的尼可拉斯大街,左侧是议会大厦,右侧是奥佩尔特家园
下图是从卡夫卡房间看出去,左边是尼可拉斯大街,右边是尼可拉斯教堂(当时称俄罗斯教堂)。
"从我的窗子向前看去,我看到了俄罗斯教堂的两个巨大的塔顶。"

父母的高钟,家庭财产留下来的仅有的物件之一

卡夫卡和他最心爱的三妹奥特拉在澳佩尔家园前的合影，约1914年

奥佩尔特家园的大门（今摄）

上图是卡夫卡和菲莉斯双方父母在《柏林日报》上刊登的儿女订婚广告

下图是卡夫卡于1914年6月光顾的德累斯顿附近的"德意志工场",那是第一批现代家具厂之一。卡夫卡认为它是"最佳"并且是"最简单"的家具厂,而菲莉斯则主张以"厚重的家具"为首选,"像你我家庭等级的其他家庭所做的那样。"

上图是"德意志工场"的一种居室模式
下图是鲍威尔家住宅一瞥(柏林夏洛特威尔杰斯道夫大街73号,左边拐角处)

卡夫卡(右)和恩斯特·魏斯在沙滩上

1911年至1912年时期的卡夫卡标准照

Gesammelte Werke Kafkas

卡夫卡全集 第6卷

〔奥〕卡夫卡 著

叶廷芳 主编

叶廷芳 黎奇 赵乾龙 谢建文 何敏 译

中央编译出版社
Central Compilation & Translation Press

《书信（1900—1921）》

马克斯·勃罗德编，费歇尔简装书出版社，法兰克福/美茵，1975

»Briefe（1900—1921）«, Herausgegeben von Max Brod, Fischer Taschenbuch Verlag GmbH, Frankfurt am Main, 1975

编者前言

写作对于卡夫卡来说是一种"灵魂的自救",是一种内在表达的需要,所以他是不注重体裁选择的,于是书信成了他常用的一种表达形式,而且是一种他所喜爱的形式。因为"书信能使我愉快、感动,使我崇敬、欣赏"。同时,也出于他对友谊的真诚,出于对世态万象钻研的执着和认真。不难想象,像他的其他创作一样,他的千余封信件,多半都是在灯下、在深夜里写下的,是用睡眠和健康换来的。读着这些书信,让人看到一个思想者那痛苦的,但又是灼热的、坚韧的、不倦追求的灵魂,真的令人感动。

被保留下来的卡夫卡的全部书信,就篇幅而言,约占卡夫卡全部出版文字的一半,至少150余万字,这不禁使我们对卡夫卡的那些众多的收信者产生了由衷的钦佩和敬意,他们在卡夫卡还没有成气候的时候,竟保留了他那么多信件,仿佛他们早已预感到这些信件的未来命运和价值。尤其值得赞美和感谢的是那两位忠实的情人——菲莉斯·鲍威尔和密伦娜·耶森斯卡,在她们与卡夫卡的恋情先后熄灭以后,仍然完好无损地保存着对方的这些真实的感情记录,使其成为宝贵的历史文献。这不啻是人类良知的胜利。

在卡夫卡的书信中,情书和家书约占三分之二。本卷收集的是除情书和家书以外的所有1900—1921年之间致友人的书信,1922—1924年之间致友人的书信则由于各卷厚薄与分量的原因,移至本全集第7卷之前。在他所有致友人书信中,包括致他最亲密的终身至友马克斯·勃罗德的书信,我们从中看到的依然是那灼热而跃动的灵魂。它们无疑具有很高的文学价值和艺术价值。

本卷包含的全部书信均按时间先后顺序编排。欧洲人习惯于把写信的日期和地点放在信前，这里则按中国人的习惯一概放在最后。但卡夫卡写信，特别是写给好友的信往往都不写日期和地点，马克斯·勃罗德编的原书均按发信或到信的邮戳来判断，并用方括弧标明，这里亦照此编辑。文内注释，凡未注明谁注的，均为原编者所注。

叶廷芳
1995年秋

目录 / CONTENTS

编者前言
书信（1900—1921）

1900 年
1. 致谢尔玛·柯恩　003

1902 年
2. 致奥斯卡·波拉克　004
3. 致奥斯卡·波拉克　006
4. 致奥斯卡·波拉克　006
5. 致奥斯卡·波拉克　008
6. 致奥斯卡·波拉克　009

1903 年
7. 致奥斯卡·波拉克　011
8. 致奥斯卡·波拉克　013
9. 致奥斯卡·波拉克　016
10. 致奥斯卡·波拉克　017

1904 年
11. 致马克斯·勃罗德　018
12. 致奥斯卡·波拉克　019
13. 致奥斯卡·波拉克　021
14. 致马克斯·勃罗德　022

15. 致马克斯·勃罗德　024

16. 致马克斯·勃罗德　024

17. 致马克斯·勃罗德　025

1905 年

18. 致马克斯·勃罗德　026

19. 致马克斯·勃罗德　026

1906 年

20. 致马克斯·勃罗德　027

21. 致马克斯·勃罗德　027

22. 致马克斯·勃罗德　028

23. 致马克斯·勃罗德　028

24. 致马克斯·勃罗德　029

25. 致马克斯·勃罗德　029

1907 年

26. 致马克斯·勃罗德　029

27. 致马克斯·勃罗德　031

28. 致马克斯·勃罗德　031

29. 致马克斯·勃罗德　033

30. 致海德维希·W.　034

31. 致海德维希·W.　035

32. 致海德维希·W.　037

33. 致海德维希·W.　038

34. 致海德维希·W.　038

35. 致海德维希·W.　040

36. 致马克斯·勃罗德　041

37. 致海德维希·W.　041

38. 致海德维希·W.　042

39. 致马克斯·勃罗德　043

40. 致海德维希·W. 043
41. 致马克斯·勃罗德 044
42. 致海德维希·W. 044
43. 致海德维希·W. 046
44. 致马克斯·勃罗德 047
45. 致费利克斯·韦尔奇 048

1908 年

46. 致马克斯·勃罗德 048
47. 致海德维希·W. 049
48. 致马克斯·勃罗德 050
49. 致马克斯·勃罗德 051
50. 致马克斯·勃罗德 052
51. 致马克斯·勃罗德 053
52. 致马克斯·勃罗德 053
53. 致马克斯·勃罗德 054
54. 致马克斯·勃罗德 054
55. 致马克斯·勃罗德 054
56. 致马克斯·勃罗德 055
57. 致奥斯卡·鲍姆 055
58. 致马克斯·勃罗德 056
59. 致马克斯·勃罗德 056
60. 致马克斯·勃罗德 057
61. 致埃尔莎·陶西格 058
62. 致马克斯·勃罗德 059
63. 致马克斯·勃罗德 059

1909 年

64. 致海德维希·W. 060
65. 致马克斯·勃罗德 061

66. 致马克斯·勃罗德　061
67. 致马克斯·勃罗德　062
68. 致海德维希·W.　062
69. 致马克斯·勃罗德　063
70. 致马克斯·勃罗德　064
71. 致马克斯·勃罗德　065
72. 致马克斯·勃罗德　065
73. 致马克斯·勃罗德　066
74. 致奥斯卡·鲍姆　067
75. 致马克斯·勃罗德　068
76. 致马克斯·勃罗德　069
77. 致马克斯·勃罗德　069
78. 致马克斯·勃罗德　070
79. 致马克斯·勃罗德　071
80. 致马克斯·勃罗德　071
81. 致马克斯·勃罗德　072
82. 致奥斯卡·鲍姆　073
83. 致马克斯·勃罗德　073
84. 致艾斯纳经理　073
85. 致马克斯·勃罗德　075
86. 致马克斯·勃罗德　075

1910 年

87. 致马克斯·勃罗德　075
88. 致马克斯·勃罗德　076
89. 致马克斯·勃罗德　077
90. 致马克斯·勃罗德　077
91. 致马克斯·勃罗德　077
92. 致马克斯·勃罗德　078

93. 致马克斯·勃罗德　078
94. 致马克斯·勃罗德　079
95. 致马克斯·勃罗德　079
96. 致马克斯·勃罗德　080
97. 致马克斯·勃罗德　080
98. 致马克斯和奥托·勃罗德　080
99. 致马克斯·勃罗德　081
100. 致马克斯·勃罗德　082
101. 致奥斯卡·鲍姆　082
102. 致马克斯·勃罗德　083
103. 致马克斯·勃罗德　083
104. 致马克斯·勃罗德　085
105. 致马克斯·勃罗德　085

1911 年

106. 致马克斯·勃罗德　085
107. 致马克斯·勃罗德　086
108. 致马克斯·勃罗德　086
109. 致奥斯卡·鲍姆　086
110. 致马克斯·勃罗德　087
111. 致索菲·勃罗德　087
112. 致马克斯·勃罗德　088
113. 致马克斯·勃罗德　088
114. 致马克斯·勃罗德　089
115. 致马克斯·勃罗德　089
116. 致马克斯·勃罗德　089
117. 致奥斯卡·鲍姆　091
118. 致马克斯·勃罗德　092
119. 致马克斯·勃罗德　092

1912 年

120. 致马克斯·勃罗德　093
121. 致马克斯·勃罗德　093
122. 致马克斯·勃罗德　094
123. 致马克斯·勃罗德　094
124. 致父母亲　095
125. 致马克斯·勃罗德　095
126. 致马克斯·勃罗德　095
127. 致马克斯·勃罗德　096
128. 致马克斯·勃罗德　096
129. 致马克斯·勃罗德　098
130. 致马克斯·勃罗德　099
131. 致马克斯·勃罗德　100
132. 致马克斯·勃罗德　101
133. 致马克斯·勃罗德　103
134. 致马克斯·勃罗德　104
135. 致恩斯特·罗沃尔特　104
136. 致罗沃尔特出版社　105
137. 致埃尔莎·陶西格　105
138. 致费利克斯·韦尔奇和马克斯·勃罗德　106
139. 致罗沃尔特出版社　107
140. 致马克斯·勃罗德　107
141. 致马克斯·勃罗德　108
142. 致罗沃尔特出版社　108
143. 致马克斯·勃罗德　109
144. 致马克斯·勃罗德　111
145. 致罗沃尔特出版社　112
146. 致马克斯·勃罗德　112

147. 致马克斯·勃罗德　113
148. 致韦利·哈斯　114
149. 致马克斯·勃罗德　114
150. 致奥斯卡·鲍姆　114

1913 年

151. 致埃尔莎和马克斯·勃罗德　115
152. 致埃尔莎和马克斯·勃罗德　115
153. 致格特鲁德·梯伯格　116
154. 致出版家库尔特·沃尔夫　116
155. 致库尔特·沃尔夫　117
156. 致马克斯·勃罗德　117
157. 致库尔特·沃尔夫　118
158. 致库尔特·沃尔夫　119
159. 致库尔特·沃尔夫　119
160. 致格特鲁德·梯伯格　120
161. 致库尔特·沃尔夫　120
162. 致马克斯·勃罗德　121
163. 致库尔特·沃尔夫　121
164. 致马克斯·勃罗德　122
165. 致莉塞·韦尔奇　122
166. 致马克斯·勃罗德　123
167. 致马克斯·勃罗德　123
168. 致费利克斯·韦尔奇　124
169. 致马克斯·勃罗德　124
170. 致奥斯卡·鲍姆　125
171. 致马克斯·勃罗德　125
172. 致费利克斯·韦尔奇　127
173. 致库尔特·沃尔夫出版社　128

174. 致库尔特·沃尔夫　129

175. 致莉塞·韦尔奇　129

176. 致马克斯·勃罗德　130

1914年

177. 致马克斯·勃罗德　131

178. 致库尔特·沃尔夫出版社　132

179. 致莉塞·韦尔奇　132

180. 致莉塞·韦尔奇　133

181. 致莉塞·韦尔奇　134

182. 致吉查克·略韦　135

183. 致奥特拉·卡夫卡　135

184. 致阿尔弗雷德·库宾　136

185. 致费利克斯和马克斯　136

186. 致费利克斯·韦尔奇　137

1915年

187. 致费利克斯·韦尔奇　138

188. 致马克斯·勃罗德　138

189. 致恩斯特·非格尔　139

190. 致库尔特·沃尔夫出版社〔迈耶先生〕　140

191. 致库尔特·沃尔夫出版社　141

192. 致库尔特·沃尔夫出版社　142

1916年

193. 致马克斯·勃罗德　143

194. 致马克斯·勃罗德　144

195. 致马克斯·勃罗德　145

196. 致费利克斯·韦尔奇　145

197. 致马克斯·勃罗德　146

198. 致马克斯·勃罗德　148

199. 致费利克斯·韦尔奇　152
200. 致库尔特·沃尔夫出版社　153
201. 致库尔特·沃尔夫出版社　154
202. 致库尔特·沃尔夫出版社　154
203. 致库尔特·沃尔夫出版社　155
204. 致库尔特·沃尔夫出版社　156
205. 致库尔特·沃尔夫　157
206. 致西格弗里德·略韦博士　158

1917 年

207. 致费利克斯·韦尔奇　159
208. 致戈特弗利德·科尔维尔　160
209. 致库尔特·沃尔夫出版社　162

210. 致费利克斯·韦尔奇　163
211. 致库尔特·沃尔夫　163
212. 致伊尔玛·韦尔奇夫人　163
213. 致库尔特·沃尔夫　164
214. 致库尔特·沃尔夫　165
215. 致库尔特·沃尔夫　166
216. 致马克斯·勃罗德和费利克斯·韦尔奇　167
217. 致马克斯·勃罗德　168
218. 致奥斯卡·鲍姆　169
219. 致马克斯·勃罗德　171
220. 致奥斯卡·鲍姆　173
221. 致马克斯·勃罗德　174
222. 致马克斯·勃罗德　175
223. 致费利克斯·韦尔奇　175
224. 致马克斯·勃罗德　178
225. 致马克斯·勃罗德　180

226. 致奥斯卡·鲍姆　181
227. 致埃尔莎和马克斯·勃罗德　183
228. 致马克斯·勃罗德　185
229. 致费利克斯·韦尔奇　187
230. 致马克斯·勃罗德　189
231. 致费利克斯·韦尔奇　191
232. 致马克斯·勃罗德　194
233. 致费利克斯·韦尔奇　195
234. 致马克斯·勃罗德　197
235. 致奥斯卡·鲍姆　198
236. 致马克斯·勃罗德　199
237. 致费利克斯·韦尔奇　202
238. 致马克斯·勃罗德　203
239. 致马克斯·勃罗德　204
240. 致埃尔莎·勃罗德　206
241. 致费利克斯·韦尔奇　207
242. 致马克斯·勃罗德　209
243. 致奥斯卡·鲍姆　211
244. 致费利克斯·韦尔奇　212
245. 致马克斯·勃罗德　214
246. 致马克斯·勃罗德　215
247. 致马克斯·勃罗德　216
248. 致奥斯卡·鲍姆　218
249. 致约瑟夫·科尔纳　219
250. 致费利克斯·韦尔奇　221
251. 致马克斯·勃罗德　221
252. 致埃尔莎·勃罗德　224
253. 致马克斯·勃罗德　225

1918 年

254. 致费利克斯·韦尔奇 226
255. 致马克斯·勃罗德 227
256. 致马克斯·勃罗德 227
257. 致费利克斯·韦尔奇 229
258. 致奥斯卡·鲍姆 230
259. 致马克斯·勃罗德 231
260. 致约瑟夫·科尔纳 235
261. 致库尔特·沃尔夫出版社 237
262. 致马克斯·勃罗德 237
263. 致费利克斯·韦尔奇 239
264. 致库尔特·沃尔夫 240
265. 致费利克斯·韦尔奇 241
266. 致马克斯·勃罗德 242
267. 致马克斯·勃罗德 243
268. 致马克斯·勃罗德 246
269. 致马克斯·勃罗德 249

270. 致约翰内斯·乌尔齐迪尔 251
271. 致费利克斯·韦尔奇 251
272. 致奥斯卡·鲍姆 251
273. 致费利克斯·韦尔奇 252
274. 致马克斯·勃罗德 253
275. 致费利克斯·韦尔奇 253
276. 致库尔特·沃尔夫出版社 255
277. 致库尔特·沃尔夫 256
278. 致库尔特·沃尔夫出版社 256
279. 致库尔特·沃尔夫出版社 256
280. 致马克斯·勃罗德 257

281. 致马克斯·勃罗德 257
282. 致奥特拉·卡夫卡 258
283. 致马克斯·勃罗德 259
284. 致马克斯·勃罗德 260

1919 年

285. 致奥斯卡·鲍姆 260
286. 致马克斯·勃罗德 261
287. 致马克斯·勃罗德 262
288. 致马克斯·勃罗德 264
289. 致马克斯·勃罗德 265
290. 致约瑟夫·科尔纳 266
291. 致 J.W.（？）的父母 267
292. 致 M.E. 268

1920 年

293. 致 M.E. 269
294. 致 M.E. 271
295. 致库尔特·沃尔夫 272
296. 致 M.E. 273
297. 致库尔特·沃尔夫 274
298. 致 M.E. 275
299. 致马克斯·勃罗德 276
300. 致费利克斯·韦尔奇 276
301. 致 M.E. 277
302. 致 M.E. 279
303. 致库尔特·沃尔夫 280
304. 致 M.E. 281
305. 致马克斯·勃罗德和费利克斯·韦尔奇 282
306. 致 M.E. 284

307. 致马克斯·勃罗德　　**284**
308. 致费利克斯·韦尔奇　　**285**
309. 致马克斯·勃罗德　　**287**
310. 致 M.E.　　**289**
311. 致马克斯·勃罗德　　**289**
312. 致费利克斯·韦尔奇　　**291**
313. 致 M.E.　　**291**
314. 致马克斯·勃罗德　　**293**
315. 致埃尔莎·勃罗德　　**295**
316. 致 M.E.　　**295**
317. 致马克斯·勃罗德　　**297**
318. 致 M.E.　　**298**
319. 致马克斯·勃罗德　　**299**
320. 致莱奥·鲍姆　　**301**

1921 年

321. 致马克斯·勃罗德　　**302**
322. 致马克斯·勃罗德　　**306**
323. 致 M.E.　　**313**
324. 致马克斯·勃罗德　　**315**
325. 致马克斯·勃罗德　　**317**
326. 致马克斯·勃罗德　　**318**
327. 致马克斯·勃罗德　　**319**
328. 致 M.E.　　**322**
329. 致马克斯·勃罗德　　**325**
330. 致马克斯·勃罗德　　**326**
331. 致马克斯·勃罗德　　**328**
332. 致马克斯·勃罗德　　**331**
333. 致奥斯卡·鲍姆　　**333**

334. 致马克斯·勃罗德　334
335. 致奥特拉·达维多娃　336
336. 致约瑟夫·达维德博士　339
337. 致马克斯·勃罗德　340
338. 致费利克斯·韦尔奇　344
339. 致罗伯特·克罗普施托克　344
340. 致马克斯·勃罗德　346
341. 致奥特拉·达维多娃　351
342. 致马克斯·勃罗德　351
343. 致埃莉·赫尔曼　351
344. 致埃莉·赫尔曼　352
345. 致艾莉·赫尔曼　355
346. 致艾莉·赫尔曼　356
347. 致罗伯特·克罗普施托克　360
348. 致 M.E.　361
349. 致 M.E.　362
350. 致罗伯特·克罗普施托克　362
351. 致罗伯特·克罗普施托克　363
352. 致罗伯特·克罗普施托克　364
353. 致罗伯特·克罗普施托克　364
354. 致罗伯特·克罗普施托克　366
355. 致罗伯特·克罗普施托克　366
356. 致罗伯特·克罗普施托克　367
357. 致罗伯特·克罗普施托克　368
358. 致罗伯特·克罗普施托克　371
359. 致路德维希·哈尔特　372
360. 致罗伯特·克罗普施托克　373
361. 致罗伯特·克罗普施托克　373

362. 致罗伯特·克罗普施托克　374

363. 致 M.E.　375

364. 致罗伯特·克罗普施托克　375

365. 致罗伯特·克罗普施托克　377

366. 致罗伯特·克罗普施托克　377

367. 致罗伯特·克罗普施托克　378

368. 致罗伯特·克罗普施托克　380

369. 致罗伯特·克罗普施托克　380

370. 致罗伯特·克罗普施托克　382

371. 致罗伯特·克罗普施托克　384

372. 致 M.E.　385

书　信

（1900—1921）

叶廷芳　黎奇　赵乾龙
谢建文　何敏　译

1900年

1. 致谢尔玛·柯恩*

册子里的留念何其多!

它们是用作留念的,好像言语会思念似的!

其实言语是蹩脚的登山者和拙劣的矿工。它们既不能从山洞中,也不能从山的深处把宝藏取出来!

但是有一种怀念是真实的,它温柔地掠过一切值得回忆的东西,仿佛用手轻轻抚过。然而如果从这片灰烬中蹿起火苗,炽热而强劲,而你呆呆地凝视着,犹如为神奇的魔术所迷住,那么就……

可是却不能以笨拙的手和粗糙的工具来写这种纯洁的怀念,只能将它写在这些洁白、简朴的纸面上。这就是我在1900年9月4日所做的事。

弗兰茨·卡夫卡

〔1900年9月4日〕[①]

---

* 卡夫卡年轻时随全家在罗茨托克度假期间,曾住在谢尔玛·柯恩家。这是他为这位年轻女友题在纪念册中的赠言,亦是现存的(已发表)卡夫卡文献中时间最早的一篇,写于1900年9月4日。

① 卡夫卡的信件,尤其是写给要好朋友的,经常不写具体日期。以下凡是方括弧里注明的日期多数为作者好友原编者马克斯·勃罗德所加。——编者

1902 年

2. 致奥斯卡·波拉克*

星期六与你同行时,我即已明白我们需要的是什么。但我直到今天才在信中告诉你,因为这种东西必须让它躺着,舒展自如。当我们互相谈话时言语是硬邦邦的,越过它们就像走过铺得很差的石子路面。最纤巧的东西会因此而生出粗大的脚来,而我们却无可奈何。我们俩几乎是互相挡着道,我使劲从你身旁挤过去,而你——我不敢说,而你——。当我们的话题不是铺路石或《艺术卫士》①时,我们会突然发现,我们都穿着化装舞会的服装,戴着面具,做着笨拙的手势(尤其是我,真的),于是我们会忽然变得忧伤、疲惫。你同别人在一起曾经像同我在一起一样疲惫吗?你偏偏经常患病。接着我的同情心油然而生,但我一筹莫展,什么也说不出,而你病一好或稍好些便口若悬河,于是一些痉挛的、愚蠢的话脱口而出,然后我沉默了,你沉默了,你累了,我也累了,最后归于一片内心的悔恨,连握手也失去了意义。但是谁也不愿把这番感受告诉对方,或是出于害羞,或是出于畏惧,或是——你看,我们互相害怕,或者是我——

我明白,假如有人在一座丑恶的大墙前面站了几年,而这座墙毫无坍塌颓落之意,这个人就会感到疲乏。但这堵墙是为它自己担忧,为花园担忧(如果有一个花园),而你却怒火中烧,打哈欠,头疼,不知何去何从。

你一定已经发现,每当我们隔了较长一段时间后见面,我们总会感到失望、厌烦,直到我们习惯于这种厌烦。我们必须不停地说话,以便

---

* 奥斯卡·波拉克(1883—1915 年),卡夫卡中学时期的同学,卡夫卡上大学后仍同他保持友谊。波拉克以后成为艺术史家,在第一次世界大战中阵亡。
① 1887 年创刊的一种文艺刊物。

遮掩哈欠。

……

我忽然害怕你会一点都读不懂这封信,它说的尽是什么呀?没有修饰、面纱和肉瘤,当我们俩谈话时,会感到话题的阻力,我们想这么说,却无法这么说,而说出来的话却引起互相误解,甚至被忽略,甚至遭嘲笑(我说,蜂蜜很甜。可我说得很轻,或者很蠢,或者词不达意,而你说,今天天气真好。这么一来,话题就糟糕地转变了)。由于我们不停地尝试,却从不能成功,于是我们就变得疲倦、不满、嘴尖舌利。如果我们试着书面交流,事情就会比谈话时容易办到——我们可以毫无羞怯心地谈论铺路石和《艺术卫士》,因为更重要的话题不用说就能明白。这封信的目的亦即在此。这是一种出于妒忌心的招数吗?

我不知道,这最后一页你是否也会读到,所以我把这种古怪的想法也涂写在下面,尽管它本不该写入信中的。

我们交谈了三年之久,在有些事情上已经无法区分你的和我的。我经常说不出哪些是你的想法,哪些是我的,你的感受大概也是这样吧?你同那位姑娘交往,我是非常高兴的。瞧你的吧,她对我来说是无关紧要的。但是你经常同她交谈,并不是仅仅为了交谈而交谈。于是会发生这样的事:你跟她到什么地方去,这里或那里或罗斯托克①,而我则待在家里,坐在写字台旁。你同她谈着谈着,话题到一半会突然跳出一个人来,鞠一个躬,这个人就是我。我说着未经雕琢的话语,露出四四方方的面容。这个景象只持续短暂的一瞬,接着你又说了下去。我在家里坐在写字台旁打哈欠。我的处境就是如此。我们会分手吗?这不奇怪吗?我们是敌人吗?我很爱你。

〔1902年2月4日于布拉格〕

---

① 布拉格附近的一个别墅区。

3. 致奥斯卡·波拉克

如果一个人穿上七里靴,飞遍全世界,从波希米亚森林飞到图林根森林,那么抓住他,哪怕只扯住他大衣的一个衣角,也得费九牛二虎之力。他也许不会因此生气,现在将信寄到伊尔梅瑙也为时太晚。但是有封信将在魏玛——你终究也要去那里吧?——等候你。信里塞满稀奇古怪的东西,甚至放在那里的时间长了,东西就会越来越多,越来越好。再见。

你的 弗兰茨

〔到达利博赫的邮戳:1902.8.12〕

4. 致奥斯卡·波拉克

我坐在漂亮的书桌旁。你不了解它。你又怎么了解它呢?这可是一张有真正资产阶级思想的、给人教育的书桌。在写字人通常放膝盖的地方,书桌伸出两块吓死人的木头尖儿。这可得注意了。如果静坐不动,小心翼翼,写点真正资产阶级的事,那倒舒服。但是,一旦心情激动,身体哪怕只稍微震颤,那么木头尖儿势必刺入膝盖,疼痛万分。要是你在此地,我可以给你看看我的膝盖上青一块紫一块的地方。这就等于告诉我:"别写些激动的话语,写的时候身体别颤动。"

我就这样坐在漂亮的书桌旁,给你写了第二封信。你知道,一封信就好比一头带头羊,我立即一连写了20封。

哎,门突然开了。谁不敲门就进来了。

一个无礼貌的家伙。噢,一个很可爱的客人。你的明信片。这是我在这里收到的第一张明信片。我读了无数次,直到我完全了解信的内容为止,甚至了解了言外之意。这时才停止读信,将我刚写的信撕掉。信撕碎了,扔掉了。

当然,我读到信里写得很多、又很不好读的一点,这就是:你怀着一肚子恶意的批评，跑遍那个地方，这是决不应该做的。

但是在我看来，你写的关于歌德国家博物馆的文章是大错特错了。你傲慢自大，带着教训人们的想法走进去，立即开始就名字吹毛求疵。当然"博物馆"的名字是好的，但是"国家"我觉得更好，但绝不是你所写的什么枯燥无味和亵渎神圣之类，而是最好最好的反讽。因为你关于工作室——你那最神圣的地方——的一席话只是傲慢态度和训人想法的体现，只是少得可怜的日耳曼语言文学，见它的鬼去吧①。

在魔鬼那里，把工作室布置整齐，然后把它布置成一个"国家""博物馆"，那是轻而易举的事。任何一个木匠和裱糊匠——如果他是真正懂得尊重歌德的脱靴器的话——都能干得了，任何赞美之词都是值得的。

可是你知道最神圣的是什么吗？就是我们能从歌德那里得到的东西，纪念品……他那独自走遍这块地方的足迹……如果留下了足迹的话。现在讲一个笑话，十分精彩，上帝听了也得痛哭失声，整个地狱听了笑得抽筋。我们永远不会有一个陌生人的最神圣的东西，只有自己的——这是一个笑话，十分精彩的笑话。在肖特克②公园这块十分小的地方，我曾给你讲了这个笑话。你既没有哭，也没有笑，你既不是可爱的上帝，也不是凶恶的魔鬼。

你身上只有恶意的批评（败坏了图林根的名誉），这里人人见了都要趋避的二等魔鬼。我倒愿意对你有好处，向你讲述稀奇古怪的故事，多远的距离……上帝保佑，被弗兰茨·卡夫卡越过了。

不管我待在哪里，魔鬼都跟着我。我躺在葡萄园的围墙上，越过田野，放眼望去，也许在山后遥远处看到或听到了一些可爱的东西，那么你准保能相信，突然在围墙后面有人站起身来，庄重地说话，架子十足地表达自己中肯的见解，认为美丽的风景需要坚决地治理。他在一本深入研究的专著或一首可爱的田园诗里详细阐述了他的方案，证明他的方案确实可行。我只能反对，这是不大够的。……你不要以为这一切在折

---

① 卡夫卡本想在慕尼黑学习日耳曼语言文学，终未如愿。后改学法律，故如此说。
② 索菲·肖特克（1868—1914年），霍恩格公爵夫人，与奥地利皇太子弗朗茨·费迪南德结婚后，因门第不配，与其夫双双被杀。

磨我。我给你写信，说过悠闲自在，田园空气，白天耀眼的阳光。舅舅从马德里来到我这里，为了他，我还在布拉格。在他到达这里之前，我有个奇妙的、非常奇妙的想法，请他——不，不是请——是问他，他是否能帮助我，他是否能带我去能助我一臂之力的地方。"那好吧，我谨慎地开始干吧。"没有必要向你详叙此事。虽然他平常是一个十分可爱的人，但是他开始一本正经地对我讲，安慰我说："好吧，好吧，就这么定了，甭争了。"我立即沉默不语，我本不想说的。为了他，我待在布拉格。在这两天里，虽然我成天守着他，我也不再谈起此事。今晚他走了，我也将去利博赫一周，然后去特里施一周，再回布拉格，然后去慕尼黑上大学学习。为什么你做鬼脸呢？是的，我一定去学习。我究竟为什么要全对你讲呢？也许，这是无望的。为什么人都有自己两只脚呢？为什么我给你写这些呢？目的是使你知道，我是怎样为了生活在外面奔波，那辆寒碜的邮车如何颠颠簸簸地从利博赫到道巴的。你一定得同情地并有耐心地读这封信。

你的　弗兰茨

由于我平常不给人写信，如果你向某人谈起我这封无限长的信，我会不愉快的。你可别向人谈及。如果你愿回信，那再好不过了。那么你还可以在一周内寄到老地址：利博赫——温迪施鲍尔。以后寄布拉格，策尔特纳街3号。

〔邮戳：1902.8.24—布拉格〕

5. 致奥斯卡·波拉克

我在这里度过的是一段美妙的时日，这你或许已经发现了。而我是需要这么一段美妙的时光的：在葡萄园的围墙上一躺就是几个小时，目不转睛地凝望浓云，它们不打算离开这里，或飞往辽阔的原野上空。如果一道彩虹映入眼帘，原野会显得更辽阔，要不我坐在花园里给孩子们（尤其是一个6岁的金发小女孩，夫人们说，她真可爱）讲童话故事或用沙土堆城堡或玩捉迷藏或雕刻桌子——上帝可以作证，这类事我从来就做不好。真是美妙的时光，不是吗？

不然我就穿过田野，田野现在是一片褐色和凄凉，尽管天不好，但西斜的太阳还是露出脸来，并把我长长的影子（对，是我长长的影子，也许我会通过它进入天国）投在犁沟上，于是留在田里的犁铧也闪烁着银光。你发现夏末的影子是如何在翻挖过的、深色的泥土上起舞，如何形体生动地起舞的吗？你发现大地是如何向正在吃草的母牛鼓起，如何亲切地鼓起吗？你发现沉甸甸、黑黝黝的泥土是如何在纤巧的手指中粉碎，如何庄严地粉碎的吗？

〔1902年秋〕

6. 致奥斯卡·波拉克

布拉格没有放开我们俩。这个老太婆有钩爪，我们只得顺从。我想，我们在维泽拉德和赫拉德申不得不用两页纸放上一把火，然后有可能离开。也许你考虑此事，直到狂欢节。

你已经读了很多东西，但是你不了解害羞高个子纷乱复杂的故事和他心中的诡诈。因为这个故事是新的，很难叙述。

害羞的高个子在一座古老的村庄里躲藏起来，藏在低矮的小房子和狭窄的小胡同之间。胡同之狭窄，若有两人一起走，必须友好地擦身而过。房屋之低矮，若害羞的高个子从草墩上挺直身子，他那大方脑袋就伸出天花板外，不必专心去看，他就能低头看见草房的屋顶。

他心中诡诈。他住在一座大城市里，每晚喝得酩酊大醉，大发酒疯。这就是城市的幸福。城市是什么样子，他心中有数。这就是诡诈人的幸福。

圣诞节前有一次，高个子低着头，坐在窗户旁。在房间里他的小腿没有地方放，他就把小腿伸出窗外舒展一下，在那里两条腿愉快地晃动。

他用不灵巧的瘦长的食指,给农民织毛袜。他那双灰眼睛几乎瞄着织毛衣的针,因为天已黑了。

有人敲木板门。这就是他心目中的诡诈的人。高个子咧着嘴。客人微笑着。高个子开始害羞。他因个儿高而感到不好意思,因织毛袜和自己的斗室小房感到难为情。尽管如此,他仍然脸不红,仍如以前一样,脸呈柠檬黄色。他困难羞赧地移动皮包骨的小腿,羞答答地向客人伸过手去。他的手伸过整个房间,然后结结巴巴地说了些友好的话,又埋头织毛袜。

那心中诡诈的人坐在面粉袋上微笑着,高个子也微笑着。他那双眼睛窘得眯缝着眼,望着客人那闪闪发光的背心上的纽扣。客人转动眼球,向高处望,嘴里说着话。这是些英国绅士,穿着漆布鞋,打着英国领结,纽扣闪闪发光。若悄悄问他们:"你知道他们是什么血统吗?"有个人便立即回答:"知道,我有英国领结。"绅士们刚在外面说了说,他们就踮着脚。他们个儿高大,然后跳着舞步到高个子身边去,疼痛地攀着他的身子,吃力地塞住他的耳朵。

这时,高个子不耐烦了,鼻子嗅着室内空气。天哪,空气怎么这样臭,有霉味,不通风呀!

这位客人还不停地叙说自己,谈纽扣、城市、自己的种种感觉,五花八门。他一边讲,一边用他那尖尖的拐杖戳高个子的肚子。高个子身子发抖,发出狞笑。那心中诡诈的人停止了动作,满意地微笑着。高个子狞笑着,矫揉造作地引领客人去木门口,他们在那里握手。

高个子又孤单一人了。他哭起来,用袜子擦眼泪。他的心使他痛苦,他有苦无处说。但是一些问题缠绕着他,从腿上升到心灵。

为什么他来我这里?因为我个儿高?不,因为……?

我哭是出于同情自己还是同情他?

我到底是爱他,还是恨他?

是上帝派他来的,还是魔鬼派他来的?

一连串的问号使害羞的高个子窒息。

他又在织毛袜。他差一点被织袜子的针戳着眼睛,因为天更黑了。

就请你在狂欢节前考虑一下。

你的 弗兰茨

〔邮戳：1902.12.20—布拉格〕

1903 年

7. 致奥斯卡·波拉克

也许聪明的做法是，我先不写这封信，直到看见你，知道了这两个月给你带来了什么变化再说，因为我相信，夏天的这几个月是给我带来最明显变化的时光。再说我在这个夏天连一张你的明信片也没有收到，而且半年来没同你说过一句话，而为此本来是值得我作一番努力的。所以结果很可能是，我这封信被寄给了一个陌生人，他对这种唐突感到恼火；或者寄给了一个死人，他无法读它；或是寄给了一个智者，他把它嘲笑一番。但我必须写这封信，因此我不再等到我发现不能写这封信的时候。

因为我有求于你，不是像你可能认为的那样，是出于友谊或信任，不，仅仅出于自私，仅仅出于自私。

也许你早就发现，我是怀着蓝色的希望踏入这个夏季的，也许你在远方早已发现我想从这个夏季中得到什么，我告诉你，我想把我自以为内心所有的东西（我并不相信我拥有这些）一口气扬起。你只能从远方察觉这一点，而我愿为你与我同在而吻你的手，因为我如果与一个紧闭着嘴生气的人同行，我会感到毛骨悚然，但他其实并未生气。

夏天使我的嘴唇稍稍松弛了一些——我变得更健康了——（今天我不太舒服），我强壮了一些，我广泛交往，我能同女人们谈话了——有必要借此机会说出这一切——这个夏季并未给我带来任何奇迹。

但现在有一种力量把我的两片嘴唇完全掰开了，也许是轻轻地，不，是使劲地掰开。一个站在树后的人轻轻对我说:"没有别人你什么也干不了。"但我现在却含意深刻、结构精巧地写道:"隐居是令人讨厌的,等于把自己的蛋公然向大家展示,让太阳来孵它;宁可啃生活,这比嚼自己的舌头强;人们推崇鼹鼠和它的方式,但却不会把它视为他的神圣。"那个人已从树后走出来,他对我说:"这难道是真的吗?是夏季的一个奇迹吗?"

(听听吧,听听一封狡猾的信的一段聪明的引言。为什么说它是聪明的呢?一个从未乞讨过的人写一封乞讨信,他在一大段引言中用长吁短叹的语言来描绘一条通往这个认识的艰难道路:不乞讨是一种恶癖。)

你啊,你懂得一个人独自拉着一辆装满了熟睡的人的黄色邮车在漫漫长夜中行进的感觉吗?这个人是忧伤的,眼角挂着几颗泪珠,慢慢吃力地从一块里程碑走向遥远的下一块里程碑,他躬着脊背,不得不老是抬起头来看着公路前方,但公路上除了夜色,一无所有。妈的,如果有管邮号,非把车里那帮家伙全吹醒不可。

你啊,现在你如果不疲倦,可以开始听正文了。

我将为你准备一堆东西,那是我至今写下的一切,关于我自己或他人的。那将是很全的,只有那些玩儿的东西①不收在内(你看,不幸之魔很早就骑在我的脖子上了)。再就是,我已不再有的;再就是,即使就承上启下的意义而言我也认为毫无价值的;再就是那些计划,因为它们对一些人来说是所拥有的土地,而对另一些人来说是无根基的流沙;再就是,连对你都不能出示的,因为,倘若一个人赤裸裸地站着,无论如何乞求,仍免不了为另一个人的手所触摸,他会不寒而栗的。此外,近半年来我几乎什么都没写。除开这些我不知还剩下多少,我将把它们奉献给你,只要你来信说一声"好的",或者答应我对你的要求。

这是特殊的事情,尽管我在表达这些事时非常笨拙(非常没有经验),但你也许已经明白,是应该怀着喜悦在此期待呢,还是应该简单干脆地点燃火刑的柴垛。我甚至不想知道你对我的看法,因为这也必然是强人

---

① 指卡夫卡的早期作品,具体不详。

所难。我所希望的是某种更容易又更困难的事,我希望你读一读这些字纸,无足轻重也罢,令人厌恶也罢,因为那里边确也有无足轻重的和令人反感的东西。因为(这便是我这个愿望的由来)我最喜爱的和本身最坚挺的东西在太阳底下也是冷冰冰的,而我知道,若有一双陌生人的眼睛望着它们,会使一切变得温暖起来,生动起来。我说的只是温暖起来和生动起来,因为这些词更接近上帝,因为有此一说:"自成一体的感觉是辉煌的,但反馈的感觉力量更大。"

何必费这么多口舌呢,我摘下一块肉(因为能给你的不止这些,而我还将给你——真的),从我的心中摘取一块肉,用一些写满字的纸张干干净净地包好交给你。

〔1903?〕9.6

8. 致奥斯卡·波拉克

亲爱的奥斯卡:

对于你离开这儿,我也许是高兴的。这就像人们看到有人爬到月亮上去,以便从那儿往回看时的那种高兴心情。因为这种被人从这样一个高度和远处观察的意识使人们多多少少放下心来,由于在天文台里听不到月球上的笑声,所以不必担心自己的动作和言谈以及愿望过于滑稽或荒唐。

…………

……我们像林中迷路的孩子一样孤独。当你站在我面前看着我时,你知道什么是我心中的痛苦,而我又知道什么是你的痛苦呢?假如我跪倒在你面前,哭着倾诉,你又了解多少我的情况呢?无非就像某人向你倾诉地狱里是酷热、可怕的时候,你从中所获得的对地狱的了解一样。仅为此缘故,我们面对面站立时就应该互相敬畏,互相思虑,互相挚爱,就像站在地狱入口处那样。

……假如有人，比如说你，死去一段时间，就有这么一个好处，所有人际关系（当人们身在其中时，它们必然会变得模糊）会突然处于一种善良的或凶狠的光线照耀下，显得清清楚楚。在劫后余生者身上也会发生这种奇怪的事情。

在所有年轻人中我实际上只跟你讲过话，如果说我也同别人谈过话，那也只不过是顺便的，或者为你的缘故，或者通过你或者与你有关。除了其他好处，你对我来说也有点像一扇窗，我透过这扇窗可以俯瞰大街小巷。只有我一个人时可办不到，尽管我个子挺高，但还够不着窗台。

现在情况当然就不同了。我现在也同别人讲话，比同你谈时嘴舌笨拙些，但相对而言比较无拘无束，而我完全出乎意外地看到，在这种时候你就站在我的面前。在这座对你是陌生的城市中，有一些相当聪明的人，你在他们心目中是值得崇敬的对象。而我的虚荣心使我为此感到高兴。

我不知道是为什么，是因为你性格内向还是因为你看上去内向，还是故意这么表现，还是让人这么感觉，还是真的给人以这种印象，反正有些人认为你撇下了他们，其实说到底你只是撇下了那个姑娘。

你的信是半悲半喜的。你没有到那小伙子那儿去，而是去了原野、森林。但你看到了她，我们只不过稍稍见识过她的春天和夏天，但对她的秋天，她的冬天，我们知道得太少，就像我们对我们心中的上帝所知道的那么少一样。

今天是星期日，不断有商贩从温策尔广场走下来，穿过格拉本，在星期日的寂静中呼喊。我相信他们红色的丁香花、他们愚蠢的犹太人面孔和他们的叫喊是某种充满意义的事物，就好像是一个孩子想上天，因为人家没把板凳拿给他而大呼小叫，但他实际上根本不想上天。而其他人走在格拉本，对商贩的举止报以微笑，因为他们自己不懂得如何消受星期天，假如我有勇气并且不赔着笑，我真想给他们一顿耳光。但是在你们宫殿中①，你可以尽情地笑，因为就像你在信中写到的那样，那里

---

① 指位于齐第列克的上施图德尼克宫。波拉克在那里找到了家庭教师的职业。

的天空离大地很近。

我在读费希纳尔、艾卡特①。有的书让人觉得就像是在自己的宫殿中打开陌生的大厅之门的钥匙。

我想要为你朗诵的和将要寄给你的东西是《孩子与城市》一书中的若干篇章，这本书我自己手头也是零散不全的。要寄给你，我就必须给它加上标题，而这是需要时间的。所以我将随每封信寄几页给你（如果看不到明显的进展，那么我对此的兴趣会马上丧失了），然后你可将它们连贯起来读。第一篇将随下一封信寄出。

此外，已有一段时间什么都没写了。我的处境是：上帝不愿我写，然而我偏要写，我必须写。这是永恒的拉锯战，而最终上帝毕竟更强大，这里边的不幸之多超出你的想象。我心中那么多力量被拴在了桩子上，这个桩子也许会长成一棵绿色的树，如果将这些力量解开，或许会于我于国有益。但是靠抱怨是震不掉挂在脖子上的磨盘的，尤其是，假如本人喜欢这些磨盘的话。

附上一些诗句。请在心情好的时候阅读。

今天这日子阴冷难过。
云朵凝结着。
风儿是拽着的绳索。
人群凝结着。
脚步踏出金属声响，
石头一路震荡，
目光停留的地方
是辽阔的湖水白茫茫。

---

① 费希纳尔（1801—1887年），德国自然科学、哲学家，心理物理学的创始人；麦斯特·艾卡特（1260—1327年），德国神秘教徒、著名的牧师。

在这古老的小城里立着些
小小的浅色的圣诞小屋,
它们的五彩玻璃窗俯瞰着
积雪覆盖的小广场。
在这月光蒙蒙的场地上
有一个人静静地踏雪前行。
他那硕大的身影被风扬起
高出四周的小屋之上。

在昏暗的桥上走过去的人们
经过圣人身边
和他们微弱的小灯。
在灰暗的空中飘过去的云层
经过教堂旁边
和它们那朦胧的塔影。
在方形的栏杆旁倚立着的某君
望着黄昏的水流
双手凭着古老的石头。

你的　弗兰茨
〔1903年11月9日〕

9. 致奥斯卡·波拉克

亲爱的奥斯卡:

　　……早晨来信附言还冷静,到晚上简直疯狂至极了。你没有给这个女人帮助,我认为这没有什么反常的地方,也许不弄虚作假的人也会这么做的。但是反常的是,你曾对此深思熟虑并且现在还喜欢这种深思熟虑和这种对立,你还喜欢解剖自己。你长时间地抨击自己任何短暂的感情，结果，一个人倒是只活一小时，但对这一小时还得思考一百年。当然，也许我根本活不到那时候。我曾在某个地方记下狂妄的话，说我的生活节奏要很快，证据是："我爱上一位女郎，曾有一段漫长得惊人的罗曼史"，那时我心情十分空虚，于是记上："我生活节奏要很快。"好像一个坐在窗帘后面的孩子，拿着画册，有时听到透过窗子缝隙从胡同里传来的声音，没事了，再去看宝贵的画册。——对比之下，我总是宽容自己。

〔1903年〕

10. 致奥斯卡·波拉克

不，在你到来之前，我还是要给你写封信。假如互相写信，就像有根绳子连接着；一旦停止写信，绳子就断了。哪怕只是一根细线，我也要迅速地、应急地把它连接起来。

这幅图画是昨天晚上抓住我的心灵的。人只有调动浑身的力量，友爱地互相帮助，才能在面临地狱般的深渊时，使自己保持在勉强的高度，尽管那深渊是他们所愿意去的地方。他们之间都有绳索连接着，如果哪个人身上绳子松了，他就会悬吊在空中，比别人要低一段，那就够糟了；如果哪个人身上的绳索全断了，他跌落下去，那就可怕极了。所以必须与其他人捆在一起。我猜想姑娘们一定是悬在我们上方，因为她们是那么轻，因此我们必须给姑娘们以爱，因此姑娘们应当给我们以爱。

够了，够了，我有充分的理由担心提笔给你写信，因为一写起来会一发不可收，而找不到一个好的结尾。所以我也不再向你叙述慕尼黑的事了，尽管我有那么多话要写。此外，我在异乡完全无法写东西。在异乡，所有词汇四处流散，我无法把它们抓拢来凑成句子，而一切新的事物都施加着压力，使人无法抗拒，使人看不到它们的边际。

这回你要亲自来了。既然我马上就能同你交谈了，我可不愿坐在这写字台旁看整个星期天下午——从两点开始我就坐在这里了，而现在是

5点。我是多么高兴。你将带来清冷的空气,使所有昏昏沉沉的脑袋感觉舒适。我是多么高兴。再见。

你的 弗兰茨

〔邮戳:1903.12.21—布拉格〕

1904 年

11. 致马克斯·勃罗德*

亲爱的马克斯:

特别是由于我昨天未到学校去,看来我有必要给你写信,以便说明我未同你们去参加晚上化装舞会的原因,虽然我曾答应也许要去的。

请原谅。我本想去快活一下,同你和普里布拉姆①共度一晚的,因为我想,如果你为目前处境所迫,作出过于详细的解释——你在几种情况下这么作过——而他出于合乎情理的、几乎对艺术之外的一切都有的全面了解,作出相应的解释,那么必定会建立很好的小团体的。

但是,在我想到这点之前,我忘记了你参加的那个小团体。它给一个陌生人的第一印象并不好。因为它一半依附于你,一半独立。就它依附于你而论,它处在你周围,好比是一块灵敏的山地,发出广阔的回声,这使听众大吃一惊。听众的眼睛安详地注视着身前的对象,而背部却挨揍了。特别是当背部不是非常敏感的时候,二者就必定失去感觉能力。

但是就独立而言,小集团给你更多损害,因为它歪曲了你的形象。你因它显得不端正。你在听众面前不能自圆其说,幸好朋友们始终坚持,

---

* 出生于布拉格的奥地利犹太作家(1884—1968年),卡夫卡在大学年代与他相识,结为终身知交。是卡夫卡文学遗产的保管者和全集编纂者。1939年以后他定居以色列,直到逝世。——编者

① 埃瓦尔德·普里布拉姆,卡夫卡的中学和大学同学。

这才救了你的驾。友好的群众只有群策群力时才对革命有帮助。如果是力量分散的小规模起义,那就会化为泡影。情况是这样,你想显示你的装饰画《晨景》并把它作为背景,但是,你的朋友们认为,此时《狼沟》更合适,可作为《狼沟》插页的背景。当然两幅画都是你画的,每个观众都能认得,但是在《晨景》的草原上阴影多么凝重,田野上空飞翔着令人憎恶的小鸟。我的看法就是这样。你觉得这种景色很少见,但是有时确实有的(现在我还不完全了解这一点),你说:"在福楼拜身上有着关于事实的纯粹奇想,你知道,没有内心的升华。"我怎能丑化你呢?我是偶尔引用你说的话:"维特多美啊。"我说:"如果我们想说真话的话,那里就有许多内心的升华。"这是可笑的、令人不快的解释,但是我是你的朋友,我说,我不愿对你做任何坏事,我只想给听众讲讲你的圆脸之类的话。因为友好的迹象往往可能是不再考虑朋友的要求。但是在这期间听众感到悲哀,变得厌倦了。

我之所以写这些,是因为我感到更悲哀。我没有同你一起度过昨天晚上,你不原谅我,似乎你不原谅我写这封信。问你好。

你的 弗兰茨·卡

我还没有将信寄走,再读了一遍,觉得信写得不清楚。我本想写:你非常幸运的是,在疲累之时就可以马虎从事,全靠志同道合的朋友的帮助,不用自己朝所追求的方向迈一步,正是这一点显示出你在交际场合——我在普君处是这样想的——不是像我爱怎么样就怎么样。现在够了。

〔1903年或1904年〕

12. 致奥斯卡·波拉克

晚上十点半。

我把马尔克·奥雷尔的书推到一边,我很难将它推到一边。我认为,没有他,我活不下去,因为在马尔克·奥雷尔的书里读到的两三句名言使人更镇定和更紧张,虽然整本书只是叙述一个人,他说话机智,固执己见,眼光远大,想使自己成为一个镇定自若的、坚强不屈的、正直的人。如果人们不断地听到他自言自语:"安静,别管闲事,让热情随风去吧,坚定不移,做一个好皇帝!"那么,必定对他不信任。滔滔不绝地自言自语,固然是好,但是用漂亮话装饰打扮自己,直到成为一个人们心中所希望的人,那就更好。

你在上封信里提出不公正的指摘。如果有人向我伸出冷冰冰的手,这对我倒好,但是他挽着我的手,这使我难为情和不可理解。你以为这是因为少见吗?不对,这不是真的。在许多人身上有什么特别,你知道吗?他们是没有什么,他们不能显示出什么特别之处,连他们的眼睛都显示不出特别之处,这就是他们身上的特别之处。所有这些人都是那个人的兄弟,他在城里东游西逛,不擅长什么,说不出一句合乎情理的话,不会跳舞,不会笑,但总是双手发颤地提着一个密封的盒子。现在一个谈话人问他:"您那么小心翼翼地提着盒子,盒子里装的什么呢?"那个人垂下头,不安地说:"虽然我不擅长什么,这是实情,虽然我也说不出一句合乎情理的话,我也不会跳舞,我也不会笑,但是在这个看上去密封得很好的盒子里装的是什么,我不能说,不,我不说。"在他回答之后,所有参加谈话的人很自然地散去,但是他们之中仍有些人有某种好奇心,有点急切心情,他们总是问个不停:"密封的盒子里究竟装的什么东西?"为了弄清究竟,他们一而再、再而三地回去找那个人,但是他滴水不漏。于是,好奇者,这种好奇者不能长期忍受下去,急切心情松弛了,谁也憋不住总不笑,他们总是带着惶惶不安的心情,注意这个不起眼的、密封的盒子。后来,我们让那个穷人具有差不多好的鉴赏力,他也许终于自己笑了,虽然只是嘴咧了一下。现在不是好奇,而是冷漠、疏远、怜悯,甚至比冷漠和疏远更坏。谈话的人比以前人数减少了。他们现在问道:"您那么小心翼翼地提着盒子,盒子里究竟装的什么呢?也许是一件宝贝,还是一份圣母领根节礼物?好吧,您尽管打开吧,我们二者都要,您也尽管关上,反正我们也相信您。"这时突然一人大声尖叫,那个男人惊恐地望了望,原来是他自己尖叫。他死后,人们在盒子里找到两颗乳牙。

〔1904年1月10日〕

13. 致奥斯卡·波拉克

亲爱的奥斯卡:

你给我写了一封亲切的信,对这样的信应该马上答复,要么就干脆不答复。而现在已经过了14天,我却还没有给你写信,这本来是不可原谅的,不过我有理由:第一,我想给你写一封经过深思熟虑的信,因为我觉得这封回信比以前写给你的信都要重要(可惜我没有及时这么做);第二,我一口气读完了赫贝尔①的日记(近1800页),以前我总是抽读一些,因此总感到没有味道。可这回我前后连起来读,一开始完全是消遣性的,但后来终于产生了这么一种感觉,就好像我成了穴居人。刚开始时为了好玩把一块大石头在洞口翻来翻去,但当这块大石头挡住了洞内的光线,堵住了空气时,我不禁慌了,使出奇怪的狠劲,想要把这大石头推开。但这时大石头重了十倍,而这个人必须在恐惧中使出浑身的力量,才有可能重见阳光,重新呼吸到新鲜空气。这些天我根本无力拿笔,因为看着这么一种生活天衣无缝地不断向上高耸,高得用望远镜几乎都看不见顶,良心就平静不下来。可是良心上如果有了一个很大的伤口,倒是有益的,这样它每挨一口咬都会更加敏感。我认为,只应该去读那些咬人的和刺人的书。如果我们读一本书,它不能在我们脑门上猛击一掌,使我们惊醒,那我们为什么要读它呢?或者像你信中所说的,读了能使我们愉快?上帝,没有书,我们也未必不愉快,而那种使我们愉快的书必要时我们自己都能写出来。我们需要的书是那种对

---

① 克·弗·赫贝尔(1813—1863年),德国著名戏剧家和作家。

我们产生的效果有如遭到一种不幸，这种不幸要能使我们非常痛苦，就像一个我们爱他胜过爱自己的人的死亡一样，就像我们被驱赶到了大森林里，远离所有的人一样，就像一种自杀一样，一本书必须是一把能劈开我们心中冰封的大海的斧子。我是这么认为的。

然而你是愉快的啊，你的信闪耀着愉快的光辉。我想，以前你只是由于交际方面的失败有过不愉快，这很自然，在阴影中是晒不着太阳的。但是你不会相信我对你的愉快是有过错的。极而言之不妨打个这样的比方：一个智者对自己的智慧一无所知，他跟一个傻子见面了，并同他说了一会儿话，谈的似乎是些不着边际的事情。当谈话结束，傻子要回家了——他住在一个鸽子笼里——那智者突然拥抱他，吻他，叫道："谢谢，谢谢，谢谢。"为什么呢？因为傻子竟然傻到这种地步：使得智者看到了他的智慧。

我觉得好像做了什么对不起你的事情而必须请求你的谅解似的。但我不知道有什么对不起你的事情。

你的 弗兰茨
〔1904 年 1 月 27 日〕

14. 致马克斯·勃罗德

夏初很容易轻松愉快。人们有一颗热烈的心，身体还过得去，相当向往未来的生活。人们期待着东方的奇闻怪事，再度用可笑的鞠躬和摇头晃脑的讲话来否认这怪事，这场动人的游戏使人愉快和发抖。人们坐在堆得乱七八糟的床上用品里，看着钟表，它显示着时近中午。我们正用适当浅淡的颜色和正在扩展的远处能见度绘制晚景。我们高兴得把手都搓红了。因为我们晚上的影子变长了，变得那么美丽。我们装饰打扮，内心里希望这种打扮将成为我们的天性。如果有人问我们打算过什么样的生活，我们就会习惯于在春天伸开双手作为回答，过一会儿双手放下，仿佛根本没有必要发誓做某些事情一样。

如果我们现在完全失望,那么,虽然我们感到痛苦,但是仍然像满足了我们的日常祈祷一样,祝愿从外表上最宽容地保持我们生活的正确性。

但是我们并不失望,这个季节有尾无头,使我们处于十分陌生和自然的状态,这种状态可能送掉我们的性命。

我们形式上被风任意带走,如果我们在气流中无法理解,试图用说话安慰自己,将纤细的指头压在膝盖上,那不是没有开玩笑的意味。当我们以前彬彬有礼到一定程度,不想知道人们是否对我们了解的时候,现在我们想知道,我们力图了解某种弱点,当然是以开玩笑的方式表现出来的,仿佛我们要努力抓住在我们面前慢慢奔跑的小孩子。我们像一只鼹鼠打地洞,满身黑茸茸的毛,从我们打的沙洞里钻出来,伸出可怜的小红脚,怪可怜的。

散步时,我的狗逮住一只鼹鼠。它想跑过大街。狗再三追它,仍然让它跑掉了,因为狗还小,胆小怕事。起初我觉得它很好玩,鼹鼠惊惶失措,特别使我感到愉快。它拼命往前跑,在大街坚硬的地面找洞又找不着。忽然间,狗跳过来,又伸爪子打它,它尖叫起来,吱吱地大叫。这时我出现了——不,我没有出现。这使我失望,只因为那天我耷拉着头,晚上我惊奇地注意到,我的下颚埋进我的胸部。但是第二天我的头又昂然抬起来,一个少女穿着一件洁白的连衣裙,并且爱上我了。她失恋了,我未能成功地安慰她,这是多么困难的事情。另一天,下午短时间午睡过后,我睁开眼睛,还未完全清醒,我就听到母亲从阳台上用自然的声调向楼下问道:"您在干什么?"一个妇女从庭院里答道:"我在院子里吃点心。"人们知道怎样安排生活,其技巧使我感到惊异。另一天,由于痛苦加剧,我对阴天的刺激感到高兴。接着一周多风,或者说是两周或两周以上多风。我爱上了一个女人。人们在旅店里跳了一次舞,我没有去。我心情忧郁,我很蠢,我在田间小路上跌跌撞撞地走着,这里路坡很陡。那时候我在拜伦日记里读了这一段(因为书已包裹好,我将这一段抄好附来):"一周来我没出房门一步,三天来,我每天抽出三小时同师傅在开着窗子的图书馆里练击剑,以便使我们精神平静下来。"紧接着夏天结束了,我感觉到天冷了,是答复夏日来信的时候了,我的笔写了一些,就此搁笔。

你的 弗兰茨·卡
〔1904年〕8月28日〔布拉格〕

15. 致马克斯·勃罗德

请等一下。10点半我肯定来这里。你要知道,我已忘记今天是星期五,普里布拉姆不让我走。但是我一定来。

你的 弗兰茨·卡
〔明信片,约1904年〕

16. 致马克斯·勃罗德

亲爱的马克斯:

昨天你肯定去了卡巴莱剧院。我很遗憾。因为我9点半下了意大利语课赶到那里时,全都结束了。

我母亲被华尔兹舞摇昏了头,模糊地记得你说过,你今天将来我这里。如果你愿意的话,就让我今天去你那儿更好些,因为我们家有一个开了刀的老太太,晚上我们经常为她奔波。请答复。因我寄给你卢坎① 的作品,更应友好地复信。

你的 弗兰茨
〔1904年?〕

---

① 卢坎·封·萨摩沙塔(公元前2世纪),古希腊讽刺作家,擅长运用对话和书信形式写讽刺文章。

17. 致马克斯·勃罗德

我感到奇怪,你关于托尼欧·克勒格尔没有写片言只字。但我对自己说过:"如果我收到他的信,他知道我会多么高兴。关于托尼欧·克勒格尔必须写一点。显然他给我写过信,但是有意外事件,大暴雨,地震,信件丢失了。"我又立即对这个意念很恼火。因为我没有写信的兴致,必须对一封也许未写的信作答,我便对此破口大骂。我开始写道:收到你的信,我心乱如麻,不知道是否该去你那里,送花给你。但是这两件事我都没有做,一方面出于疏忽,另一方面我担心做蠢事,因为我从迈出的步子中前进了一点,现在像雨天一样悲哀。

但是你的信写得很好。因为如果有人向我说了一种真情实况,我觉得这是狂妄。他教训我,贬低我,预料我提出反证有困难,而他自己不会有什么危险,因为他肯定地认为他的真理无懈可击。如果对某人说有偏见的话,那是多么讲究礼节、心直口快和令人感动,如果申述理由,甚至再三为偏见提供论据,那就更令人感动了。

也许你也写同你的故事《游深红色地方》① 相似的故事。以前我也构思过这个广为传播的类似故事,然后又读了《托尼欧·克勒格尔》。因为《托尼欧·克勒格尔》的新颖之处不在于找到这种矛盾(谢天谢地,我绝不相信这种矛盾,这是吓人的矛盾),而在于本来有益的 (《游深红色地方》书的作者)对矛盾事物的爱。

如果我假定你就这些事写了文章,那么我不理解为什么你的信十分惊惶失措和喘不过气来(也许我只记得你星期日上午是如此)。请你稍安毋躁。

这封信也将丢失就好了。

你的 弗兰茨·卡

信写好后忘了两天才寄发。

〔1904 年〕

---

① 1909 年柏林出版的小说。

1905 年

18. 致马克斯·勃罗德

由于你经历了我根本没有参与的好事情，所以你绝不可对我生气。特别是由于我必须在恶劣天气时思考，想到会见在咖啡店进行，也由于你在施特芳·格奥尔格处已平安地度过了一些时间。现在 11 点，天气晴朗，没有人安慰我。

你的 弗·卡

〔邮戳：1905.5.4—布拉格〕

19. 致马克斯·勃罗德

亲爱的勃：

如果我待在布拉格，我准保早给你写信了。但是我很轻佻，在西里西亚的一所疗养院已经是第 4 周了。我生活在许多人和女人之中，变得相当活跃了。

弗兰茨·卡

〔邮戳：1905.8.24〕

〔明信片：到达楚克曼特尔〕

1906 年

20. 致马克斯·勃罗德

亲爱的马克斯:

我本当还在考试期间就给你写信的,因为肯定的是,你救了我 3 个月的命,让我学别的,而不再学财政学。只是一大堆纸条救了我,因为这样一来,马克斯把我看作他自己的镜子,它甚至有着奥地利的有趣的色彩。尽管在他讲了半年的一大堆纸条中有偏见,我却只记得很少的一些纸条。但是我们确实取得完全一致的意见。其他人虽然知识不渊博,但也很有趣。致衷心问候!

你的 弗·卡

普里布拉姆很好。

〔邮戳: 1906.3.16—布拉格〕

21. 致马克斯·勃罗德

亲爱的马克斯:

因为我这么久没去你那里(我们商店搬家,搬运大木箱,打扫干净,小姑娘,很少学习,你的书①,少女们,麦考利的书《克莱夫勋爵》②,整个情况就是如此),我这么久没见到你,今天我来,免得你失望,因

---

① 《杀死死人!》,斯图加特,1906 年。
② 托马斯·B. 麦考利勋爵著的《克莱夫勋爵》,列入当时发行很广的英、法作家《丛书》。

为我以为你过生日,《幸运儿》① 改得非常好。你会很好地接待我的。

你的 弗兰茨·卡

〔大概是 1906 年 5 月〕

22. 致马克斯·勃罗德

亲爱的马克斯:

因为我现在要学习(不要怜悯我,这是对多余之事的多此一举),白天我脱掉破衣服,穿上日常便服很费劲,因此我不得不像夜行性动物那样生活。我想抽一个晚上再见你一次,也许明天星期三或者在你以前愿意的时间。——顺便说说,我之所以首先给你写信,因为我想知道你的身体是否好,因为星期一你总是还要到你的博士那里去。

弗兰茨

〔邮戳:1906.5.29—布拉格〕

23. 致马克斯·勃罗德

亲爱的马克斯:

我长时间销声匿迹了,现在再度露面,虽然还呼吸困难。首先告诉你一个简单的消息,即关于你们的住房消息,"宝石"旅社离疗养院有 2 分钟路程,差不多在树林里有一间房,每周为 5 古尔登②。单人房间并供给好的膳宿,每月为 45 古尔登。从第 18 天起也许更便宜。在疗养院的一栋房子,即旅社的附属建筑物里,房间每周为 7—8 古尔登。

你的 弗兰茨

〔邮戳:1906.8.13—楚克曼特尔〕

---

① 勃罗德当时写了几年而未完成的一部长篇小说,书名曾考虑为《千种娱乐》。
② 德国及邻国 14 至 19 世纪使用的金币和银币。

24. 致马克斯·勃罗德

亲爱的马克斯：

　　我那很有趣的表兄从巴拉圭来。我以前向你提到过他。他这次欧洲之行，在布拉格盘桓数日，恰值你面临国家考试。今天他在回程途中又抵达布拉格。他本想于今晚立即起程。因我想将他介绍给你，我费尽九牛二虎之力才将他留住，他将于明早才动身。我很高兴，今晚接你去与他会晤。

你的　弗兰茨

〔管状明信片，邮戳：1906.12.11—布拉格〕

25. 致马克斯·勃罗德

亲爱的马克斯：

　　我们何时去印度舞女那里？如果这位小个儿的小姐走了，她的阿姨目前比她的才艺更强。

弗兰茨

〔1906？〕12.16

1907 年

26. 致马克斯·勃罗德

亲爱的马克斯：

　　我乐于先给你写信，然后睡觉。已是凌晨 4 点。

　　昨天我读了《当代》周刊，当然心情不安，因为我进入了社会，在《当代》上发表的文章据说已为人所传颂。

现在是狂欢节，道地的狂欢节，也是最盛大的狂欢节。好，我在今年冬天跳了舞。

我感到特别高兴的是，不是每个人都会认识到我的名字在这个地方出现的必然性。如果认识到了的话，他就必须立即读第一段和注意到关系句子走运的地方。然后他就会找到一组名单，它的结尾是迈林克（显然这是一只缩成一团的刺猬）。这组名单不可能在句子开头，如果下面的句子还应该有生气的话。因此一个以开口元音结尾的名字（这里嵌入的）意味着拯救那些句子的生命。我在这方面的功绩是微不足道的。

悲哀的只是——我知道，你没有这个意图——以后出版什么，现在我觉得已成为一件不体面的事情，因为初登文坛的温柔态度将会受到完全的损害。我永远不会找到能与将我的名字写在你的句子里所具有的效果相匹敌的效果。

当然，这在今天只是次要的考虑，我更多地是寻求我进入现在著名人物交际圈的可靠性，因为我是一个诚实的孩子和地理爱好者。我以为，我在这里只能很少指望德国。因为有多少人以同样紧张的心情读一篇评论，一直读到最后一段呢？这不是著名。但是在外国的德意志人那里，情况就不同了，例如在濒临波罗的海的各省，在美洲，甚至在德国的殖民地，情况就更好些，因为孤独的德意志人读杂志是通读不漏的。我出名的中心是达累斯萨拉姆、乌济济、温得和克。但是，正是要安慰这些迅速感兴趣的人（具体地说：农场主、士兵），你本该在括号里还写上一句："人们一定会忘记这个名字。"

吻你，考试在即。

你的 弗兰茨

〔1907年2月12日—布拉格〕

27. 致马克斯·勃罗德

亲爱的马克斯：

更安心地研究歌德吧！肯定歌德没有写"歌德从来没有这样做"，在大门前他在最后时刻连自己的生日都没有承认，对吗？我请求你原谅！相反，你本可以以后写歌德，因为我从没有这么做。我本来也没有这样做（生日与其说令人漠不关心，不如说确实更令人恼火），要不是恰巧碰上这样的情况：好像充分预料到似的，紧接着提到23岁生日，（这对我们来说似乎是多么巨大的年龄！）这使我在次日获得了一个星期日的奇迹。这就是一个星期日。

请你说说，你为什么总是对这两章恼火？你同我一起感到幸运的是，你在写一些不可理解的东西，把其他的东西暂时搁置起来吧。

你的 弗兰茨

〔大概写于 1907 年 5 月〕

28. 致马克斯·勃罗德

亲爱的马克斯：

我在愉快的郊游之后，昨晚回到家里，见到你的信。虽然我疲惫不堪，我仍然读了信，但感到困惑不解。因为我看出你优柔寡断，在向我提出要求的地方，你踌躇不决。我躺下了，由于在往日的千种小事上半喜半疑，因而十分疲倦。我不能违背世人的决心，因此，我决不会试图使你改变看法。

你的情况和我的完全不同，因此，如果我在读"我决心不接受"那段话时，像在读一篇战斗报道一样，吓得不能立即读下去，那就没有意义。但是我很快对一切泰然处之，在这里每件事情都有说也说不完的优点和缺点。

我对自己说：你需要多活动，你在这方面的需要是肯定无疑的，虽然不可理解。一年来，森林作为你散步的目标似乎不能满足你的要求，终于不是差不多肯定，你在市法院实习年给自己提供一个文学阵地，这将使其他一切都成为不必要。

如果是这样的话，我当然会像一个疯子跑到科莫陶去，但是我不需要活动，特别是因为我无能搞什么活动，虽然一座森林也许不会使我满足，但是我——这很明显——在法院实习年却一事无成。

一旦胜任某一门职业，这门职业就难不倒人。我担心我在上班时——实际上仅6小时——会不停地出洋相。我看见你信上说，你相信我有能力干类似的工作，你现在认为我一切都能干的。

商务和晚间的安慰则相反。要是通过安慰就能幸福，该多好啊！要获得幸福就需要一点点幸福呀！

不，如果到10月份止我的希望没有什么改善，我将在商学院攻读中学毕业课程，学习法语和英语，还学西班牙语。如果你愿意同我一起学，那才好哩。如果你在学习方面反对我，我会不耐烦的。那样一来，我舅舅就不得不在西班牙给我们找工作，不然，我们就会去南美，或者去亚速尔群岛和马德拉群岛。

我暂时留在这里，可以住到8月25日。我常常骑摩托车，洗澡，一丝不挂地长时间躺卧在池塘边的草地上，我同一位痴恋的少女逛公园直到半夜。我把草地上的干草铺在周围，建起一座旋转木马，大树帮我们躲过了大雷雨，奶牛和山羊吃过草后，晚上被赶回家。我经常打台球，散步，喝啤酒，也进寺庙。但绝大部分时间——我在这里6天——我是同两个小姑娘一起度过的，她们是大学生，聪明伶俐，很信仰社会民主主义，她们必须咬住牙，才能不勉强地利用任何机会说出信仰，说出原则。一个姑娘叫A.，另一个叫H.W.①，个子小，她的脸颊总是红润润的，眼睛很近视，戴上眼镜的动作很美。今夜我梦见了她那缩短了的粗壮的小腿，间接地辨认出一个姑娘的美丽，我爱上她了。明天我将向她们宣读《实验》②中的作品。这是我身边除了斯汤达尔和《闪烁》③之外唯

---

① A. 可能指阿加特。后者指海德薇希·魏勒。
② 卡夫卡的早期中篇小说集，1907年斯图加特版。其中有一篇名叫《卡里拉岛》。
③ 弗兰茨·布莱出版的两本杂志之一（1907年）。另一本杂志是下文中的《紫晶》（1906年）。

一的书。

　　要是我身边也有《紫晶》多好啊，我就会给你抄几首诗，可是我把它放在家中的书箱里了，钥匙在身边，以免让人发现存折。家里谁也不知道我有存折，存折对我来说决定着我在家里的地位。如果你在8月25日前没有时间的话，我将派人把钥匙送给你。

　　可怜的青年人，现在我只有感谢你为说服你的出版社社长，使他相信我的画的优质而付出的辛劳了。

　　现在炎热，下午我将在林中跳舞。

　　请代我问候你的家人！

你的　弗兰茨
〔附马克斯·勃罗德的几首诗的抄本〕
〔1907年8月中—特里施〕

29. 致马克斯·勃罗德

亲爱的马克斯：

　　你不写信给我，说你在科莫陶身体如何，而你却问我身体如何，我怎样度过夏天的。这不好，因为不公平。埃尔茨山景色也许很美，甚至超过了绿桌布。如果旅费不贵，我本想拜访你的。你找到了一个人，他有我以前的笔迹，那倒是可能的。不过，现在我的笔迹不同了，我只是在给你写信时记得已成过去的笔法。星期天你来吗？你来，我会很高兴的。

你的　弗兰茨·卡
〔明信片邮戳：1907.8.28—布拉格〕

30. 致海德维希·W.*

你，亲爱的，我感到疲劳，也许有点不舒服。现在我开始工作了，并试图通过在办公室里给你写信，使办公室变得亲切一些。而围绕我的一切都臣服于你。桌子几乎热恋似的紧贴着纸，笔卧在大拇指和食指的凹处，像个甘愿效劳的孩子，而钟敲打着，犹如一只小鸟。

然而我却觉得我是在一场战争中给你写信，或者是处在一些难以想象的事件中，它们之间的联系太离奇，而它们的速度忽快忽慢，极难捉摸。卷入了最烦人的工作，我忍受着……

晚上 11 点

现在漫长的一天过去了，它有这么一个开端和这么一个结束，尽管它是不配有这样的开端和结束的。但实际上，从我的写作被打断以后，没有发生任何变化，尽管现在我的左边是敞开的窗户，星星在窗外闪烁，我还是接着上面那个想好了而没有写完的句子写下去。

……我忍受着头疼，就这样从一个坚决的决定到另一个同样坚决的，然而截然相反的决定。而所有这些决定都生气勃勃，都会迸发出希望的和一种令人满意的生活的火花，这种后果之令人困惑比起那些决定之令人困惑还要叫人气恼。我像子弹一般从一个决定飞向另一个，汇聚起来的激动来自我的斗争中的士兵、旁观者、子弹和将军，这种激动令我浑身颤抖。

但你却要我根本别牵挂你，要我让感情作一番长途散步而变得既疲乏又满足，而你自己却不断地自寻烦恼，为了冬天可能会冷的缘故，在夏天就给自己穿上裘皮大衣。

此外，我没有社交活动，没有分散愁绪的机会；我整夜整夜待在小阳台上，俯瞰着河流，我甚至不阅读工人报纸，我也不是一个好人。几

---

* 海德维希·魏勒，卡夫卡去捷克的特里施城的舅舅家消暑时认识的姑娘，曾保持过一段通讯联系。

年前我写过这么一首诗：

> 在黄昏的夕阳下
> 我们曲着背坐在
> 板凳上，四周绿草如茵。
> 我们的胳膊无力地下垂着，
> 我们的眼睛忧伤地眨动着。
>
> 行人穿着各色衣服，
> 在石子路上摇晃着漫步，
> 头顶是广大的天空，
> 它从远山伸向更远的山巅；
> 山外有山天外还有天。

所以我连你所要求的对人的那种兴趣都没有。

你该看见了，我是一个可笑的人；如果你有点喜欢我，那无非是怜悯，属于我的份下的是畏惧。信中的相会是多么虚妄，就像波涛拍岸，就像远隔重洋的两个人。笔从所有字母的斜坡上滑下来，就这样结束了，天气很凉，我该钻进我那空被窝了。

你的　弗兰茨

〔1907年8月29日—布拉格〕

31. 致海德维希·W.

尽管如此，亲爱的，这封信到晚了。你写什么，你是深思熟虑过的。以前我决不能硬着头皮写信，这不是因为我夜里端坐在床上，也不是因为我在长沙发上和衣而卧和在白天比应该的次数更多地回家。一直拖到今天晚上我才想给你提笔写信。但是事前我在开着的抽屉里取了几张纸，找到了你的信。信早就到了,但是有人掸去了信上的灰尘,悄悄地、小心谨慎地把信藏到抽屉里。

我想,写信就像河水拍岸,但是我不是指听河水拍岸的声音。

你请坐,让我安静一下,让你望着我,而不是看着我的字母。

你想象一下,A 君收到 X 君的信,X 君试图在每封信里否定 A 君的存在。他振振有词地提出很难到手的证据,再加以贬斥,直弄得 A 君几乎下不来台,甚至证据中的不足之处也使他哭哭啼啼。X 君的一切意图首先被掩饰住。他只说,他认为 A 君相当不幸,他有这个印象,对细节他一无所知。他顺便安慰 A 君几句。当然,如果是这样的话,人们一定不会感到惊奇,因为 A 君是一个不满足的人,Y 君和 Z 君也知道这一点。他们终于承认,他有理由不满。他们望着他,看着他的情况,一定不会反驳他。如果人们真正观察他的情况,就必定会说,A 君不够满足,因为如果他彻底地调查自己的情况,正如 X 君所做的那样,他就没法活下去。现在 X 君不再安慰他。A 君看到,睁开双眼看到,X 君是最好的人,他给我写这样的信,天晓得,除了要谋害我,他还想做什么。他最近还生活得多么好,为了使我免于痛苦,他不想暴露自己,而是忘记了点着的灯是普照四壁的。

尼尔斯·吕内说,用沙子建不成幸福宫。他这句话是什么意思?当然,这句话是对的。但是,谈论流沙的人就不对吗?见到沙子的人并不在宫里,沙子流向何方?

我现在怎么办?我将怎样集中力量呢?我也在特里施,同你一起走过广场,有人爱上我,我还收到了这封信,正在读信,几乎读不懂,现在我必须告别,握住你的手,然后离开,向大桥走去,消逝。啊,这就够了。

我在布拉格没有给你买什么东西,因为我从 10 月 1 日起很可能在维也纳。请原谅。

你的 弗兰茨·卡

〔1907 年〕9 月初〔布拉格〕

32. 致海德维希·W.

亲爱的姑娘：

又到深夜了，我才能写信。时已秋天，天凉了。但是你那封好信使我感到周身温暖。你穿上洁白的衣服，又加上你的同情心，使你显得最美丽。但是衣服掩盖这个腼腆的姑娘太多了，衣服本身太被人羡慕了，也使人痛苦。我真想拥有你，甚至你的信就是精巧美观的壁纸，洁白而亲切，这意味着你正坐在草地上的某个地方或者在散步。为了抓住和留住你，才不得不捅穿它。

但是正是现在，当一切应该变好，我已经亲吻你的嘴唇，这是未来一切幸福的开始的时候，正当我想拜访你和待在你那里的时候，你不客气地对我说永别，然后走了。我要是将我的双亲留在这里就好了，还有几个朋友和我必须惦记的其他事情。现在你还将待在这座该死的城市，在我看来，我一定不可能迫使自己穿过多条小街小巷去火车站。但是维也纳对我比起布拉格对你更必要。我将在出口学院学习一年，完全埋头在一篇非常吃力的论文中，不过我对此满意。你得把我读报的时间再推迟一点，因为我还要去散步，必须给你写信。否则我决不会得到快乐。

我总是乐于参加你的聚会的，你得给我比上一次茶话会更多的机会。因为那里还有许多对我很重要的事情，你对此未写片言只字。你几点钟来？什么时候离开？你穿得怎样，在哪间房吃过饭，你是否笑过和跳过舞，你对谁看了一刻钟之久？最后你累了，睡得好吗？你怎么写的信，并截留了属于我的一封信——这是最恶劣的行为。在这新年天气好的日子，仅这一点就使我心情沉重，你同母亲和祖母走过石子路，跨过两级台阶和石板，去寺院了。这时你未考虑到，无望比希望需要更多的勇气，如果出于热情可能有这样的勇气，正在转变方向的风就能给勇气最有利的方向。我最衷心地吻你。

你的 弗兰茨

〔1907年9月初—布拉格〕

33. 致海德维希·W.

最亲爱的：

他们把我的墨水拿走了，已经睡觉了。请允许用铅笔给你写信，以便我拥有的一切都与你共享。要是你独守这间空房，天花板上只有两只苍蝇嗡嗡叫，房间里有点玻璃杯，那么我就能靠你十分近，我的脖子挨着你的脖子。

我很不幸，直陷入精神混乱。有几种小病，有点发烧，有点失落感，这使我卧床了两天。于是我给你写了一封热情洋溢的信。当然，在这风和日丽的星期天，我在窗下墙上撕毁了这封信，因为你这个可怜人，爱情使你够激动的了。可不是吗？你在深夜哭了好几个钟头，而我披着星光，穿街过巷地到处转，以便为你作一切准备，到头来，你却觉得我们住的街道相距是远是近，或者住在外省，都无所谓。我们的一切多么千差万别。星期四凌晨我肯定待在火车站，然后当天下午（火车不是在两点半，而是 3 点到达火车站，迟到了半小时）你在特里施瑟瑟发抖，然后写了那封信。我在星期五收到了这封信。我除了躺到床上，不知道能做什么更好的事情。这倒不坏，因为我不坐起来，就能从床上看到望景台、绿茵的山坡。

结果，我们在布拉格和维也纳之间跳起了四对舞，未真正鞠躬就不彼此聚在一起了，虽然我们还愿意这样做。但是终究还必须跳圆舞的。

我身体很不好。我不知道情况将会如何。现在我一大早起床，看到美好的一天开始，那么这是可以忍受的，但是以后……

我闭上眼睛，吻你。

你的 弗兰茨

〔1907 年 9 月初于布拉格〕

34. 致海德维希·W.

亲爱的：

你住在特里施引人注目，因此，我今天在地球仪上你在特里施城的住处涂上一个红点，想必你不会感到惊奇。今天下雨，我将地球仪取下并涂上红点。

你在特里施哭了，以前没有哭过。你现在参加妇女茶话会，你说你在那里未被人看到，你结上了一条我完全不知道的丝腰带。你在那里写了一封信，没有寄发。你在哪里写的这封信？大概是用铅笔，放在膝盖上或靠在墙上、布景上写的吧？在前厅里写信，灯光够亮吗？我不是好奇，举例说吧，如果我想知道阿加特小姐同谁跳舞了，那是好奇。如果是这样，我这样问是不合适的，你不给我回信是对的。

但是现在的情况是，你虽然通过其他人，同特里施的所有的人建立了某种直接的关系，甚至与旅馆的仆人或者与看守农田的警卫，你在他看守的田里偷萝卜。你吩咐他们干什么，被他们逼哭了，不管怎么说，这些情况你都要写信告诉我呀，就像一个人在流放时——我还不认识一个流亡者——想知道家乡重大变化的消息一样，他几乎不能读到什么消息，因为很不幸，那里没发生什么变化，幸运的是，现在知道了一些消息。这里可以说，我对你护理的病人没有同情。

明天对我作出最后的决定吧，但是这封信是不耐烦的，一旦我写上"亲爱的"三个字，这封信就有了生命，不愿再等待。如果你以为追求理想的利益适合我的天性，因为有足够的理由说：疏忽了实际利益，那么你就误以为我可爱了。

我知道你必须离开维也纳，但是我同样要离开布拉格，当然我们可以好好地例如在巴黎度过今年。不过，照下面去做也是对的：我们需要什么，我们就开始做什么。如果我们继续这样做，我们将没有必要非聚在一起不可，对吗？

我请求你，将你在布拉格的前途详细写信给我，也许我一定能为此作准备哩。我乐于这样做。

你的　弗兰茨

〔1907〕9.15〔布拉格〕

35. 致海德维希·W.

亲爱的：

你错怪我了。我不知道，对某人稍微有点厌恶是否就必须错怪他。我将无法说服你，但是我根本没有讥讽。我想知道的一切事情，你已经写信告诉我了。这一切对我来说是重要的。情况就是这样。正是你称之为讥讽的这些话，只不过是我这几天可以抚摩你的速度。这里是否谈得上农田警卫，还是谈得上巴黎，这几乎是次要的问题。

我这封信早晨又中断了，现在已过子夜，疲劳得很，但继续写信。

是的，已下了决心，但今天才下决心。其他的人只是很少时候下决心的，然后在很长时间享受下决心后的愉快。我却是不停顿地下决心，次数之多，活像一个拳击师，只是我以后不会打拳击，这是实话。此外，这只是看来如此，我的事情但愿即将得到相应的结局。

我留在布拉格，很可能在几周以后在一家保险公司谋得一个职位。这几周我将必须不停地钻研保险业务，在那里是很有趣的。其他的一切我将等你来时才能对你说。当然我必须小心谨慎，决不能使现在捉弄我的天命变得神经质。你不可将此事告诉任何人，连对我的舅父都不要说。

你何时来呢？关于住房和费用你未写清楚。你知道，我愿意帮助你，但你未说，信纸空了一截。我帮助你的诚意未变小，但我对你说过，我的熟人可惜不多，我在哪里询问，都是白搭，因为别人要的是工作多年的女教师。至少我将在星期天让《日报》和《波希米亚报》登一则广告：

"一个青年女子，高中毕业后，先在维也纳、后在布拉格上大学，学习法语、英语、哲学和教育学，欲寻找教育儿童的教师工作，根据迄今的教学成果，自信能充当此任。或者可当朗诵员和陪客聊天的小姐。"

我从行政管理处取来了杂志。我想将特里施作为邮件存邮局待领的地址，也许下周你已到布拉格了。

当然我还将继续为你找工作，因为人不可过于自信。祝你像我一样在布拉格凑巧交好运。

你的 弗兰茨
〔1907〕9.19〔布拉格〕

36. 致马克斯·勃罗德

亲爱的马克斯：

现在情况就是如此。其他的人曾偶尔下决心，在这期间他们欣赏自己的决定。但是我经常像一个拳击师那样下决心，但是我不会拳击。

是的，我待在布拉格。

最近我很可能在这里谋得一个职位（完全没有什么非同寻常的地方），只是为了不使工作单位的上司神经质，我没有写下详细情况，我也不会这样做。

我将为你感到高兴。

你的 弗兰茨
〔1907年9月22日—布拉格〕

37. 致海德维希·W.

亲爱的：

你的信令人奇怪地晚上来了，因此只好赶紧写这封回信，以便你及时收到它。

我突然想到，舅舅应该给妈妈写信。这个想法很好，人们只可以指摘我，说我没有亲自去。

你又想离开我，或者以此威胁我，这究竟是怎么回事？我呆在布拉格，这足以破坏你的计划吗？请你来吧，正好在你的信到来之前来，我想，如果我们总是在星期天上午一起读那本法文书，那多好啊！我现在有时候读这本书（现在我很少有时间），这本书是用支离破碎的法语写的，我多么爱读它，来吧，我求你了。

你认为，我高兴替你做的事，你都要付钱，这个看法使我高兴。我附寄的广告版（为的是使你看看这些广告显得多么笨拙和差劲）倒是不重要，而我昨天夜里向你祝酒付的香槟酒酒账——你至今未注意到——我将叫人给你送去。

现在使你生气和疲劳的种种小事只是第一次很糟，第二次已被预料到了，因此倒有趣。只是转半个圈需要勇气。来吧。

你的　弗兰茨
〔1907〕9.24〔布拉格〕

38. 致海德维希·W.

你看到的，亲爱的，这总还是一次微不足道的成功。

我拆开这些信，因为我想，我可能帮你打听。现在这一封看来是一个靠得住的犹太人写的，我将打听这是些什么人，至少我会给他们写信的。

另一封信有点像小说。你应该用特定的代号（我会翻译的）写信，在什么条件下能同一位21岁小姐用德语谈话，每周三次，或许在散步的时候。为了愉快，你一定会回信的。

但是两件事要快办。我不相信还会有什么信件寄来，至少我们将在今后几天再登广告。

最衷心地问候你，向你妈妈问好。别忘记来。

你的　弗兰茨
〔1907〕9.24〔布拉格〕

39. 致马克斯·勃罗德

亲爱的马克斯:

　　为了迅速给你复信,我在街上给你写的信。你为什么借这么一本坏书供你闲暇时间看,你的记忆力真好。我总是星期五来。我对手术一无所知。我只问(因此我只在明信片上写),为什么亲爱的上帝惩罚德国、布莱和我们? 我一定在晚上6点一刻来。

你的 弗兰茨

〔明信片邮戳:1907.10.8—布拉格〕

40. 致海德维希·W.

　　现在我应该给你写信,再划上褐色线,因为已关门睡觉的人有墨水,爱上你的铅笔可以立即找到。亲爱的,亲爱的,秋中时节出现夏天天气,多美呀! 这多好呀! 如果人们在体内不能保持平衡,要忍受季节的变化,那是困难的。亲爱的,亲爱的,我从办公室回家的路值得一叙,特别是这条路是我唯一值得一叙的事。我总是6点一刻匆匆忙忙地从办公楼大门出来,后悔浪费一刻钟,向右转弯,走过文策尔广场,向下去,然后碰到一位熟人,他陪我走,向我讲述了几件有趣的事。我回到家里,打开房门。你的信在这儿。我读你的信,好像一个因走田间路疲劳不堪,现在来到了树林里。虽然我迷了路,但是我因此不再害怕。但愿每天这样结束。

〔1907〕10.8

　　亲爱的孩子,那么迅速地过去几个夜晚之后,又是一个晚上。收到你的信后,心情激动,显然得用墨水写回信。

　　我的生活现在没有条理。当然我有一个工作岗位,工薪微薄,80克朗,工作8—9小时,时间非常长。在办公室之外的时间我就像头野兽,猛吃一顿。由于我至今未完全习惯，将我的日常生活限制到6小时，此外我还要学习意大利语，在室外度过这些美好日子的夜晚，因此我在闲暇时间竟然忙忙碌碌，抽不出多少时间来休息。

现在我在办公室里。我在普通保险公司工作。我总希望有一天自己在遥远的地方，坐在一把安乐椅上，从办公室的窗户里向外望，看那长满甜菜的田野，或者回教徒的公墓，而那家保险公司的业务使我很感兴趣。但是，我目前的工作使我悲哀。有时候，搁下那里的笔，那倒是舒服的，也许可以想象一下，我把你的手绞在一起，用一只手搂着你，现在知道，我不会放开你的，即使我的手关节被拧掉了，也不会放开你的。再见。

你的 弗兰茨

〔1907年10月初—布拉格〕

41. 致马克斯·勃罗德

亲爱的马克斯：

我最早在10点半或11点才能来，因为有人要在那里检查我的身体。现在几乎可以肯定，我将一直不幸，就我来说，对不幸一笑置之，他们只是出于公众利益，心情愉快地检查我的身体。

你的 弗兰茨

〔明信片邮戳：1907.10.26—布拉格〕

42. 致海德维希·W.

亲爱的姑娘：

如果说我没有立即回信，请原谅。但我仍然不懂得好好利用这几个小时，因为当时我想，马上就到午夜了（即现在）。别以为是好天气使我怠慢了你，是笔使我怠慢了你，亲爱的。可是你的问题我将全部回答。

我是否会马上走，调得远远的，这我不知道，一年内几乎不可能，最理想的是能够离开社交圈，这不是完全不可能的。

我对工作本身的抱怨并不像对拖泥带水的时间的惰性的抱怨那么强烈。也就是说，办公时间是无法切割的整体，在最后半小时里仍能像在第一个半小时中那样感觉到 8 小时的压力。这就像在一次夜以继日的火车旅行途中，最终乘客变得非常胆怯，他既不去想火车司机操纵机车的工作，也不再去想山峦起伏的或平坦的原野，而是始终把表拿在手中，把一切全都归诸于表上的时间。

我在学意大利语，因为我第一站肯定是到特里斯特。

最初几天我在那种敏感的人眼中一定是非常刻苦用功的，也确实如此，我觉得自己低了一头；在 25 岁之前连片刻的时间都没有懒散过的人是十分令人遗憾的，因为我相信，赚的钱带不到坟墓里去，而懒散掉的时光却是会被带去的。

我 8 点到办公室，7 点半上路。

无缘无故快乐的人？所有有一个类似职业的人都是如此。他们跃向快乐的跳板是上班时间的最后一分钟；可惜我同这种人并无来往。

《艾洛特斯》即将以《一个恋人的道路》为题出版，但没有我设计的扉页，该页被认为是无法翻印的。

你说那位年轻作家写的东西是有趣的，只是你夸大了我们之间的相似性。我只不过偶尔顺便地试图穿着好一点，可是全世界许多国家的许多人已经做到了这点；正是这些人善于保养指甲，有的还涂指甲油。他能说一口漂亮的法语，这便是我们之间的一个重要区别了，而他能同你来往，则是个该死的区别。

那首诗我读了，由于你给了我评判权，所以我可以说，里面有许多自豪感，但我认为，这种自豪感可惜过于形影孤单了。总体而言，我感到这是对值得钦佩的同时代人一种天真的，因而是令人喜爱的钦佩之情的表达。这就是我的评语。但考虑到捧在你可爱的双手中的天平对外在平衡的过分敏感,我在此奉上一份拙劣的、似乎已有一年寿命的小东西①,应由他在同样的条件下加以评判。(你不愿说出他的名字和其他任何情况,对吗?)如果他对此大加嘲笑,我会非常高兴的。完事后你把这纸寄还给我,就像我现在做的这样。

现在我已答复了你的一切问题,并超过了;现在该我行使权力了。你在信中对我谈及的你的情况,是这样模糊,你自己一定也感觉到了。是因为我的责任,使你受到别人的折磨呢,还是你自己在折磨自己,而别人只不过是没有帮助你?"一个深得我好感的人","双方都应该让步"。在这座于我模糊不清的大城市维也纳,我能看得见的只有你,而我现在看来都有点帮不了你的忙。钟声悲哀地敲响了 1 点,还不允许我结束这封信吗?

你的 弗兰茨

〔约 1907 年 11 月于布拉格〕

43. 致海德维希·W.

疲劳,但是顺从和感谢。我感谢你。可不是,现在万事顺遂。从秋至冬的过渡时期常常如此。由于现在是冬天,我们坐在一间房里(情况确实如此),我们每人各靠一堵墙,彼此相距有点远,但这是古怪的,不必如此。

什么故事,你了解多少人、散步和计划。我不知道任何故事,没有看见任何人,每天我都散步,急匆匆地穿过 4 条小巷。我已经拐过街角,越过一个广场,对种种计划太厌倦了。也许我将冻僵了的手指尖向上(我未戴手套)渐渐触到木箱去投信,以后你在布拉格将有一个可爱的写信人,从我的手里得到一笔宝贵的财产。因此,在我像牛马一样生活的时候,我不得不双倍地请你原谅我使你不得安宁。

---

① 指小短篇《相遇》,后来卡夫卡以《拒绝》为题收入他的第一本书《观察》中。

老天哪,我为什么没有把这封信发出去呢?!你一定会生气,或者只是感到不安。请原谅我。请你也反对我的懒惰,或者如你所谓的亲切一点的说法。但是这不仅是懒惰,还有恐惧,对写作的普遍恐惧。写作这个令人奇怪的工作,现在是必不可少的,是我全部的不幸。但是首先,只应该经常通过某种活动使令人颤抖的事情趋于平静。但是我相信,我们的关系不属于这类事情。

尽管如此,我早已给你写信了,而不是把开始写的信一点一点地收集在一起,但是我现在十分突然地走到一群人之中。军官、柏林人、法国人、画家、歌唱家,这群人十分愉快地夺去了我晚上好几个小时,例如昨天夜里,我没给一个管弦乐队一点小费,而是借给它的指挥一本书。诸如此类。人们忘记了,时间过得快,失去了几天时间,因此应该同意。亲爱的,向你致以问候和感谢。

你的 弗兰茨

〔1907年11月—布拉格〕12点

44. 致马克斯·勃罗德

亲爱的马克斯:

见到你们很高兴。我说了些不谨慎的话,在我离开你们以后,我才开始突然感到对后果的担心。可不是吗,你看,不是没有发生什么事吗?

我的父亲应该在魏斯贝格先生处为博伊姆尔[①]先生所用,这一点坚持不变。他也可以叫我,虽然不很愉快,但是我请求你,他绝不应该说我不满意,我将放弃这个工作,我得到邮局的一份工作之类,这样说,我会非常痛苦的,因为魏斯贝格先生不费吹灰之力把我送进了保险公司,这在我早些时候找工作绝望之后是多么合适。我对这家公司的规模之大很高兴,我非常感谢他。他在这家公司也为我作了某种程度的担保,在

---

① 卡夫卡青年时代的朋友,几个月后死去。

魏斯贝格先生在场时，上司已经立即发话说，只要我被接受（当时还根本没有把握），我就将永远留在公司，这是不言而喻的。当然我点头同意。当然，如果我在邮局得到一个工作（是否能得到，现在还十分可疑），也一定要作出这种说明的。不过目前我想不用指尖伤害我过去的天命。

你的 弗兰茨

〔1907年底于布拉格〕

45. 致费利克斯·韦尔奇

终于对这整个城市有了感情。在您的房间里我就感到痛苦，因为您在那里拼命学习过。现在事情已经过去。谢天谢地！

您的 弗兰茨·卡

〔明信片，大概是1907年〕

1908年

46. 致马克斯·勃罗德

我请求你，亲爱的，亲爱的马克斯，即使你以前想将今晚移作他用，也请你等我一下，以免我从剧院接人，不必乘胶皮自行车去，不必坐在咖啡屋的阳台上，不必去酒吧，不必看那件条子衣服。要是你每天晚上给我时间就好了！

〔邮戳：1908年1月11日—布拉格〕

47. 致海德维希·W.

亲爱的：

现在我忽然置身于办公室内的打字机音乐中，匆匆忙忙地打着，夹带着优雅的错误。我早就应该对你的来信表示感谢了，但这会儿已经又迟了。可是我相信，你在这方面已经永远地原谅了我，因为如果我身体情况正常，我早就写了——这由来已久，但当时并不急迫——否则回信就慢。无论在你的信中你对我是多么热情，你却忘了为我的那种恨不得一头扎入任何一处马路里而不再拔出来的劲头恭维一番。我迄今为止都过着有规律的生活，尽管这种生活时有间歇，因为在寻常的年头造一顶轿子并不困难，坐在轿子里，可以感觉到由善的精灵们抬着穿过大街。假如何时（我本想继续这么写下去，但已到8点一刻，我得回家了），假如何时一根木头断了，即使是刮风下雨，坐轿人反正是被扔在了乡村公路上，一筹莫展，远离想要前往的幽灵般的城市。请允许我把这类故事蒙在头上，就像一个病人把床单和被子一股脑儿地盖在身上一样。

上面这段早就写好，而今天又收到了你的来信，亲爱的。

现在第三封信可以开始写了，三封信中也许总有一封会使这个激动的、过度紧张的孩子平静下来。不是吗，我们现在在走到蓝、褐、黑的三封信的旗帜下，一起说出这句话，注意每一个词都说得恰如其分："这生活是令人恶心的。"不错，它是令人恶心的，但在两个人同时讲时，程度就不那么严重了。因为一旦甲爆发的感情波及乙，即为后者所阻，不再扩展，而人们一定这么说："这'令人恶心的生活'她讲得多好，边讲还边跺脚。"这个世界是可悲的，但却是一种泛出红光的可悲，有生气的可悲离幸福难道还远吗？

你知道吗？我度过了可恶的一周，办公室里事情多得做不完，也许从现在起将一直这样了，不错，人要对得起他的坟墓，再加上别的事，以后我会告诉你的，简而言之，人们把我像一头野兽一样攉来攉去，由于我根本不是野兽，所以我会多么劳累就可想而知了。上星期我名副其实地属于我居住的这条街，我把它称为"自杀者的助跑街"，因为这条街坦坦荡荡地通向河边，那里将建一座桥，在对岸由山丘和花园构成的百乐宫下面将挖一条隧道，工程完毕后就可以走出这条街，过桥，然后在百乐宫下面散步。但目前立着的只有桥的架构，这条街仅通到河边。但这一切只是开玩笑，因为无论何时，过桥走上百乐宫总比投河进天堂要美妙些。

我理解你的处境，你要学的东西是稀奇古怪的，即使没有人哪怕对你说一句责备的话，你也会紧张不安。可是你瞧，无论如何你已经有了明显的进步，你有一个目的，它不会离开你，它就像一个姑娘，即使你抗拒，她仍然会给你带来幸福；而我将永远是一个响陀螺，顶多使走近我的人的耳膜感到一阵痛苦，仅此而已。

我很高兴在你的信中出现了一个明显的错误，这一点你自己马上就不得不承认，因为本周在我们这里只有一个节日，另一个日子一定是下奥地利〔州〕的独家幸福；在这方面你不能同我争论，因为我记住了5月初以前的所有节日。在所有其他方面你都有权利同我争论，或者更糟的是，你甚至可以拒不同我争论，但我在此顺便请求你别这么干。

你的　弗兰茨

〔约1908年初于布拉格〕

48. 致马克斯·勃罗德

亲爱的马克斯：

你有一个多么不利的开头的字母！即使我愿意，用我的钢笔杆也不能给他做什么好事。

但是我很忙，这里有阳光，因此我在这个空办公室得到了一个几乎好极了的主意，实现它极其便宜。我们可以不按原计划从星期一到星期二去过夜生活，而是去过一次美丽的晨生活，在5点或5点半在玛丽雕像旁会面——在女人像旁我们不能缺少女人——然后去特罗卡德罗或库赫尔巴德或埃尔多拉多①。然后我们可以在摩尔道河畔花园里喝咖啡，或者也靠在约茨的肩上。两者都可取。因为在特罗卡德罗酒店，我们谁也不会怪罪谁，百万富翁和更富有的人在早晨6点钟也没有钱，我们这样来，会被所有其余酒店抢光的，现在不得不去咖啡店了，因为我们需要喝一点咖啡，只是因为我们过去是百万富翁——或者我们现在还是，谁知道早晨还是不是——我们能付第二杯咖啡钱。

你看到的，办这种事你只需要一个空钱包，我能够借钱给你，如果你愿意的话。但是，如果你办这种事的勇气太小，太不吝啬，毅力太小，那么你就不必写信给我，星期一9点碰面好了。如果你不同意，就请立即给我写张明信片，提出你的条件。

〔普通保险公司的信头，
邮戳：1908.3.29—布拉格〕

49. 致马克斯·勃罗德

亲爱的马克斯：

我有两本书和一块小石头送给你。我一直努力为你的生日找到点礼物。这礼物不能因对它漠不关心而改变。丢失、腐烂和遗忘。在我冥思苦想了几个月以后，我又只知道送书了。但是送书也有难处。一方不感兴趣，另一方又更有兴趣，只有我的信念把我引向那些不感兴趣的东西。我的信念在我身上不起决定性作用。最后我还是改变了想法，手里拿了一本书使我抑制不住兴趣。有一次我故意忘记你的生日，以为这比送本书还好些，但是其实不好。因此我现在送给你这块小石头，只要我们活着，我将总是送给你小石头。如果你口袋里放着它，它将保卫你，如果你把它放在抽屉里，它也将不是无用之物。如果你把它扔掉，那也是最好的。因为你知道，马克斯，我对你的爱胜过于我。我心中对你的爱胜

---

① 均为酒店名。

过蕴藏在我心中的爱。如果爱在我这个不可靠的人身上也有一个坏的支撑点,那么爱在这块小石头上会得到一个用巨岩建造的住房,爱就藏在沙伦胡同①石子路的石缝中吧。我对你的爱长时间来拯救了我,次数比你知道的还多,正是现在我比任何时候都不了解自己,我完全清醒时也仿佛感到自己只是在半醒半睡状态,对自己了解极少,还正是这时候,我好像同黑衣隐士们一起到处转悠。正好将这样一块石头扔向世界,将安全与不安全分开。书却相反!一本书开始使你厌烦,书不因此不存在,或者你的孩子撕毁它,或者像瓦尔译的书,你得到它时,它已经支离破碎了。相反,石头不可能使你厌烦,这样一块石头也不可能毁灭,过若干年以后,你也不可能忘掉它,因为你没有义务记起它,你毕竟也永远不能最终地失掉它,因为你在第一条最好的石子路上又能找到它,它正是最好的石子。即使我更多地赞美它,也不会损害它,因为通过赞美造成损害,只能是由于受赞美者被赞美压得粉碎,受到损害或被压坏。但是这个小石子呢? 一句话,我为你找到了这个最好不过的生日礼物,转给你并吻你,谨表谢意。

你的 弗兰茨

〔约 1908 年 5 月于布拉格〕

50. 致马克斯·勃罗德

亲爱的马克斯:

谢谢你。请你一定原谅我这个不幸的人,我没有早些时候感谢你,星期日上午和下午开始,我完全徒劳无益地、非常徒劳无益地谋职,但是只是由于我的体态才谋到一个职位。又一个下午我待在祖父那里,但是常常抓住空闲时间,当然傍晚在亲爱的 H②的床旁沙发上,她盖着红

---

① 卡夫卡曾在此住过。
② 可能指卡夫卡的女友海德维希·魏勒。

被子敲打她的身体。晚上同另外的人看展览,夜间去酒吧,5点半到家。由于我第一次看见你的书①,我为此再次感谢你。我只读了几页,我已经熟悉这本书。这里多么吵闹,闹得要命。

你的 弗兰茨

〔普通保险公司信头〕

〔1908年6月9日于布拉格〕

51. 致马克斯·勃罗德

亲爱的马克斯:

我真诚地感谢你。只是我仍然不明真相,这比你的教导更清楚。从你的教导中我确信认清的唯一事情是:我们还必须长时间地经常地一起看电影、机器间和日本歌妓,然后我们将不仅为我们,而且为世人了解这些东西。但是星期一我不行,而从星期二起每天可以去看。我期待着你,星期二4点钟。

〔明信片邮戳:1908.8.22—布拉格〕

52. 致马克斯·勃罗德

亲爱的马克斯:

现在5点,6个小时工作疲劳厌倦,喝杯牛奶下肚,这还有顺带的意义。但是此外,此外还有一些什么?早、中、晚三餐吃得很好,住在旅店房间里。我喜欢住旅店房间,在旅店房间我立即感到像在家里一样,真是比在家还好。

---

① 书名是《诺尔内皮格宫》,斯图加特,1908年。

我星期四下午来。

你的 弗兰茨

〔风景明信片邮戳：1908.9.2—特岑〕

53. 致马克斯·勃罗德

当时我躺在床上直到 12 点，下午不见好。前一天夜里就患病了。我现在在捷尔诺契克，这不值得引人注意。但愿你们身体比我好。

弗·卡

〔明信片邮戳：1908.9.9—捷尔诺契克〕

54. 致马克斯·勃罗德

亲爱的马克斯：

我坐在游廊屋顶下，前面开始下雨，我保护双脚，将脚从冰冷的砖地放到桌子的横木上，只是用手写字。我在写信，我感到很幸福，如果你在这里的话，我会高兴的，因为你在森林里有些东西，我若躺在沼泽地，可能将思考好几年。再见，我一会儿就来。

你的 弗兰茨

〔明信片，1908 年 9 月于波希米亚森林施皮茨贝格〕

55. 致马克斯·勃罗德

亲爱的马克斯：

现在是午夜 12 点半，也就是说通常不是写信的时间，即使像今天这样炎热的夜晚也不例外。甚至连夜蛾都不飞到灯下来呢。

在波希米亚森林中度过了幸福的 8 天后——那里的蝴蝶飞得像我们这儿的燕子一样高——我回到布拉格已经 4 天了,我是这样地孤单。任何人都受不了我,我也受不了任何人,但第二点只是第一点的结果,只有你的书使我感到舒服,我现在终于正式地在读它了。我已很久不曾这样无法解释地深深陷在不快之中了。我读着这本书时,就紧紧抓住它不放,尽管它本身也根本没有帮助不幸者之意。就这样我无可奈何地要去找一个只是友善地抚摸我的人,所以昨天我同一个妓女在旅馆里。她太老了,已经不会产生忧郁之情,她只是感到遗憾(虽然她并不为此惊讶),因为人们对妓女不像对一种情爱关系那样亲切。我没有安慰她,因为她也没安慰我。

〔1908 年 9 月于布拉格〕

56. 致马克斯·勃罗德

亲爱的马克斯:

我多么喜欢星期二很快到来。我现在只有一个问题,要是你能立即回答我就好了。例如 8 个人坐成一圈谈话,什么时候和怎样发言,以免被认为沉默不语。天哪,这可不是随意发生的,如果一个人简直像印第安人一样不参与此事的话。要是我早点问你就好了!

又:我爸爸没有买阳台作"交际"场所。

你的 弗兰茨

〔明信片,1908 年 10 月 25 日—布拉格〕

57. 致奥斯卡·鲍姆

尊敬的鲍姆先生:

您的书出版(我还没有读它,我渴望去读)和您昨天的邀请使我很愉快，我非常感谢。当然我会来的。如果我带来一本书而又想宣读不很少的话，请不要认为我忘恩负义。

如果我们不是星期一，而是星期三来，正如马克斯给您写信所说的那样，但愿这对您不是不合适的。

我吻您可爱的夫人的手。

您的 弗·卡夫卡

1908.11.6〔布拉格〕

58. 致马克斯·勃罗德

亲爱的马克斯：

据报纸报导，似乎你万事顺遂，因此我当然祝贺你，我和大家。我说过，虽然我不知道幸福在哪里，但是，有人将使你有可能取得类似的看法，对此我一定高兴。

你的 弗兰茨

〔明信片，1908 年 11 月 21 日—布拉格〕

59. 致马克斯·勃罗德

亲爱的马克斯：

如果我今天去你那里的话（今天去不成，我正要明天去），我早就请求你安排了（正如我现在所做的那样，因为这样出人意料不会有什么意义），怎样安排都可以，但不是恶意地安排我不必明天晚上去。因为我今天清晨洗脸前认识到，两年来我绝望了，只有多多少少地限制这种绝望才能决定目前情绪的性质。我现在在咖啡馆里，读了几篇好文章，身体已康复，因此不像以前在家里那样有信心地写作。但是这并不相反地证明，两年来我在早起时没有对往事的回忆，这种回忆对我这个有力量安慰人的人会是有足够力量的安慰。

弗兰茨

我绝不会到任何地方去。

〔明信片邮戳：1908.12.10—布拉格〕

60. 致马克斯·勃罗德

亲爱的马克斯：

我还必须在明天之前为狄德罗的书①感谢你。我真需要这样的愉快。一个人着手去进行愉快的事时，就总会有愉快。但是，一个人走得越远，他周围的愉快就结束得越快。

我最近读了关于卡斯纳和其他一些书，抄录了下列句子：

从来没有我们见过、听到过或者哪怕只是感觉到的事物，虽然还没有人尝试过，但这些事物未得到证实。尽管人们未看见这些事物进行的方向，但是仍然跟在这些东西后面立即跑来了。未等触及这些事物，未曾陷进这些事物之中，人们就抓住了它们。人们拿着衣服、家庭纪念品和带着种种社会关系陷入其中，就好像落入只是道路上一块暗处的阴沟里。

这确实是一个问候你的机会，祝你工作一帆风顺。

你的 弗兰茨
1908.12.15〔布拉格〕

---

① 指《拉谟的侄儿》。

61. 致埃尔莎·陶西格

请您不要害怕，我只是想及时地提醒您（像我以前所做的那样，我尽可能晚地提醒您，以免您忘记），您今晚要同您妹妹一起去"东方"电影院。

我再写信也是多余的，甚至还缩小了上封信的意义。但是我仍然感到做这多余之事比做这差不多必要之事更容易。我承认，我总让这件差不多必要之事使人痛苦。我可以承认这一点，因为这是当然的。

因为我们高兴的是，我们已经做完了这完全必要的事（这件事当然必须总是立即做完的，否则我们怎能有精力去看电影——请您别忘记今天晚上去电影院——去做体操和洗淋浴，去独居，去吃好苹果、去睡觉，如果已睡足了的话，就去一醉方休，去回忆某些往事，如果天黑了的话，在冬天去洗个热水澡，还去干什么，只有天知道）。我以为，那时候我们将高兴，正因为那么高兴，刚把多余的事做完，所以恰好把这差不多必要之事搁下了。

我之所以提出这一点，是因为在傍晚以后我在您的住所知道了，给您写信对我来说差不多是必要的。我最终地耽误了此事，因为在最近一次电影放映以后——您必须分清这一点——那封信仍然差不多必要，但是这种顺带的必要性已成过去，不过当然是朝着另一个比多余之事所处的那个方向简直更无价值的方向。

您最近对我说，要我给您写信，好给您看看我的笔迹，这时您立即给我做必要之事的各种前提条件，从而把做多余之事的条件交到我手里。

然而您说那封差不多必要的信不坏。您必定怀疑，这件必要之事总会发生，多余之事大部分会发生，这件差不多必要之事至少在我这里只是少见的，因此，若去掉任何关联，可以说，这差不多必要之事可能变得不那么有趣。

很遗憾，我写了那封信，因为很遗憾，您嘲笑那封信，不过我——您一定要相信我——根本不想说什么反对您嘲笑的话，也根本不想——例如说——反对《彬彬有礼的卫兵》或者《好喝酒的宪兵》。

今天将使您发笑。

您的 弗兰茨·卡
〔1908年12月28日—布拉格〕

62. 致马克斯·勃罗德

亲爱的马克斯：

不，我谢谢你，这不行，最好不去。

（顺便说一句。我4点钟才收到你的明信片，我已打算去你那里。我睡了一觉，现在6点一刻起床，如果想睡的话，还会睡过头一会儿的）。

你们那里有许多客人，谁对你说的，他们想见我，哪怕只是忍受一下也要我去，结果，4天来我一醒来，就以今天能睡一觉来自慰。如果我去了的话，我们虽然首先会喝茶，但是准保不会去读《圣徒安东尼乌斯》①，更不可能去读《幸福的人》②。

但是现在对我来说没有比《幸福的人》更重要的读物了，因此我特别真诚地祝愿你新年幸福。请你不再熬夜和开夜车。再见，亲爱的马克斯，代我向你全家恭贺新年，在又要我去旁听时，写信给我。

你的 弗兰茨
1908.12.31〔布拉格〕

63. 致马克斯·勃罗德

亲爱的马克斯：

你不想让人在明天，星期三晚上从我这里将你接走。你也一定会辞

---

① 法国名作家古斯塔夫·福楼拜（1821—1880年）的小说《圣安东的诱惑》（1874年）。
② 卡夫卡写的短篇散文。

别普里布拉姆。这样做你就好了。星期六夜间我失去知觉,现在已从昏迷中苏醒过来。你不知道此事,当然这也得怪我好久没有参加交往。但是不仅这一点,如果我参加了,那会有帮助的。当时我也在"伦敦"酒吧,在约什和马尔契①。但是星期天我又复原了。我去看《海军中将》②。我认为,如果要写剧本的话,人们只能在小歌剧院学习。即使将来在台上对这剧本不感兴趣,剧本无出路,乐队指挥在下边可以开始做点什么。在海湾后面各种型号的大炮交叉发射,男高音歌手的双臂和双腿就是武器和旗帜,四角响起了女合唱队员的大笑声,演员扮演水手穿的服装也漂亮极了。

顺便说说,如果你愿意明天来并写封信告诉我的话,我也将给你看看我的新大衣,如果做好了而我们又一起赏月的话。

〔1908 年于布拉格〕

1909 年

64. 致海德维希·W.

尊敬的小姐:

信都在这里,我也将今天的明信片附上,您的信我再没有片言只字了。

因此我可以对您说,如果您允许我同您谈话,您会使我愉快的。认为这是谎言,这是您的权利,但是这个谎言有几分太大了,因此您不可以相信它,于是未表示任何友好。此外,正是认为这是谎言的这一看法必定鼓励您同我谈话,但我不想说,允许同我谈话可能会使我愉快,否则,这可能促使您拒绝谈话。

---

① 均为酒吧。
② 卡尔·米洛支尔的小歌剧。

此外，没有任何考虑能逼迫您（我高兴，请您别忘记这一点）。您可能担心讨厌或无聊，也许您明天就要乘车离开，也可能您根本不读这封信。

我已邀请您明天中午到我们这里来。我不是您接受邀请的障碍，我总是两点一刻到家，如果我听到您要来，我将呆到 3 点半离开。此外，如果先来了，人们不会感到奇怪的。

弗·卡夫卡
1909.1.7〔布拉格〕

65. 致马克斯·勃罗德

亲爱的马克斯：

我昨天在 B 君处，由于你的过错和美丽的夜，我起得晚了，我十分疲倦，头脑迟钝，昏昏欲睡。天知道为什么，但是我挺不住了。我将睡一觉，将近 6 点钟去。晚上我想去普菲布拉姆处学习，不仅因为我需要我有点感兴趣的东西，我现在必须真正帮助 P 君办点急事，也由于一件邮件[①]，我总想见到他。也许这对他不会有很大的帮助，但总会有点帮助的。在我看来，你最近变得神经质了，尽管我不能理解你。

你的 弗兰茨
〔明信片邮戳：1909.1.13—布拉格〕

66. 致马克斯·勃罗德

亲爱的马克斯：

我向你讲过《波希米亚》的事，你记得吗？我现在觉得很有些信心。如果拒绝，那会令我遗憾的，不管是由于拒绝，还是由于事情本身。因

---

① 指给马克斯·勃罗德的邮件。

此，我想尽一切力量，保证成功，我不能赞成，说这个"想尽一切力量"只意味着"请帮助我"。我大约四五点来，我以为，明天星期五下午我去你那里。全部过程顶多一刻钟，现在这就算给你很多时间了。我知道，但请你原谅，因为我不能原谅自己。

你的　弗兰茨

〔明信片邮戳：1909.1.21—布拉格〕

67. 致马克斯·勃罗德

亲爱的马克斯：

今天晚上我不能来了。你真不知道吗？今天晚上我们要去杂剧院消遣消遣，看看三个被骗的人的小聚会。有怀疑吗？我星期四去你那里时，我最初是想抛开痛苦，去邮局向你祝贺。因为在这件事上产生怀疑是不可避免的。但是必须早下决心。邮局这个没有雄心的机关是唯一适合你的单位。一周后你就会得到很多钱，不再想找高职位了，那时就万事顺遂了。请你别再怀疑。此外，我将还债，你又会得到钱的。

我星期一6点来。

你的　弗兰茨

〔明信片邮戳：1909.3.13—布拉格〕

68. 致海德维希·W.

亲爱的小姐：

您写那封信的时候，您大概处于心绪不好但非持久的状态。您独处时写信，也许您不是完全没有用意的。这些用意当然无始无终。如果一个人有时独坐，从外表看，独处是不好的，但是在内心里独处也能给人几分安慰。当然必须学习，但不应该这样度过时间，如果甚至还吓得发抖，那就太可怕了。这一点我是知道的。人们以后会相信的。我记得很清楚，有人自杀未遂，落得终身残废。一个人只一瞬间就完了，又必须立即开始，在这种学习中掌握这可悲世界的中心。对我来说，身体在冬天越来越糟。在冬天吃完饭就必须点灯，拉下窗帘，无条件地坐到桌旁，被不幸之事弄得头晕目眩。及至起立，必须大声喊叫，还高举手臂作为飞走的信号。我的上帝。一个脾气好的熟人接着来了，为了我，谈了一些关于冰场的情况。他叫一个人来，把门关了10次。春天和夏天的情况可不同了。门窗都敞开着，在学习的房间和打网球的庭院，阳光同样明媚，空气一样新鲜。他不再在自己房间里四壁之内像在地狱里一样到处转了，而是像生气勃勃的人在两壁之间工作。这是在该死的人身上还保留的巨大区别。人们一定能消除这种区别。如果我能做到，您一定能做到的。在目前情况下我只能尽力而为。您想从我这里知道点什么吧。克拉尔小姐的情况是一个童话，不管美不美，我都不知道。我母亲下周动手术，父亲的健康越来越走下坡路，我祖父今天严重晕倒，不省人事了，我也不健康。

您的 弗兰茨·卡

〔1909年4月中—布拉格〕

69. 致马克斯·勃罗德

亲爱的马克斯：

是的，我昨天晚上没能来。在我们家里简直是爆发了一场战斗，父亲病更重了，祖父晕倒在商店里。

今晚6点暮色降临之际，我在窗边读了《石头，不是人》[①]。它以讨好的方式把我引出了人的生活圈，它不是罪孽，不是跳跃，而是不加掩饰地从生活中摘取的片断，尽管摘取的面并不广，但其中的每一个步

[①] 估计是马克斯·勃罗德的作品，载《波希米亚》1904年4月11日版。

子都迈得合情合理。读者相信，只要紧紧拥抱这首诗，就能怀着拥抱的喜悦比真实还更真实地从不幸中脱身而出，而且自己丝毫不用使劲。

昨天我们讨论了汉姆生的一篇小说①，我当时讲了故事梗概，讲到那个人如何在旅馆门前搭错了车，但这不是主要内容。关键内容是，在某个饭店的一张桌旁，他坐在他所爱的一个姑娘身边。在这家饭店的另一张桌旁坐着个年轻人，他也爱着这位姑娘。通过某种手段他把年轻人招呼到了他的桌边。年轻人在姑娘身边坐下，而这个男人则站了起来，当然是隔了一会儿。他好像是扶着椅子背，把话说得尽可能真诚，"伙计们——我很遗憾——您，伊丽莎白小姐，今天又把我完全迷上了，但我已经发现，我还是得不到您。——这对我来说是个谜——"在这最后一个句子中，这篇故事在读者面前自我毁灭了，或至少是变得晦暗不明了，不对，是缩小了，离远了，以致，如果读者不愿失去它的话，就不得不跟着它闯入显而易见的陷阱之中。——如果你身体不适，马上来信告诉我。

你的　弗兰茨

〔1909年4月中旬—布拉格〕

70. 致马克斯·勃罗德

亲爱的马克斯：

我在走下坡路。就我现在所能知道的，手术顺利地过去了。我谢谢你。但是你知道，我是暂时如此。我陪 W 君从阿尔莫伊犹太寺院走到大桥，这位收税员对我说，我又开始发病了，病不特别大，有小小的抵抗力就够了。但是我不能获得抵抗力。我还认为能海阔天空地大谈自己是一种愉快。

再见。

你的　弗兰茨

---

① 克·汉姆生（1859—1952年），挪威作家。信中提到的小说，所指不详。

是的，星期四见，然后我一定要去看望母亲。

〔明信片邮戳：1909.4.21—布拉格〕

71. 致马克斯·勃罗德

亲爱的马克斯：

由于你近来各方面都很好，你将会轻易地原谅我没有遵守两项本身完全无价值的诺言。我太累了，我累得宁愿立即下定决心，对任何事情都不思考是否可行。星期天情况也如此。如果情况要想根本改善，上面①的情况不会迅速改善。昨天夜餐后，我本想在长沙发上躺着睡一刻钟，10点就被父亲闹醒好几次，关灯直到一点半钟，然后转到床上去睡。如果昨晚等候你打扰你了，我感到很遗憾。

你的　弗兰茨

〔明信片邮戳：1909.5.8—布拉格〕

72. 致马克斯·勃罗德*

亲爱的马克斯：

我今晚收到了你的明信片。这可是不可理解呀！我们应该怎样理解此事？是卡兰德拉关心小实习生的工作，还是曾一度被帮过忙的高层人士现在自愿地去干呢？这件事当然出人意料，但是不必害怕。你那有点放荡的生活要停止，上午你要比以前放勤快点，大多数下午你搞写作，这终究是你和我们的大事。总的来说，这只关系到即将来临的夏天几个

---

① 卡夫卡用"上面"一词，常指他"父亲"。
* 由于邮局局长卡兰德拉给勃罗德分配额外工作，卡夫卡给勃罗德写了这封慰问信。

月，我以为在夏季干不了什么工作。因此你每天下午和傍晚都无人打扰，虽然你有更多的时间，但是你不可以再要求。你现在也显然得到了法定的假期。法令的效力依然存在，因此，这一位小姐暂时会有点令人憎恶的。天哪！

你的 弗兰茨

〔明信片邮戳：1909.6.2—布拉格〕

73. 致马克斯·勃罗德

亲爱的马克斯：

快点，因为我是这么困。我竟感到困！我不知道，在这之前的一瞬间我做了什么，至于在这之后的一瞬间我将做什么和现在我正在做什么，我是一点儿都不知道。我用了一刻钟时间来解决一支区施工队的问题①，然后突然头脑清醒了，立刻把一个我找了很久的、我所需要的和尚未用过的文件夹清除到一边去。而椅子上像这样待处理的文件堆了一大堆，我即使把眼睛瞪得再圆，也不能一瞥即把这一大堆东西都收入眼底。

可是你的多布里柯维奇②就不同了。这简直完全是新鲜的。只是第一段至少就当前的情况而言也有点不真实。"一切吐着芬芳"云云，在此你走入了一个尚不存在的故事的深处。"一个伟大的地方的沉寂"云云，我觉得这个故事中的两个朋友并没有说过这话；即使把他们撕成碎片，他们也没说过这种话。再如"这个夜晚的别墅"。

但除此之外，一切都写得很好，写得真实，朝里看犹如看着夜的诞生。我最喜欢的是："他还想找一块小石头，可是找不到。我们快步走去"云云。

---

① 1908年起卡夫卡开始在一家劳工事故保险公司工作，负责处理各种事故的保险、善后等事宜。
② 这是布拉格附近的一个村庄，勃罗德在名为《乡间马戏团》的一篇文章中描述了与卡夫卡同游该村的经历。

据我看，我交给你的那部长篇小说①是对我的诅咒。但我又有什么办法呢？假如里面缺几页（我知道确是如此），那么就一切正常了，要比我撕掉几页作用更大。放理智些。这个姑娘说明不了什么。只要她的胳膊还搭在你的腰间、背后或颈后，那么在这炎热的天气中，她也许会心血来潮地喜欢一切，或者不喜欢一切。但是同我非常熟悉的这部小说的中心部分相比，这些又算得上什么呢？这中心部分具有强大的力量，我在非常沮丧的时辰会感到它依然留存在我体内什么地方。但现在不再谈这个了，在这方面我们的意见是一致的。

我发现我真想永远写下去，无非为了不办公。可是我不能这样。

弗兰茨

〔1909 年 7 月初于布拉格〕

74. 致奥斯卡·鲍姆*

亲爱的鲍姆先生：

不，不，我完全不是无所事事。您如果这样猜测，也许仅仅是因为这个原因：当人们闲着的时候，便无法很好地想象工作是怎么回事，而且在乡间的炎热中，劳动和闲散有着懒洋洋地合为一体的趋势。但我之非常忙碌却无妨，因为我只能说，我喜欢在乡间生活，在那里人好像置身于天堂，这一点我有时在星期天试过，这一点您和您可爱的夫人现在知道得再清楚不过了。

至于结束语②不想结束，本来是件大好事。您应该听任这个结束语在太阳底下自由伸展，您应以一张晒得黑黑的脸来向读者告别。我说这话有一部分是出于自私，因为诸如"您不会就此写个长篇小说"这么个

---

① 估计指卡夫卡的第一部断片性长篇小说《乡村婚事》。
* 布拉格的盲人作家（1883—1941 年），卡夫卡的好友。常与卡夫卡、勃罗德、韦尔奇聚会。
② 指鲍姆的长篇小说《在黑暗中生活》的结束语。

结尾使我莫名其妙，不知所云。如果在这么一个故事收尾时有一些人聚在一起，开怀大笑，那将是美的，很美。但不能这样，对于这么一个平静地堆积起来的故事，这不是正确的笑话，这会猛地一下把故事的一小部分推回到一片不健康的黑暗中去。这个读者①对您干了些什么！他是个好人，至少现在还算好人。

您的明信片中最使我愉快的是您提到了"懊悔"，因为懊悔只能意味着对别的工作的兴致，您实际上是懂得这一点的。但您还是休息一小段时间为好，这是您应得的权利。我也不要求您写封长信来，因为一切都比写信好，比如躺在草地上吃草就比写信好；但收到信又是件十分美好的事情，更别说在城市里了。

祝您和您可爱的夫人愉快！

您的　弗兰茨·卡夫卡

〔1909.7.8—布拉格〕

75. 致马克斯·勃罗德

亲爱的马克斯：

不是因为事情本身必须刻不容缓地说一下，而是因为对你的问询总要回答。对回答的答复来说，昨天的途径已经变得太短了（不是"昨天"，是夜间2点一刻）。你说她爱我。为什么这样？是开玩笑，还是精神不振的人一本正经？她爱我，她未想到问：我同谁到过施特肖维茨，我在干什么，为什么我不能在任何一天郊游，等等。在酒吧里也许没有足够的时间，但在郊游时有时间，您想干什么，任何回答对于她都是够好的。但是在表面上可以反驳一切，在下一个人那里却根本不能试图反驳。我在 D 处害怕见到韦尔奇，我对她说了此事，然后她也立即害怕起来，我怕遇到韦尔奇。由此产生一幅简单的几何图画。她支持我，这是最大

---

① 这是卡夫卡自谓。

的友好，我和她的关系不可能发展，除非同爱情一点不沾边。因为她完全是另一类人。当然我根本用不着卷入这种多角形，她应该保持清醒的头脑。

现在我给自己完全挣到了睡眠的时间。

你的 弗兰茨

〔邮戳日期：1909.7.15—布拉格〕

76. 致马克斯·勃罗德

亲爱的马克斯：

为了立即纠正，我胃里都胀气了。要是胃是一个人的话，都会想哭的，对吗？胃胀的原因不是无可指责的，如果是无可指责的话，就像第一次了。胃里总有点理想化的胀气。如果所有其他的痛苦集中在同一处地方，我不会抱怨胃不胀的。

弗兰茨

〔明信片邮戳：1909.7.19—布拉格〕

77. 致马克斯·勃罗德

最亲爱的马克斯：

我正在想着中午收到的你的来信，并深感惊讶，我这次怎么会一反常态，没有帮你走到她的身边；我正研究着，该用什么方式来安慰你，如果我是你的母亲，想得出安慰的方法就好了（中午一份草莓加放糖过多的酸乳脂，下午被撵到介于慕尼柯维奇和施特兰席茨间的森林中去睡觉，晚上一升普索尔啤酒）；正当此时，你的明信片来了，带来了一些好消息，最好的一条是：那位歌星小姐有14天之久没碰那部长篇小说，因为即使是最好的长篇小说也无法忍受同一个姑娘从里边和从外边不停地压着它。至于另一位姑娘可以松口气了,也是好消息,因为她由于那一位而备受痛苦折磨,自己却意识不到,这种折磨于她既不是论功行赏,也不是论罪受罚。

从你的信中我不得不接受这消息:星期四我得到鲍姆①家去,从你的明信片中我欣慰地看到不是非去不可的可能性,因为我在星期四仍将像星期一那样没有这种能力。他的长篇小说给了我多大的愉快!如果我能从我的事务中脱身,对我来说没有比星期四到他那儿去更好的了,可是假如我又不能去,还望他和他的夫人别生气。因为我得干什么样的事!除了我的其他工作外,在我的4支区施工队中,人们像喝醉了似的从脚手架上往下掉,跌进机器中,所有的房梁翻了个个儿,所有的斜坡松散开来,所有的梯子滑掉了,人们递上去的东西,会掉下来,人们一旦扔下去什么东西,自己便也往那上面坠落。为了瓷器厂的年轻姑娘们,我脑袋都疼了,她们不断地捧着堆成塔的瓷器摔倒在楼梯上②。星期一我处理了也许是最糟糕的事情。差点忘了,星期三,即明天,如果有空,你在将近8点时到商店里来找我,同我讨论诺瓦克③。

假如你同意,我们从大吃大喝中省下钱来做个流动奖杯,至少保留到你的长篇小说完成之后。现在让我再钻到文件中去吧。

你的 弗兰茨

〔1909年夏于布拉格〕

78. 致马克斯·勃罗德

亲爱的马克斯:

昨晚无事。要是有人一晚上编像我昨天这样的故事就好了,那样我

---

① 奥斯卡·鲍姆,布拉格的盲人作家,卡夫卡和勃罗德的好朋友。
② 卡夫卡非常关心工人的安全利益,在保险公司里满怀激情地撰写了许多呼吁关心工人劳保的公文。
③ 诺瓦克,画家。"商店"指卡夫卡父母经营的商店。

就会考虑我是否应该带你去里瓦。请你别费心思了。当然不是您,也不是别人,而是运气,如果可以把它叫做运气的话!

你的 弗兰茨

〔1909年8月—布拉格〕

79. 致马克斯·勃罗德

亲爱的马克斯:

今晚我不能来了。直到今天中午我还以为,我的家人下午3点来,我然后费点劲,但是一定来。现在我的家人7点才来,他们刚来我就离开,引起轩然大波会不可想象。如果你明晚在家并有时间,我就明晚去。这很好。如果你不行,我没有理由生气。——是的,去旅行。我们要星期二才能动身,你一定会对此满意的,我可能将与一个星期一才能来的人告别。

你的 弗兰茨

〔1909年8月底于布拉格〕

80. 致马克斯·勃罗德

亲爱的马克斯:

《来访》[①]我先是在星期六去办公室途中读了一遍,这样怀着好奇心、匆匆忙忙地读完后,我觉得许多地方烧得太热了一些,局部甚至烤糊了。但当我昨天晚上一遍又一遍地重读时,我看到在这许多地方的这种喧嚣声中,核心事物保持着平静和正确,这给我带来了莫大的享受。

[①] 柯曼维勒描述福楼拜的侄女一次来访的文章,全名是《布拉格的一次来访》,载《波希米亚》1909年,第278期。

尤其是那关于宴会的故事，关于去布耶怎么走和再往下又怎么走的问题。那告别，对于一个哪怕只不过了解得稍欠全面的读者来说，这种激情也会像是来得过于突然，一下蒙住他的眼睛，使他一无所见。这有什么关系呢？

再见！

弗兰茨

我星期三来，值得考虑一下，我们是否去参加凯斯特兰案①的庭审。

〔明信片邮戳：1909.10.11 于布拉格〕

81. 致马克斯·勃罗德

亲爱的马克斯：

请你不要对我生气，我无别法。F·博士②已经几乎开始指责我，尽管还不能多加指责我，顶多因为星期天我没能去，星期一我当然由于别的原因在办公室，但是还是说我把他的事情，我们的事情撂下不管。今天我已开始去办了。但是只要我觉得没有因此热起来，我就完不成。我应该因此热起来，不可参加《圣安东的诱惑》的朗读会，因此明天不可以去你那里。是的，再过几个下午之后的星期六，像今天一样，我可能下午有空去看你，但是你会没有时间。此外，新的谈话会即将来临。劳赫贝格③将举行保险工作研讨会。鲍姆已向我宣读了这本长篇小说精彩的一小段。

〔明信片邮戳：1909年10月13日—布拉格〕

---

① 这是一起当时发生在布拉格的诈骗案。
② 弗莱斯曼，卡夫卡的顶头上司，曾试图多次鼓励卡夫卡从事学术研究工作。
③ 布拉格大学的管理法学家。

82. 致奥斯卡·鲍姆

亲爱的鲍姆先生：

　　这封信我是12点在大陆①写的，这是今天星期六第一个安静场所。这是多好的一本书啊，虽在人们预料之中，可真是出人意料之外。在他那一本正经的外貌中也显现出写这本书的意图。因此，您可以完全原谅出版商。这本书是违背他的天性，也许是违背他的意愿的。现在世人只应伸开双臂，抱住可爱的孩子们。要人们相信这一点，就只能这么做。

〔1909年底于布拉格〕

83. 致马克斯·勃罗德

亲爱的马克斯：

　　好在已接近年底，我们明天晚上来布拉格。我已另有想法。我感到全部时间都不合适。从早晨喝牛奶到晚上漱口，都忙着将被保险的企业排队的事。好吧，你在书桌上有了自己的长篇小说，你在工作。

你的　弗兰茨

〔风光明信片邮戳：1909.12.21—皮尔森〕

84. 致艾斯纳经理*

亲爱的艾斯纳先生：

　　谢谢您寄来的邮件，我的专业培训反正好不了。瓦尔瑟②认识我吗？我不认识他，我只知道《巩腾的雅各布》，这是本好书。其他书我没有

---

① 咖啡馆。
* "普通保险公司"的负责人之一，是个很有文化修养并爱好文学的人，很器重卡夫卡。
② 瑞士作家、诗人（1878—1956年），《巩腾的雅各布》和《塔纳家的兄弟姐妹们》都是他的长篇小说。

读过,这一部分是您的过错,因为您没有听我的建议去买《塔纳家的兄弟姐妹们》。西蒙,我相信是那《兄弟姐妹》一书中的一个人。他不是东奔西跑,快活到了极点,但最终一事无成,不过是读者的娱乐对象而已。这是一种很糟的经历,但只有坏的经历给世界以光亮,这亮光正是一个虽不完美,但堪称很好的作家所想要创造的,可惜他必须付出任何代价。当然,从表面上看,这样的人也都是到处奔波的,我可以向您说出几个人来,我自己完全可以包括在内。但他们得不到命运的任何奖赏,而只有相当好的小说中所产生的那种光照效应才给他们以奖赏。可以说,比起一般人这是些缓慢地从上一代中脱胎出来的人;不能要求所有的人都以同样的有规律的跳跃跟上时代的有规律的跳跃。但若有谁在一次行进中掉了队,他将永远也追不上队伍,这是毋庸置疑的,但这掉队的步子也会产生一种表象,以至人们想要打赌,这不是人的步子,但打赌的人会输的。您不妨想想跑道上奔马的目光,如果留神它的眼睛,会发现一匹跨越障碍的马的目光所显露的无疑是出色的、现实的、真实的竞赛本质。看台上的一致,活的观众的一致,特定季节中周围环境的一致,等等,还有乐队演奏的最后一曲华尔兹和人们今日多么喜欢演奏这一乐曲。但如果我的马掉头往回走,不想跳越,绕过障碍,跑出场子,到场子中间撒欢,甚至把我甩下来,那么也许证明大家的观察是非常成功的。观众席上不断出现缺口,有的飞起来,有的落下去,无数只手来回游动,仿佛一阵阵风在吹拂,一阵阵雨落在我身上,很可能使得有些观众感到在下雨,从而赞同我像只虫一样躺在草地上。这总能证明点什么吧?①

〔约写于 1909 年于布拉格〕

---

① 原信到此中断。

85. 致马克斯·勃罗德

亲爱的马克斯：

又过去几天了！但是我不想动笔，只要费点劲，这几天我本来真能写些东西的。今天 6 点半我乘车去加布隆茨。从加布隆茨到约翰尼斯贝格，然后去格伦岑多夫。现在我去马费斯多夫，然后去赖兴贝格，再去雷希利茨，傍晚去鲁帕斯多夫后返回。

〔风光明信片：1909 年—马费斯多夫〕

86. 致马克斯·勃罗德

亲爱的马克斯：

如果你立即来一下"阿尔科"①，那会怎么样呢？时间不长，上帝保佑，你知道只有我高兴。邮车运送局在那里。仁慈的夫人，勃罗德先生，劳驾，就让马克斯去吧。

弗兰茨·卡

〔约是 1909 年于布拉格〕

1910 年

87. 致马克斯·勃罗德

亲爱的马克斯：

（在每写十行就要受十次惊的办公室里，什么也干不成。）我当时说过：谁对你的长篇小说②予以肯定——它伟大的躯体这般朝气蓬勃地

---

① 希伯纳街上的一个文学艺术家咖啡馆。
② 指勃罗德写了多年而未完成的一部长篇小说，曾考虑题名为《娱乐万千》。

向上生长，必将使许多人眼花缭乱，同时又使他们垂头丧气——谁肯定你的长篇小说——肯定在此意味着以人们所能有的一切爱来领会它——谁肯定你的长篇小说，必然在整个这段时间中产生一种不断增长的愿望，希望看到一种解决方法，就像你在朗读过的半章中打算采取的那种。但他必然会觉得这种解决方法正好标志着小说最危险的发展方向——不是对小说危险，而只是对他与小说之间精神上的联系危险——而正如他确然感觉到的，这种解决方法将在快要跌出界限之处发生，长篇小说在那里还刚刚来得及得到它不得不要求做到的，但读者也能得到这东西，小说还不愿意强迫自己去放弃这样的机会。只能设想这些可能实行的解决方法是你有权利做的事，因而你竭尽全力向小说的内核突破，但这些解决方法仍然在远处威胁着小说。以后如果把这部长篇小说与一座哥特式教堂相比，那将是一个不坏的比较，当然只是在这个前提下才是个不坏的比较：在那些辩证的章节中每一段都在其他各段中得到证实，它们全都托起那一段：前一段所负载的，也是后一段所要求的。最亲爱的马克斯，你是多么愉快，你到〔小说〕结束时才会真正幸福，届时我们大家全都因你而幸福。

你的　弗兰茨

〔邮戳：1910.1.5 于布拉格〕

88. 致马克斯·勃罗德

亲爱的马克斯：

　　为了我不忘记此事——令姊星期一要来布拉格，若她晚来，你必须今天再写信给我，如果你星期一对我说，当然时间还来得及。星期一我要空腹，就我的感情说，要将那些令人恶心的东西排出来。

你的　弗兰茨

〔明信片邮戳：1910.1.29——布拉格〕

89. 致马克斯·勃罗德

亲爱的马克斯：

你将我的事忘得一干二净了。你未写信——

弗兰茨

〔明信片邮戳：1910.2.18—布拉格〕

90. 致马克斯·勃罗德

马克斯：

我不去唱歌。现在4点钟，我在办公室里写作，明天下午我还写，今晚、明晚等等。我也不能去骑马。恰好《米勒法》[①]这本书仍在我处。再见！

你的 弗兰茨

〔明信片邮戳：1910.3.12于布拉格〕

91. 致马克斯·勃罗德

亲爱的马克斯：

你不要因给我寄快件而花费大量的钱。你写信告诉我说，你不能在6点5分坐上弗兰茨—约瑟夫的火车，可你必须这样做！我们将在6点5分乘火车去乌兰，7点15分动身去达夫勒，我们10点在那里的勒德雷尔餐馆吃辣椒，12点在施特肖维茨吃午饭，2点至3点半我们穿过树林到急流处，到处转转。7点我们乘轮船去布拉格。你不要再犹豫了，5点45分上火车吧。

---

① 根据丹麦体操教师米勒（1866—1938年）的规定作体操。——译者

顺便问一下：你能写张快件明信片告诉我，你想去多布里肖维茨还是想去别的地方？〔附用沾水笔画的图〕这是苏内肯的笔，它不属于历史。

〔邮戳：1910.3.12于布拉格〕

92. 致马克斯·勃罗德

亲爱的马克斯：

我从你的明信片中看不出你是否收到了我的明信片，我也给鲍姆写了信，结果，我整天不能控制自己。最近我不写信了，因为《米勒法》正好还在我这里。即使这种体操我也不能做。我的背部关节疼痛，往下直疼到骶骨、小腿，也许由于不能入地，而往上疼到手臂。此外，预期今天提高工资的，结果未成，下个月也不会提高，而是要等到人人厌倦，对提高工资吐口唾沫以后。亲爱的马克斯，这篇中篇小说① 使我最高兴，因此我从家里拿出来了。明天将近7点钟（现在是6点，我还在办公室），我去你那里（也因为《波希米亚》的事）。你一定给我看那些诗。那将是一个美妙的夜晚。

再见！

你的 弗兰茨

〔明信片邮戳：1910.3.18于布拉格〕

93. 致马克斯·勃罗德

亲爱的马克斯：

我本该知道，现实主义者② 只有在他们完蛋之后才会停止的，赫尔本博士在10点15分以后才完蛋。那时我去了施托克豪斯街，认准鲍姆

---

① 卡夫卡的小说《一场战斗纪实》。
② 指捷克的现实主义党党员。

家的窗户有灯光以后，便回家去了。我当时还要上楼去吗？我多么需要睡眠。你也许不知道，一天半以前我除了喝一口茶以外，已经禁食了。关于斯莫洛娃[①]，《卡斯日报》[②]报道说："她那柔和纯正的声音听起来当然令人愉快。"这是该报在明显地和愉快地察觉到早已预想到的晚会的缺点之后所作的评论。

〔明信片：大概是 1910.3.—布拉格〕

94. 致马克斯·勃罗德

亲爱的马克斯：

如果这不叫写得快，那么意见当然接近一致。就请把这份稿子寄给马特拉斯，《德意志劳动》月刊当然会使马尔施纳[③]高兴的，不过我担心，这也特别难发表。至少你必须写信给马特拉斯，要他尽快答复，不管成不成。他当然可以随意修改，如果他高兴，也可以重新写，不过他的义务是将这本书发表一点（你要对他讲）。谢谢。

你的 弗兰茨

〔1910年4月于布拉格〕

95. 致马克斯·勃罗德

亲爱的马克斯：

我中午才收到你的明信片。星期六我才能去拜访。我的上帝，过誉了！

你的 弗兰茨

〔明信片邮戳：1910.5.11—布拉格〕

---

① 西比尔·斯莫洛娃，年轻美貌的女话剧演员。
② 当时的议员、现实主义党党员马扎吕克创办。卡夫卡对该报评论抱很大的保留态度。
③ 《德意志劳动》月刊是当时在布拉格出版的官方刊物，马特拉斯任编辑。卡夫卡要为其上司、劳工事故保险公司经理马尔施纳出版一本保险技术方面的书奔走并撰写书评。

96. 致马克斯·勃罗德

趴在一捆禾把上躺一会儿并把脸藏在里面,尽管如此,这并不坏!

弗兰茨

〔风光明信片邮戳:1910.8.22—扎茨〕

97. 致马克斯·勃罗德

亲爱的马克斯:

我首先要看看你的身体怎么样。你的床真有点神经质。其次,请你明天再一个人去见那位法国女人,因为我的加布隆茨事情[①]越来越严重(这项通知已见报,登载到竞选呼吁书《流氓和无赖》的报上以及救世军[②]的通告上)。总之,这将会怎么样呢?在这张纸条上我说不清楚。与其说必须成功,不如说我很恐惧不安。

〔1910年9月于布拉格〕

98. 致马克斯和奥托·勃罗德

亲爱的马克斯:

我顺利到达了。只因我被大家看作一种不大可能的现象,我很苍白。我把医生骂了个痛快。结果,一阵小小的头晕迫使我倒在他的长沙发上。躺在那里时,真奇怪,我还很像一个女孩子那样,力图用手指整理自己的裙子。此外,医生对我向后看感到大吃一惊。5个新的脓肿倒是不那么严重,比这更糟的是有皮疹,它需要长时间治疗,而且使人现在和将来感到真正的痛苦。我的想法(当然我未向医生透露)是,我的这些皮

---

① 指卡夫卡给劳工事故保险公司作报告之事。
② 基督教的一个社会活动组织。1865年由英国人布斯创立。

疹是国际性的橡皮膏（布拉格的，纽伦堡的，特别是巴黎的橡皮膏）造成的。下午我坐在家里，像待在坟墓里一样（我不能到处走动，因为缠着绷带，疼痛使我不能静坐，治疗时更疼）。只有上午我必须忍着疼痛，到办公室去。明天我去见你们的父母。在布拉格的第一夜我尽做梦，通宵达旦（乱梦频频，编织得好像巴黎新建筑周围的脚手架），梦见我睡在一幢大房子里。大房子里只有出租马车，大客车，公共汽车等等，它们拥挤地并排驶过，上上下下都有汽车行驶，口说心想的只是运费表、通讯录、转车、小费、皮雷尔管理处、伪钞等等。由于做梦，我不能睡觉，也不能按部就班地搞清必要的问题，我费尽九牛二虎之力才能忍受住做梦的痛苦。我心里嘀咕。他们把我这个在旅行后那么迫切需要休息的人安排在这样一幢房子里住宿，而同时我心目中有一个志同道合的人，他扬言要防备法国医生（他们穿着扣上纽扣的工作服），承认这一夜有必要。——这些医生会说：请吧，不管我是否偷了你们的钱，你们把你们的钱数一遍，根据我的当然不完全无疑的账单我花钱很少，看上去我好像一天到晚在巴黎借洗伤口度日似的。

哎，又痛起来了。对你们和对我来说，都是该我回来的时候了。

你们的　弗兰茨

〔邮戳：1910.10.20于布拉格〕

99.致马克斯·勃罗德

最亲爱的马克斯：

不同的是，在巴黎有人被骗了，这里有人骗我，我简直笑不出声来。星期六我刚下火车，就去小剧场，有人大量购买剧票，今天我去看《阿纳托尔》。但是，只有这里素菜馆的饭菜好。餐馆有点阴暗，我吃羽衣甘蓝拼荷包蛋（最贵的菜），虽不在高楼大厦，但在这里已心满意足。我只听见我的肚子说，目前当然还不坏，但是明天会怎样呢？这里是没有什么油水，甚至连小费也被禁止。没有小面包，只有大面包。正好给我端来了麦糁团子浇覆盆子汁。但我还想要浇乳脂的生菜。此外，醋栗酒好喝，草莓叶茶将放到最后喝。

再见！

〔风光明信片邮戳：1910.12.4 于柏林〕

100. 致马克斯·勃罗德

亲爱的马克斯：

这是一间陈设很好的写字间，可不是吗？地上只摆着5件家具和它们的影子。写字台上灯光很强，至少不利于健康。旁边的桌子上摆着酒瓶，取用方便，从写字台俯身过去就能取到。脚平放在桌下的垫子上，不是踩到地上。如果要画画，那么放桌子的地方可以摆画架。

你的　弗兰茨

〔风光明信片（法兰克福工作室的歌德自画像）

邮戳：1910.12.9 于柏林〕

101. 致奥斯卡·鲍姆

向您致以衷心的问候。并向小勒奥① 赠送这个对手。放在房里，他不必害怕它，这我知道的，他倒应该通过这个对手变得更自信。

你们的　弗兰茨·卡

〔风光明信片邮戳：1910.12.9 于柏林〕

---

① 德语 Leo 是豹的意思，卡夫卡赠送了小豹（玩具），故称对手。

102. 致马克斯·勃罗德

马克斯：

我看了哈姆雷特的演出，或者正确地说，听了巴塞尔曼的演出。整整一刻钟我看到，唉，另一个人的面孔，我不时地从舞台向一个包厢看去，以便使心情平静下来。

你的 弗兰茨

〔风光明信片邮戳：1910.12.9 于柏林〕

103. 致马克斯·勃罗德

亲爱的马克斯：

为了不必再谈论这个星期，我首先再重复一下你已经知道的事，这么点一下你就能意识到一切。——这个星期一切对于我是这么顺当，就我的情况而言这是空前的，从一切迹象看，以后几乎不可能重现这样的好光景。到柏林去了一段时间，现在已到这里，如此轻松地站在我的日常环境中，以致假如我的天性允许，我会像一头野兽般无拘无束地表现一番。对办公室我是从昨天晚上才开始害怕的，一下子那么怕，恨不得躲到桌子底下去。但连我自己也不真的这么认为，因为这不是自发的畏惧。——同我的父母（他们现在既健康又满足）我几乎从未争吵过。只有当父亲在晚间很晚的时候看到我还俯在写字台上时，他才会发火，因为他认为太用功了。——我比几个月前要健康得多，至少在本周初是如此。蔬菜和水果是这么好、这么平静地被我吸收了，仿佛有一个专为本周准备的幸福的机遇在喂我。——我家中几乎完全平静。婚礼① 已经过去，正在消化新的亲戚关系。平常不时会听到这儿一位小姐的弹钢琴声，她现在看来是出门几周了。——而所有这些好处于秋末的现在赋予

---

① 指卡夫卡妹妹埃莉的婚礼。

了我，在这个时候，我感到自己浑身是劲，这实在是前所未有的。

12月17日：

前天的死尸讲演没有结束。从它的角度看，我发现除了种种不幸外，现在又加上了一种：我显然没有能力把一种悲伤的、完全有根据的感情保持几天。不，我没有这种能力。我已单独在此坐了8天，我的感觉来去匆匆，感到我在飞翔。我干脆把自己灌醉，在这种时候，哪怕酒气熏天也不是奇迹。两天来情况有所变化，变得更糟了。父亲身体不适，待在家里。左边刚结束早餐的喧哗，右边就开始了中午的嘈杂，到处都有门被推开，就像有人在纷纷破墙而入一样。一切不幸的核心依然存在。我无法写作；我没有写下一行我自己认可的文字；相反，我把巴黎之行以后所写的一切（不多）全部划掉了。我的整个身子都在警告我注意每一个字，每一个字在让我写下之前，都要先向四面八方张望一番。句子在我面前裂成碎片，我看到了它们的内部，但却必须马上停笔。

附上的中篇小说的一段，是我前天誊清的，今随信寄上。它已经是够老的了，肯定不是无可挑剔的，但它很好地满足了这个故事的初步意图。

今天晚上我还是不来，我要保持孤独到星期一早晨前的最后一刻。让孤独亦步亦趋地伴随着我，是一种使我浑身发热的愉快，是一种健康的愉快，因为它在我心中引起那种通常的不安，而这种不安是唯一有可能造就平衡的因素。倘能继续如此，我将可以直视每个人的眼睛，比如说在你面前，我在柏林之行以前，甚至，在巴黎都不能对你直视。这你已经发现了。我是这么喜欢你，但却不能直视你的眼睛。——我将带几篇我的小说来，而你也许有你的烦恼。我明天能在办公室收到你的一封谈你的事的明信片吗？你的妹妹我也尚未问候过，这事我将在星期一去做。

你的　弗兰茨

〔1910年12月15日和17日于布拉格〕

104. 致马克斯·勃罗德

亲爱的马克斯：

我不想打扰你，也不想让你久等。我来，由于5点钟不能来，争取明天5点来，你没有任何责任。今天5点15分我被委任为博士。是的，你不了解我的一切痛苦（脚的大拇指脱臼）。

弗

〔大概是1910年—布拉格〕

105. 致马克斯·勃罗德

亲爱的马克斯：

来信收到。我的腿受伤，已经伸开四肢躺在长沙发上。看上去情况不妙，特别是脚肿得好高，但是不很痛。已缠好绷带，有好转。我不知道，我的腿星期六是否能好。如果能去旅行，那么星期六我的伤就好了，你可以相信我，因为我〔信至此处中断〕

〔劳工事故保险公司的信头，推测是1910年—布拉格〕

1911年

106. 致马克斯·勃罗德

亲爱的马克斯：

星期一我将去弗里德兰。今天情况表明，我明天必须去看牙医。因此不到6点我去那里。克莱斯特在我身上吹气就像吹一个老猪尿泡一样。

为了事情不变糟,因为我已有预感,我现在就去。

弗兰茨

〔明信片邮戳:1911.1.27 于布拉格〕

107. 致马克斯·勃罗德

宫殿被爬满的常春藤堵住了,柱廊里常春藤爬了一半高。只有吊桥像那些小摆设,桥的铁链和电线不用担心,因为那正是小摆设,尽管以前在所有这些小摆设上付出了血汗。你不必相信下面的那个红屋顶。

弗兰茨

〔风景明信片(弗里德兰宫殿)邮戳:1911.2.1〕

108. 致马克斯·勃罗德

当你听到有人在做一件平静的、通常在全世界都有可能的工作,在那个陌生的地方度过时光之时,你也能像我一样对那个地方作出最好的想象吗?我表示,一方面不离开这个地方,但另一方面,也不会把任何一点典型的东西撕扯开,因此整体将原封不动地保留。我到过皇帝的观景台,看了布雷齐亚、曼图亚和克雷莫纳。大教堂的光滑地板那才叫人有口皆碑哩!

弗兰茨·卡

〔风景明信片邮戳:1911.2.2—弗里德兰〕

109. 致奥斯卡·鲍姆

今天我在诺伊施塔特,站在一棵雪松旁边。在大街上,裤子未翻卷

起来,整个裤腿插进雪里。将裤腿卷起来时,地上的雪深没及膝。在这里我可是碰到了好运气。谨致

最衷心的问候!

1911.2.25 于弗里德兰

110. 致马克斯·勃罗德

亲爱的马克斯:

有几件新奇的事:许多人听到在居民院子里有乌鸫歌唱;宫廷马车的乘客,你们要下车,由于弹力大,必须牢牢抓住车身。今天我在回来途中,看见一只鸭子站在河边水里。我是和一个女人乘车的,她看上去很像《白女奴》中的女奴贩子等等。

〔风景明信片邮戳:1911.2.25 格罗陶〕

111. 致索菲·勃罗德*

亲爱的索菲小姐:

我向您推荐 A.K. 格林的长篇小说《复仇的日子》以充实您新设的家庭藏书室。今天火车上一个坐在我对面的人在读这本书。它的书名难道不是充满了意义吗?"日子"是一根旗杆,第一个"der"[①]是下面的底座,第二个"der"是系在上面的绳子,"复仇"[②]即使不是黑色的,也是一面深色的旗帜,其中"e"之向"u"的曲折是由一阵不疾不徐的风(尤其是词尾的"ng"削弱了它)引起的。——在我看来这情景与我正相符合,即使在为您效劳的旅途中,我也是那么疲倦。假如我下次

---

* 马克斯·勃罗德的妹妹。
① 第一个"der"是"日子"的冠词,中文不译出。第二个"der"是"日子"前的"的"字。
② "复仇"的德文是 Vergeltung,下文的"e"、"u"、"ng"都是该词的组成部分。

拜访时您获得了复仇的日子①,我当然会感到非常自豪的。

弗兰茨·K
〔1911年2月26日于莱辛贝格〕

112. 致马克斯·勃罗德

亲爱的马克斯:

如果你明天来的话,劳驾,请给我带来《许佩里昂》②。

我想把它借给埃斯纳。他的《评论》好几期又堆放在我这里。如果我在最后归还时能附上一些也许使他感兴趣的东西,我的良心会舒服些。

弗兰茨
〔风景明信片邮戳:1911.3.2—布拉格〕

113. 致马克斯·勃罗德

亲爱的马克斯:

谢谢你。我知道这个东西值多少钱。这向来如此。他的错误像他的好处一样深深地铭记在我心里。但是有关系到世人的更重要的事情:年纪不对头。急件处在10点前收到我的明信片,下午不可能不投邮。你作为邮政官员也有责任。

你的 弗兰茨·卡

---

① 这儿的"复仇的日子"卡夫卡未用书名号,这是幽默的一语双关。
② 1908—1910年间出版的双月刊。出版人是弗兰茨·布莱和卡尔·施特恩海姆。

114. 致马克斯·勃罗德

在这里的奥伊宾山上坐着200多个令人讨厌的客人,相对地说,我写这张风景明信片还像一个南国的人。但是只有明信片,还没有写文章。

弗兰茨

〔风景明信片邮戳:1911.4.23 于茨陶〕

115. 致马克斯·勃罗德

亲爱的马克斯:

今天你过生日,但我连一本普通的书都没有送给你。因为这只是表面现象,实际上我真是没有可能送书给你。只因我有急事要办,今天我只有片刻时间,只能让你收到这张明信片,于是我写了。之所以开头就诉苦,是为了让你立即了解我的苦衷。

你的 弗兰茨

1911.5.27〔布拉格〕

116. 致马克斯·勃罗德

亲爱的马克斯:

如果你要求我在这里写那个故事,那么显而易见你对疗养院的生活是一无所知;而我答应要写,则是一定要把我所熟悉的疗养院的生活以某种方法忘掉。因为这里的一天充塞着种种安排,比如洗澡、按摩、体操等,再就是这些活动之前的准备阶段的寂静和之后的恢复阶段的寂静。吃饭占的时间倒不多,因为由苹果酱、土豆泥、蔬菜汁、水果汁等组成的伙食能够非常迅速地、完全可以不为人察觉地、甚至可以充满享受地流到肚子里去,只不过被粗面包、蛋饼、布丁,尤其是核桃稍稍耽搁一下。而晚上，特别是因为现在阴雨连绵，大伙处得非常融洽，可以听留声机消遣，女士们和先生们分席而坐，就像在苏黎世大教堂中那样。在放喧闹的歌曲时（比如社会主义者进行曲），喇叭就更直接地对着先生们，在出现柔和的或听得特别清晰的曲子时，先生们便向女士们那边走去，待一曲终了再回到原处，个别情况下有的人就一直留在了那里。也可以是（如果你要检查一下这个句子在语法上是否正确，就必须把这一页翻过去），一个柏林的小号手吹得我心旷神怡，或者某个来自山区的、站立不稳的先生朗诵一出方言剧，不是罗塞格尔的，而是阿赫莱特纳①的作品，而最感人的莫过于一个给人亲切感的人忘我地朗诵他自己撰写的幽默的诗体小说了，而我则一如既往地热泪盈眶。你会说，这些活动我不一定都参加。事实并非如此。因为首先必须为这种休养在一定范围内确实带来的好处表示某种谢意（你想想，我在巴黎那个晚上刚吃了那个东西，而今天才第三天，后果已经消除）；其次，这里的客人已是如此少，想要故意地避开人至少是办不到的。再就是照明条件相当差，我根本不知道该到什么地方去单独写作，即使写这封信也使我两眼发花。

  当然，当我在内心感觉到写作的冲动时，那些障碍自然就根本不存在了。这种冲动在相当长的时间中要隔相当长的一段间歇才会发生一次，比如在施特雷萨那个时刻，那时我感觉自己俨然是一个拳头，指甲掐入了肉里——无法以别的语言表达。我只需不拘礼节，吃完饭马上起身离开，像一个奇特的怪人，在众目睽睽之下上楼梯走进我的房间，把椅子放在桌子上，借着装在屋顶上的昏暗的电灯泡的光线写作。

  假如我现在想一想，照你的看法——我不想说照你的榜样——只要表面上产生一点写作的愿望，就该去写。那么不管你是否知道疗养院内是怎么回事，你对我的要求归根到底是有道理的。事实上，无论我怎么为自己开脱，一切确实仍然该归咎于我；或者说，剩下的归不到我头上的只有见解上的小差别和能力上的大差别。现在只是星期天晚上，我还

---

① 巴伐利亚乡土文学作家。

有一天半时间,尽管这个阅览室(现在终于只剩我一人了)的钟走得出奇地快。

除健康外,我在这里的生活无疑在一点上是于我有益的:这里的观众主要由中产阶级的中年瑞士妇女构成,这些人所显示的人种学观念最温和、最微弱。发现了这一点,就值得紧紧抓住她们不放。还有我对她们的德语的无知,我相信,在她们观察我时也帮了我一把,因为这么一来她们就更紧密地同我在一起了。这样比透过火车车窗收入眼帘的东西多,尽管那里的物体实际上是同样的。用简明的语言来说,在评论瑞士时,我宁可依据麦耶尔,而不依据凯勒或瓦尔瑟①。

为了你的战争专栏,我在巴黎把一本书的书名连同简介都抄了下来②:"阿图尔·布什:《明日战争中胜利的法国》。这位老作者、军事指挥官展示了这一前景,一旦法国遭受袭击,它将进行必胜无疑的自卫。"这段话我是在圣德尼大街一家书店前作为德国文字间谍抄下来的。但愿它对你有用。如果你的集邮者与你的关系不如我的集邮者与我之亲密,就请为我保存这个信封。

你的 弗兰茨

〔1911年9月17日于瑞士厄伦巴赫疗养院〕

117. 致奥斯卡·鲍姆

亲爱的鲍姆先生:

马克斯一定已经向您叙述过我们的旅行见闻了,它是那么多姿多彩,以至我没有时间去想家了。但现在我的休养结束了,我的病魔有一个已开始瓦解,它使目睹此状的其他几个病魔感到惊讶,现在全世界都认为

---

① 康·费·麦耶尔(1825—1898年),瑞士作家,以写历史小说著称;戈·凯勒(1819—1890年),瑞士作家,德语作家中最著名的人物之一,著有长篇小说《绿衣亨利》等;罗·瓦尔瑟(1878—1956年),瑞士作家。

② 以下这段话原文为法文。

我又该到办公室去了,所以我在昨天那冷雨凄凄的晚上,敞着窗,盖着薄薄的被子,却感到暖和。

1911.9.19 于厄伦巴赫

118. 致马克斯·勃罗德

亲爱的马克斯:

我们可正赶上了正在上演戈尔登法登的剧本《苏拉米特》①!我乐意浪费一张票,以便告诉你,你已经读过的东西。我仅希望你也给我写了信。

弗兰茨

〔明信片邮戳:1911.10.12—布拉格〕

119. 致马克斯·勃罗德

亲爱的马克斯:

我明天又不能来。天知道我晚上能否来。如果我6点未去找你,我就直接去报告会。如果我未去报告会,我就去鲁道夫纽姆接你。很遗憾,你不在家,不然,尽管我的波希米亚语教师正在等待我,我也可以很乐意地读几首诗的。《孩子们,永远是一个球》仍在我耳际回响。工作吧,亲爱的马克斯,工作吧!

你的 弗

〔大概是1911年于布拉格〕

---

① 亚伯拉罕·戈尔登法登(1840—1908年),伊地语剧作家。

1912年

120. 致马克斯·勃罗德

亲爱的马克斯：

　　你叔父的钱找不到了，我曾暗自伤心，现在我在家里从我上衣胸前里面的口袋里找到了。你先前说，他通过邮政储蓄所汇走了，这给我一个印象：手里的这个信封不再有效。请代我再次感谢你父母，我只是东一榔头西一棒子，但他们把晚会①搞成了。我能去你那里参加什么晚会呢？我好久没见你的影子了。

弗兰茨

〔明信片邮戳：1912.2.19—布拉格〕

121. 致马克斯·勃罗德

亲爱的马克斯：

　　我昨天刚回到家里。我想起在《不幸的人》里有一些小的但是令人讨厌的打印错误，现在我已在样书里改过来，你那里已有一份。由于这些错误使我烦恼，请你将那本书立即寄还给我。你将得到改正了错误的书。

你的　弗兰茨

〔明信片，大概是1912年初于布拉格〕

---

① 指一个东犹太演员的报告晚会。整个安排归功于卡夫卡。

122. 致马克斯·勃罗德

亲爱的马克斯:

我反复考虑了这件事①,来自你那方面的抱怨似乎对我很不利。别抱怨了! 那时,容忍这桩事的可能性就会继续存在,我会这么做的,你不会。被指控比指控人好。由于你对他深恶痛绝,你可能把他叫作骗子。如果他不让步,你在波希米亚报上发表声明之后就有权这么做。我认为,最好,你向各报寄去一项声明作为广告刊登,例如:"我获悉,有人到处指给人看一封匿名信,信里指责他在我举办音乐会期间的无耻行径,并说我写了或唆使人写了这封信。我既没有时间,也没有兴趣向法院提出这件诉讼案。比起另一次散布流言蜚语来,这件事对我来说似乎太微不足道。因此我只限于公开声明:那封信既不是我写的,也不是我唆使的,也不是在我知情的情况下写的。"至少我不能认为这整个事情是坏事。只有你昨天的脸色吓了我一跳。

弗兰茨

〔1912 年 3 月底于布拉格〕

123. 致马克斯·勃罗德

亲爱的马克斯:

你的书②给我带来了多么大的快乐! 当我昨晚在家中翻阅时已经感受到了。你叙述的那次火车旅行在书里明晰地显示了出来。你担心场面太寂静,但生活正是这样的,可以说,无论日夜都是如此。一切事物一个挨一个地向上挪到阿诺尔德那儿,又同他一起重新回来,一切都很自然,没有丝毫强加的音乐。该书无疑是一次总结,同时是与《杀死死人》③

---

① 指 1912 年 3 月 17 日举行音乐会后出现的诽谤,当时勃罗德接受了卡夫卡提出的忠告。
② 指阿·贝尔著《一个犹太人的命运》,1912 年柏林版。
③ 指勃罗德的长篇小说,1906 年施图加特版。

的衔接，自上而下的衔接。吻你。

你的　弗兰茨

〔1912年5月7日—布拉格〕

124. 致父母亲

亲爱的父母亲和妹妹们：

我们顺利地到达了魏玛，住在一家宁静、漂亮的饭店里，可望见一座庭院，生活、观赏均令人满意。要是我得到你们的消息就好了！

你们的　弗兰茨

〔风景明信片（歌德灵寝室）。

邮戳：1912.6.30—魏玛〕

125. 致马克斯·勃罗德

德国这些诗人生活过得多好啊！胡同里房子有16扇窗户。如果整座房子都有孩子，凭我的文学史感觉，这十之八九是格莱姆故居。

〔风景明信片（哈尔伯施塔特的格莱姆故居）。

邮戳：1912.7.7—哈尔伯施塔特〕

126. 致马克斯·勃罗德

亲爱的马克斯：

我在办公室里向你第一次问早安，你不要太在乎。多么愉快我也说不上，尽管这个城市古老得不可思议。我坐在鱼市上空的一个阳台上，跷着二郎腿，以便尽量消除腿的疲劳。

问候大家!

你的 弗兰茨

〔风景明信片邮戳:1912.7.7—哈尔伯施塔特〕

127. 致马克斯·勃罗德

亲爱的马克斯:

这里寄上的是我的日记。你将看到,由于它仅仅是指定限于我自己看的,有些地方我说了点谎话。毫无办法。无论如何,说这些谎话决不是故意的,倒不如说它们是发自我内心最深处的自然,我本应该怀着敬意俯视的。我很喜欢这里,这种独立性真叫棒,而可怜的身躯获得了一种对美国的预感。当一个人走在田野小径上,草鞋踩在一个过路的老农民的翻口靴子旁,这人是不会产生特别自豪的感觉的,但如果单独在林中或躺在草地上,那就美了。只是一时尚未由此获得写作的欲望;如果它正在向我走来,那它至少还没有到达哈尔茨山这儿,也许它刚到魏玛。我刚给她写了三张风景明信片。

顺祝健康并向大家问好!

你的 弗兰茨

〔1912年7月9日〕

〔笺头:哈尔茨山容波恩疗养院,施塔卜尔堡邮局〕

128. 致马克斯·勃罗德

最亲爱的马克斯:

由于你的来信在我双手中燃烧着快乐的火焰,我立即给你回信。你的诗将成为我的陋室的饰物,假如我在夜间醒来——这是常有的事,因为我对草中、树间、空气里的杂声尚未适应——我将就着烛光阅读。也许我将来能把它背下来，那时如果我正昏头昏脑地坐着啃我的坚果，就能用它把我解脱出来，即使仅仅在感觉上如此。它是纯洁的（只有"沉甸甸葡萄串"给两行之间带来了一种肯定多余的因素，还有待于你把手伸进去掏出来），但除此之外，在此之前，你已定下把它作为专为我写的，对不对？也许你是送给我的，不让印出来的，因为，你知道吗？融为一体是我最梦寐以求的，是这个世界上对我最重要的。

那个出色的、聪明的、能干的罗沃尔特[①]！离开吧，马克斯，离开容克尔吧，带上你的一切或可能多的东西。它使你留步，但我不相信它使你留恋，你是走在一条大道上，但注定是要抛头露面的。那些克莱斯特轶闻的文体选择恰如其分，通过这种平淡的文体，可以更好地倾听《感情的高度》的嘈杂声。

关于年鉴和《毕利希》你只字未提。罗沃尔特平白地接受了《概念》吗？他想要出我的书，对我来说当然是好事，但是从这里能给他写信吗？我真不知道该给他写什么。

如果办公室使你感到一些苦恼，算不得什么，它的功能本来是这样的，不能要求它别的任何东西了。可以要求的是，近期内罗沃尔特或别的什么人前来，把你从办公室里拽走。但他只能让你依然留在布拉格，而你也应该有留在那里的愿望！这里的景色已经美起来了，但我却在伤感，我够没用的了。这不见得是永恒的，我知道，但它还远远不能使我振奋起来写东西。这部长篇小说[②]是这么宏大，仿佛是按天空的大小设计似的（亦像今天一样无色彩飘浮不定），我在写第一个句子时就乱了阵脚。至于我还不会被以往写的东西完全吓倒，这我已经说过，这点体会昨天给了我很多好处。

我的住房却给我带来了许多享受。这儿的地面总是覆盖着青草，这是我作弄的。昨天在进入睡乡之前我甚至认为听到了女人的声音。如果不熟悉赤脚踏在青草上的声音，那么躺在床上时若有人跑过去，听起来

[①] 开办同名出版社的德国出版家的名字。
[②] 指他的第一部长篇小说《失踪者》（亦名《美国》）。

就像一头水牛疾速跑过。割草我总是学不好。

再见,问候大家!

你的 弗兰茨

1912.7.10—容波恩

129. 致马克斯·勃罗德

亲爱的马克斯:

究竟谁要求你给我写信呀!我高兴给你写信,密切你我之间的联系(当然我也想到韦尔茨和鲍姆,我不会单独给他们写信)。我必须多次重申,好找到特别的办法。难道此外还要阻止你吗?在我来到布拉格以前,你将会向我宣读你那简短的日记中有关声明的地方,我会完全满意的。就经常给我寄一张小明信片吧,以免我那么信任地歌唱我的信。

你认为基施纳小姐愚蠢。但是她给我写了两张明信片,至少来自德语地区的天空之下。我逐字抄录如下:

尊敬的卡夫卡博士先生!

承您寄来亲切的明信片和友好纪念品,请允许我表示非常感谢。在舞会上我玩了个痛快,早晨4点半才同父母回家。星期天在梯福尔特也玩得很好。您问我得到您的信是否愉快,我只能回答:听到您的消息,我和我父母非常愉快。我多么高兴地坐在庭院的小亭旁想念您。您身体怎样?但愿很好。我和我父母衷心祝您身体健康,并致友好的问候。

玛加蕾特·基施纳

只有签名是模仿的。怎么样?我首先想到,这封信从头到尾都是文学。如果说,我不是不使她感到愉快,那么我这个人在她眼里就像一个钵一样无所谓了。但是她为什么如我所愿地写信呢？把姑娘同信联系起来，那会是真的吗？你的明信片未提到年鉴。关于韦尔茨，我请你简告他的消息。为我抚摩他！谨向陶西格小姐和鲍姆的家人致以问候！

              你的　弗兰茨

不少于7页日记。

              1912.7.13—容波恩

130. 致马克斯·勃罗德

亲爱的马克斯：

  我相信我从你的信中发现，你并不特别愉快。你缺少什么呢？你在建造诺亚方舟，不断有所进展，以至它在我的想象中是那么美。我请求你把概要寄给我；此外，你在罗沃尔特那里的位置已经十分稳固。至于利索厄尔骂你，显然动不了你一根毫毛。你也许妒忌我吧？

  我的主要痛苦是我吃得太多。我像塞香肠那样填肚子，在草地上打滚，在阳光下肚子鼓起来。我怀着把自己养胖的傻主意，并由此开始全面改善我的形象，就好像后者或前者都有可能似的。疗养院的好作用显示了出来：尽管吃得很杂，但并未搞坏我的胃，它只不过变得迟钝了而已。我的涂鸦比在布拉格进展得慢，恐怕与这不无关系。相反，或者更确切地说，昨天和今天还悟到了一些关于我的写作价值低下的认识，我担心这些认识是不会消失的。但没关系。要我停止写作是办不到的，这是一种乐趣啊，它透彻全身，及至骨髓，永不泯灭。

  那本年鉴在你手头吗？我不想称它为《阿卡迪亚》，至今只有酒馆这么叫。但这个名字一旦确立很可能会是充满魅力的。

  你星期天晚上为什么独自坐在卢浮宫内？你为什么不去舍雷森的鲍姆那儿？那里对你可能更合适些。

我会给韦尔奇写信的,但你还是在他那儿为我说一句好话。这也许就是他姐姐最近得的那种病。

再见,亲爱的马克斯,不要悲伤。确实可以这么说,我所过的生活中相当大的一部分适用于避开悲伤,绕道而行,但我一千倍地宁可直蹈悲伤,正如我几乎每天晚上在写作室内所做的那样,在写作室我多半单独地、只字不写地空坐一个半小时。这是容波恩①的一种思想,对我来说,它比它的基本思想更重要:在写作室内不准讲话。当然还有一道命令或一种迷信:9点必须关窗。然后可以在那里继续待下去,到将近10点时为止。但9点时分会走来一位姑娘——有时我觉得我从8点开始就在等待这个女人了——她把窗子都关上。姑娘的胳膊短,我必须助她一臂之力。当大夫在演讲厅内作报告时(每周三次),这里特别安静。面临这两种享受时,我选择寂静,尽管我也很想去听报告。上次他解释道:腹部呼吸有助于性器官的生长和激发,这就是为什么主要靠腹部呼吸的歌剧女演员们那么不正经的原因所在。但正是这些人也有可能被迫直接以胸部呼吸。你就根据你的需要选择吧!也请问候大家。

你的 弗兰茨

〔1912年7月17日于容波恩〕

131. 致马克斯·勃罗德

最亲爱的马克斯:

在经受了长期折磨后我停笔了。我没有能力,今后一段时间内几乎也不会有能力把这些剩下的小文章②修改完善。由于我现在做不到(但在将来情况好转时无疑是能做到的),你就真的想建议我明知故犯地把一些拙劣的东西拿出来付印?而你竟把理由摆得那么充足,老天爷。这

---

① 容波恩是中欧哈尔茨山中的一个地名,可能因人名而来,是个疗养胜地。
② 指后来集成《观察》一书的一些小说。

种东西印出后会引起我自己反感的,就像《许佩里翁》上的对话①那样。至今已用打字机打好的那些篇或许不够凑成一本书,但即使是不付印和更糟的事,也还远远没有这种该死的自作自受这么恶劣吧?这些小文章中有些地方我得请成千上万的顾问来解决;但我如果不拿出去,那么除了你我之外不需要其他人,而我也就满意了。接受我的想法吧!这种不自然的创作和思索已经骚扰了我一段时间,给我带来了不必要的烦恼。只有当一个人躺在临死的床上时,才可能一任拙劣的东西永远拙劣下去。告诉我,你认为我说得对,或至少告诉我,你不会因此而生我的气;这样就可免去我良心上的负担,使我对你这方面也放下心来,从而使我能开始写点别的。

你的 弗兰茨
〔1912年7月于哈尔茨山的容波恩〕

132. 致马克斯·勃罗德

最亲爱的马克斯:

我们又在玩不幸的孩童游戏了吗?一个人手指另一个人,念出他的旧诗句。你目前对自己的看法基于一种哲学情绪,我对我的坏看法则不是一般的坏看法。这种看法毋宁说包含着我唯一的优点,自从我在我的生活进程中对它进行了严格的限制后,我从来,从来不用去怀疑它,它给我心中带来秩序,并使我这个遇到看不到底的东西时会马上垮掉的人保持足够的镇静。我们俩挨得够近的了,足以看到对方的观念的根据。我在一些地方获得了成功,我对这感到的愉快你也许认为是过分的——但如果不是这样,难道我会握笔在手吗?我从来不是一个为了某件事不惜任何代价的人。但关键就在这里。我所写的东西是在一个温水浴池中

---

① 指发表在《许佩里翁》1909年第8期上的卡夫卡的短篇小说《与祈祷者的对话》。许佩里翁原是希腊神话中的人名,后成为19世纪德国浪漫派诗人荷尔德林的同名长篇小说的主人公,这里指当时捷克的一家同名杂志。

写出来的，那些真正的作家永远身历其境的地狱我不曾经历过。只有个别例外，这些例外之强大也许没有止境，但由于它们的独特性，由于它们仅以弱小的力量嬉戏着，所以我把它们排除在上述论断之外。

我在这里也写东西，当然很少，既有哀怨也有欢乐；虔诚的女人们就是这样向上帝祈祷的，在《圣经》的故事中上帝却是另一种偶像。至于我现在还远远不到把正在写的东西拿给你看的时候，马克斯，你必须理解，即使仅仅出于对我的友情而盲目地理解也行。我写的这一小段一小段东西与其说是连着的不如说是挨着的，今后长时期内还将这样发展下去，直到进入梦寐以求的那个境地；之后，在到达了我视为目标的那个时刻时，将不是一切变得轻快易写，更大的可能性是，到那个时刻前一直拿不定主意的我，在那时会干脆失去头脑。因此只有在第一稿完成之后才能加以谈论。

你没有让人把方舟①用打字机打下来吗？你能否送给我一份副本呢？对它的成功难道不需要说几句话吗？

韦尔奇还躺在床上吗？都是这件事使他病的！我不给他写信，不给他写信。请对T小姐和韦尔奇，如果方便，也请对鲍姆夫妇说，我爱他们大家。但爱与写信毫无关系。告诉他们，这种方式（指间接问候）比三封真正的信更好，更容易被亲切地接受。你想做的就能做到。

在写我们共同的故事②方面，除了个别段落外，只有星期天坐在你旁边这点使我愉快（当然突如其来的绝望未计算在内），而这种愉快一下子就能吸引住我把这继续写下去。但你有更重要的事要做，即使只是关于尤利西斯的。

我不具备一点儿组织才能，所以我想不出该给这本年鉴起个什么名字。但别忘了，在构思题目上，即便是寻常的，甚至蹩脚的题目，通过现实的不可捉摸的影响，也会产生出好作用的。

别说任何反对合群的话！我就是为了寻找人群而来到这里的，并为

---

① 指勃罗德的作品《诺亚方舟》。
② 指卡夫卡与勃罗德合写的小说《里查德和萨姆埃尔》。

我至少没有在这一点上自欺欺人而感到满意。我在布拉格却是如何生活的！这样向往人群的要求我是有的，但它变成了恐惧；如果这种要求得到满足，只有在度假期间才会给我以舒适感；我这个人肯定是发生了一定的变化。此外，你没有仔细看我开列的时间表，8点以前我写得不多，而8点以后什么都不写，尽管在这段时间我感到最解放。关于这个我本来还要报导，但我恰恰在今天这个日子里特别愚蠢地用玩球、打扑克和东坐西坐以及躺在花园中虚度了时光。郊游我根本不参加！看来，我根本看不到布罗肯峰的危险性非常大。假如你知道这短暂的时间是怎么消逝的，不知会作何感想！它如果像流水般清澈地逝去就好了，但它是像油一般逝去的。

我星期六下午离开这里（但很想在这之前再收到一张你的明信片），星期天在德累斯顿停留，晚上赴布拉格。我仅仅由于非常显而易见的懦弱而不取道魏玛。我收到了她的一封信，附有母亲的亲笔问候和三张照片。在三张中她展示了三种姿势。这些照片比起以前的照片来不知要清晰多少倍，她多美！而我驶往德累斯顿，权当非如此不可，我将去参观动物园，我是属于那里的！

弗兰茨

〔1912年7月22日于容波恩〕

133. 致马克斯·勃罗德

最亲爱的马克斯：

我实在不知道我明天星期日是否去你那里，顶多撒个谎，因为我害怕你。像你在你动身前的晚上写的一首诗，我受不了。我现在总是按时间睡觉，直睡到8点1刻。我也真正给人一个任务：在今天7点叫醒我。他也在7点叫醒我了，我在8点1刻最终醒来时模模糊糊地记起此事。但是这次叫醒我没有比我现在记得清清楚楚的令人恼怒的梦更打扰我了（例如我昨天拼命同保尔·恩斯特谈话，接连不断地谈，他很想菲列克斯的父亲。他每天从早晨起写两个故事）。两天以来，我也没有收到信。你对我的两张明信片和一封信也没有回复。虽然二者不难加以说明，但是我仍然提出来，因为我正是对我的不准时好好地致歉。

〔由卡夫卡的妹妹奥特拉口授记录。

约为 1912 年下半年〕

134. 致马克斯·勃罗德

亲爱的马克斯：

早安！昨天我受小姐的影响，整理那些稿子。因此轻易发生了某种蠢事，也许只能私下谈论的可笑的次序。请你再检查一下，万分感谢。我欠你的情太多了。

稿件里也有许多小错误。现在我刚读第一遍清样就见到不少。还有标点！不过也许校对清样还有时间。只是在这篇儿童故事里应当将"你们必须成什么样子？"这句话删掉，在这句话之前的"真正"二字后面应加上问号。

〔1912 年 8 月 14 日〕

135. 致恩斯特·罗沃尔特*

尊敬的罗沃尔特先生：

兹寄上一组短小品，望审阅，它们庶几能集成一本小册子①。当我为此目的把它们收集在一起时，有时我既希望让我的责任感得到宽慰，又怀着希望在你们美丽的书籍中有一本我的书的贪欲，在两者间左右为

---

* 恩·罗沃尔特是罗沃尔特出版社的老板。卡夫卡的短篇小说集《观察》最早即由该社出版。
① 即《观察》。

难。当然我并非总是作出完全纯洁的抉择的。现在我却只求这些东西能使您满意,能够付印。不管怎么说,即使极其熟悉,极其理解,也不会一眼就看到这些东西的劣处。作家最普遍的个性表现于每个人都以完全独特的方式掩盖自己的劣处。

手稿随后另作邮包寄奉。

您忠实的 弗兰茨·卡夫卡博士
1912.8.14—布拉格

136. 致罗沃尔特出版社

尊敬的先生:

非常感谢您本月 4 日的友好来信。由于我大约能想象一下发表这种第一篇小论文在业务上的可能性,因此我乐于同意您向我本人提出的条件。尽可能限制您的风险的这种条件一定对我也是最好的条件。在您的出版社里我看到许多书,我对这些书太敬佩了,我不会因此书提出建议进行干预。我只请求印最大的字体,在那些您出书的种种打算中,大字体是可能的。如有可能用暗色的纸,大约用出版《克莱斯特轶事集》那种纸,装订深色纸板,那么这对我是很合适的,当然又只能在不干扰您以前的计划的前提下才可行。

我愉快地期待着您今后的消息。

您忠实的 弗兰茨·卡夫卡博士
〔笺头:劳工事故保险公司,1912 年 9 月 7 日于布拉格〕

137. 致埃尔莎·陶西格

亲爱的小姐:

非常感谢。这正是南方。在读这本日记时,我的血液开始沸腾,虽然按其性质还很微弱。

请您只写一句话给我：我何时何地能够见到您，我也乐意去。我只是不想出乎您的意料，出乎意料的拜访不会愉快。如果我们将一起去老舅处，那会怎么样呢？由于马克斯离开我们大家了，我们确实需要在一起。

您忠实的　弗兰茨·卡

1912.9.18 于布拉格

138. 致费利克斯·韦尔奇和马克斯·勃罗德

亲爱的幸福的人：

在办公室上班时间里给你们写信，使我愉快但很烦躁不安。如果我不用打字机就能写信的话，我不会在这里写信的。但是这种愉快太大了。如果心情通常不完全够，手指尖总是在的。我必须假定这使你很感兴趣，因为我这样急于给你写信。

马克斯，谢谢你的日记本。你的小姐那么可爱，立即把它送给我，同时寄来你的第一张明信片。我也同样谢谢你，坦率地说，我同样请求有一个约会，为此我曾建议——用你的话说——在"你舅父的房子里"，以便我们三个孤单的人聚集在一起。

你不可以停止记日记！如果你们记日记并寄给我，那会更好些。如果我们在妒忌中滚动，我们就要知道为什么。我已从几页日记中领略到一些南国生活，你一直生活在幸福之中，大概根本不会想起坐在双座马车里的意大利人。他们曾给我深刻的印象。

马克斯，昨晚我在你父母处。你父亲当然在一个协会里。我深感力量太弱，不能取出放在你兄弟处的你的信件。根据消息〔用打字机打的信件到此中断〕

在这引人入胜之处我的信被打断了。全国锯木厂厂主联合会的一位代表来了。同样是为了给你们的印象的缘故，这个中断处将永远保留着。

祝你们生活愉快!

问候聚斯兰德先生。

你的　弗兰茨

我妹妹瓦莉星期六订了婚。你们使她愉快,不写信,写张明信片祝贺她吧。你们从哪儿得知这个消息的?

〔笺头:劳工事故保险公司〕1912年9月20日于布拉格

139. 致罗沃尔特出版社

尊敬的先生们:

我冒昧地给您随信寄回这份签了名的合同表,至为感谢。我之所以犹豫了几天,因为我想同时给您寄去《突然的散步》这篇稿子的更好文本。第一段目前的结尾有一处不合我的心意。可惜我还没有完全改好,过几天肯定给您寄去。

还有一个请求,合同里没有提到出版日期。我也并非轻视此事。当然我很乐于知道,您打算何时出版这本书。劳驾您有便写信告我。

你们真诚忠实的　弗兰茨·卡夫卡博士

〔笺头:劳工事故保险公司〕1912年9月25日于布拉格

140. 致马克斯·勃罗德

最亲爱的马克斯:

你究竟呆在何处?我想睡在沙发上等待你,但是我既没有入睡,你也没有来。现在我必须回家,我想明天上午一定见到你。我在办公室待到12点钟。我不想说,要你到那里来找我或接我,但我总是希望能早一点见到你,也许你能安排你的计划。但是至少我要到12点以后才能去找你。如果你能在家,那时我将带你在阳光下散步。鲍小姐叫我问候你,我乐于将我的嘴借给她。

弗兰茨

〔1912年秋于布拉格〕

141. 致马克斯·勃罗德

亲爱的马克斯:

我在这里寄给你第二章,但是我不去。这是自从星期六以来我度过的唯一好时辰。我不能去,因为我父亲身体不好。也许我晚上去拜访你。

你的 弗兰茨

〔1912年秋于布拉格〕

142. 致罗沃尔特出版社

尊敬的先生们:

随信寄上《突然的散步》一稿的修改语句,劳驾您,请插入上次寄去的手稿里。

同时我请求您及早告诉我不久前曾打听过的出版日期。您打算何时出版《观察》一书,盼尽快答复。

您真诚忠实的 弗·卡夫卡博士

〔笺头:劳工事故保险公司,1912年10月6日于布拉格〕

143. 致马克斯·勃罗德

最亲爱的马克斯：

  在我星期日晚上到星期一凌晨好好地写了一通之后——我可以写个通宵，然后接着白天接着夜晚再接着白天，直至飘飘飞去——而今天本也可好好地写一通——甚至写完了一页，其实只是昨天那十页呼吸动作的完成——我却由于下述原因不得不停下来：我的妹夫，那个工厂主今天早晨出差去了，而陶醉在幸福中的我几乎对此毫无察觉，这次出差将持续十天至两周。在这段时间中工厂实际上交给了技师一个人，而没有任何雇主会对现在工厂里正在进展的完全是骗人的经济形势表示怀疑，更别说像我父亲这种神经质的人了。而且我也这样认为，虽然不是出于金钱上的担忧，而是出于耳目闭塞的良心上的不安。在我的想象中也不可能有任何人，会对我父亲的忧惧之合理性表示怀疑，尽管我也不能忘了。我丝毫没有看出，为什么一个德意志帝国的技师在我妹夫不在时就不会引导一切按部就班地进行，他在技术上和组织能力上比我妹夫不知高明多少，简直是天差地别，再说我们是人而不是小偷。

  而且除了技师外还有我妹夫的弟弟在那里，虽说他除了生意经外一窍不通，可真正谈起生意经来他也是个半吊子，但他毕竟是能干、勤奋、专注的，我觉得可以称他为跳跃动物。当然他必须长时间待在办公室里，还要经营代理处业务，为此要用半天时间在城里奔波，这样留给工厂的时间自然就少了。

  我最近曾向你声称，外界没有任何事情能干扰我的写作（这当然不是自夸，而是自慰），那时我只想到，母亲几乎每天晚上向我唠叨，我总该抽个时间到厂里去看看，以宽慰父亲，而父亲则以目光或婉转的措辞说得更严肃。这些请求和谴责虽说就其绝大部分而言不能归咎于荒唐，因为对妹夫进行监督会给他的心情和工厂带来好处；但是我——这里包含着那种唠叨的无法克服的荒唐性——即使在我的处境最好时也不可能去干那种监督别人的事。

  但对于未来的两周说来，却不是这么回事，这两周中所需要的只不过是任何两只眼睛——是我的也好，别人的也好——在工厂里转悠。至于这个要求恰恰对我提出，没有什么可反驳的理由，因为在大家看来，我在这家工厂的建立上负有主要的责任——这份责任我有一半是在梦中承担下来的——再说也没有其他人能到工厂里去，因为父母的生意现在正处于旺季（在这新的店铺里，生意似乎也好了些），因此对他们本来就不能抱什么希望，比如母亲今天就没有回来吃午饭。

今天晚上母亲又开始了这老一套的抱怨，除了暗示我对造成父亲的痛苦和得病的责任外，也把妹夫离开和工厂完全无人看管的新理由端了出来，而以往总是站在我一边的妹妹也怀着最近由我传给她的感觉，同时怀着巨大的不理解，当着母亲的面离我而去，而苦涩——我不知道是否仅仅是苦汁——在我全身流动，这时我看得一清二楚了，摆在我面前的只有两种可能性：像平时上床之后从窗口跳出去，或者在未来的14天中每天到工厂和妹夫的办公室去。第一种选择使我有可能抛开所有责任，包括对这受到干扰的写作和对被抛下的工厂的责任；第二种选择肯定将打断我的写作——一场延续14个夜晚的睡眠是没法一挥手就从眼前抹去的——只给我留下憧憬：如果我有足够的意志和希望，在14天后或许能接着今天中断的地方写下去。

我并没有跳下去，而把这封信当成绝命书来写的诱惑力也不很强（我对它的灵感朝别处逸去了）。我在窗前站了很久，脸贴在玻璃上，好多次觉得这个念头挺合适：通过我的坠落把桥上的养路费征收员吓一跳。然而我始终这样感觉到：凭着往路面上撞得粉身碎骨的决心，并不能使我钻入关键性的深处。我还感到，继续活着固然将面临写作的中断——即使仅仅一点，只不过就中断而言——但不会像死亡那么彻底。而且在小说①的开头部分和它的后续部分之间，两周内我将恰恰在那个工厂里，恰恰在得到满足的父母面前，活动在我的小说的内核之中，并生活在其中。

最亲爱的马克斯，我也许并不是为了征求裁决而把这一切向你展示

---

① 指写长篇小说《美国》。

的，因为你不可能对此作出裁决，但由于我坚决地下了决心，不写永别信就跳下去——最终人总会疲乏的——我当初是这么想的，但现在又应该作为居民退入我的房间了，因此要给你写一封长长的再见信，这便是它了。现在再给你个吻，祝你晚安，期待着明天成为工厂头目，一如对我的要求。

你的 弗兰茨
〔1912.10.星期二 12 点半〕

然而即便在现在，早晨，我也不能隐瞒，我恨他们所有的人，我想，在这 14 天中我将几乎不可能向他们道一声问候。但是这种恨——矛头又冲着我来了——更多地将在窗外了结，而不是躺在床上。我现在远不如夜间那么拿得稳主意。

〔1912 年 10 月 8 日于布拉格〕

144. 致马克斯·勃罗德

亲爱的马克斯：

我昨天完全忘记了一件大事：我们的电话。你根本不能想象，我们多么迫切地需要它，至少在 14 天前我上次在工厂的时候，我们多么迫切地需要过电话（我经常在办公室里）。你知道，我也想尽可能地限制人们为一件不成功的事辩解。事实上我还根本没有认识到失败的可能性，而我在我妹夫们的脸上开始预见到这种可能性了。

你的 弗兰茨
〔1912 年秋于布拉格〕

145. 致罗沃尔特出版社

尊敬的先生:

劳驾您寄来清样,当然太好了。我不能匆促地赞同付印,应该作充分地介绍。我衷心地谢谢您对这本小册子表示的关心。

但愿清样的页码不是最终的页码,因为《公路上的孩子们》应是第一篇。我未寄去目录,这正是我的过错。糟糕的是,我根本不能弥补这个过错了,因为除了开头一篇和最后一篇《不幸》以外,书稿中排的顺序我看不合适。

《突然的散步》修改稿想必收妥了吧?

弗·卡夫卡博士　谨上

〔1912年10月18日于布拉格〕

〔笺头:工人事故保险公司〕

146. 致马克斯·勃罗德

最亲爱的马克斯:

如果在长时间之后我再一次单独见你和谈话,为什么这个人夹在我们之间呢?你说,是因为在我的通信里提到过他,他就对我感兴趣了。但是我觉得,他不适合于在我累得要死的时候把我从床上拖出去。因此,我在9点钟才去阿尔科,得悉你们早已离开了。我转身回家。你现在不工作吗?我感到悲哀的是,随着时间的推移,在你周围聚集了如此之多的阻力,你必须大挥手臂才能廓清你周围的地方。《赫尔德之页》①刊登的你诗很好。星期五我就去。

你的　弗兰茨

〔明信片邮戳:1912年11月7日于布拉格〕

---

① 由威利·哈斯出版的文学杂志。该刊也登载过卡夫卡的作品。

147. 致马克斯·勃罗德

最亲爱的马克斯：

（信是在床上口述的，出于懒惰，并想使这封在床上酝酿出来的信不动窝就落在纸上。）我只想告诉你，星期天我不去鲍姆家朗读了。目前整个小说（《美国》）还是飘摇不定。昨天我强行写完了第六章，强行导致粗糙和拙劣：两个本该在里面出现的人物被我压缩掉了。在我写作的全部时间里，他们跟在我后面跑着，由于他们本来是应该在小说里举起胳膊、握起拳头的，于是他们的动作就冲着我来了。他们自始至终比我写下的内容更有活力。今天我又罢笔了，不是因为我不想写，而是因为我又一次过于茫然地扫视着。仍然没收到柏林那儿来的片纸只字，可又有哪个傻瓜会有所期待呢？你在那里已经把话说到了头，可谓道尽你的仁慈、理解和感受，但即使在那里是一个天使取代你对着电话讲话，他也同样无法同我的恶毒的信分庭抗礼。瞧吧，星期天一家柏林花店的听差还将传递一封没有抬头和署名的信。为使我自己摆脱折磨，我把第三章约略重读了一遍，我发现，必须拥有与我所有的力量完全不同的一些力量，才能把这糟透了的事补救一二。但是即使是这些力量，只怕也还不足以促使我在当前的处境下把这一章朗读给你们听。可我自然又不能跳过这一章，看来你只能做两件好事来处理我收回许诺的举动了。第一件是，别生我的气；第二件是，自己朗读。

再见，我还要同我的书记员奥特拉①去散步；她傍晚从商店里来②，我现在像老爷一样躺在床上向她口述，而且还判处她保持沉默，因为她在记录过程中提出，她也想插几句话。这类信的美妙之处在于，在结尾时往前看它们会变得不真实。现在我比开始写这封信时轻松多了。

你的　弗兰茨
1912.11.13—〔布拉格〕

---

① 卡夫卡的小妹妹。
② 指卡夫卡父母的商店。

148. 致韦利·哈斯*

亲爱的哈斯先生：

我当然接受赫尔德联合会的邀请，我对朗诵甚至感到乐趣无穷。我将朗读《阿卡迪亚》上的故事①大约还不到半个小时。观众是些什么人？还有谁朗诵？整个朗诵会将进行多久？穿日常便服行吗？（最后这个问题是多余的，因为我没有别的衣服。）但其他问题请您给我以答复。

致最衷心的问候！

F. 卡夫卡博士

1912.11.25—〔布拉格〕

149. 致马克斯·勃罗德

最亲爱的马克斯：

我不知道你是否收到了我昨天的信。现在无论如何，信中对大事的描述在今天已经是错误的，一切都变得不可想象的好了。

弗兰茨

〔1912年年底〕

150. 致奥斯卡·鲍姆

亲爱的鲍姆先生：

星期一马克斯必须参加一位同事的告别会。我必须力图利用一件事

---

* 韦利·哈斯，卡夫卡的女友密伦娜的朋友。二次大战期间，密伦娜在被捕入法西斯集中营前夕，曾将卡夫卡生前写给她的大量爱情书信原稿交他保管，后他受马克斯·勃罗德的委托，将这些书信编纂成《卡夫卡致密伦娜书简》一书。

① 指发表在《阿卡迪亚》年鉴上的短篇小说《判决》。

情同我父亲和解。我还将向您叙说这件事情。好吧，我们下星期一将一举两得。

　　祝您
生活愉快！

弗·卡夫卡

〔风景明信片，大概写于 1912 年〕

1913 年

151. 致埃尔莎和马克斯·勃罗德

亲爱的：

　　我不需要守夜人。我自己就是防止昏昏欲睡、晚间漫游和受冷挨冻的一个守夜人。你们在那里经常晒太阳吗？请你们为我在夏天或秋天挑选一个地方，在那里吃素，一直健康，即使单身一人也不感到孤独，即使一个木头人也能理解意大利的文化等等，总之，挑一个美得不能再美的地方。我很想念你们。祝你们生活愉快。

弗兰茨

〔风景明信片邮戳：1913.2.4—布拉格。
来信寄蒙特卡洛〕

152. 致埃尔莎和马克斯·勃罗德

　　几天前我才获悉，你们将呆 18 天才走。多长的时间！这简直没有尽头。你们至少记日记吧？如果你们至今没有记过日记，那么今天你们就朝海边走去，坐在海边，对迄今的旅行一起作一番描述，从早晨写到晚上。我对你们说,你们将必须经受得住同我们的斗争,如果你们现在未经受斗争的话。你们快来!

弗兰茨

〔风景明信片邮戳:1913.2.14—布拉格。

来信寄德圣拉斐尔〕

153. 致格特鲁德·梯伯格

尊敬的小姐:

现在我不能去卡尔门,我今天下午值班。在这之前我打电话时忘记了此事,在电话机前我总是把一切忘得一干二净。再次感谢您的友好。此外,记起一次大概有缺点的演出,而抹掉了对一次好演出的记忆,这经济合算吗?衷心地问候您和您妹妹。

弗·卡夫卡

〔明信片邮戳:1913.2.20—布拉格〕

154. 致出版家库尔特·沃尔夫 *

尊敬的出版家先生:

现将给《阿卡迪亚》杂志的校样通过邮局寄还。我感到幸运的是,您给我寄来了第二份校样,因为在第61页上印刷错误大得吓人:"未婚妻"错成了"胸部"。

---

* 库·沃尔夫是同名出版社的老板,1912年9月以前曾与罗沃尔特合办罗沃尔特出版社,1913年2月起,自己另立出版商号。该出版社在卡夫卡生前出版他的作品最多。

至为感谢。

弗·卡夫卡博士　谨上
1912.^① 3.8〔布拉格〕

155. 致库尔特·沃尔夫

尊敬的沃尔夫先生：

请您不要相信韦尔弗！他对这个故事^②一无所知。等我叫人将稿子誊写清楚后，当然乐意寄给您。

弗·卡夫卡　谨上
〔衷心地问候保尔·策希；附上伊尔塞·拉克尔－
许勒的一幅画，签名：阿毕盖尔·巴西勒乌斯三世〕
〔明信片邮戳：1913.3.25，夏洛滕堡〕

156. 致马克斯·勃罗德

最亲爱的马克斯：

如果简单地说，我像我本来的样子，最好不要让人在任何地方见到我，在没有足够的说明时（我怎能为此作出足够的说明呢），这不会显得太愚蠢，那么这会是最正确的答复。如果我不到哪里去的话，我通常至少守在办公室里。今天却相反，我知道，要是我只凭兴趣办事就好了。现在没有许多障碍，没有比我向经理跪下求饶请他不要出于人道主义（我看不到别的理由，外界今天更幸运地看到别的理由），把我赶出去更好的了。可以想象一下，例如，我四肢伸开地躺在地上，活像一块被切割

---

① 卡夫卡弄错了日期，应为1913年。
② 指《变形记》。

的烤肉，慢慢地用一只手将这块肉送到角落里喂狗。这样的想象现在是我头脑的日常食品。昨天我将这总的记忆写了寄往柏林。她是一位真正的殉道者。我十分清楚地掘开她以前幸福地、同整个世界协调一致地生活过的土地。

最亲爱的马克斯，我本想今天去的，只是我今天有一项重要的活动。我去努斯勒，将试一试在一个种菜人的一块坡地上参加下午劳动。那么我明天去，马克斯。

弗兰茨

1913.4.3〔布拉格〕

157. 致库尔特·沃尔夫

尊敬的沃尔夫先生：

暮色苍茫之际我才收到您的如此热情的来信。当然即便我竭尽全力，也不可能使稿子在星期天之前到达您的手中，尽管与其造成不愿为您效劳的印象，还不如把未曾完善的东西寄出可减轻些心理负担。虽然我看不出这些稿子会以什么方式，在什么意义上意味着为您效劳。但不知所以然更促使我寄出。长篇小说的第一章① 我也一定马上付邮，这之前我已将它大部分誊清。星期一或星期二它就将抵达莱比锡。至于它能否独立发表，我不知道；在它上面虽然看不出后面那完全失败的 500 页的痕迹，但它毕竟没有充分地自成体系；它是残篇，并将永远是残篇，这一前景赋予了这一章以最大的独立性。我手头的另一篇故事《变形记》还压根儿没有动笔抄写，因为近来一切都阻止着我着手于文字和产生对文学的乐趣。但这篇故事我也将让人抄出，尽快寄上。以后这两篇加上阿卡迪亚② 上的《判决》可以合成一本很好的书，可冠以《儿子们》的书名。

---

① 长篇小说指《失踪者》，卡夫卡最喜欢第一章，曾以《司炉》（一译《火伕》）为题单独发表。
② 《阿卡迪亚》系一家刊物。卡夫卡最得意的短篇小说《判决》最初即是在这家杂志上问世的。

为您的热情表示真诚的感谢，并祝您旅途愉快！

您忠实的　弗兰茨·卡夫卡
1913.4.4〔布拉格〕

158. 致库尔特·沃尔夫

尊敬的沃尔夫先生：

最真诚地感谢您友好的来信。关于将《司炉》收入《末日审判》①的条件我非常乐意地表示完全同意。我只有一个请求，实际上我在上一封信中已经提出过了。《司炉》、《变形记》（篇幅相当于《司炉》的一倍半）和《判决》无论外表还是内蕴都是相通的，在它们之间存在着一种显而易见的、其实更应该说是秘密的联系。希望能将它们收在一本比方叫作《儿子们》的书中，以表达这种联系。我不会放弃这个希望。撇开在《末日审判》中发表《司炉》不谈，是否有可能在任何您认为合适又不太遥远的时候将它同另外两个故事一并收入一本书中？是否有可能以某种措辞写下有关此事的许诺，写进现在关于《司炉》的合同中？这三个故事的统一性在我心中的分量与它们中间某一个的自身统一性是一样的。

弗兰茨·卡夫卡博士拜上
1913.4.11〔布拉格〕

159. 致库尔特·沃尔夫

尊敬的沃尔夫先生：

我已经担心我要求太多了。劳驾您让步，不要真正地相信，我的请

---

① 《末日审判》是库尔特·沃尔夫出版社出的丛书。《司炉》作为其中第三本出版。

求是否有内在的理由。最衷心地感谢您。

弗·卡夫卡博士谨上

〔1913年4月20日于布拉格〕

160. 致格特鲁德·梯伯格*

兹向格特鲁德·梯伯格小姐致以衷心的问候并进一言："闭着的嘴里飞不进苍蝇。"（梅里美的《卡门》的最后一句话）这句谚语在这本书里尚未得到体现。所以它里面尽是苍蝇。最好永远合着它。

F. 卡夫卡

〔约于1913年春〕

161. 致库尔特·沃尔夫

尊敬的沃尔夫先生：

今随信将《司炉》校样寄回，请您无论如何将第二次清样寄来。正如您看到的那样，虽然只需小改，但是错误很多，因此这次校正不可能全部解决。无论何时我收到第二次清样，我将立即校好寄回。寄回后，我连封里扉页都看不到了，对吗？我非常关心，至少在扉页上，如果有什么关系的话，在《司炉》标题下有一个副标题《片断》。

弗·卡夫卡博士谨上

〔1913年4月24日于布拉格〕

---

* 格·梯伯格是卡夫卡的希伯来语老师弗里德里希·梯伯格的妹妹。这段话是写在赠给她的《观察》初版本上的题词。

162. 致马克斯·勃罗德

最亲爱的马克斯：

    明天我必须乘车去奥西格，还必须做准备，想马上去睡觉。谈谈我在柏林干了些什么，无论如何将不会太晚的。

弗兰茨

〔风景明信片邮戳：1913.5.14—布拉格〕

163. 致库尔特·沃尔夫

尊敬的沃尔夫先生：

    为您的邮件表示最诚挚的谢意！在经济效益上我当然不能对《末日审判》说三道四，我觉得它办得很漂亮。

    当我刚看到我书中的那幅画①时，我吓了一大跳，因为它首先否认了描绘最现代的纽约的我；第二，它比小说优势大，因为它作用于小说前面，而且图画又比散文更集中；第三，它太美了。如果这不是一幅旧画，满可以说它出自库宾②的手笔。但现在我已经早就容忍了它，甚至非常为您以此给我以突然袭击而庆幸，因为假如您事先问了我，我也许不能下此决心，从而痛失这幅美丽的画。我觉得我的书通过这幅画大大丰富了，而在画与书之间，强与弱的地位已经交换。顺便问一下，这画来自何处？

    再次表示衷心的感谢！

您忠实的 F. 卡夫卡

1913.5.25〔布拉格〕

---

① 《司炉》的封面装帧采用了一幅19世纪的钢版画，画面是纽约港。这幅画是根据韦尔弗的建议采用的。

② 奥地利画家（1887—1959年），因给霍夫曼、豪夫、艾伦·坡等人的作品画插图而出名。

在此我预订一本未装订的《丑画的美》①、五本装订好的《司炉》，以后望寄三本《阿卡迪亚》来。

164. 致马克斯·勃罗德

亲爱的马克斯：

如果你不去日报社，那篇文章②就丢失了。至少这是我的印象。谢谢，谢谢。

弗兰茨

〔风景明信片邮戳：1913.5.31—布拉格〕

165. 致莉塞·韦尔奇*

仁慈的小姐：

这可能只是一个错误。您对略维没有什么过错，账早已结了，完全对，我不能再收钱，必须将马克寄还。因此请您别生我的气。如果根据您的错误看法，您仍然认为对略维（在这件事情上我同他看法一致）负有义务，那么请您用下面的方式解决，我同时给您寄一本小书，请您笑纳。我早就高兴这么做，但是没有找到合适的机会，尽管我担心现在也不是适当的机会，也不是合适的书，现在我还是利用这个机会。尽管有此局限性，但这使我愉快。谨致衷心的问候。

弗兰茨·卡夫卡谨上

〔1913年6月5日于布拉格〕

---

① 指马·勃罗德的著作《论丑画的美——关于当代浪漫的袖珍指南》，1913年发表于莱比锡。
② 卡夫卡代表工伤事故保险公司写的一篇文章。
* 政治作家罗伯特·韦尔奇之妹，后来是贝多芬研究者和出版商西格蒙德·卡楚尔森之妻。

166. 致马克斯·勃罗德

最亲爱的马克斯：

  我昨天告别时的大笑一定最后给你一个印象，似乎我是一个可怕的人。但是同时，我以前和现在知道，正是对你不需要表示真正的态度。尽管如此，我必须说（尽管与其对你不如说对我而言），昨天我指出的，此外只有你、我和奥特拉以此形式所了解的（但是我对你们也本该忍住不说），当然只是巴比伦塔①内部某一层的入口，上面和下面的是什么，巴比伦人根本不知道。即使我想用这只在这方面训练有素的手把这么多东西带回家（我怎能轻易这么做），那也毕竟太过分了。情况一直是这样，可怕——也根本不可怕。笑意味着什么，何必5分钟后又寄来明信片。一定有坏人，有坏人作怪。

弗兰茨

〔明信片邮戳：（1913？）8.29—布拉格〕

167. 致马克斯·勃罗德

亲爱的马克斯：

  失眠得厉害，手不可以放在眼眉旁，否则热得吓人。文学和代表大会，统统滚蛋，如果这将是最有趣的话。

  向大家问好！

弗兰茨

〔风景明信片邮戳：1913.9.9—维也纳②〕

---

① 基督教《圣经》中的通天塔。
② 卡夫卡在回里瓦途中在此作了短暂停留。

168. 致费利克斯·韦尔奇

愉快少,义务多,更多的是厌倦,失眠,头痛。我就这么生活着。我不得不望着雨落向旅馆的庭院,现在刚刚安静 10 分钟。

弗兰茨

〔风景明信片邮戳:1913.9.10——维也纳〕

169. 致马克斯·勃罗德

亲爱的马克斯:

我没有能力上下连贯地写出应该是上下联贯的事情。维也纳的那些日子我恨不得把它们从我的生活中拔掉,而且是连根拔掉。那是一场无用的追逐,很难想象有比这次大会更无用的事情。在这次犹太复国主义大会上,我像是一个参加全然不相干的活动的人一般坐在那里,当然有些事使我感到憋闷,使我注意力分散(现在正有个小伙子和一个英俊的尖头船导航人透过玻璃窗往里看),虽然没有像对面楼座上那位小姐那样向与会代表投掷纸团,可我也够绝望的了。对那个文学集团我几乎一无所知,我只有两次同他们在一起,在一定程度上所有的人都使我赞叹,但除了当时正在维也纳的那个讲话果断坚决的施托辛格①和再次显得亲切可爱的恩·魏斯外,从根本上说,我一个都不喜欢。对你谈论得很多,也许正当你在吉洪式地想象着这些人的时候,这里围绕着一张桌子偶然地坐到一起的人竟全是你的好朋友,他们中间不断有人怀着对你的某本书的欣赏,激动地讲起话来。我并不是说这有任何价值,我说的仅仅是当时的情况。这些我以后还能详细告诉你。假如谁提出异议,那是因为情况太明显了,因为这些迟钝的眼睛过于曲解你了。

但这一切都过去了,现在我在威尼斯。如果我不是这么举止不便和

---

① 布拉格作家,后活动于维也纳、苏黎世等地,1954 年逝世。

悲哀该多好，我没有能够使我在威尼斯面前自持的力量。它是多么美，在我们那儿人们多么严重地低估了它！我将在这里多待些时间，比原定的要长。我只身一人是舒服的。文学已很久没有向我表明任何好的兆头了，但当它把P.留在维也纳之际，它又想起了我。我历来的经验告诉我，我只能同你一起去旅行，或者只身一人，后者比前者糟得多，但事实如此。

向大家问好！

弗兰茨

〔1913.9.16—威尼斯〕

170. 致奥斯卡·鲍姆

现在，至少只要出太阳，我就住在海边一个木板小棚里，一块长跳板伸向海里，但是我利用它作卧铺。整个设施有其好处，由于就我一个人，我在那里辗转反侧，渐渐地光着身子睡了。

衷心地问候大家！

弗兰茨

〔明信片邮戳：1913.9.24—里瓦〕

171. 致马克斯·勃罗德

亲爱的马克斯：

我收到了你的两张明信片，但一直没有回信的力量。不答复有一种作用，即使周围保持寂静，我最希望的是沉入寂静里面，再也不出来。我是多么需要孤独啊，任何谈话都会严重地玷污我！在疗养院里我是一言不发的，吃饭时我坐在一位将军（他也一言不发，但一旦当他决定要讲话，话总是说得很聪明，至少高于所有其他人）和一个看上去像意大利人的小个子瑞士女人中间，这个女人嗓音低沉，她为有这样的邻座而不高兴。——我刚发现,我不仅不能讲话,而且也不能写东西,我有许多话要对你讲,但它们互相冲突,或背道而驰。14天来我也确实几乎什么都没写,不记日记,不写信,日子过得越平淡越好。我没把握,但我相信,假如不是今天在船上(我去了马尔切辛纳)有个人同我讲了话,假如我没有答应他晚上去巴伐利亚院落,那么我现在就不会坐在这里写信,而是在集市广场上。

除此之外,我完全过着有理智的生活,也在疗养自己,从星期二以来我还每天洗澡。只要这唯一的一个方面松开我,只要我不必老是想着它,只要不至于有时候(多半是在我早晨起床时)它像一个动物似地蜷成一团落在我的头上,那就万事大吉。但是一切已十分清楚明了,14天来已经不再发生。我不得不说,我办不到,而我也确实办不到。但为什么突然无缘无故地,直接由对此的思念引起我心头再度的不安,一如在布拉格那段最糟的时期里那样?可是我现在不能写下,我心里完全明白的事情和始终可怕地现实地盘桓着的东西,如果面前没有信纸的话。

除此之外,没有什么值得一提的。我实际上只是游览着一个又一个的山洞。你也许会认为是孤独和不言不语给了这种想法以巨大的力量。其实并不是这么回事。对孤独的需求是一种自发的因素,我渴望孤独。对一次蜜月旅行的设想会使我心惊肉跳,每当我看到一对蜜月旅行的伴侣,无论我认识还是不认识,都会使我感到不舒服;而要想使我自己产生恶心的感觉,我只需设想一下我用一只胳膊搂着一个女人的后腰的情景即可。你瞧瞧——可尽管如此,尽管这件事情本已结束,我不再写信,也不再收到片纸只字——尽管如此,尽管如此我仍无法脱身。在假想中,各种不可能因素完全像在现实中一样紧挨着。同她[①]在一起我无法生活,没有她我也无法生活。只要抓住这一点,我迄今至少部分掩盖着的存在便一下子暴露无遗。我这人应该在皮鞭的抽打下被赶到沙漠里去。

你不知道,在这一切中间,你的那些明信片给我带来了多大的快乐。

---

① 指菲莉斯·鲍威尔。

比如提荷①在进展（我不相信它曾经卡住），比如莱茵哈德②对《告别》③感兴趣。如果我想从我所处的深渊中出发驱散你的紧张不安，将显得很可笑，这你会自己解决，而且会很快，很彻底。问候你可爱的夫人和费利克斯④（这封信也算写给他的，我不能另写了，但也不要求得到任何信息，无论是你的还是他的）。

弗兰茨
〔1913年9月28日于哈同根疗养院〕

172. 致费利克斯·韦尔奇

不，费利克斯，情况不会变好的，我这儿什么也不会改观。有时我相信我已不在人世，而是在地狱边缘徘徊。你认为负罪意识对我是一种帮助，一种解脱。不对，我之所以怀着负罪意识，仅仅因为它对于我的本性来说是懊悔的最美形式。但却不必仔细看它，负罪意识只是一种回溯愿望。但它几乎还没有成为这么一种东西，自由、解脱和相对满足的感觉已油然升起，比悔恨可怕得多，远远超越了一切悔恨。现在是晚上，我收到了马克斯的来信。你知道这回事吗？我该做些什么？也许是不回信的好，当然，这是唯一可能的。

但是将来会怎样，这由纸牌算命运。几个晚上之前我们6个人曾坐在一起，一个年轻、很富有、很漂亮的俄罗斯女人由于厌倦和绝望，拿出牌来给大家算命，因为漂亮的人在不漂亮的人中比反过来的情况失去得更多。具体地说，根据不同的算法给每人发两次牌。结果是各种各样，当然大多数是可笑的或半认真的，即使人们相信它，终究是完全毫无意义的。只有在两种情况下有些完全肯定的内容，大家可以检查，根据两

---

① 指勃罗德写的长篇小说三部曲《提荷·布拉赫走向上帝的道路》，1916年在莱比锡出版。
② 指马·莱茵哈德（1873—1943年），奥地利著名话剧导演、演员。
③ 指三幕喜剧《告别青春》，作者当为勃罗德。1912年在柏林发表。
④ 即费利克斯·韦尔奇。

种算法检查，结果都一致。一位小姐的星象是，她将变成老处女。我的几个星象都不同，哪怕只是接近的结果都没有。所有有人头像的牌都尽可能地离我而去，被移向边缘，甚至这些靠边的有人头像的牌有一次只有两张，有一次我相信根本就没有。事实上我周围不断地转着"烦恼"、"财富"和"雄心"的牌，这些牌除了"爱情"之外都表明是几张抽象的牌。

从一切迹象来看，一直相信纸牌算命是无意义的，但是通过纸牌，或者通过一种随意性的外表偶然现象来说明某种糊里糊涂、乱无头绪的想象力，却有内在的道理。我在这里当然不谈我的牌对我的影响，而是对他人的影响。我可能根据影响来审查这一点，看看这位小姐的星象（将成为老处女）对我发生了什么影响。她是这里一位十分可爱的少女，也许除了发型之外，她的外貌丝毫没有流露出将来会变成老处女的迹象。我对这个姑娘并无先入之见，但我从一开始就对此感到惋惜，这不是为了她的现在，而显然是为了她的将来。自从现在算了命以来，我完全不怀疑她必将变成老处女。费利克斯，你的情况也许比我的更复杂，但是更不现实。这种情况的最后的、事实上总是最痛苦的后果确实只是无法实现的理论。你努力去解决在某种程度上无法解决的问题，但是就目力所及，这个问题的解决并不能对你或对任何人有利。我的不幸超过你何止十万八千里啊！要是我有一线希望能帮助我就好了，我就会牢牢抓住疗养院入口的门柱，不必离开。

弗兰茨

〔笺头：封·哈同根博士，疗养院兼水疗院，
1913年9月于里瓦〕

173. 致库尔特·沃尔夫出版社

库尔特·沃尔夫出版社：

我听说，大约14天前（除了在我了解的《新自由报》上登载了关于《司炉》的评论外）还有另一家维也纳报纸，我以为是《维也纳汇报》，登

载了一篇评论。如果您了解的话,劳驾请您告诉我报纸的名字、期数和日期。

顺致
崇高的敬意!

弗兰茨·卡夫卡博士

〔19〕13.10.15〔布拉格〕

174. 致库尔特·沃尔夫

尊敬的沃尔夫先生:

我今天收到了彩色的书①。首先至为感谢。大约10天前我向贵社提出过一个小小的请求,但是,照我现在看来,地址未变。至今我未收到复信。我听说,大约二三周前在维也纳的一家报纸上(我不是指《新自由报》登载的评论,这我了解)登载了一篇关于《司炉》的评论,我以为是《维也纳汇报》。如果贵社了解此事,我请求贵社告知该报名字、期数和日期。此外,据说最近几天《柏林交易所信使报》也登了一篇评论。也请顺便告知该报的有关期数。最后,我请您叫人给我寄一份未装订的《观察和了解》。

弗兰茨·卡夫卡博士谨上
1913年10月23日于布拉格

175. 致莉塞·韦尔奇

亲爱的仁慈的小姐:

我多次地感谢您和您父母的友好邀请。当然我会很高兴地赴约。但

---

① 库尔特·沃尔夫出版社年鉴。

是同样当然的是，我进房间时，您必须给我显出一副特别友好的面容，您也当然能显露这样的笑容的，因此您不会对我生气，否则，我进房间后立即出来，当然我要吃晚餐后才来。

弗·卡夫卡谨上

〔19〕13.12.29〔布拉格〕

176. 致马克斯·勃罗德

亲爱的马克斯：

我对你的幸福表示高兴，对你们大家的幸福表示高兴。遗憾的是，这并没有使你们更健谈一些。但是情况是这样，我赞同你的意见。人在旅行时，不想写，人在幸福时，也不想写。防止这样就是防止幸福。亲爱的马克斯，你就安安静静地洗澡吧。

由于你没有给我寄来印象深刻的日内瓦湖风景明信片，我想起你时，只好完全依靠我的地理知识了。当然，这些知识一般来说是精通的，但是在细节上又只是依靠优越的普遍知识了。你在里瓦去湖里游游泳，去博罗美群岛的一个岛——岛叫什么名字？——在草地上读我寄去的信，对吗？这是一封写得漂亮的信，对吗？你已经从笔迹认出了写信人。

再见。

弗兰茨·卡上

〔大概是 1913 年〕

1914 年

177. 致马克斯·勃罗德

亲爱的马克斯：

我坐在家里，牙疼，头痛，现在我已在这最阴暗的过热的房间里一张桌子角旁坐了半小时，此前靠在火炉旁半小时，此前在靠背椅上躺了半小时，此前在靠背椅和火炉之间来回走了半小时，现在我终于摆脱束缚，离开了。马克斯，要是真的以你的名义，我不会下决心给你写信，我本不能点燃煤气的。你想将《提荷》[①]敬献给我，这是长时间来第一次直接关系到我的欢乐。这样的献词意味着什么，你知道吗？我（尽管只是表面，但是这种表面的某种侧光真正使我温暖）被拉扯上去，并被附着在比我更生气勃勃的《提荷》上。我与这个故事会有多大关系呀！但是我多么乐于把它作为我表面的财产！马克斯，你不该总是为我做好事。

你这样容易理解哈斯[②]的工作吗？直到理解每个外来词吗？如果他证实你的普遍看法，那么因此可能受到震惊的菲克尔（他肯定不这样写）会采取什么态度呢？

你本不该将我的通讯处给穆西尔[③]。他要干什么？他能干什么？有人希望从我身上得到什么吗？他能从我身上得到什么呢？

现在回过头来谈谈我的牙疼。我已经牙疼3天了，不断地加剧（昨天我去看医生，他没有找到什么）。今天我才肯定地得知是哪颗牙疼。医生当然有责任。是一颗补过的牙里在封的铅下面疼。天晓得，在封住的地方多疼呀，我下面的甲状腺也肿了。

---

① 指勃罗德的《提荷·布拉赫走向上帝的道路》一书。
② 指韦利·哈斯，《卡夫卡致密伦娜书简》原稿的保存者和编纂者。
③ 罗伯特·穆西尔（1880—1942年），奥地利作家。

早晨我刚去芳塔①,我并不乐于去。你不想写信告诉我,你下周什么时候能给我朗读些东西吗?我在想,我现在可以——关于《提荷》——发号施令。

弗兰茨

〔19〕14.2.6〔布拉格〕

178. 致库尔特·沃尔夫出版社

库尔特·沃尔夫出版社:

如果您将《观察》的清样寄到下述地址:弗兰蒂切克·朗格②,布拉格皇家葡萄园 679 号,我会非常感激您的。朗格是主要月刊《文艺月刊》的编辑,他想从本书中登载几篇译文。也许能劳驾您将所登译文寄给我。

顺致
崇高的敬意!

弗兰茨·卡夫卡博士

〔19〕14.4.22〔布拉格〕

179. 致莉塞·韦尔奇

仁慈的小姐:

十分感谢您衷心的祝愿。我也衷心地祝愿您柏林的工作顺利。但是您也必须让我同您携手合作。您一定看到,您正在做我老早就想做的事情。从我家里去,很好,到柏林去就更妙了。您真的要使我愉快,十

---

① 布拉格药店主夫人,她资助文学小组,卡夫卡也经常参加这个小组的活动。
② 布拉格戏剧家。

分肯定地约定在那里同您会见吗？圣灵降临节我将在那里，您也在那里吗？也许还将与一直住在那里的魏斯先生晤面，这对您合适吗？从6月1日起我的一个熟人也将到那里。她是一个年轻的姑娘（柏林人，较长时间外出后又长期待在柏林），我觉得您也会喜欢她的，正如我觉得她实在可爱一样。

请您别忘记给我写几句话，我请求您了。谨致最衷心的问候。

您忠实的 弗·卡夫卡
〔19〕14.4.27〔布拉格〕

180. 致莉塞·韦尔奇

亲爱的小姐：

一个大拇指被割破，妨碍我用以前可读的字体给您写复信。谢谢您的友好来信。您迅速地习惯了，这并不令人奇怪。即使没有朋友，也十分肯定您会成功的。即使您否认，但离开家还是极好的。只有局外人目前能对此作出评论。生活美好的人必须相信他的评论，即使他还不能感觉到这一点，因为他刚碰到这个问题。

最初我曾考虑，您将立即去一个大圈子的人群中，这根本不合适，您同这群人进行各种各样的联系，联系重要的事情，以致您几乎没有时间，至少没有必要，尽管同陌生人见面会带来某些小的麻烦。最近您大概要花费力气（当然是完全正常的）同一些必要的熟人交谈。要不是我已认识到这一点，我很可能也不会在大拇指流血之时给您写信了。

尽管如此，如您有可能，我仍然很乐意在圣灵降临节见到您。但是，如果您不在布拉格，您大概会作某种郊游，即使您那时不在柏林也行。我可以在圣灵降临节前一天（星期六）去，呆到星期二下午。可以给您打电话吧？大概最好的办法是，圣灵降临节上午我给您打电话并问您。

谨致

最衷心的问候!

弗·卡夫卡

〔19〕14.5.18〔布拉格〕

181. 致莉塞·韦尔奇

亲爱的小姐:

现在我又回到布拉格,在这里和在那里都没有见到您,因为我那天晚上没有空,此外我希望能在柏林看看您的新生活,我又回到柏林,并于星期二下午离开了。我这样来回奔波,直弄得精疲力竭,因此连电话也没有力气打了。要是我真的拜访了您,您就会看见我是什么模样了。算了,不再说这些了。

您信里说:"我已学到了一些东西,等等"。这个说明似乎承认我正确,我祝贺您迁居。也许您在外国人身上学得不多,但是只要原来一点都没有,那么这"不多"就是非常多了。如果一个人的眼睛看事物没有适当的角度,那么在任何地方都不会有超人的东西。但是一个布拉格姑娘在第一个月观察一个柏林女子,有什么超人之处呢?这倒是值得研究的,体验的,也许被人嘲笑的。我不知道我又在谈一个布拉格姑娘,也许我谈谈写这封信的伟大老人会更合适些。

向您谨致

衷心的问候,祝您愉快!

弗兰茨·卡夫卡

〔19〕14.6.6〔布拉格〕

182. 致吉查克·略韦 *

亲爱的略韦：

您的来信虽然提醒我，怎么这么晚才回信，但它更使我为您能想到我而高兴，我处在极度的迷惘和忙碌中，尽管这些因素无论对我还是别的什么人都不会带来很大好处的。

此外有个新闻，我订婚了，并觉得我这样是做了件好事和必要的事。当然，世界上可疑之事何其多，即使最好的事情在疑虑面前也会变得捉摸不定。

您还一直在痛苦中煎熬，找不到出路，这是可悲的。您偏偏在匈牙利待了那么长时间，是奇怪的，但当然有些糟糕的原因。我觉得，当我们在布拉格晚上东游西荡时，我们俩似乎信心都很强。当时我想，您一定会突破牢笼的，而且是一蹴而就。我必须告诉您，我从未放弃对您的希望。您容易绝望，也容易幸福，在绝望中望您能想到这一点。为了应付今后的好时光，您应该多多保重。您现在的经历似乎是相当糟的，看上去糟透了，您别再用损坏身体来进一步恶化这一点了。

我很想听听关于您和您的朋友们的详细情况。您这回不去卡尔斯巴德吗？

致最衷心的问候！

弗兰茨·K 上

〔1914年6、7月间于布拉格〕

183. 致奥特拉·卡夫卡

亲爱的奥特拉：

昨夜我未能写成信，只好今天在想睡觉之前匆匆写几句。你想一想，

---

* 卡夫卡结识了一个犹太剧团，与不少演员成了朋友，其中与他交情最深的是吉查克·略韦。

你写的明信片使我目前一个早晨陷入绝望的境地。这是真正的摩擦,因此我们要在你认为合适的时机争吵一番。不,我平常晚上没有人。当然我是从柏林给你写信的。现在无需对此事和关于我自己说什么肯定的话。我写的不同于我说的,我说的不同于我想的,我想的不同于我应该想的,事情就这样继续下去,直到无穷。

弗兰茨

向全家问好!这封信你既不必给人看,也不必到处放。最好你撕毁成碎片,从阳台向院子里的鸡群撒去,我对鸡群不保密。

〔19〕14.7.10

184. 致阿尔弗雷德·库宾

尊敬的库宾先生:

收到您的明信片,非常感谢。这张明信片到达我手里时,我还不是完全闲极无聊,因此,我至今还没有回复。现在我正在波罗的海边来回航行。这时您肯定在您幽雅的住所里埋首工作。也许我能再一次说说您这些工作对我意味着什么。

弗·卡夫卡上

〔明信片邮戳:1914.7.22〕

185. 致费利克斯和马克斯

亲爱的马克斯、亲爱的费利克斯:

我的信写晚了,对吗?现在告诉你们,这儿发生了什么事。我的婚约解除了①，是在柏林解除的，我去了三天，大家是我的好朋友，我是大家的好朋友；此外我清楚地知道，这么做是最佳办法，所以面对这件事（它的必要性是那么明显）我不像人们想的那样不安。更糟的事却发生在其他方面。事后我去了吕贝克，在特拉弗蒙德游了泳，在吕贝克等候了魏斯博士的来访，他是专程前来这个丹麦海滨浴场②的，而我也为此取消了去格列申多夫的初衷，改道来到这里。这是片相当荒凉的海滩，有一些真是十分奇特的丹麦人。我放弃了导致婚约失败的固执，几乎光是吃肉，结果很难受，度过了难受的长夜后，早晨我张着嘴，感到这具受到自己折磨和惩罚的躯体犹如一头陌生的蠢猪躺在我的床上。在这里我丝毫得不到休养，但能散开心头郁闷。W.博士是同他的女友到这里来的。星期六夜里我一定会回布拉格。

向所有夫人和未婚妻问候！

弗兰茨

〔笺头：玛丽吕斯特·奥斯特索海滨浴场，

1914年7月末〕

186. 致费利克斯·韦尔奇

亲爱的费利克斯：

我听说，你和你的娇妻因我未探望你们差一点病倒。如果这是真事，那么你们就不对了。我外出未归不打扰你们度蜜月，不仅因此，而且也由于我总是处于睡眠不足状态，我很忙，此外我住在城市的另一端，在里格尔公园后面很远的地方。由于上述种种原因，我将这些书寄去而不是送去，我希望这些书对你们有好处，应该摆在你们的住所里，因此我担心选得不好。

---

① 指与菲莉斯·鲍威尔第一次解除婚约。
② 指玛丽吕斯特·奥斯特索海滨浴场。

不幸的是,我总是在挑选以后才开始说我的心里话。

致衷心的问候!

弗兰茨

〔名片,1914年9月于布拉格〕

1915年

187. 致费利克斯·韦尔奇

亲爱的费利克斯:

请你再忍耐到星期一。如果到那时不能在某地[1]爬出来——怎么能办成,我当然想不出办法来——我就必须付款。衷心问候你和夫人!

弗兰茨

〔明信片邮戳:1915.1.13—布拉格〕

188. 致马克斯·勃罗德

亲爱的马克斯:

我不能早些时候办完。1点15分前上床,但不睡,也不特别疲劳。

这里是手稿[2]。我想到在布莱[3]不再在《白色书页》[4]的时候,是否能试一试将这个故事登载到白报纸上。何时登载,是明年还是后年,于

---

[1] 显然指从大学图书馆借的一本书,费利斯·韦尔奇是该馆馆员。
[2] 指《变形记》。
[3] 弗·布莱(1871—1842年),奥地利作家。
[4] 指1913年9月起在莱比锡出版的一个月刊。

我完全一样。我未带冯塔诺的书,在旅途中读这本书,我觉得太可怕了。那么等你们回来吧。相反,我带了西贝尔。你们读吧,哭吧!

马克斯,如果你在德国某地看到法国报纸,就请买下,并带给我!我出钱。

最后请你不要忘记,你在柏林和图林根森林之间作出选择。在柏林只有柏林,但在图林根森林《新基督徒》①可能有进展,甚至现在正处在它从下面上来的关键时刻。

谨祝
生活愉快!

弗兰茨

〔大约 1915 年 8 月于布拉格〕

189. 致恩斯特·非格尔*

亲爱的非格尔先生:

要不是我的脑袋的状况阻止了我(当然自从它长得难以想象的时候以来就没有好过,在今后长得难以想象的过程中也不会好),我也许早就给您写信了。那些诗我读了多次,从而(我相信)对您有了深一层的了解;它们对我很有诱惑力,有的地方甚至紧紧抓住了我的心。奇特的是这些诗里面希望和绝望互相混合并且不可穿透,但这种混合具有某种不断强化着的东西。读每一首诗时,我几乎都希望亲耳聆听您的声音。您来吧,无论何时都行,到我的办公室里来好了,我在两点前总是在那里,只有在极不寻常的情况下我才会离开。您要考虑到我出于知识不足的原因对诗歌所取的保留态度。

---

① 马克斯·勃罗德拟写的长篇小说。
* 布拉格诗人。他后来怀着对可怜的老百姓的同情经常在《布拉格日报》上撰写审判报道,因而名声大振。

致最衷心的问候!

卡夫卡

〔明信片邮戳：1915.9.18—布拉格〕

190. 致库尔特·沃尔夫出版社〔迈耶先生〕

尊敬的先生：①

非常感谢您上个月 11 日的来信。您说的事，尤其是关于布莱和施特恩海姆②的事，给我带来了莫大的愉快，多方面的愉快。如果我能知道冯塔纳奖金③究竟是怎么回事，那么我一定能回答您的那些问题（这些实际上不是什么问题，因为《变形记》已经付排）。从您的来信，尤其从您给马克斯·勃罗德的信中看来，事情好像是这样的：施特恩海姆得到了这个奖，但他要把这笔钱赠送给什么人，也许是给我。尽管这么做非常高尚，但这么一来就出现了关于需要的问题，不过不是对两者——奖和钱——的需要，而仅仅是对钱是否需要。根据我的感觉，问题也不在于受惠者是否有朝一日会需要这笔钱，起决定作用的是，他目前是否需要。这个奖或它的一部分对于我来说当然很重要（如果不占有一部分奖而白得这笔钱，那我根本不能接受），但我相信我没有权利接受，因为我目前根本没有必要的需求。您的来信中唯一与我的观点相反的是："通过冯塔纳奖人们的注意力将会"云云。无论如何，这事让人捉摸不透，您若能稍加澄清，我将感激不尽。

关于您所建议的事，我完全听您的。我的愿望本来是出一本规模大一些的小说集（大体上包括《阿卡迪亚》上那篇小说④，《变形记》和

---

① 这里的"先生"是单数，这封信和后面致这家出版社的一些信件都是写给出版社裏理格奥尔格·亨利希·迈耶的。
② 卡·施特恩海姆（1878—1942 年），德国作家。
③ 施特恩海姆把当年获得的冯塔纳奖金让给了他素不相识，但十分崇敬的卡夫卡。布莱在其中也起了作用。
④ 指《判决》。

另一篇小说①，统一用个书名《惩罚》），沃尔夫先生以前也曾对这个计划表示同意，但在当前的情况下照您的意图办可能更好些。对于《观察》的再版我也完全同意。

《变形记》的校样附上。遗憾的是，印刷不同于《拿破仑》②，尽管我可能认为寄来《拿破仑》是同样印刷《变形记》的一种许诺。然而《拿破仑》的封面明亮好看，一目了然，而《变形记》的封面（我以为用同样大的字型）色暗、局促。如果还可以修改的话，那会很合我的心意的。

我不知道《当代》丛书以后诸卷如何装订，《司炉》装订得不好看。这是某种模仿，至少过些时候可能几乎违背意愿地看到它。我想请求出一卷本。

很遗憾，上周您未能来。也许您不久能来。若您能来，我会很高兴的。致衷心的问候！

弗·卡夫卡　谨上

《白色书页》十月号我能得到5份吗？我需要它们。

沃尔夫先生曾给我寄来了一些关于《司炉》的评论。如果您需要一些评论，我可以寄去。

附校样。

〔工人事故保险公司信笺〕1915年10月15日于布拉格

191. 致库尔特·沃尔夫出版社

尊敬的先生：

十分感谢您寄来的18日的信，《拿破仑传》以及我所要求的白报纸。

---

① 指《在流刑营》。
② 卡尔·施特恩海姆的小说集。

尽管我相信您对这个问题的全部判断，但我对冯塔纳奖金事件仍然不清楚。当然列昂哈德·弗兰克列入了候选名单（他大概不可能第二次获奖）。似乎又由此表明，这只是关系到钱的分配。尽管如此，我再度根据您的建议，向施特恩海姆写了信。人们没有得到有关某个人的直接消息，给这个人写信和感谢他，而不详细知道为什么，这是不十分容易的事。

我当然同意一卷本《拿破仑传》。也许以前的合订本是以这种方式装订的吧？

我随信附寄上校样。我也乐于赶快搞完，但是有些日子不可能节省出校对必需的零碎时间。

也寄上评论。寄给我的所谓全部的评论集并不完全。就我所知，缺少了《柏林晨邮报》、《维也纳汇报》、《奥地利评论》、《新评论》的评论。可惜我没有这些报纸的评论。最重要的评论至少是 1914 年 8 月号《评论》中穆西尔的评论，最友好的评论是 H.J. 雅各布的评论，已附来。《柏林日报》上马克斯·勃罗德和埃伦施泰因写的关于《观察》的最友好的评论，我也没有。

您建议我感谢施特恩海姆，然而我不必感谢布莱吗？布莱的地址呢？

《年鉴》里一篇小稿子《在法的门前》以及《变形记》的前几页校样您大概收到了吧。

谨致衷心的问候！

弗·卡夫卡

〔19〕15 年 10 月 20 日于布拉格

192. 致库尔特·沃尔夫出版社

尊敬的先生：

您最近来信说，奥托玛尔·施塔克[①]将为《变形记》设计封面。我

---

① 版画家，常为书籍绘制插图，下文提到的《拿破仑》一书的封面装帧即出自他之手。

产生了小小的恐惧。但就我从《拿破仑》上对这位艺术家的认识而言，这种恐惧也许是多余的，我是说，由于施塔克真的要动笔了，于是我想到这样的问题，他会不会去画那个甲虫本身？别画那个，千万别画那个！我不是想限制他的权力范围，而仅仅是根据我对这个故事显然是更深的理解提出请求的。这个甲虫本身是不可画出的。即使作为远景也不行。如果这样的意图并不存在，因而我的请求变得可笑——那倒巴不得。若能转告并强调我的请求，我将十分感谢。假如允许我对插图提建议，那么我会选择诸如这样的画面：父母和商务代理人站在关闭的门前，或者更好的是，父母和妹妹在灯光明亮的房间里，而通向一片黑暗的旁边那个房间的门敞开着。

您一定已经收到所有的校完的清样和评论文章了吧。此致最良好的祝愿！

弗兰茨·卡夫卡

〔19〕15年10月25日于布拉格

1916年

193. 致马克斯·勃罗德

亲爱的马克斯：

现在我在马林巴德给你写信。我们分手后这段时间对我来说显得太漫长了，假如我每天写东西，都会是搞不清的乱七八糟的一团。只有临离开前的那几天，享受着将离开办公室的喜悦，头脑从未有过那样轻松自如，几乎每项工作都能胜任，留下的是堪称楷模的秩序。如果这次离开是永远的告别，我愿意在临离开前连续口授6个小时，然后跪在地上把楼梯全部擦洗一遍，从地板到地下室，以此方式向每一级楼梯表示我对让我离开的感激之情。但是第二天就头疼得麻木了，小舅子的婚礼，使我到星期天上午还不得不留在布拉格,整个仪式完全是模仿童话;那几乎是渎神的婚礼致词,"以色列,你的帐篷多美",还有其他类似的话。与白天的心情呼应配合的还有一个可怕的梦,其奇特之处在于,梦里没有出现任何可怕的事,只是与熟人在街上一次寻常的相遇。细节我一点也想不起来了,我相信,你根本就没有出现。可怕之处表现在我面对那些熟人中的一个时所产生的那种感觉。这种梦我也许还从来没有做过。——然后在马林巴德很高兴,F.① 在火车站接我。尽管如此,却在一间丑恶的面向庭院的房间内度过了绝望的一夜。再说你知道我的第一夜〔在外〕总是个绝望之夜。星期一迁入一间特别漂亮的房间,现在住的面积不小于在"巴尔莫拉尔宫"中的住房。我将在这间房间里试着熬过这个假期,已开始进行至今尚未完全见效的对付头疼的斗争。F. 和我向你们致以最亲切的问候!

弗兰茨

〔两张明信片,邮戳:1916.7.5—玛丽恩温泉〕

194. 致马克斯·勃罗德

亲爱的马克斯:

在特普尔几个小时。在田间,从头脑和黑夜的精神错乱中摆脱出来。我是什么样的一个人呀!我是什么样的一个人呀!把她和我折磨死了。

弗兰茨

〔明信片〕〔1916〕7月8日〔特普尔〕

---

① 指菲莉斯·鲍威尔。

195. 致马克斯·勃罗德

亲爱的马克斯：

　　来信收到，非常感谢。《每日评论》中的批评简直令人吃惊。《提荷》以怎样的广度带走了世界！这是在我们这里书店中被推荐的销售最多的第一本书。我只是在圣经中读到一点点，此外未读什么。但是我们到处转了很多次，这里雨水多，太阳少。奇怪，今天例如在特普尔，天气恶劣，令人极其绝望，昨天和前些时候也如此，今天下午却是一个云淡风轻、天气晴和的下午。当然云未消失，云怎能消失呢？下次详告。请将奥托的地址告我。我需要一张诺瓦克的画作为我父母送的结婚礼物。价值100—200克朗即可。劳驾，你能介绍一下吗？他卖得这么便宜吗？我明天写信。

　　最衷心的问候！

弗兰茨

〔明信片邮戳：1916.7.9—玛丽恩温泉〕

196. 致费利克斯·韦尔奇

亲爱的费利克斯：

　　为什么不回信？对你这个准时的人来说这是不可理解的。你手上又在写什么东西吧？但是那时你妻子是在家的；我从她那里总相信（而不相信我的面颊），她同我意气相投，现在她也不写信来。有阳台的房间还等着，但是不能等太久。〔下面是F.B.处地址〕

　　致衷心的问候！

弗兰茨

〔明信片邮戳：1916.7.11—玛丽恩温泉〕

197. 致马克斯·勃罗德

最亲爱的马克斯：

不能一拖再拖了，今天将详尽地给你回信，因为我昨天晚上（或者说实际上是前天，因为明天我还要陪她去弗兰茨巴德）同 F. 在一起。

用铅笔写明信片的那个上午（我是在大厅里写的，那是个美妙的地方，有那么点能使人心神分散和神经质的魅力），看来是一连串可怕的白天的终结（其间有许多过渡，只是我未能理解），而这些白天是在更可怕夜晚中培育出来的。我真的觉得老鼠已经钻进了它最后一个洞穴。但由于情况不可能比这更糟了，所以现在开始变好了。一度捆绑着我的绳索至少是松动了，我找到了一些头绪，本来一直把双手伸向绝对空虚的空间求援的她又开始帮助我了，我同她一起进入了某种我从未见过的人际关系状态，这种状态可与我们关系最佳时期中两个写信者之间那种状态相提并论。除了两次例外，一次在楚克曼特尔（但在那里她是一个女人，而我是个毛头小伙子）；一次在里瓦（但在那里她是半个孩子，而我完全忘乎所以，处于全方位的病态之中），我实际上从未同一个女人产生过亲密无间的感情。但现在我看见的是一个女人的亲切目光，再也无法封闭自己了。有些我想永远保存的东西已经撕裂（没有任何局部的，而都是整体的），而我知道，从这道裂缝中冒出的不幸已远远超出一次人生所能承受的程度，但这种不幸不是招惹来的，而是强加的。我没有抗拒的权利，更不能自己动手使没有发生的事情发生，以便能看到一些情况。我根本不了解她，除了其他疑虑外，当时阻止了我的正是对那个女性写信者的真实面目的畏惧；当她在大房间里向我迎面走来，准备接受订婚吻之时，一阵寒颤流过我全身；与我父母一起进行的订婚之行每走一步对我都是一次酷刑；没有任何事情比婚前同 F. 单独相处更令我害怕的了。现在不同了，情况良好。我们的协定简约道来就是，战争结束后马上结婚，在柏林近郊搞两三个房间，每人都在经济上自管自。F. 将像从前一样继续工作，至于我，现在还没法说。如果想要把这种关系表达得更形象化一些，大体如此，两个房间，大体上在卡尔斯霍尔斯特，在一间里，F. 很早起床，离家，晚上疲乏地倒在床上；在另一间里放着一张长沙发，我躺在上面，靠牛奶和蜂蜜度日。在这里躺着个不道德的男人，伸展四肢（就像那著名的箴言所说的）。尽管如此——这么一来就有了安宁、明确性，因而有了生活的可能性（回过头来看，这是些强有力的词，几乎不可能长时间地由一支柔弱的笔写下来）。

我暂时不会给沃尔夫①去信，事情没那么急，他也不会那么急。从后天起我将是一个人了，届时我将(到下周前我都有时间)略加修改——我想说的话星期三只说了一半，而现在是星期五了。我在此期间同F. 去了弗兰茨巴德，跟母亲和瓦莉②在一起，现在F. 走了，剩下我一人。自从在台普勒度过的那个上午以来，一直是美妙、轻松的时日，我本来不相信还能过上这样的日子。中间当然也有种种阴影，但美妙和轻松占了上风，甚至在我母亲面前亦如此，而这是十分不同寻常的，其不同寻常的程度竟令我感到强烈的恐惧。怎么说呢——

在这儿的旅馆里，人们跟我开了个不愉快的玩笑，不知是有意还是无意的差错，把我的房间出租了，却把F. 的房间给了我，一间不很安静的房间，左右两边都是双人客房，普通的门，没有窗，只有阳台，但我几乎不想去花力气找房子。尽管如此，电梯门现在已被碰上，有人迈着沉重的脚步在找他的房间。

关于沃尔夫，我暂时不去信，先出一个包括三个中篇的集子，而其中有两篇已经发表过，不见得有好处。我最好是保持沉默，直到能拿出什么新的、完整的东西来。如果拿不出来，那我宁可永远保持沉默。

日报上那篇文章——请想想，老天爷，枢密官！——我随信寄上，请为我保存。它是非常友好的，由于它在一个出乎意外的时刻偶然地放在"艾格兰德"咖啡馆中我们坐过的那张桌上，其友好性更进了一层。现在两边太阳穴真的顶不住了。它真是天赐的清凉油。为此我真该感谢那位枢密官先生，也许我真会去致谢的。

---

① 指库尔特·沃尔夫，同名出版社的负责人。
② 卡夫卡的妹妹。

对你的文集我不同意,但能理解,为此我寄两张照片给你。奇怪的是,二者都在倾听,观察者站在梯子上听,研究者俯在书上听(人们现在正踏着沉重的步子在我单薄的门外走过!当然孩子是不会干扰研究者的)。

9000 至 14000 册!向你祝贺,马克斯。也就是说大世界在伸手要。尤其在弗兰茨巴德,《提荷》摆在了所有书架上。在我昨天偶然读到的每日新闻上,一个叫格赛留斯的在宣传这本书。你能把那篇周报评论文章寄给我吗?

我再重复一遍两个请求,奥托和图片出售介绍所的地址。但还有第三个请求。你能否寄一份犹太人居留所的介绍资料给 F.(技术工场,柏林 O—27,马库斯大街 52 号)①,我们谈过这个问题,她很想一读。

我知道,你对《里查德和萨穆埃尔》总有一种偏爱。那是些美妙的时光,但为什么也必须是好的文学作品呢?②

你在干些什么?你从下星期二起将回到布拉格吗?这封信当然可以给菲莉斯看,但不能给夫人们看。

你的 弗兰茨

〔1916 年 7 月中旬玛丽恩温泉〕

198. 致马克斯·勃罗德

〔边注〕又在挤满人的大厅里,很受诱惑。

亲爱的马克斯:

谢谢你告诉我消息。消息在一个头痛的日子到达,我至少在这里怎么也没有预料到有这一天。尽管如此,我仍然立即跑到埃森去。

我将描述全部情况,我不能说,比人们见到的多。但是我认为,人

---

① 在卡夫卡鼓动下,菲莉斯参加了柏林犹太人居留所的工作。该所后来发展成设在巴勒斯坦的儿童村。
② 卡夫卡对与勃罗德合写的小说《理查德和萨穆埃尔》总是不满意。

们只能见到最细小的鸡毛蒜皮的小事，这当然是很典型的。在最愚蠢的人面前也要讲真话。单用肉眼在真情实况那里看不到比鸡毛蒜皮更多的东西。

首先，朗格①找不到了。那里有一些大楼小屋都挤在一座小山丘上，它们属于同一个房主。这个小山通过一些半地下的台阶和暗道通到各个房子，将它们连成一片。房子的命名容易混淆，金殿，金碗，金钥匙，有些房子有两个名字，前面一个，后面又一个，以后又叫某某餐馆，同原来的房子名字不一样。第一次跑去，结果未通过。当然以后公布了规章，这是一个小小的、按层次排列的村庄，镶嵌着两栋漂亮的大楼，民族饭店和佛罗里达饭店。金钥匙是最寒酸的。但是在那里也找不到朗格。以后有个姑娘才记起一些年轻人来，他们住在阁楼上。我寻找这个布拉格烧酒商的儿子，然后就可以找到他了。据说，他很可能在佛罗里达饭店克莱因先生处。我去到那里时，他刚出门了。

他说了什么，现在我不想写，我只想写我所见到的情况。

每天晚上7点半或8点，拉比乘车兜风。他慢慢驶入树林，几个追随者跟着他步行。他在树林里一般已确定的地点下车，然后同追随者一道，天黑前在林中小道上来回散步。在祈祷时间，将近10点，他乘车回家。

我是7点半待在他住的民族饭店前面。朗格在等候我。以前在雨季雨下得特大。也许在近14天，正是在这个时刻没有下过雨。朗格硬说，雨一定会停的，但是雨未停，反而下得更大了。朗格叙说，他外出时只下过一次雨，而且到达树林时雨就停了。这次雨却不停。

我们坐在楼下一间房里，见到一个犹太人拿着一个苏打水空瓶从屋里跑出来。朗格说，他在为拉比取水。我们跟着他去。拉比规定，他要从鲁道夫泉取水，可惜他不知道泉在何处。我们在下雨时有点迷路。我们遇到的一位先生给我们指了路，但又说，所有泉水处7点关门。管打水的人说："泉水处怎能关闭呢？"我们跑去。事实上，鲁道夫泉已经

---

① 指勃罗德和卡夫卡的共同朋友格奥尔格·莫尔德采·朗格，他出生在布拉格，犹太人，用德语和捷克语写作，1939逃难，1943年去世。

关闭了。有人从远处已经看见了。尽管如此,我们走近时,确实未关闭。朗格说:"那么你从阿姆布罗伊乌斯泉取水吧,它总是开着的。"取水人很同意,我们跑去。事实上还有女人在那里洗酒杯。打水人不好意思地走近台阶,转动手里已经装了一些雨水的瓶子。妇女们愤怒地拒绝他打水,当然这个泉也从7点起关闭了。我们就这样回来了。在归途中我们碰到了两个犹太人,以前我就注意到他们。他们俩像一对情侣并排走着,友好地对望和微笑着,其中一个将手深深插进后面的口袋里,另一个是城里人。他们臂挽着臂。我们讲这个水泉关闭的故事,这两个人不能理解。打水人现在也不理解,这三个人撇开我们,又向阿姆布罗伊乌斯泉走去。我们继续去民族饭店,打水人又赶上并超过我们。他气急败坏地向我们喊道,泉真的关闭了。

为了不被雨淋,我们想进入饭店的走道。这时朗格回来跳到一边。拉比来了。没有任何人可以拦阻住他,在他前面一切必须畅通无阻。总是止住是不容易的,因为他经常出其不意地转身就走。在人群中迅速闪避是不容易的。(在房间里情况就更糟,人群拥挤,连拉比本人也陷入危险之中。据说他最后大喊大叫:"你们是虔诚教徒?你们是凶手。")这种礼仪使得一切都很庄重,拉比形式上对众人的做法负责(实际上没有去采取什么措施,因为他左右两边都是人)。这群人再三重新安排,给他让出走道。

他看上去像我小时候在多雷——明希豪森里见过的苏丹。但不是化装的,是真的苏丹,不仅是苏丹,而且是父亲,小学教师,文科中学教授等等。他的背影,放在腰部的手的样子,阔背转动的样子,这一切都给人信任。在这一群人的心目中也有我充分预料到的安详、幸福的信任。

他是中等个,相当肥胖,但是行动不笨。长长的白胡子,两鬓特别长的鬈发(他也喜爱别人的长鬈发,谁有鬈发,他就同谁意气相投。他赞扬两个孩子长得漂亮,父亲用双手摸摸孩子。但是他只认为鬈发美)。一只眼睛瞎了,神情呆滞。嘴歪斜,显得既像嘲笑又像亲切。他穿一件丝制长袖长袍。前面敞开着,身上围一条粗腰带。戴一顶皮帽,这帽子使他的身高增高很多。他穿着白袜子,朗格说,他穿白裤子。

在离开房子前，他将银白色拐杖换成雨伞（这里经常大雨倾盆，到现在10点半还没有停）。散步（第一次没有乘车外出，显然他不想让人们冒雨跟着去树林）现在开始了。大约有10个犹太人在他身后和身旁。有一个人拄着银白色拐杖，端着拉比也许想坐的安乐椅，有一个人拿着他将擦干椅子的抹布，有一个人（施勒辛格，一个来自普拉斯堡①的犹太富翁）拿着一瓶鲁道夫矿泉水。他显然在一个商店里买的。因此，这4个狗腿子起着特别的作用，即同胞，职工，秘书。朗格声称，这4个人中的头是一个完全特别的流氓，他的大肚皮，他的虚荣，他的斜视似乎说明了这一点。此外，不许因此谴责他。狗腿子们全都变坏了，人们不可能忍受拉比经常地在近处，而不受到损害。这是更深刻的意义和不断的日常生活之间的矛盾。一个普通人不可能忍受这种日常生活。

这次散步缓慢，但一直向前。

拉比起初步履艰难。他的右腿有点不灵便，开始他咳嗽不止。随从毕恭毕敬地站在他周围。但是过了一会儿，似乎没有外部的障碍，参观大概开始了，每时每刻都能使队伍停下来。他参观一切，特别是建筑物，丢得精光的小东西使他感兴趣，他提许多问题，使自己注意许多东西，他的态度的特点是惊羡和好奇。总的来说，这是围绕不重要的讲话和问题的庄严，也许更幼稚和更高兴一些，至少这种庄严将随从的一切的思想顺利地压低到同一水平。朗格寻求或预测着一切更深的含义。我相信，这更深的意义就是缺少这一种，我认为这大概够了。这完全是上帝的恩赐，而没有在基础不够时必须保持的荒谬可笑。

下一栋房子是梭鲈研究所。它高出于石堤上的马路，屋前有一个围有栅栏的院子。拉比注意到建筑的某些东西，他对院子感兴趣。他问道，这是怎样一个院子？像总督在皇帝面前一样，如果遇到类似情况，施勒辛格（希伯来语称"西纳"）会采取类似行动，怒气冲冲地走上通往院子的台阶，在上面根本不停留，而是立即怒火直冒地又下来了（一切都

---

① 现名布拉迪斯拉发，斯洛伐克首都。

淋着瓢泼大雨），说道（当然他一开始就从下面看清了），这只是一个私人院子，属于梭鲈研究所。

拉比再仔细看了看院子以后，转过身来。我们去新浴室。在我们最初去的楼房后面，蒸汽浴的管道向深处走。拉比俯身栏杆，不厌其烦地在管道旁观看，就管道交换意见。

这栋楼是以一种随便的、无法识别的混合式样建成的。最下面一排窗子是拱顶式的，但是用砖砌的拱顶，在拱顶有兽头装饰。全部拱和兽头都千篇一律，尽管如此，拉比差不多在6个拱形窗子前都停住脚步，特别看了一下横面，观看，比较，评论，更确切地说，是远观近看。

我们在街角拐弯，现在正站在大楼正面。大楼给他印象很深。楼门口上方写有金字"新浴池"。他念了几个字，问，为什么叫这个名字，是否这是唯一的浴池，浴池建有多久了，等等。他多次用东犹太人的特别惊奇的语气说："好漂亮的楼。"

他早已多次观察了屋檐水槽，现在我们回到大楼跟前（我们已经过大楼正面，转到街对面）。他自己绕道去屋檐水槽处，水槽顺着房屋突出部的角度向下走。使他高兴的是，水怎样在水槽里滴下去，他倾听着，顺着管子往上看，摸摸管子，让设施说明。〔这封信到此信纸中间中断〕

〔笺首二玛丽恩温泉，巴尔摩拉和奥斯博尔纳宫。

1916年7月中〕

199. 致费利克斯·韦尔奇

亲爱的费利克斯：

如果你写的是真实的，那么我也真是要添加一个要求。我会去的。然而情况并非如此，至少第二天不是这样。只是病仍然未好。相反地，我觉得很不舒适，头痛，头痛呀！（朗格会说，两个德国人[①]通信）。

---

① 原文为Datscher，查无此字，可能是将Deutscher说错。

是的，朗格在这里，现在这里完全是犹太世界的一种中心点，因为贝尔策·拉比在这里。我已经两次跟着他晚间去散步。他独自付从卡尔斯巴德至马林巴德的车费。弗兰琴斯巴德的树就是逍遥宫，你知道吗？向你和你的家人致以

衷心的问候和美好的祝愿！

弗兰茨

〔明信片邮戳：1916.7.19—玛丽恩温泉〕

200. 致库尔特·沃尔夫出版社

亲爱的迈耶先生：

旅行一回来，就看到了您上月10日的来信和书籍。对此谨向您表示最热烈的感谢。

关于出书问题我同您的看法一样，尽管我的看法不可避免地比您更绝对些。我认为，等到我能够奉献出一个完整的新的作品之时再予出版，才是唯一正确的做法；如果我做不到这一点，也许我不如闭口不语。而我当前确实没有这样的作品，并且觉得我的健康状况远未好到有能力克服这儿的其他障碍来写一部好作品。近来我虚度了三四年时间（使事情更糟的是，这种虚度丝毫不失体面），而现在尝到酸涩的苦果了。还有别的因素压在我身上。您热情地建议我去莱比锡休假，但我目前由于种种原因不能响应。在四年、三年，甚至两年前，就我的处境和健康而言，我还可以也应该这么做。现在我只有耐心等待，等把唯一也许还能帮我一把的药品拿到手中。这药品即是，少量的旅游，多多的休息和自由。

在此之前我奉献不出较大的作品，所以只剩下这个问题（从我的角度出发我会给以否定的回答的），现在将题为《惩罚》的这几篇小说（《判决》、《变形记》、《在流刑营》）发表是否有好处。如果您认为，即使在一段时间内不会有较大的作品为后继，还是这么做好，那么我也完全相信您那肯定是比我强的眼光。

致最亲切的问候！并代向沃尔夫先生致意！

F. 卡夫卡敬上

1916 年 7 月 28 日于布拉格

201. 致库尔特·沃尔夫出版社

尊敬的迈耶先生：

在给马克斯·勃罗德的一封信中有涉及我的说明。我从中看到，您也放弃了出版中篇小说集的想法。我使您在目前情况下有完全的权利，因为您会把卖的、您想要的那本书同这本书保存起来。相反地，我会完全同意将《末日审判》小说集中的《在流刑营》取出来，以后不仅将《在流刑营》，而且将《阿卡迪亚》里的《判决》，即将每篇小说都收进一本自己的小书里。后一种出版对我来说比出中篇小说集有利。就是说，每篇小说都可视为独立成篇，有其特别的效果。如果您同意我的意见，我就请先登载《判决》，我比别人更关心这一篇。《在流刑营》可以放在后面的任何地方。当然，《判决》短，但并不比《艾塞》或《苏林》短多少。《蝙蝠》的印刷页也许超过 30 页，《在流刑营》超过 70 页。

致最衷心的问候！

弗·卡夫卡 谨上

1916 年 8 月 10 日于布拉格

202. 致库尔特·沃尔夫出版社

尊敬的迈耶先生：

我们的信件显然互相交错了。言归正传，把《判决》和《在流刑营》放在一本小册子中出版不合我的本意，我宁可看到一本规模更大些的。沃尔夫先生在《司炉》出版前后答应过出这么本大些的书，但我现在可以放弃这个要求，只请求给《判决》出个单行本。《判决》是我特别重视的，它虽短小，但它与其说是小说，不如说更是诗，它需要留有更大空处，给它多留空处也不是不值得的。

　　致最亲切的问候！

F. 卡夫卡敬上

〔明信片〕1916年8月14日于布拉格

203. 致库尔特·沃尔夫出版社

库尔特·沃尔夫出版社：

　　根据贵社上月15日热情的来信的要求，我把为何提出单独印行《判决》和《在流刑营》两个本子的原因归纳如下：

　　当初，根本没有说起过在《末日审判》上发表的事，话题是关于出一本名为《惩罚》的小说集（《判决》、《变形记》、《在流刑营》），沃尔夫先生很早以前就向我展示了这一前景。这几篇小说构成一定的整体。尽管一本小说集要比《末日审判》中的小册子拥有更可观的地位，但如果有可能给《判决》出一本单独的小册子，我十分愿意放弃出版小说集的要求。

　　至于是否可将《判决》和《在流刑营》收在同一本《末日审判》小册子中发表，本来是不成问题的，因为即使根据你们来信中说的规模，《在流刑营》本身就足以构成一本小册子。我想补充说明的仅仅是，按我的感觉，在《判决》和《在流刑营》之间会产生一种惊人的联系；《变形记》无论如何可以居间调停；没有它的调停，那真不啻是将两个陌生的脑袋强行扭拢来撞在一起。

　　为单独印行《判决》说话，我以为有如下理由：这篇小说与其说是叙事的，不如说是抒情诗，因此它需要周围留有完全自由的空间，那样它才能发挥。它也是我最心爱的作品，所以（如果可能）让它有朝一日独立于世间，是我一直怀着的愿望。由于现在排除了出那小说集的可能，应该说正是最佳机会。顺便提一下，由于《在流刑营》不会马上在《末日审判》系列中发表，我便有可能把它提供给《白色书页》。但这事确实只是顺便说说，因为我认为主要的问题仍然是让《判决》单独发表。

出版技术上的困难真是不可克服的吗！我承认，用巨型字体印刷不太合适，只要用蝙蝠字体印刷就完全可以印出 30 页来，再说远远不是所有《末日审判》的小册子都有 32 页，比如《艾塞》只有 26 页，还有其他我手头正好没有的小册子也是如此，比如哈森克莱弗和哈尔德柯普夫的书都只有寥寥数页。

所以我认为，印单行本这个忙贵社是完全能帮的（我会把这一举动完全视为热情的帮忙）。

致崇高的敬意！

F. 卡夫卡 敬上
1916 年 8 月 19 日于布拉格

204. 致库尔特·沃尔夫出版社

尊敬的迈耶先生：

依我拙见，比如说它们将会大大丰富《末日审判》，它们将把一个新的中低音带入许多富有时代精神的声音之中。我还觉得怀格尔尚具有其他强大的、我们还远远不曾得知的能力。这里寄上的诗歌只是一个计划结集的、也已够得上一个集子的选本，那集子里的诗还有几乎同样数量的未被入选，本打算以第一首诗《喂，我们在衰老》为题。如果您在作出最后决定前还想看其他一些诗，我可以马上寄给您。

致最热烈的问候！

弗·卡夫卡 顿首
〔19〕16.9.30〔布拉格〕

205. 致库尔特·沃尔夫

尊敬的库尔特·沃尔夫先生:

首先请允许我再一次向站在我们身边的您①致以问候,尽管现在距离的远近不是什么关键因素。您对我的稿子②的亲切评语使我非常受用。您对于我的作品中的难受性的意见与我的看法完全一致,我对我至今写出的似乎所有作品都抱着这种观点。您看看好了,没有以这种或那种形式沾上这种难受性的是多么少!在解释最近这篇小说时我只想补充一点,不仅它是难受的,更甚者是我们共同时代和我的独特的时代,它们同样是非常难受的,过去是,现在也是,而我的独特的时代甚至比大家共同的时代难受期更长。如果我能继续写作,或不如说,如果我的处境和状况全都咬紧它们嘴唇里的牙齿,勉强允许我从事我所渴望的写作,谁知道我在这条道上已经陷得多么深了,然而,它们根本没有这么做。像现在这种情况下,我只能等待安宁的时候,届时我将至少能在表面上把自己作为无可置疑的同时代人来加以描述。至于这故事不应收入《末日审判》,我也完全赞同。当时也不能拿到戈尔茨演讲厅去。11月我想在那里朗诵,但愿也能在那里朗诵。您为这本小说集提供出版机会,是非常热情的,然而我相信(尤其由于现在《判决》承蒙您的热情友好单独出版了),这么一本小说集只有在一部新的、更大的作品问世前后出版才有意义,也就是说现在还不合适。我觉得在您给马克斯·勃罗德的信里的有关话语中也能看到这种观点。大约一周前我把恩斯特·怀格尔的一些诗歌(他是画家弗利茨·怀格尔的弟弟,这位画家的东西包括给格奥尔格·米勒、陀思妥耶夫斯基画的插图)寄给了迈耶先生,现在有机会让您在莱比锡也读到这些诗,我很高兴。也许出版社有可能以什么方式发表这些美丽的诗歌,不必马上就发表,当然能"马上"是求之不得的。初读这些诗也许会误以为它们同前后的诗页有各种重复关系,但只要读下去,那么我认为读者一定会从整体的统一性中发现,那些小

---

① 第一次世界大战期间沃尔夫一直在前线。
② 指小说《在流刑营》。

的重复衔接确实小，但那些大的衔接在褒意上确实大，犹如一片大火中的火苗。这就是我的感觉。

弗兰茨·卡夫卡

〔19〕16.10.11 于布拉格

206. 致西格弗里德·略韦博士

当然只去马林巴德！在狄亚娜霍夫餐馆吃早餐（甜牛奶，鸡蛋，蜂蜜，黄油），在马克斯塔尔迅速吃早餐（酸牛奶），在尼普顿餐馆吃午餐，由服务员米勒结账，去水果商那里吃水果，打个盹，在狄亚娜霍夫餐馆用盘子吃牛奶（预订好的！），在马克斯塔尔喝酸奶，去尼普顿餐馆吃夜宵，然后在市立公园坐下，数一数他的钱，去买糕点，然后写上几行字，睡一夜，仿佛将21夜的觉合在一起睡，睡得那么香甜。

这一切在雨天比晴天做起来似乎更好一些，因为在雨天散步不会来打扰，在遥远的咖啡园里总是缺某些东西，例如在阿尔姆咖啡馆缺牛奶，在尼姆罗德咖啡馆缺黄油，在所有的咖啡馆都缺面包，一般来说面包总是应该不断地端来的。

我不必买报纸。在狄亚娜霍夫有刚出版的柏林日报，在市政厅阅览室里有其他的报纸（没有杂志），每家住馆至少订了一份马林巴德的日报的晚间新闻版。

在犹太人胡同入口处有水果卖，特别便宜，但不是正宗。

我个人宁愿住你记下的在林泉附近的房屋，这不仅因为我在那里住过，狄亚娜霍夫餐馆就在附近，而且其他的房屋群都可能坐南朝北。尼普顿餐馆值得推荐的菜谱是：什锦蔬菜，艾门塔尔干酪[①]，皇帝肉[②]，生蛋拼青豌豆。

---

① 瑞士首都伯尔尼附近艾门塔尔产的干酪，色浅黄，味如干果，世界驰名。——译者
② 菜名，一种地方风味——烧牛肉。

如果你要晚上工作,你就住带阳台的房间(不要离邻居的阳台太近),夜间可以把灯移到阳台上,你们就有两个房间,在阳台上特别安静。

在去马克斯塔尔的路上有好水果(这是我在宁静的夜里在阳台上想出来的)。如果你有某种不舒服或其他什么,你可去市政厅找"孜孜不倦的新闻部主任"弗里茨·施瓦帕赫尔,他建立了一个暂驻马林巴德的记者协会。

今天写到这里。你们去吧。想到你们在那里作某种代表,我感到十分愉快。

〔1916 年〕

1917 年

207. 致费利克斯·韦尔奇

亲爱的费利克斯:

昨天我本想祝贺你们新年,但是这不行。我看见你那样安详、聚精会神地阅读,然后打开提包,拿出纸张,写字,向你拜年对我来说不成问题,但我不可以打扰你。当然,你旁边放着一个杯子,通往点灯的起居室的门半开半掩。我只是说,如果你是在开始喝咖啡来提神,或者你妻子出来,那么我也许可以去祝贺了。但这是一个错误。因为当你妻子最后出来,你津津有味地吃什么东西,开始与她谈话时,我当然羞于从远处眺望,因此未能证实你中断工作的时间是长是短,所以我未去成。下次见。

致亲切的问候!

顺便说一句,报纸上有好消息。

弗兰茨

〔邮政明信片邮戳:1917.1.2—布拉格〕

208. 致戈特弗利德·科尔维尔 *

1

尊敬的科尔维尔先生:

现在我得到您的诗了,非常感谢。我对它们的到来本已不抱希望了,我为此感到惋惜,因为它们在我这很快就会忘却一切细节的记忆力中留下了强烈的总体印象,我很想重温一遍。这一点我现在可以通过这三首诗做到了,尤其是《飘》①,它最有力地重新唤起我在慕尼黑获得的印象。在那里,我是在非同寻常的情况下读这些诗的。我把我的故事②当成旅行车辆带到那里去,那座城市除了是个与朋友会面的地方和恶劣的青春时代回忆场所外,与我毫无关系可言。我在那里朗读了我的肮脏的故事,语调神态完全是漠然的,没有任何空炉膛比这更冷的了。然后是与陌生的人相聚,这在此地是很少的事。这些人中的普尔沃有一段时间甚至使我着迷,我当时觉得您很普通,没有对您产生特别的兴趣,但第二天在咖啡馆里,我对您叙述您的生活、您的写作和计划时的满足神情感到惊讶,您所复述的一篇散文作品使我手足无措,最后我伸手接过了您的诗歌(这一举动与我在慕尼黑时的整个心理状态居然一点不沾边)。这些诗中有些诗行如隆隆鼓声击着我的大脑。它们是这样纯洁,这样清白无罪,来自纯洁的呼吸中,我真想把我在慕尼黑的所作所为全部用它们来洗涤一遍。其中许多内容我现在又领略到了。但愿您能记得我并继续寄些作品来。

致最诚挚的问候!

卡夫卡　敬上

〔19〕16 年③ 1 月 3 日于布拉格

---

* 德国诗人。卡夫卡 1916 年 11 月在慕尼黑一家书店里朗诵《在流刑营》时与他认识。
① 这首诗和其他诗发表在诗集《升华》上,慕尼黑 1918 年出版。
② 卡夫卡当时应邀赴慕尼黑朗诵《在流刑营》。
③ 卡夫卡把年代写错了,应为 1917 年。他在慕尼黑的朗诵 1916 年 11 月才举行(还可参阅他于 1916 年 10 月 11 日致库尔特·沃尔夫的信)。下一封信的时间也相应为 1917 年 1 月 31 日。

2

尊敬的科尔维尔先生：

我最近病了，现在还没好，我的胃不听话。否则我早就给您写信并为您寄来的邮件表示感谢了，您的邮件给我带来了愉快。我敢说，以后您若不时寄一些来，每一次都会给我带来愉快的。这是些充满安慰力量的诗，全都是安慰之歌。您看来只有一只手伸在黑暗中，也许是为了不至于完全脱离大地；而全身其他部位全部充满光亮，美好而真实的光亮。正由于您有这一特点，所以有时候很明显地出现的一种冷冰冰的感情转折使我难以接受，这种转变好像是在秋千架上（即使不是最高的秋千架）完成的，而不是在心中；这种转变是无懈可击的，但对于您来说恰恰是很不合适的。比如这种转折就充满了那首本来朝着最高的真实性迸发的安慰之歌，就像是在那里架上了两根巨大的支撑梁。再比如《钉在十字架上的人》中的一部分也是这样，读这首诗的一些诗句，心情显然是往下沉的。依我看，一个强有力的相对的例证是那首秋之歌，它整体飘逸，因而有庄重感。

您在出版社那儿老是碰壁，这并不使我惊讶，您既不使人惊愕，也不使人恐惧，但同样可以肯定的是，从长远看人们将无法抗拒这些诗的力量。所以我也不相信（我不知道您将用以反驳我的也许更有力的理由是什么）真有什么人恰恰与您过不去，应该说，如果不相信有这种敌意（若相信有这种敌意，就会满怀忧愤），同样能够理解初期的困难。至于库尔特·沃尔夫那儿，我当然将尽力去了解您想要知道的一切。不是直接打听，因为我与他的交往是微不足道的，无影响力可言，但是可通过我的朋友马克斯·勃罗德去交涉。望来信告知具体情况，最好讲明具体该问些什么或干些什么，以什么方式为好。

致最诚挚的问候！

弗兰茨. 卡夫卡　顿首

〔19〕16.1.31，布拉格

尊敬的科尔维尔先生！

非常感谢您寄来的诗歌新作。如果我没有搞错，那么这真的是一些新作。与先前相比许多新的世界敞开了。您的王国是多么广阔啊！

沃尔夫让步的消息使我非常高兴。这证明，从长远看有价值的东西是不会为他的见识所忽略的，而且从不正确的否定到正确的肯定的过程在他那儿不会太长的。假如您关于敌意阴谋的估计是正确的，这个过程也许甚至是很短的。

最诚挚地问候您和索沫费尔德博士先生！

〔19〕17.2.21，布拉格

209. 致库尔特·沃尔夫出版社

尊敬的出版社：

上月20日我寄给贵社一张挂号明信片，证实我收到了1917年《观察》一书的账单，并请你将约95马克汇给菲莉斯·鲍威尔小姐，地址：柏林O—27，马库斯大街52号，技术工场。同时我询问，将是否和怎样结算《司炉》和《判决》第二版的版税。

至今我未得到贵社对我这张明信片的答复，上述那位小姐也没有收到这笔钱。后者之所以令人为难，是因为我在当时寄明信片时也给了汇款地址。现在我请贵社劳驾看看我的明信片。

此致
敬礼！

弗·卡夫卡博士

〔19〕17.3.14，布拉格

210. 致费利克斯·韦尔奇

亲爱的费利克斯:

你做得很好,我愿你无限快乐。平常我去有困难,但星期天我也许去。我不该把奥斯卡带去吗?很遗憾,我不知道我第二天是活着,还是头晕。头晕的可能性更大。我去时将给你带去《评论》杂志上海曼的一篇优秀的、关于选举法的政治文章,它艰深难懂,也许在你的帮助下可以理解。

衷心地问候你和你的夫人!

弗兰茨

〔19〕17年夏于布拉格

211. 致库尔特·沃尔夫

尊敬的库尔特·沃尔夫先生:

我非常高兴,又直接听到了您的消息。今年冬天(当然已经又过去了)我轻松一些。这个时期可用的一些文章我现在寄给您,共13篇散文①。这远不是我想寄给您的全部。

致衷心问候!

弗·卡夫卡敬上

1917年7月7日于布拉格

212. 致伊尔玛·韦尔奇夫人

亲爱的伊尔玛夫人:

您的信在我们动身以后(我们星期三中午动身)才到达,我现在才

---

① 以后收在集子《乡村医生》里。

收到。我虽然昨天清晨到达,但是今天中午才到商店里,我表妹将信在那里收妥。因此迟复。

当时在我到您那里之后不久,我就在妹妹住所找到了这个口袋。口袋不幸丢失,我也痛惜。我从您那里一直跑到已经翻遍的住所。跪在地上找遍了每块地方,终于发现这口袋放在一口箱子下安然无恙,被压扁了。当然我为此成绩特别引为自豪,因此最好立即去那里。但是那时我必须首先告知家里,而在家里又有各种各样的事情耽搁,下星期一我们要动身。通知您的事再三被推迟。我本不想写信,因为我原想亲自去找您。终于我没有写,因为写信也太晚了。我又请马克斯将此事转告您。此外他对我说,您长得跟我的未婚妻一模一样,我根本不当真相信,口袋可能留在您那里了。我也多次对您说过,尽管真是如此。我的未婚妻相信,口袋在离开您的住所时还有的,我本来只是出于不想耽误的正式原因来查询的。

这也许就是我的申辩。话够多了,也许甚至太啰唆了。要不是您的信到了,我几乎会感到冤枉的。既然您显然还要继续想到那个小口袋,也许甚至还找它,那么所有这些申辩当然不足,我不得不转而恳求您决不要因此扫了我找到口袋的兴,怪我疏忽而对我生气。尽管在口袋里有900克朗(这说明我的第一次通知很迅速),这也会是给拾得者的一笔非常高的报偿,我本该为此给走运拾得者支付报偿费的。您现在不用付了。

致衷心的问候!

卡夫卡

〔19〕17.7.20〔布拉格〕

213. 致库尔特·沃尔夫

尊敬的库尔特·沃尔夫先生:

您给这些稿子以这么好的评价,给了我一定的信心。如果说您认为现在出版这些小散文(当然也许还要加上两小篇,已收入你们的年书中的《法律门前》和这次随信寄上的《梦》）是正确的,那么我非常赞同。至于出版的形式,完全由您定,目前我对酬劳多少也完全不在乎。这一点当然将随着战争的结束完全改变。我将放弃我的工作岗位(放弃这一岗位是我最大的愿望),将要结婚,离开布拉格,也许迁往柏林。我现在这么想,届时我也不能完全靠文学劳动的收入来过日子,尽管如此,我或深居于我身上的那个公务员(两者是一回事)对那个时候怀着一种心情抑郁的恐惧。我只希望您,尊敬的沃尔夫先生,届时别完全抛弃我,当然前提是,我值得您留恋。现在您若说一句话,对于我将十分重要,尽管今天和未来还存在种种不安定因素。

致衷心的问候!

卡夫卡 上

1917年7月27日于布拉格

214. 致库尔特·沃尔夫

尊敬的库尔特·沃尔夫先生:

为了在您休假期间不再次打扰您,我今天才对您上次来信表示感谢。在信中您对我的担心说的话完全是友好的,目前对我来说完全够出一本书了。

新书名我建议用《乡村医生》,副题《小说》。目录我想大约这样排:

新律师

乡村医生

铁桶骑士

在画廊

往事一页

法律门前

豺狗和阿拉伯人

访矿山

下一个村庄

一道圣旨

家父的忧虑

十一个儿子

兄弟谋杀

梦

为某科学院写的一份报告

致亲切的问候!

弗·卡夫卡顿首
1917年8月20日于布拉格

215. 致库尔特·沃尔夫

尊敬的沃尔夫先生:

您关于《乡村医生》的美妙建议真是再好不过了。若是从我个人利益出发,我没有胆量写下那些字,无论面对我,面对您,面对这件事,但由于是您自己向我提供的,我欣然接受。大概也是用《观察》那种美丽的开本吧?

在《在流刑营》上也许有误解。我从未发自内心地希望能发表这篇小说。结尾前的两三页是粗制滥造的,它们的存在指出了一个更深处的贫乏,不知何处有条蛀虫,它把故事的饱满实体也噬空了。您提出以与《乡村医生》一样的方式出版这个故事,当然是非常吸引人的,它的诱惑力几乎使我不战而降——尽管如此,我请求您(至少目前)不要出版这个故事。但您如果站在我的位置上,而这篇故事像看着我那样看着您,那么您在我的这一请求中将找不到特别坚定的因素。不过,假如我的力量还能坚持一会儿,您将能得到我的比《在流刑营》更好的作品。

从下周起我的通讯地址是：

屈劳，波希米亚的弗略瑙邮局。

由多年头疼和失眠引发的疾病突然爆发出来了。这几乎是一种轻松。我将到农村去较长一段时间，应该说是我必须去。

致衷心的问候！

F. 卡夫卡　敬上
1917年9月4日于布拉格

216. 致马克斯·勃罗德和费利克斯·韦尔奇

亲爱的马克斯：

给你和费利克斯一封复写的信，为我母亲作第一次解释是惊人的容易。我顺便简单地说一句，我也许目前不会租住房，我感到很不适，有些神经质，宁愿试图得到更长的休假，然后去O.处。由于她那无限的愿望，几乎明确地要给我随便多长的假期（如果这取决于她的话），她在我的解释中没有找到丝毫可疑之处，至少目前是如此，父亲的情况也一样。因此我请求你，如果你对某人谈起此事的话（当然，此事本身不是秘密，我的身体状况是，一侧肺结核扩大了，另一侧缩小了），或者说，如果已经谈了，请求您补充说明一下，即使我父母在谈话中要求某人谈此事，他也不要在我父母面前谈什么。如果容易做到暂时消除父母之忧，那么确实应该一试。

马克斯，我再次谢谢你（没有复写）。我去了，确实很好。若没有你，那肯定办不成①。此外，你在那里说，我很轻浮。相反，我太精打细算，《圣经》已预言了这些人的命运。但是我不诉苦，今天比以前更不大诉苦。我也预言了自己的命运。你记得《乡村医生》中的流血伤口吗？今天F.的

---

① 指卡夫卡求医之事。这封信第一次证实卡夫卡患肺结核，不得不离职休养，旋即解除婚约。他长时间住在他妹妹奥特拉居住的屈劳村。信中O.处即指奥特拉住处。

信到了,语气平静、友好,没有任何补充,完全像我在多少梦中所见到她的那样。现在难以给她写信了。

1917年9月5日〔布拉格〕

217. 致马克斯·勃罗德

亲爱的马克斯:

第一天我没有写东西,因为我太满意了;我也不打算夸大其词,尽管我是应该这么做的,这样能给恶魔以提示。但今天一切都带有自然色彩,内在的孱弱出现了(不是那疾病,目前我对这疾病还是一无所知)。从对面的庭院里传来一阵阵诺亚方舟汇集的叫喊声,一个永远敲打铁皮的白铁工①敲打铁皮,我毫无胃口,但吃得太多,没有晚上的灯光,等等。但是善还是远远多于恶,就我现在观察得到的而言,奥特拉真的让我坐在她的翅翼上,载我穿过这充满艰难的世界;这个房间(虽然朝向是东北)棒极了,通风、暖和,房内几乎是一片寂静;我应该食用的一切都很充足而且高质量地布满我的四周(只是嘴唇抽搐着不愿进食,我每次换环境的头几天总是这样),还有自由。尤其是自由。

当然这里还存在着创伤,其象征仅是肺部创伤②。马克斯,从你在走廊里讲的最后几句话看,你误解了,但我可能也误解了,而对这类事情(在你的内部事务中同样如此)根本就不存在理解,因为事情不能一览无遗,这巨大的、不停生长发展的载体是那样千疮百孔,不断地活动着。不幸,不幸,这不幸同时只不过是自己的本质,一旦这不幸的结被解开(这种事也许只有女人有耐心做),你我都将崩溃。

我现在对结核的态度,就像一个孩子对母亲的裙边的态度,抓着不放。如果这种疾病来自母亲那儿,事态将更明确,那么母亲将以她无穷的细腻来进行这种服务,不管是否理解这件事情。我不断寻找着这疾病

---

① 原文 Klempfner,查无此字,疑为 Klempner(白铁工)之误。——译者
② 指他的肺结核开始发病。

的产生原因,因为这病并不是我力争得来的。有时我觉得大脑和肺在不为我所知的情况下取得了相互的信任。"这样下去不行",大脑这么说,五年后肺宣布站在大脑一边。

但我可以说,以这种形式来理解这件事同样是完全错误的。这是初步的认识。这是那个楼梯的第一层,我站在楼梯上方,而作为我的(差不多是拿破仑一般的)人生存在的报酬和意义,婚床在我面前缓缓展开。但它不会展开的,而我的足迹不会越过科西嘉岛,这是肯定无疑的。

以上不是在屈劳产生的认识,它们产生于火车途中。在那段路上,我给你看过的那张写的有字的明信片是我的行李中最重要的一部分。但是,在这里我当然也不会停止对这个问题的思考。

向大家转达我的问候,尤其向你那位来自塔尔图弗的女子。她的眼光不错,但过于集中了,她只看到核心;追踪观察那些遁离核心的辐射现象,这于她就过于艰难了。

弗兰茨　敬上

〔1917年9月中旬于屈劳〕

218. 致奥斯卡·鲍姆

亲爱的奥斯卡:

我不能去,不能听。此外,一个病人也绝不能到处乱跑的。

在这里我暂时很满意。我开始过新生活,但不是没有信心。昨天第一次吃午餐时,坐在我桌子旁边的一个人与我形成对照。一个真正的漫游者。他年已62岁,10年来一直在漫游。长着红胡子大帝似的大胡子,脸上干净,气色红润。从桌边往前看去,活像一个退休的高级官员。10年来他除短时间工休以外,一直行乞度日。例如,去年整个冬天他漫游,就穿着现在穿的这身衣服(只有一件马甲,现在他觉得太热,在这期间卖掉了),没有得严重的风湿病,也没有其他的疾病。只是近年来他感到头脑有点混乱。他常常无缘无故地悲伤起来,对一切失去了兴趣。然后他不知道他该怎么办。我问他，信仰上帝是否能帮助他。不，这不能帮助他，相反，因此产生期望，接着而来的是悲伤。人们被教导说，要对上帝虔诚，然后就老是有这样的思想。然而大不幸就是他没有结婚。忧愁吗？他要是以后也有忧愁倒好了，他头脑里首先想到有一个家，膝下有子，享受天伦之乐，过着安逸的生活。他几次有机会结婚，但是他母亲（在他52岁时去世）总劝他不要结婚。两个姊妹和父亲（他同他们一起在埃格兰德开一家小店）也劝他不要结婚。大家都劝阻他，他也就失去兴趣了。他不结婚，就开始喝酒，至今还喝酒。现在他去漫游，常常找到了好人。在波希米亚，例如在莱帕，几年前有一次一个律师（也是博士，但同我相反[1]，已经毕业）给了他一顿午餐和2克朗。在苏劳，他几天前到我妹妹家来过，现在是第二次来，没有要什么。他漫游无特定的计划（虽然他有一张地图，但是地图上看不到村庄），因此他常常是在县里转。人们是否每次又认出他来，他也无所谓。

他有一个真正的不浪费时间的职业。他刚吃完最后一口饭（通过问话，他已不讨厌我了，但是我们多半是相对无言地坐着，由于发窘，我只好暗暗地将食物吞下去），就起身走了。你们寄给我们啤酒制作配方，好吗？以便我们能给客人一点好吃的东西。也许以后也可以给你们搞些吃的[2]。

致衷心的问候！

弗兰茨

上面的住房我不要。我目前不需要住房，将来说不准。除此之外，我觉得这住房似乎也太大，位置太低，太靠街道和工场，太令人忧郁。

〔1917年9月中旬于屈劳〕

---

[1] 卡夫卡常这么说以自嘲，其实他于1906年6月已获法学博士学位。
[2] 这时正是第一次世界大战期间的最后一个冬天，卡夫卡从乡间给他城里的朋友们搞些食品。

219. 致马克斯·勃罗德

亲爱的马克斯:

我像你一样拥有这种细微的直觉!犹如一只鹰寻求着安宁,我飞翔在上空,笔直地扑入这个房间,对面是一架钢琴,我野蛮地击打着琴键,然后弹奏起来。这显然是这片方圆广阔的土地上唯一的一架钢琴。但我掀翻了它,作为对这儿给我的许多好处的报答,可惜只是象征性的。

我们的通信可以很简单,我写我的,你写你的,这样便构成了答复、裁决、安慰、绝望,愿意是什么便是什么。这是一把刀,我们的脖子,可怜的鸽子的脖子,在刀锋上,一个在这边,一个在另一边被割断。然而割得如此缓慢,如此激动人心,鲜血流得如此少,心脏被折磨得如此凶,两个心脏都这样被折磨着。

道德在这场合也许是最后的因素,或者不如说连最后的也不是,鲜血是第一的和第二的和最后的,事关此事有多少激情,用多少时间才足以把心壁敲得薄薄的;我还是说,在肺不是挡在心的前面的前提下。

F.用几行字宣告将要到来,我不去抓她,她是不同凡响的。或者说得更确切些,我抓她,但抓不住她。我围着她跑,朝她吠叫,像一只神经质的狗对着一尊塑像。或者用一幅相反的、但同样真实的图画来表示,我看着她,就像一只被堵住了嘴的动物看着一个在他的房间里平静地生活着的人。一半真话,千分之一真话。真实的只有,F.也许会来。

这么多因素挤压着我,我找不到出路。我想一直待在这里的愿望是错误的希望。自我欺骗吗?我是说,在农村,远离铁路,靠近那不可磨灭的夜晚,它(夜晚)姗姗降临,而没有任何人或物对它作出任何抗拒。如果是自我欺骗,那么我的血会诱使我成为我的舅舅的新的体现。他是乡村医生,有时我(怀着满腔的、最真挚的同情)称他为"唧唧喳喳者",因为从他那与众不同的窄小的咽喉里会源源冒出尖声尖气的、单身汉所特有的、鸟一般的幽默话来,他的幽默可谓从不离身。他便这样生活在乡间,谁也赶不走,心满意足,就像有点陶然的疯癫使人心满意足那样,并认为这是生活的旋律。假如对农村的向往不是自我欺骗,便是好事一桩。但以我 34 岁的年龄、极成问题的肺和更成问题的人际关系，还能等到这一天吗？成为乡村医生的可能性更大；你要求得证明，马上就有父亲的诅咒为证；我的与父亲搏斗的希望是一幅绚丽的夜景。

你对那篇小说的构思（我们且撇开搏斗的双方）与我的愿望完全相符。那篇小说具有伟大的前景。但那无论如何写得过于轻率的头两章在这些构思面前站得住脚吗？根据我的感觉是绝对不行的。你所写的那三页算是什么呢？它们对整体起什么决定作用呢？提荷遭到驳斥使你感到痛苦？凡是真理都是驳不倒的，所以他也驳不倒，只是也许会被战胜。但正像所有军事报道者所写的，这不是从来都是最佳的进攻方式吗！起立，跳跃，战胜对方。这是面对巨大的堡垒时必须不停地反复进行的过程，直至在全集的最后一卷中幸福而疲乏地倒下，或（这是最不利的情况）是长跪不起。

这些话并无悲伤之意。我实质上也并不哀伤。我同奥特拉过着小小的美满的婚姻生活①；不是建立在通常的汹涌的洪流性质上的那种婚姻，而是一条稍有些弯曲、基本直线奔腾的河流。我们的家务管理得十分漂亮，我希望，如果你们来到这里，定会喜欢的。我将为你们，为费利克斯和奥斯卡留下一些东西，这不容易，因为这里吃的东西不多，而众多的家内食客都有优先索取权。但总能留下一些的，只是必须自己去取。

是的，还得谈谈我的病。没有发烧，抵达时体重为 61.5 公斤，到来后肯定有所增加。天气很好。我常躺着晒太阳。目前不想去瑞士，关于那个地方，你要听只能听到去年的消息。一切顺利！愿从天上降下一场令人安慰的雨！

弗兰茨

如果你需要一个写信代笔人，我完全可以把我的打字员小姐借给你。

---

① 四兄妹中，卡夫卡与小妹妹奥特拉关系最好。这里是卡夫卡的幽默之笔。

你一定已经收到我的一封信了吧。邮程为 3—4 天。

〔1917 年 9 月中旬于屈劳〕

220. 致奥斯卡·鲍姆

亲爱的奥斯卡：

收到啤酒配方，非常感谢。我们即将品尝啤酒，寻找用它陶醉的地方。如果人们想得到某些重要东西的话，就必须陶醉。对这里的需要来说，一切都相当丰富，但是为了多积累，这就不够了，特别是在像我这样的寄生虫（我在第一周体重增加了 1 公斤，天平是这么显示的）在这里住下的时候。但是我一定为你们，费利克斯和马克斯，积蓄一些。我同布拉格的联系当然全断了，特别是那位大供货商。任何一张广告都在他头上飘荡，因此他不得不躲在黑暗中一些时候。

也许马克斯对你们讲过，我对自己在这里的生活很满意。当然，这里也没有你特别问起的安静。我将停止追求生活中的安宁。我的房间虽然在一幢寂静的房子里，但是对面存放有波西米亚西北部唯一的钢琴，在一个大庭院里，动物的叫声一个高过一个。几乎本地所有的畜力车一清早都从我的房间前面经过。鹅群都从那里跑向池塘。但是最糟的是某处的两个敲击者，一个敲木头，一个敲金属，特别是前者不知疲倦，他使劲地敲，他劳累过度，但是我一点不同情他。我从早晨 6 点听他敲木头，如果他真的停一会儿，那只是为了让敲金属的人也敲一会儿。

尽管如此，尽管还有些其他的情况，我仍然不去布拉格，根本不去。谨向你和亲爱的夫人致最衷心的问候！

弗兰茨

你们想必收到了我的信吧？通信在这里不仅慢（从布拉格寄一封信

要三四天才能到达），而且不保险。

〔1917年9月中旬于屈劳〕

221. 致马克斯·勃罗德

最亲爱的马克斯：

你记得，你是怎样看你走到了楼梯上打算旅行的最后愿望吗？如果你认为这是考验，我担心我经受不住。考验不能锻炼我，我但愿在我的地方不得到打击，而是跑开，消失在打击之下。我不能结婚，难道因此我应感谢？那样的话，我会立即变成我现在逐渐变成的样子——疯狂。休养的间歇期越来越短，在这间歇期里，不是我，而是另一种东西积聚了力量。

终于我可能注意到的古怪事情是，所有的人都对我非常好，如果我愿意的话，他们愿立即舍己救人，为我作出各种牺牲。我由此得出一般的人性的结论，感到因此受到更多的压抑。但是这很可能不正确，他们完全只是属于那些完全不能帮助人的人。一种特别的嗅觉向他们显示了这种情况。马克斯，也除了你，许多人（不是所有的人）很好，有牺牲精神，但是你也在不停地向世人付出什么，这是一笔地地道道的交易（因此你也能本着人道精神来处理我几乎不可捉摸的事情）。但是我不付出什么，至少不付给这些人。

随信附来父亲雅诺维茨的信，至少是令人高兴的，他很可能会得到友好的复信。这封信是现在才能寄给我的。请问候费利克斯和奥斯卡。究竟怎样将信送达巴勒斯坦呀！

弗兰茨

〔1917年大约9月中旬于屈劳〕

222. 致马克斯·勃罗德

亲爱的马克斯：

邮件收到，非常感谢。那位姑娘的信（我在奥特拉的房间里，现在老鼠正无耻地吵嚷不休）远不是最好的。这种审慎，安宁，优势，世俗，这是好极了的和可怕的女性——最近我会把一切寄还给你。在风景明信片上我把我的窗子画了个框框，奥特拉的房子坐落在有标记的那棵树后面。不过，实际上一切更好些，在现在的阳光中就更好了。

弗兰茨

F. 的电报下午刚到。

〔附言〕我们将去火车站接您，甚至用车接。否则，您根据弗兰茨的示意图去怀格尔先生的住所，而不来我们这里。在您到达时，您自己会见到我们的房子的。我不作标记了。

奥特拉·卡夫卡
〔风景明信片（屈劳），1917年9月中旬〕

223. 致费利克斯·韦尔奇

亲爱的费利克斯：

这似乎是一个误解。我们邀请了你，也就是你们，让你们到这里来，以免你们带走这里不多的东西。如果略提一下这种东西的话，那么只应该是诱惑。我觉得主要困难似乎在于获得休假。但是正是这个困难你最容易解决。两个人都有睡觉的机会，但是事实上却没有很多机会，对于局部的需要和去旅行的病人来说暂时够了，甚至有某种盈余。但是只容许渐渐减少，并且减得很少。至少将为你们节省一些。

迁居前我真紧张，在许许多多的微不足道的东西面前我无能为力。我不喜欢茶疗，但是也许我再也说不上有什么保健品能治疗我的肺病。

只有这一个,即一件西服上衣,是这种疗养所需要的,它后面的口袋可以放个暖水瓶,但露出半截。

是去哪个俱乐部的请柬呢?去犹太人俱乐部的?如果你将作一个公开的报告并及时地作了预告,你就会有听众,甚至有专从地方来的旁听者,当然前提条件是可以将他们运来。

无疑,目前我就是这样的人。我的体重第一周增加了1公斤。我感到疾病起初与其像魔鬼,不如说像守护天使。但是很可能会是这样的情况,先是一件事物中有魔性,也许以后再回过头来看时,其中表面的天使性显得最糟。

米尔施泰因博士的信昨天来了(此前我刚写信告诉他,说我曾在P.教授①处,还附上专家鉴定书副本),信上说,您肯定能期望好转(!),但是只有在较长时间之后才能察觉出是否好转。

于是,由于他的鉴定,我的前景渐渐黯淡了。根据第一次检查,我几乎完全健康,据第二次检查,我的身体甚至更好。以后患轻微左侧气管炎,再晚些时候检查,"既不缩小也不夸大"地说,左右两肺患肺结核,但在布拉格将会很快治愈。现在我终于肯定有好转的期望。仿佛他本想用自己的阔背挡住支持他的死亡天使,现在他逐渐挪向一边。两侧也(可惜)吓不倒我。

我在这里的生活美极了,至少在迄今为止的好天气中是这样。我虽然没有阳光明媚的房间,但有一片阳光充足的空地可躺着晒太阳。我拥有的是一个高地,甚至不如说是一块小小的高原,位于一片广阔的半圆形盆地的中间。我躺在那儿犹如国王,四周的群山大体上与我身下的平地高度相同。由于附近环境十分有利,几乎没有任何人能看到我,就我的躺椅的复杂拼搭法和我的半裸状态而言,这一点是很舒服的。只有极少几次,我的高原边上冒出几个反对我的脑袋来,他们叫道:"从凳子上爬下来!"由于他们说的是方言,所以其他喊话虽然可能更激烈,但我就听不懂了。也许我会变成乡下傻子的,我今天看见这么一个,他看

---

① 指皮克教授,他是第一个发现卡夫卡患肺结核的医生。

来住在邻近的一个村庄里，已经上了年纪。

我的房间不像这块场地这么好，没什么阳光，也不安静。但布置得不错，会使你们满意的，因为你们将睡在那里。我完全可以睡在另一个房间里，比如昨天F. 在这里，我就是这么安排的。

为F. 的缘故我想提一个类似向图书馆管理员提的那种请求，你是知道我们那由来已久的"bis"争论①的。这回我误解了她的意思。她认为，"bis"虽可用作连词，但只能用以表明"直到"的意思。因此，比如就不能讲："bis 你来，我将给你五百公斤面粉。"（别激动，这只是一个说明语法的例子）你能否查一下格林②（那些例句我已经忘了）或其他书，然后确定F. 是否言之有理。这件事对于表明我在她面前既是人间的狗又是地狱的狗的双重地位的性质，绝不是无关紧要的。

还有一个与此并不矛盾的请求：在威廉·施台克尔的《性生活和感情生活中的病态干扰（手淫和同性恋）》③第二卷中，名字可能略有出入（你是知道这个维也纳人的，他到处用弗洛伊德来装潢自己的门面），有五行谈到《变形记》。你如果有这本书，那就帮个忙，把那段话抄下给我。

但事情并未到此为止，我还有个请求，但这是最后一个，我在这里几乎只读捷克语和法语（的书），而且几乎只读自传或书信，当然是印得相当不错的版本。这类书你能每种寄一本给我吗？选择权完全交给你了。这类书几乎都是对我非常有用的，除非是过分单一的军事的、政治的或外交的内容。可供选择的捷克语书籍也许特别少，而且我已读过这类书中也许是最好的一本，即波契娜·涅姆科娃④的书信选，它所含有的对人的认识是取之不尽的。

---

① 由于卡夫卡生活在位于捷克语大海中的德语孤岛上，他所用的德语在语法上是有些毛病的。这里关于"bis"（直到）的用法，菲莉斯（F.）的看法是正确的。但捷克境内德语区的语言独特性（缺乏生气，不能同步发展……）对卡夫卡语言风格的独特性也不无贡献。
② 指雅可布·格林（1785—1863年，格林兄弟之一）所编撰的《德语辞典》。
③ 威廉·施台克尔是弗洛伊德的弟子。该书出版于1917年。
④ 捷克女作家，代表作为《好祖母》。

你的政治书现在怎样了？①

致以热烈的问候！

弗兰茨

我产生了这么个想法，浪漫主义的爱情生活（故事）也不错。但上述那两类书更重要。如果需要保证金，你就先帮我垫一下。那四册书（石桥和布拉格）你一定已经收到了。——一旦你告诉我书已买好，会有人到我们的商店里去取的，然后我会收到一个纸包，有人不时给我寄这类纸包的。

奥特拉从昨天以来一直在布拉格，否则，她也早写信了。

前一页删去的话是我疏忽了的一个问题的开头，因为里面有些话会引起专家过多的不文雅的好奇心。现在我承认身体情况已有好转。我可以问一句，你对罗伯特·韦尔奇的情况了解什么吗？

〔1917年9月22日于屈劳〕

224. 致马克斯·勃罗德

最亲爱的马克斯：

第一次读你的信，觉得信里有一种柏林的弦外之音，第二次读的时候却已乐停曲止了。这就是你。我总是想，病好要时间，时间到了病就好。但是你总希望，我作了检测抽样，现在我一定是绝对不发烧了，没有波动曲线了。但是在第一周的数据出来之后，教授也暂时失去了对此事的兴趣。——早晨吃冷牛奶。教授说过（在辩解时我的记忆将庄严地作证），牛奶要么喝冷的，要么喝热的。由于天气暖和，喝冷牛奶不要紧，何况我已习惯于喝冷牛奶，通常喝半升冷牛奶，顶多喝1/4升热的。——

---

① 指韦尔奇的《有机的民主》，莱比锡1918年出版。

未煮开的牛奶，未解决的争端。你认为，巴西人增强了体质，我认为，事情不是能用数字计算的，未煮开的牛奶更有力量。我不是固执己见，也喝煮开的牛奶，一旦天气变冷，我将只喝热奶或酸奶。——没有餐间问题。只是在开始时期，在进行喂食以前，或者在我根本不想吃饭的时候，才不分餐。否则，上午和下午各饮1/4升酸奶。我不能吃更多次。（一般来说）生活够悲哀了。——没有睡眠疗法？我每天大约睡8小时。虽然不是睡在特制的躺椅上，而是躺在一个装置上，但这比我躺过的许多躺椅更舒适。这是一张古老的宽软垫椅，前面有两个凳子。这种组装好极了，至少现在我不需要盖被。因为穿得暖暖的吗？我是躺在阳光里。遗憾的是，也不能脱裤子，近日来这条裤子是我唯一的裤子。一张真的躺椅就摆在路上。——去看医生。我究竟什么时候说过，我将不去看医生？我不乐于去，但我会去的。——施尼策医生未答复。——你认为，我太难判断这个病对前途的影响吗？不，我怎么不能判断呢？病的现状我觉得很轻，在这里感情是最大的关键。如果说，我曾这样说过，那只是一种空洞的感情，我在穷的时候富于感情，换句话说，这说的是病，而不是说我的病，因为我为此请求过他们。只有一点是肯定的，即我只能完全信任地献身于死亡。

你说得对，是否优柔寡断或是别的什么，这只取决于前景。优柔寡断的人也总是新手。没有老手优柔寡断的，因为优柔寡断总是浪费了时间。你未看清我的情况，这既古怪，又可爱。我谈F.也许更合适得多，即使如此，这种完全是终生造成的情况也不会消失。另一方面，我根本不相信此说，我若处于你的位置，知道为自己能做什么。我处于自己和你的情况，都像现在外面狂吠的狗一样无能为力。我只有靠我身上的小小的热量能帮助，此外什么也没有。

我读过一些东西，但是这同你相比，不值一提。最好的是司汤达的一件轶闻，它可能也登在《教育》刊物上。他是巴黎的青年人，无所事事，好奇，悲伤，对巴黎和一切不满。他住在一个亲戚家。那位亲戚的熟人圈子中有一位已婚妇女，她有时对他很友好。有一次她邀请他，同她和她的情侣一道去卢浮宫。（是卢浮宫？我表示怀疑。只是某一个这样的宫。)他们去了,他们从卢浮宫出来时,大雨滂沱,到处是泥泞。回家的路很远,必须乘车。他控制不住自己的情绪,不肯一起乘车,独自一人步行回去。他几乎掉下泪来,他想到,他本可以不回自己的房间,而去拜访住在附近胡同的这个女人。他完全心不在焉地上车了。当然他发现这个女人同其情侣做爱的场面。女人惊呼:"天哪,您为什么不跟着一起上车呢?"司汤达跑出去。——此外,他懂得如何过好的生活和面向生活。

弗兰茨

最近请您先写信。

〔1917年9月底于屈劳〕

225. 致马克斯·勃罗德

亲爱的马克斯:

收到你的第二个印刷品邮包是完全偶然的,邮差把它随手放在了一个农民那里。这里的邮件传递很不安全,包括我的信件传递在内(我们这个传递点连火车站都不是,这也许也是原因之一),你把印刷件编上号是很好的,丢失的邮件通过追询可以索回。这批邮件倘若丢失将是特别遗憾的事。刊登在《犹太回声》[①]上的查西迪[②]教徒的小说也许不是其中最好的,但无论我对其中每一篇的具体看法如何,所有这些故事(我不知道为什么)都是能使我马上产生、并永远拥有宾至如归之感的犹太属性的东西。而在读其他的那些小说时,我只是被风吹了进去,又一阵风把我吹了出来。我想暂时把这些小说留在这儿,如果你不反对的话。

---

① 1914年创刊的一家刊物。
② 查西迪教派(Chassidismus),1750年在乌克兰兴起的一种犹太宗教运动。该教派比传统的犹太教更强调对大自然和世界的愉悦之情,有浓厚的神秘色彩。

你为什么拒绝了犹太出版社的请求,甚至拒绝了 J. 博士的请求?这当然是个大要求,而你当前的状况是个借口,但这些足以说明你拒绝的理由吗?你不想把文章凑拢来,是因为一切时间都得用于《艾丝特》①吗?

略韦②从布达佩斯一个疗养院中给我写来了信,他要在那里待三个月。他给我寄来了给《犹太人》杂志③写的文章的开头部分。我觉得它是很有用的,但当然还需要在文法上做一番小小的加工,需要一只极其温柔的手。我将在最近用打字机把它打下来(很短),由你去评判。试举几例困难情况:在波兰戏剧观众眼中他同那种犹太戏剧有区别;穿燕尾服的先生们和被忽略的女士们,这不能说是更加出色,德意志语言可不这么说。类似情况还有很多。当追求表面效果的演出者的语言摇摆于伊地语和德语之间而更多地偏向于德语时,则他们的表象就显得更加光彩夺目。我要是有你那样的翻译才能就好了!

弗兰茨

山鹑给你一些,给费利克斯一些。祝胃口好。

〔1917年9月底于屈劳〕

226. 致奥斯卡·鲍姆

亲爱的奥斯卡:

到这里来旅行简单得惊人。你先乘车到米歇洛布。即早晨 7 时从国家火车站乘快车,9 时过后即到这里,或者 2 时乘客车,晚 5 时半到达。

---

① 指话剧《一个女王艾丝特》,估计作者是勃罗德,1918 年发表。
② 略韦是犹太话剧演员,卡夫卡与这些处于底层的犹太艺人建立了亲密的友情,其中与略韦的友谊最深。
③ 是一种月刊,由马丁·布贝尔 1916 年 3 月创刊。

根据电报来理解，我们用马去接你，大约半小时后到达屈劳。这次旅行也可以当做一日郊游（晚10时前到达布拉格），或者更长一些时间，因为我房间里有两张非常好的床，你来后，我睡另一间房。如果装一个火炉，这间房好得可以作我的常住住宅。事前会储存足够的牛奶等食品，甚至准备一点可以携带的食物。

尽管如此，我挖空心思也猜不到你们来。在第一周，也许也还在第二周，情况不同于我原来想请你们到这里的时候。如果我迄今未请你们每个人来拜访，那只是因为在我看来，你们都来是不言而喻的，另一方面，邮局在这里示人以一个坏脾气的不可靠青年的形象，一封信要走漫长的路（屈劳——布拉格——屈劳要8天，甚至还不止8天），才能把那么紧急的消息送到。但是现在，在第三周，这里情况将会不同，我不知道是否应该邀请你们来。对我来说，屈劳当然依旧是老样子，我打算在这里将牙咬紧，使得人们首先必须战胜我的满口牙齿，然后才能将我带走（不，这言过其实了，我写这封信时，我不了解整个情况）。至少我觉得这里好，此外有一些可能没有人喜欢的东西，尽管你们愿意，你们自己也不喜欢，其中也包括我自己，也许甚可以说，根本不是"其中"，而只是我自己。因此我请你们，我可以开诚布公地对你们说，像以前我向你们乞求过的那样，几乎那么真诚地请求你们，你们现在不要来。

当然，这同我愿意医治的病无关。我根本不知道，我的身体是否比以前好，就是说，我的身体像以前一样好，迄今为止我没有痛苦。若有，也容易忍受和抑制住。也许正是这一点可能引起嫌疑，以为我也许真没有痛苦。我看上去很好，使得我母亲（星期天她在这里）在火车站都没有认出我（顺便说一说，我父母对我患病一无所知，如果你们偶尔同他们在一起，可得说话谨慎）。14天后我的体重增加了1.5公斤（明天将第三次称体重）。我睡眠每天很不相同，但一般来说不是最糟的。顺便说一句，我不久就来（我说的"不久"指的是"本月底"，我已成为时间的主宰）布拉格，你们一定能亲自检查一切，好的和坏的。

你们很友好，给我们寄来了新的药方，这使我们很不好意思。这件事也经历了屈劳的发展。首先是狂喜，缺少软木塞和软木塞机器似乎是一个完全不重要的障碍。接着狂喜消失了,给我留下一个信念,软木塞和软木塞机将绝对买不到。现在你们来信说,你们也能封瓶子了。这可能又使这件事有了一点生气。但是现在店里业务很忙,奥特拉有了长期的好极了的工作。

我的一大忧虑(当然只是在睡椅上做梦才表露出来)是,我怎么能设法给你们搞点吃的。可惜得到的很少。我们靠这一点点东西过活,没有鸡、牛,也没有足够的谷物。此外,我们得到黄油和鸡蛋,布拉格的家庭都在叫喊要这些东西。你们要野味吗?目前我为你们搞了4公斤好面粉,将给你们。最迟我回布拉格时,你们便能得到。我知道,在下一个冬天的黑暗中,这只是一线光辉。

〔1917年10月初于屈劳〕

227. 致埃尔莎和马克斯·勃罗德

亲爱的埃尔莎太太:

您不能说出《卢采娜》的意义,您感到奇怪吗?您肯定会对此感到高兴。那里发生的事,在某种程度上会在人类的窗台下发生。如果有人在那上面待的时间太长,必定会掉下来,掉下来倒好了,可以掉进房间里,也可以掉到室外空地上。这完全是一个极端,w.持此看法。在照片上他是解除武装的,他还作吐痰状,正如他的嘴唇部位在照片和实际上显示的那样。您将表面的微笑解释错了。此外,他不完全是无与伦比的,像您以为的那样。我根本不想骂他,将他同猪相比。但是他性格古怪、果断、忘我、欢乐和不属于职位上的特点,却是位居世界前列的,倒是真能与猪相比。您像w.一样在近处那么详细观察过猪吗?这令人惊奇。一个人的面貌,脸上下嘴唇超过下颌往下翻,上唇在不损害眼窝和鼻孔的情况下,直翻卷到额头上。这样一副嘴脸,岂不真是地上的猪?这本身是不言而喻的,即使是猪,也是古怪样子,猪也不是这个样儿。但是您必须相信我,我现在多次见过这种猪。更古怪的是,猪拱土。据认为,如果用脚试试可疑之处，或者嗅一嗅，或者在紧急情况下贴近嗅一下，就足以证实了。不，这一切他觉得都不够，而猪根本不会这样做的，而会立即用嘴使劲往里拱。要是拱进某种令人恶心的东西——在我周围堆放着我朋友的东西，山羊和鹅的粪便——那可是由于幸运连气都喘不出来了。这首先使我记起W.。猪身上不脏，甚至很可爱（当然，友好并不等于有胃口）。猪有一双漂亮的显得温柔的蹄子，总是用一股猛劲控制着自己的身体，正是他那最宝贵的器官，嘴，是绝对的猪的嘴。

亲爱的埃尔莎太太，您见到的，我们在屈劳也有自己的《卢采娜》，如果我能给您寄去我们的小猪的大腿来答谢W.的照片，我会高兴的。但是第一小猪不属于我，第二尽管小猪过着好生活，但体重长得慢，因此，为了供我们（奥特拉和我）娱乐，我们还不能宰它。

我在所有的动物之间，身体相当好。今天下午我喂了山羊。在我的住地有一些灌木，最好吃的叶子长得太高，山羊够不着，我给山羊将树枝压下来。这些山羊表面上完全是犹太人类型，大多数是医生，但是也有接近律师之处，波兰犹太人，个别的年轻姑娘。特别是给我治病的医生W.博士，在他们之中很有代表性。由3名医生组成的会诊小组，即我喂养的山羊，对我很满意。他们为了被挤奶，晚上几乎什么也不干。他们的日子和我的日子就这样一天一天地平安结束。

您不要因提到面粉而怪不好意思。我真正的痛苦正是我不能为您搞到点重要的东西，虽然放灵巧一些这是可以办到的。

致衷心的问候

弗兰茨·卡上

我将信又读了一遍，原来这不是给一个女人的信。责任在W.，而不在我。

亲爱的马克斯，收到《养女》① 一书，非常感谢。这将是我明天在

---

① 勃罗德翻译的雅纳切克的歌剧《耶努发》。

躺椅上的消遣品。特别是作者的消息。此外，像我现在读它时一样，福楼拜的父亲也患肺结核。这也许就是当时许多年私下谈论的问题，孩子的肺部是否有笛音（我建议用这个词替代"噼啪音"），或者说，福楼拜是否有肺病。你为格林贝格①做什么，我觉得很合适。如果成功，也将有多么快乐。你的中篇小说没有新消息吗？你最近一定收到了我的两封信吧。10月底我将去布拉格。

弗兰茨

上周，即9月28日已出版《自卫》②。

〔1917年10月初于屈劳〕

228. 致马克斯·勃罗德

亲爱的马克斯：

你问我的病吗？我私下告诉你，我几乎感觉不到什么。我不发烧，咳嗽不多，没有疼痛感。呼吸短促倒是确实的，但在躺着和坐着时感觉不到，走路时或干什么活的时候有轻微迹象，我的呼吸比以前快一倍，这算不上了不起的痛苦。我产生了这么一种看法，我患的结核病不是什么了不起的病，不是一种值得冠以某种特殊名称的病，而从它的意义上看仅仅是暂时还无法评估的死亡的萌芽。三周中我的体重增加了2.5公斤，这就给今后的死尸搬运增加了难度。

关于费利克斯的那些好消息使我高兴，即使已经过时，它们总还能使人在平均观察或总体远眺时得到些宽慰；对他来说，这也许弊多于利。——14天前我给他写过信，尚未得到回音。他不会是在生我的气吧？

---

① 亚伯拉罕·格林贝格，希伯来作家，华沙难民，死在布拉格。
② 费利克斯·韦尔奇主编的布拉格犹太复国主义的周刊，卡夫卡是积极的读者。

倘若我在想到我的疾病时同时想到，人们不会对这么一个病人生气的，那么我这个人就够次的了。

你问长篇小说新的一段。是全新的一段还是你尚未朗诵给我听过的一些部分的修改？——如果你认为第一章是合适的，那么一定是的。——这句话我听上去多么奇怪，"我现在看到了摆在我面前的问题。"这本来是不言而喻的，怪就怪在在我看来是那么不可理解，而在你心中又是那么真挚动情。这是真正的斗争，值得以生死为代价，去拼搏，问题仅仅在于能否赢得胜利。人们至少看到了对手，最起码看到了天空中他的光芒。在我试图这么来思考时，我觉得自己宛若在母腹中尚未出世，即使是黑暗的东西，我也是在黑暗中追逐。

还没完。你对下面那段出色的自白怎么看？那是我从给 F. 的一封信中抄下来的。这段话满可以算作一篇像样的墓志铭：

"只要检验一下我的最终目标，就会发现，实际上我并不追求成为一个好人，合乎最高法庭的规范，而是完全相反。综览整个人类和动物群体，认清他们的根本爱好、愿望和道德理想，并尽可能快地使我朝着让所有人满意的方向发展，而且（这里出现了飞跃）使人们满意到这种程度，在不失去大家对我的爱的情况下，我最终可以作为唯一一个不下油锅的罪人，在所有人的睽睽目光下公开展现我内心的卑鄙。总而言之，我所关心的仅仅是人类和兽类的法庭，而且我还将欺骗这个法庭，当然是没有欺骗的欺骗。"

从这个自白的中心点也许可以导出各种结论和推理。

《耶努发》我已收到。阅读是音乐。歌词和乐曲提供了实质性内容。但你把它像巨人那样搬进了德语中。你那生命的呼吸是怎样不断在重复的啊！

我可以顺便提一些小问题吗？主要是这些，难道能够离开"创造"吗？"你看，这样人家就会爱你？"这不是那种我们从小就听惯了的我们非德语的母亲们说的话吗？"人的理智——落入水中"是人为的德语。"胆怯的热情"——放在这里合适吗？法官的两句话我不理解，"假如我能得到雪茄……"和"在没有这些学者先生的情况下我看着（是"站着"之误吧？）……"结尾处的"愿意"与这伟大的一段有点不谐调。——应该让人读到的是更好一些的歌词，这种歌词在捷克语原文中也不是很好的。"狰狞的死亡"我宁可留给莱欣贝格①，你也提到，第二段的结尾被改糟了，但我好像记得，你译这个地方时花了特别大的力气，而且你的手稿中的译文是相似的（也许你是把它作为异文的）。——是否应该给"教堂女司事"一词写个按语，解释一下含义？

下次再谈谢勒②。——我渴望读到布吕厄③的作品。——我没写东西。我的意志并不要我写作。假如我能像蝙蝠那样靠挖洞逃生，我一定会去挖洞的。

弗兰茨

关于格罗斯④、韦尔弗⑤和那家刊物你什么消息都没听到吗？你的科莫托尔－台普利茨之行如何？

你对奥特拉的画一句未提，她为能寄给你是那么自豪（以求能以此为她辩护），所以那封信是挂号寄出的。

〔1917年10月初于屈芳〕

229. 致费利克斯·韦尔奇

亲爱的费利克斯：

你不坏，这很好，但是为了能看清真面目，识破"欺骗"伎俩，这也不能安慰欺骗者。此外，在这件事情上还可以说一些话补充一下，但是对你没有必要。（顺便说一说，在好天气之后，我今天感到那么迟钝，

---

① 维也纳宫廷歌剧院的乐队指挥。勃罗德埋怨他把译的歌词改得不伦不类，面目全非。
② 哲学家马克斯·谢勒。
③ 作家汉斯·布吕厄。
④ 维也纳的心理分析学家、哲学家奥托·格罗斯。
⑤ 卡夫卡的密友、著名表现主义作家、理论家。

使得我宁可将写信之事搁下。）你的教学包罗万象，令人吃惊。至于学生倒不令人惊异。这一点我早就预言过，他们甚至催我不要太慢，但是你那方面令人惊异。什么自我克制、不发脾气、精神集中、胸中有数，真正志同道合，或者说句大话，男子气需要参与这些事，留在他们那里，使他们在真正最强大的逆风时转向对自己精神有利，事实上你这样做了，虽然你不想这样做。这一点说出来，我自己将在这方面更舒服。

现在你大概还能够将孩子们的闹声作为对教学的欢呼声加以忍受。闹声必定随着秋天日益来临而消失，正如这里没有什么可以欢呼的一样，鹅逐渐被关起来，车不再经过田野，铁匠只许在工场干活，儿童们将留在家里，只有家犬不停止狂吠和歌唱，而你的家门前一定早已静寂无声，女学生们一定安安静静地凝视着你。

你的身体比较好（注意，你暗中心疼疖子，要用碘酒治它），我的身体未变坏，体重现在增加了3.5公斤，算是正常。从生病的原因来看，我不是固执己见的，但是在我确实在某种程度上掌握原始病历档案的时候，我就坚持己见了。我听到甚至最早受牵连的肺部也正式表示同意。

关于痊愈问题，你当然有道理，首先痊愈的意志是必要的。当然我有痊愈的意志，若坦率无隐地说，我也有相反的意志。这是一种特别的（随便怎么说）传染病，与我迄今患的任何病都大不相同。正如一个幸运的爱好者所说："以前的一切都是欺骗，现在我才爱它。"

谢谢关于"bis"的解释。只有那个例句对我是有用的，"bis我们重聚，你才借给我"。这句话的意思只能是"直到我们重聚，你才借给我"。而不是"你应该一直借给我，直到我们……"这重意思光从例句本身是看不出来的。

在书的问题上你误会了我的意思。我主要是想读捷克语原版或法语原版书，而不是译文。而且这套丛书我也是知道的，其印刷质量太差（至少拉柯维恰那本是如此）。这里的光线一点不比城里好。我的窗是朝北的。法语书我当然有的是，如果捷克语的书没有其他什么，那我也宁肯要类似的，但却是有科学性的莱西特丛书。

总的说来我书读得不多，乡间生活对我十分适宜。要是想消除所有不舒服的感觉，住在一个按照新的原则建立的动物园中——在那里，所有的动物都享有充分的自由——那么可以说，没有比住在一个村子里更自由的了。这是精神上的自由，周围世界和历史世界的压抑在这里是最少的。不能把这种生活同一座小城市里的生活混为一谈，那里的生活也许是可怕的。我真想永远活在这里。下下个礼拜我可能去布拉格，这于我是很不舒服的。

衷心问候你和夫人。时间已是12点，我弄到这么晚已有三四天了，这无论对我的健康外观，还是对已经很少的煤油储备来说都是不好的。或对任何其他事情来说都是如此！但这是特别吸引人的，只有这么一个动因，没有别的。

弗兰茨
〔1917年10月初于屈劳〕

230. 致马克斯·勃罗德

亲爱的马克斯：

我真是一直感到惊讶不已，你竟为了我和其他人把"不幸中之幸"这句话装在心里，而且不是对某一最表面的现象的确认或叹惜或作为提醒，而是作为责备。你难道不知道这句话意味着什么吗？这当然同时包含了"幸福中之不幸"之意，它也许是打在该隐[①]额头上的印记。假如一个人在"不幸中幸福"，这首先便意味着，他已失去了与世界同步前进的能力。此外还意味着，对于他来说，一切都已倾塌或正在倒坍，已经没有任何声音还能不间断地传到他的耳边，他因此也不再能真诚地听从任何声音。在我身上情况可没这么糟，至少还没有这么糟；幸福和不幸都击中过我的心；但就我的一般情况看，你无疑是有道理的，就当前这个时代的绝大多数情况看也是这样，只是你应该换一种语调来讲。

---

① 《圣经》中亚当和夏娃的第一个儿子，曾打死了他的弟弟亚伯尔。

与你同这种"幸福"的关系相似的是我同"肯定的悲哀"的另一种伴随现象的关系,也就是说同自我感觉良好的关系。没有它,另一个几乎不会出现。我经常思考这个问题,最近一次是在读了曼发表在新周报上的关于巴勒斯坦的文章之后①。曼是我渴望读其作品的作家中的一个。这篇文章也是一份绝妙的食物,但由于里面漂着好多(随便比喻一下)萨鲁斯②的鬈发,所以我宁可欣赏,而不去吃它。我觉得,当一个人悲哀之际,为了进一步强化对世界的悲哀印象,他应该像女人们浴后那样伸展一下四肢。

科莫陶我当然要去的。别误解我对造访的畏惧。我不希望什么人经过一段长途旅行,付出了昂贵的钱钞,踏入这里的秋色,踏入这里(对于陌生人)荒凉的村落,踏入这(对于陌生人)必然是乱七八糟的管理状态,踏入这儿许多小小的不舒适甚至不愉快,仅仅为了来拜访我;而我是时而感到无聊(这对于我还不是最糟的情状),时而过敏,时而为一封将收到或迟迟收不到或逼近的信而惶恐,时而通过一封他写的信而平静下来,时而为自己和他的不舒适而担忧,时而心绪恶劣地把自己唾弃为最讨厌的人,如此等等,就像那只长鬈毛狗围着浮士德绕圈子那样。如果你能有机会路过这里,不是专为我而来,而是为拜访科莫陶人,那是再理想不过了。此外,到屈劳来近几乎不可能,除非你能在星期天及时离开科莫陶(我目前对列车时刻表只约略知道一些),以便在中午赶到屈劳。这样你们就可以在星期天晚上从容地前往布拉格,在这里留宿不怎么好,因为你们星期一一大早就得启程(假如你打算中午到布拉格),而且因为这个时候很难提供车辆,因为现在马在田里有许多活要干!此外,可能我会同你们一起回布拉格,一个人我几乎做不到,只要想到办公室里那些友好的来信,特别是想到我将在办公室向大家露面的情状,我便不寒而栗。

我考虑这么安排,星期六我在米歇罗卜上你们这趟列车,星期天我

---

① 指德国作家托马斯·曼,他于1917年10月在《新评论》上发表了《巴勒斯坦》一文。
② 布拉格新浪漫主义作家胡果·萨鲁斯。

们一起去屈劳,晚上一起回布拉格。

你提出的有恢复健康之必要的理由是美妙的,但却是个乌托邦。你交给我的任务也许可以由一个飞翔在我父母婚床上的天使完成,或者更好的说法是,飞翔在我的民族的婚床上的天使,前提是,我有一个民族。

对那部长篇小说表示我最好的祝愿。你提到的短短几句话看上去意味着一项伟大的工程。这部长篇小说的贡献将是,在布拉格虽有办公室的重压,但在另一方面我也许可以得到一些心理平衡。

衷心地问候你和夫人。我并未感染上歌舞餐厅的那种情绪,也从未感受到这种情绪。她呢?对我来说歌舞餐厅从现在开始已不存在。假如"情绪大炮"发射了,我拿着玩具枪从肺部爬出,又能爬到哪里去呢?这种状态早就存在了。

弗兰茨

请及时写信给我,告诉我星期天什么时候K.(科莫陶)的事情能完,以便让我知道我们是否到屈劳来,要不要车子来接我们,我该怎样收拾我的行李。

〔1917年10月12日于屈劳〕

231. 致费利克斯·韦尔奇

亲爱的费利克斯:

简单谈谈你的讲座给我留下的印象的一个证明,今天的一个梦。这真了不起。我不是指我的睡眠(它恰恰是很糟糕的,近来都是这样,我想减轻体重,而那位教授却把我从屈劳带走——我该怎样才是呢?),也不是指那个梦,而是指梦中你的行为。

我们在街上相遇,我显然是刚到布拉格,见到你非常高兴,当然,我觉得你瘦得有点怪,神经质,有一种教授般的迷惘气质(你是那样矫揉造作，麻木不仁地抓着你的表链）。你告诉我，你这是到大学去，去讲一堂课。我说，我非常非常愿意一起去，但我必须到店里去一下，我们站的地方正好是在店的前面（大约在朗根街头上，大饭店对过）。你答应在外面等我。但当我在里面时，你考虑了一下，给我写了一封信。至于我是怎么收到它的，我已想不起来，但那封信的字迹至今仍历历在目。信中有这么一段：课将于3点开始，你不能再等下去了，你的听众中也有索尔教授①，你不能由于迟到而得罪他，许多姑娘和妇女主要是为了他才到你这里来的，如果他不来，会有成百上千的人同他一样不来。所以你必须赶去。

我也马上就赶往学校，在一个类似前厅的地方碰到了你。在厅的前方那片无人管理的空旷原野上一个打球的姑娘问你，你现在打算干什么。你说你现在要讲授一堂课，并一一说了将在那里朗读什么，两个作家，作品和章节号。那姑娘很有学问，我只记住了赫西奥德②这个名字。至于第二个作家，我只知道他不叫品达③，名字相似，但名气小得多，我感到纳闷，为什么你不"至少"朗读品达呢。

当我们走进去时，课已开始，你显然已讲完开场白，然后走出来看看我来了没有。讲坛上坐着一个身高体壮、像结过婚的、长得并不漂亮、身穿着黑色衣服、大鼻子、黑眼睛的姑娘，她在翻译赫西奥德。我一句都听不懂。现在我想起来了（甚至在梦中我都不知道，那是奥斯卡的妹妹，只不过瘦一点，高得多）。

我觉得自己完全是个作家（显然想起了你所说的楚克坎德尔④的梦），我把我的无知与这姑娘极丰富的知识相比，一遍又一遍地自言自语："可怜啊，可怜！"

我没有看见索尔教授，但许多女士在场。我前面隔着一条板凳（这些女士引人注目地背对讲坛）坐着G.夫人，她晃动着长长的鬈发，她

---

① 文学史家英·索尔。
② 公元前700年左右古希腊的诗人。
③ 公元前518—前446年的古希腊诗人。
④ 布拉格大学的国民经济学教授。

旁边坐着一位女士,你说她是霍尔茨娜小姐[①](但她是那么年轻)。在我们前面那排,你指给我看另一位类似的学校女主人,她住在黑伦街。所有这些人都在听你的课。我还看到其他一些人,在另一边坐着奥特拉,在此之前我刚同他为你的课争论过(她不想来,但现在她为了使我满意毕竟来了,而且来得很快)。

到处在谈论赫西奥德,连那些光聊天不听课的人也不例外。使我感到安慰的是,那位朗诵女士在我们进来时展颜微笑,由于听众表示理解,她的笑居然就止不住了。但同时她并未耽误正确地翻译和解释。

当她翻译完毕,轮到你开始继续讲下去时,我向你俯过身去,想同你一起读,但使我惊讶万分的是,你面前只放着一本翻得破旧不堪的、肮脏的雷克拉姆版本,这就是说,希腊原文(哦,尊贵的上帝!)在你"腹中"。这句话是从你上一封信中得来的。现在,也许由于我发现,在这种情况下我没法再跟上你的讲授,于是一切变得模糊起来,你的表情变得有点像我以前一个同学(这是个我很喜欢的人,他是开枪自杀的;我现在想起来了,他同那朗读的女学生也有一点相似之处),你变了。然后另一堂课开始了,这是一堂音乐讲座,讲得不那么详尽,主讲的是个黑发、红脸的小个子年轻人。他长得像我的一个远亲,那位远亲(这对于我同音乐的关系有象征性)是搞化学的,好像神经失常了。

以上就是那个梦的内容,还远远没有资格代表那个讲座。现在我又要去躺下了,去做个也许更强烈的讲座梦。

弗兰茨
〔1917年10月中旬于屈劳〕

---

① 布拉格一所女子学院的院长。

232. 致马克斯·勃罗德

亲爱的马克斯：

如果我不能使其他一切打扰减少的话，我尽量少地打扰你。

我有《行动》杂志的这一期，其他几期也还有，我以后将一次带给你。每次邮件都使我十分愉快。对《拉德茨基之行》[1] 的印象当然不如当年你几乎像念诗一般地朗读它的时候那样强烈。但是此外也缺乏一点东西。是由于删节造成的？这不可能是好的。仇恨在狂喜之后上升了，但是没有见到仇恨扩大。也许给反命题转折的空间不够宽广，也许一颗心的空间不够。

特韦勒斯[2] 的小品文很可能是写给库[3] 的（顺便说一下，最近库写了关于韦尔弗的相当糟的俏皮话），作为温存体贴的表示。捉摸不透的是他写这种文章时的精神状态。我坐在这个谜一般的桌旁，就在他旁边。我特别注意到，歌德"也不是石头做的"[4]，最痛苦的却是他的全部大概都是为了这个老妇人[5]。她曾认为，她写了一本关于封·施泰因夫人的心情忧郁的书，在这里显示出，她显然泪流满面，一天到晚都忙着歌德的裤子。

科莫陶委员会给我的布拉格之行增加了一些困难，尽管如此，我当然会去布拉格的，我目前让奥特拉去，以便她审视"水怎样停住"，然后我月底去。

《自卫》周刊的社论，从迅速的眼光，抗议的力量和大胆来看，几乎出自你的手笔。只有几段妨碍我确认是你写的。大概是赫尔曼写的吧？

---

① 马克斯·勃罗德的文章，载《行动》1917年9月。
② H.特韦勒斯用笔名博普为布拉格日报写稿。
③ 安东·库，维也纳的小品文作家。
④ 施泰因夫人是歌德的情妇，比歌德大七岁，是四个孩子的母亲。她的姓 Stein 在德语中有石头之意。此处一语双关。
⑤ 女作家伊达·博伊·埃德的书名是《夏绿蒂·封·施泰因的殉难试为其辩解》，斯图加特，1916年。

致最衷心的问候!

弗兰茨
〔1917年10月中于屈劳〕

233. 致费利克斯·韦尔奇

亲爱的费利克斯:

我未选择出给你写信的日子,但是我今天又(如果不总是这样的话)这样沮丧、笨拙,过去在这一天到来的时候,我更是这样。现在在共进夜餐之后,奥特拉在布拉格,我现在不是这样了,情绪更低沉了。此外我觉得,在今天的大扫除之后(为此我表示非常感谢),圆柱形灯罩下部出了一个窟窿,漏风,甚至在我用小木片挡住小洞之后,灯火仍然摇曳。也许正是这一切适合于写信。

乡村生活是美好的,将来仍然是这样。奥特拉的房子在环形广场,我从窗子看得见,我见到在广场的另一边又有一间小屋,屋后是旷野。无论如何,喘息一下总好些。至于我,虽然我无论如何在喘息,至少身体上喘息,但是若换个地方,我会接近窒息的。当然,我从正反两面经验得知,多年来这我能忍受住的。

我同这里人们的关系不密切。这根本不再是人间生活。例如今天晚上我在漆黑的村道上遇见两个人。是男人、女人、孩子?我不知道。他们问候我,我很感谢。他们也许从我的大衣轮廓辨别出我来。即使有光线我也大概不知道他们是谁,至少我从声音辨别不出来。这在说方言土语的人那里似乎根本不可能。在他们放我过去以后,有一个人回转身来喊道:"赫尔曼先生(我的妹夫的名字,我把它接受过来了),您有香烟吗?"我说:"可惜没有。"事情就这样过去了。这就是孤独者的话语和错误,我希望自己像现在的情况那样,没有爱好。

我自以为懂得你说的"相反的意愿的闯入"是什么意思。这属于该死的心理学的理论范畴,你不喜欢它,但是你被它迷住了(我大概也被迷住了）。关于大自然的种种理论都像它的姊妹心理学一样有错误。但是这不触及下面的问题，世界是否从某一点上说可以治愈。

我说过，我喜欢听施尼策的报告。你说的关于施尼策的话是很正确的，但是人们容易低估这些人。他是质朴的，因此非常诚挚，在他一无所有的时候，他作为演说家、作家，甚至作为思想家，不仅像你所说的那样不复杂，而且简直笨拙。你坐到他对面去，看看他，找个地方能看清他的全貌，也包括他的效果，试图有一会儿工夫接近于他照准的方向。他不是那么简单地可以解决的。

我的《这本书》也许是真有价值的，我也想读它，它放在天上的书架的某个地方。但是一位77岁的老太太让人给自己送这本书庆祝她自己的生日（也许对她的曾孙说的："我个儿小，我的礼物小……"），因此克勒门梭的家庭激动起来，枢密官未伸食指就让人催促作出决定性的决断（此外有种情况无疑地证明此事对他有更大的蔑视），这一切太过分了，这是个错误。

我对枢密官之所以总是特别的尊敬，不是因为我——就我的记忆所及——同他很合不来，而是因为他与其他人不同，他们总是十分重视烦琐小事。站在讲台上，他只是一个用寥寥几笔就能勾画出轮廓的、干净利落的人。因此必定城府很深，无论如何人们得向他的主要意图屈服。

三门课程吗？半日工作周对他们真的合适吗？这太多了，这几乎足以充实文科中学教授的生活了。马克斯对此说什么？你向老女中学生提出的作报告的倡议也许有点非教育性，即真正恐吓性。她们以姑娘们的毅力，把你正是从你当时的巨人形象挤压成了"青年德意志"。这个"青年德意志"对你也不总是陌生的，正如你在被挤压时所呻吟的那样。顺便说一说，《青年德意志》杂志将于下月创刊，由德意志剧院出版，由科恩费尔德主编。

《人》虽然有点长发，有点不顺从，但是也许是件好东西。你根本未提到它。

向你和夫人多多致意!

弗兰茨
〔1917年10月中或月底于屈劳〕

〔旁注〕不容许沃尔夫吓唬你。他必须客气点。并非一切都碰撞你!他可能不会加以区别。

234. 致马克斯·勃罗德

亲爱的马克斯:

27日去科莫陶,科莫陶人出尔反尔当然够折腾人了,大概把你折腾得最厉害,对我也一样。说实话,你若不去科莫陶,我仍然不会去布拉格的,最早也得14天之后去。不仅这里的生活有价值,而且与生活有关的东西都有价值,由于旅行我失去了它们。此外,我最近——甚至在最舒适的时候——完全无胃口。如果我变瘦了,教授把我从屈劳这个最好的地方带走,那会怎么样呢?这是忧虑,是见到你,同你谈话,闭口不谈的喜中之忧。还有一点,为了治牙,我将在布拉格必须至少停留3天,也不得不去办公室谈谈。至少会从自由进 + 奴隶和悲哀状态。

现在你的科莫陶之行大概确定了吧?如果不去,你给我拍个电报。我不想单枪匹马去,除非我想在那里听到你的情况,我想一定会在那里同你一起看到你以前生活的痕迹的①。

弗兰茨
〔明信片,1917年10月22日于屈劳〕

---

① 指勃罗德当国家公务员时那段不愉快的生活。勃罗德在科莫陶犹太复国主义者协会的讲话促成了他同卡夫卡的会晤。

235. 致奥斯卡·鲍姆

亲爱的奥斯卡：

我当然不能给马施纳写信。一个季度和更长时间他没有听到我一点消息了。他觉得在我的事情上像一个痛苦的王国，他只有付钱和忍耐[①]。但是幸而没有必要给他写信。"全国返乡战士救济中心"执委会波里奇七世是秘书F.博士（他是该机构中第一个碎裂的犹太人，我是第二个，也是最后一个碎裂的犹太人），是一个优秀人物，爱管这件事，乐于听取差不多可以完成的请求。我刚才写信将实情告诉他。这大概够了，如果你在9点和1点之间亲自去该中心见他，那就好了，我无论如何要当着他的面解雇你。我之所以特别向你提出这个建议，是因为在我看来8000克朗对一般的普通战争受害者的救济来说是一笔非常大的巨款，如果作些口头解释肯定会有益的。

为了使你对F.博士至少有大略的了解，我介绍一下他的情况：他是四分之三个捷克人，道地的社会民主党人，母语为德语（你当然同他讲地道的德语，我也总是这样），度过了困难的青年时代，也曾是克拉尔·封·福西申的秘书，他对文学本无什么兴趣，现在四五十岁娶了一位捷克打字小姐，他的岳父是一个穷木匠。总而言之，他是一个可与之十分坦率地谈话并且能谈得十分投机的人。如果你顺便说一句赞扬的话，说他如何献身自己的事业，那么你就能使他愉快，你没说真话。此外，他也许将向你挑战，甚至违背己愿地指出你的小小的缺点。但是你不要呆在他那里太久，他很忙，你在谈话时忘记了，以后又后悔忘记了。特别是P.为他妹妹的担心将使他感动。他从自身的经验中知道这意味着什么。

她也许会带你去见战争致盲者救济科科长。这位科长（但并未亲手处理此事）是构思者，T.博士（他不是博士，但这样称呼他）当然很不一样。他经历过战争，五官端正匀称，面色苍白，消瘦，中等个儿，

[①] 卡夫卡一再延长病假，后来退休。奥斯卡·鲍姆为战争致盲者奔走。卡夫卡为此提出建议。

脸上布有深深的皱纹，说话很慢，发出格格声，但所说的话多半不能证明大的停顿、重音和绷紧嘴唇是有道理的。因此，整个说来他的说话是吓人的，根据我的经验，这并没有很多意义，他是一个十分好的和令人愉快的人，当然人们必须适应他的速度。

在提到我的时候，他的邻居副秘书K.先生（为了说清楚，我再写一遍：K.这是真名实姓，并非你捏造的名字）也许介入谈话，他是我最亲密的同事，因此我简直爱他（F.博士不爱他），因此你逐步受到3个朋友的包围，但愿他们将把P.先生的一切引向好处。

虽然我在这里几乎不会有自己的避暑住所，但我很遗憾，避暑住所没有可能。克尔恺郭尔①是照耀在我几乎不可企及的地区上空的一颗明星，我感到高兴的是，你现在将读他的著作，我只知道《恐惧和颤抖》一书。你不想将手稿中的克拉斯蒂克②寄给我或我们？你在这里有3个忠实的读者和这类人。谨向你和你可爱的夫人致衷心的问候。

〔1917年10月或11月于屈芳〕

236. 致马克斯·勃罗德

最亲爱的马克斯：

今天我们有客人来，非常有违我的意愿，是那位办公室的小姐（怎么说呢，是奥特拉邀请她来的），但除此之外还带来了一位，是个办公室先生（你也许还记得，有一次我们在夜间同什么客人一起经过码头，我当时向一对行人转过身去，那就是这两个人），他实际上是个出色的、使我感到舒服和兴趣的人（信天主教，离过婚），但毕竟是一次突然袭击，别说以这种方式，即使是事先通报的来访也足以构成突然袭击了。我适应不了这类事情，在漫长的整整一天中，我在这位姑娘面前表现了短暂

---

① 丹麦哲学家（1813—1855年），存在主义哲学创始人。
② 长篇小说《通向不可能的大门》中的主人公，1919年慕尼黑版。

的嫉妒、强烈的不自在感、孤寂感（我淡淡地建议她同这个人结婚），直至陷入彻底的空虚无聊，而又隐忍着一种恶劣的复杂感情；告别时仍有些伤感，毫无意思，只是突然想起胃部的某种事情或其他什么。总而言之，这是个和所有来客日一样的来客日子，也就是说是很有教育意义的，这是一种单调的学说，但可惜人们不能时常重温它。

我说这些仅仅为了一件事，一件与我们的谈话有关的事，即"短暂的嫉妒"。这是一天中唯一良好的瞬间，在这个瞬间中我有了个对手，在其他时间中这是"空寂的战场"，几乎是个大斜坡。

我什么都不寄到法兰克福去①，我不觉得这是一件值得我操心的事；我寄文章去，将仅仅是出于虚荣心；我不寄文章去，也是虚荣心，但不仅仅是虚荣心，还有别的稍好一点的因素。我能寄去的那些作品实际上在我眼中毫无意义，我看重的只是我把它们写下来的时刻。一个女演员本该找到更有效的东西来发挥她的长处，而我的作品只能使她或快或慢地跌入虚空；之中，难道要她在一次晚会的一个片刻把这些作品从一片虚空中抬高起来吗？那是毫无意义的努力。

呼吸困难和咳嗽。你说的不是没有道理，我自布拉格以来也比以前注意多了。确实有这种可能，我在别的什么地方会更多地躺在室外，呼吸更有利于健康的空气，还有其他好处，但是——而这对于我的神经状况很重要，神经状况又对我的肺部很重要——我在其他任何地方都不会像在这儿，在我妹妹这儿感到这样舒适，在任何地方都不会有这么少的干扰因素（这里只有来访者的干扰除外，但即使是这些来访，也由于其稀少，而融入平静的生活之中，不至于留下多少痕迹），在任何地方都得怀着更多的固执、肝火和不耐烦来忍受家务和旅馆的管理。我妹妹身上有一种陌生的因素，是这类因素中我最容易适应的一种（施克尔曾说我和许多患有同样疾病的人都怀有"生性的恐惧"，我确实有这种恐惧，但即使不把它同"围绕灵魂拯救的恐惧"等同起来，我也觉得它是很自然的，总是存在这么一种希望，有朝一日人们会需要"他的个性"，由

---

① 当时将在法兰克福举办一次作品朗诵会，勃罗德建议卡夫卡寄些作品去参加。

于要用它,就必须把它放在随手可取的地方)。在任何地方我站在某个于我陌生的因素后面,都不如站在我妹妹后面那么稳。在这里我能适应,对躺在地上的父亲我能适应(我也很想适应站着的父亲,但却做不到)。

你给我朗诵了长篇小说中的三段。第一段的音乐性,第三段强烈的清晰性,都使我感到是好兆头(第一段中那些真正"犹太性质的地方"给眼睛带来了一些不舒适感),就好像在黑暗的大厅里,在不同的情景下,所有灯光都迅速地打开和关上。事实上只有在第二段面前我才顿住了,但并非出于你提到的那些借口。在你的犹太观念中,滚球戏是一种犹太式的游戏吗?犹太性质顶多存在于,卢特玩了另一种游戏,但问题却不在于玩的是什么游戏。如果这种游戏的严肃性是一种对自身和心上人的折磨,那么我能理解它;如果这种严肃性是一种同卢特和你的生活状况无直接关系的独立的信念,那么它就是一种毫无希望的信念,凭这种信念实际上只能在梦中见到巴勒斯坦(这种梦确实会出现)。这实际上几乎是一种战争游戏,建筑在著名的突破思想上,堪称兴登堡意识。也许是我误解了你,但如果不存在不计其数的解放途径,如果不是在我们生活的每一个瞬间都存在各种途径,那么也许一条途径也没有。可是我确实误解了你。这种游戏将会不断重复,随着一时的失误失去的仅仅是一时,而不是一切时刻。但这一点必须讲清楚,就是仅仅从护士般的细心出发也必须讲清楚。

弗兰茨

今天收到了沃尔夫寄来的出版102本《观察》的账单16/17,令人吃惊地多,但他没有寄来你保证会有的账单,《乡村医生》的账单也没有。

附上你的营养义务声明,你把它夹在书里而忘了。马克斯,还望你不间断地寄《犹太周刊》[①]来。——14天后奥特拉将前往布拉格为我申请退休事宜。

〔1917年11月初于屈劳〕

237. 致费利克斯·韦尔奇

亲爱的费利克斯：

如果我当时在剧院里，你一定跟着去的，我相信，你对苏劳有很好的印象。但是第二天上午我还有些事要做。然后我在马克斯处。你那真要找的人不在，缺乏机会作必要的谈话，前一天拍发的电报妨碍我再待下去，牙医拔掉的一颗牙齿使我的思想高度集中，我在布拉格也没有下决心的力量，于是照原来的做，我独自一人走了。我没有失望，又寻获了苏劳。这值得称赞。照理说，现在不是我吃坏胃的时候。我未看表，不知什么时候房子周围未预料到的喧哗又起来了，妨碍对我的情况作偶尔的修正（当然根据合乎情理的意图）。我刚从头开始，从布拉格把许多糟糕的事带到这个地方来，因此我必须总是计算。在某种意义上说，农业的思想在这里将总是有益的。

有时候我想到在你的住所的生活，它同这里的生活形成截然的对照。这使我感到惊异。你以前的住房已经是生活丰富，而这套住房达到孵化的温度。但是你必须有怎样的精神独立性，从平衡来看，他必须组织得多么周到，使得你不仅不受损害，正如我必须向大家说的那样，而且你在室内能够通行无阻，活动自如，你接受这种生活，虽然不是作为你自己的生活，但是作为对你友好的一个因素。也许马克斯说得对，他把你捧得那么高，以致你只能看见尖顶，而看不到大废墟的地底。但是有人确实想说出警告，不能说服，因而一直处于可恶的飘浮之中。

我的布拉格之行除了他事之外，是为了你的半封信而来。简而言之，

[①] 1896年创办的刊物，先后由汉斯·克略狄尔和罗伯特·韦尔奇出任主编。

此外我只请求两件事,即:第一,与此有关的是,在你的伦理学目前出现的发展面前,你犹豫不决。第二,那些课程(青年德意志)情况怎样了?那些课程可也属于你的生活的半受强迫的魔鬼!

弗兰茨

〔1917年11月初于屈劳〕

〔边注〕现在你大概常去听《乌拉尼亚》杂志组织的报告了吧?——沃尔夫没有复信。

238. 致马克斯·勃罗德

亲爱的马克斯:

暂时只写这张明信片,证实收到了你的明信片、信和印刷品(《犹太评论》、《行动》、《自卫》增刊)。你的信和明信片是今天13日才收到的,令人不可理解,不过这没有关系。对你的信的高兴与时间无关。我不能用这种方式帮助高个子。这个公司对犹太人来说是不可接近的。只是为了我的愉快才叫人刺杀公司经理的,这会意味着新上任者的请求,星期六不必上班——我不愿意这样。那两个待在那里的犹太人怎样(通过第三个犹太人的帮助)进来的,这真不可理解,这不能再发生。但是也许在我们的商店有可能,如果人们能在父亲面前对此负责——为什么不可以这样做?——的话。如果你想在那里停留一下,并同母亲、妹妹或表妹谈话,我会告知的。但是高个子身强力壮,为什么他不去找某个犹太佃户呢?"向弗兰茨舅舅问好",这说得很漂亮,但是很温和。舅母不可能打她外甥爱的人。

弗兰茨

奥特拉认为在我们这里接待L.是不可能的,她对父亲和商店认识得更好。

〔明信片邮戳：1917.11.13—屈劳〕

239. 致马克斯·勃罗德

亲爱的马克斯：

我的所作所为是简单的和不言而喻的。我在城里，在家庭里，在职业、社会、爱情关系（如果你愿意的话，你把它放在第一位），现有的或争取建立的人民大家庭，在这一切方面我未经受考验，而这一点是我周围的人谁都没有遭遇过的。这基本上是幼稚的看法（《没有人像我这样平庸》），这种看法自相矛盾，以后又导致新的痛苦。但是在这种关系上（这里不再指共同性或自我谴责，而是指公开的内部的未受考验的事实）这种看法迄今一直是，并且将仍然是真诚的。我不想夸耀自己伴随未经历过的这种生活而来的痛苦，这种痛苦在回顾时与必须顶住的事实压力相比也显得微不足道（在各个小的阶段向来如此），痛苦毕竟太大了，简直令人忍受不了。换句话说，如果痛苦不太大，那么它至少太无意义。（对生活的阴暗面也许可以问一问它的意义。）也许从童年时代以来摆在面前的下一条出路不是自杀，而是想自杀的念头。我的情况是，不是特别的可以想象到的怯懦使我没有自杀，而只是考虑到这样结束一生未免毫无意义。我想："你一事无成，就想自杀吗？你怎么能敢起这样的念头呢？你可以自杀。但在某种程度上说你不必自杀，等等。"以后我又渐渐地有了新的看法，不再想到自杀。如果我撇开那些令人迷惘的希望，幸福的孤独状况，夸大其词的虚荣心（我只有活着能忍受痛苦时，才能偶尔做到"撇开"），思路明确，那么我面临的情况是，悲惨地生活，悲惨地死去。"仿佛活下去是耻辱"，这大概是《审判》这部长篇小说的结束语。

我现在看见一条新的、以前完全被认为不可能的出路，用我自己的力量（肺结核不属于"我的力量"）本来找不到这条出路的。我只见到它，我相信只见到它，我还没有走这条路。它在于，它一定会在于，我不仅私下承认，不仅通过旁白，而且光明正大地，通过我的行动承认我未能在这里经受考验。为此目的，我就非下定十足的决心，描绘出我昔日生活的轮廓不可。直接的后果一定是，我集中精力，不把精力耗费在无意义的事情上，使眼光开阔。这就会是我的意图，即使这意图实现了——它不能实现的——它本身也不会有什么"钦佩的价值"，只不过做了些顺理成章的事。如果你认为有钦佩价值，就会使我感到虚荣，使我飘飘然，尽管我知道得更清楚。真可惜呀！如果艺术家自我吹嘘，那么本来就一无所有的一座纸房子必定倒塌（幸而作了错误的对比）。

如果这里有完全不同的一双眼睛，我会看到你的道路。你要考验自己，就要保存自己。你能够团结反对的力量，我不能，至少现在还不能。我们越来越密切的关系将在于，我们俩一起"走"，迄今为止我感到我太经常地成为你的负担。

你所谓的"嫌疑"，在我看来，似乎有时候只不过是你的精力过剩的游戏。你的精力还不完全集中，又搞文学，又搞犹太复国主义，现在合二为一，如果你愿意的话，在这种意义上说，那才是一个"有根有据的嫌疑"哩。

我当然同意你的夫人宣读这个故事①，对举行朗诵会则根本不同意。反对的理由与反对法兰克福的集会相同。你有理由反对。我，也许还有富克斯②和怀格尔（地址：《联盟报》）也有权利沉默，我们应该充分利用这一点。

你对《戴盟》③的态度如何？请将韦尔弗的地址写给我。如果在我看来一份杂志较长时间以来一直吸引人（当然目前每份杂志都如此），那么这是格罗斯博士的杂志，因为在我看来这份杂志至少每个晚上从某种个人组合的火焰中走出来。也许一份杂志不再能成为一种个人彼

---

① 指《为某科学院写的一份报告》。
② 诗人鲁多尔夫·富克斯。
③ 1918年2月创办的双月刊。

此约束的追求的标志。而《戴蒙》呢?从这份杂志上我只认得《多瑙河流域》①编辑的照片。

如果我现在加上一句,说我在一些时候以前在梦里给韦尔弗一个吻,我就坠入布吕尔的书②中。这使我情绪激动,因此我不得不暂停阅读两天之久。此外,这同一切心理分析有共同之处,即这在最初一瞬间惊人地吃饱了,但是人们一会儿以后又像原来一样饿了。从心理分析上"当然"很容易说明,紧急压抑。

现在还有,健康状况好极了(连教授也不谈南方),宣布访问好极了,对礼物的看法很值得怀疑,不久受到驳斥。

弗兰茨

不,现在还要反驳,因为反驳太令人信服了。我们"送礼"只是为了我们愉快,确切地说,是为了你们感情上和物资上的损失。因为如果我们不"送礼",而是去卖,我们当然会寄去比现在更多的东西。你们通过这里和布拉格的价格差,赚得远比"礼物"价值更多的钱,并得到更多的食品。但是我们现在不这样做。我们损害你们,毫无顾忌地"送礼",因为这使我们愉快。因此请你们包涵。我们只寄一点点,并且越来越少。

〔1917年11月中旬于屈劳〕

240. 致埃尔莎·勃罗德

亲爱的埃尔莎太太:

确实如此!不过请您不要在报上提及片言只字③。无论您选择什么,

---

① 月刊,1917年10月由卡尔·穆特出版。
② 汉斯·布吕尔,著有《色情在男人社会中的作用》,1917年耶拿版。
③ 指埃尔莎宣读卡夫卡的作品《为某科学院写的一份报告》。

这都是小东西，它也许适合于作礼物，否则不可提及。如果在文中有一些脏的地方，请您不要删掉；如果真想弄干净，那会是无底洞。谢天谢地！您从"感情的高度"读这首歌读得那么好。也许您朗诵的声音与乐曲相互交融。请您用配乐诗一试，尽管我不喜欢。这次您一个人朗读吗？

　　致衷心的问候！

卡夫卡

〔明信片，1917 年 11 月中旬于屈劳〕

241. 致费利克斯·韦尔奇

亲爱的费利克斯：

　　屈劳的第一大错误是，夜里闹鼠灾，这是一次可怕的经历。我本人未受触动，我的头发不比昨天的白，但是这确实是恐怖的世界。以前我有时候（我必须随时中断写作，你将会知道原因的）在夜里听到轻咬的声音，有一次我甚至吓得发抖起来了。我查看，声音又立即停止了。但这次是一次暴动，这是多么可怕的不出声的闹翻天的东西呀！两点钟我被床旁一阵窸窸窣窣的声音闹醒了，从此时起一直闹到天明。老鼠跳到煤箱子上，又从煤箱子上跳下来，在房间里跑对角线，转圆圈，咬木头，安静时吱吱叫，同时总有静的感觉，好像受压迫的无产阶级人民需要夜间在家干活一样。为了思想上拯救自己，我确定了主要的闹声在火炉旁边，房间的长度把我同火炉分开。但是闹声到处有，一旦某处一大堆东西一股脑儿掉下来，那就再糟不过了。我完全孤立无援地站着，我的整个身体在任何地方都没有支持。我不敢点灯，唯一的是我试图吓唬老鼠的几声尖叫。一夜就这样过去了，早晨我由于恶心和悲哀而起不了床，在床上直呆到一点。我竖耳静听，听到有一个不知疲倦的东西整个上午在箱子里工作，直到这一夜结束，或者准备下一夜再干。我心里向来恨猫。现在我捉了一只猫放在我房间里。猫经常想跳到我的膝上（打断我的写字），我得赶走它。猫拉屎拉尿，我不得不叫底层的女仆上来打扫。

猫又老实，躺在炉边不动，一只早已醒来的老鼠显然在窗子边乱抓。今天可把我搞惨了，家里的面包全都是一股老鼠尿的骚味，薰得人头晕。

此外，我昨天晚上睡觉时，我已经没有把握。我本想给你写信，也写了两封信的两页纸，但是未能写完，我总觉得这算不了什么大事。也许正因为你在你的信开头未认真地谈你的情况，在不能开玩笑的地方开了玩笑。凭你那股轻佻劲儿，你肯定不会变老的。我想，你以前一定处于同样的情况。"轻佻的理论"不可能与"坚定不移的信念"并列，它根本排除后者，同后者并列的是"思想尖端"，思想尖端又排除轻佻的理论，结果，仅仅只有思想尖端留存下来，甚至连思想尖端也未留下来，因为光思想尖端自己不可能从本身中转动出来。因此你幸而被完全排除了，你幸而存在着，这就是美。此外，你必定感到惊讶，把它惊羡为思想上的成就，因而与马克斯和我的意见是一致的。

此外你也不是真正对的（真怪，老鼠预察到了一些情况，敢于跳到箱子后面的暗处！现在它坐在箱子旁，守卫着。我怎能轻松呢！），你相信一个鼠窝主，使得你的住房富有生气和因为"房间太多时间太少"而受到打扰（令人敬佩地不打扰你的人除外）。你的时间正像（例如）厅室里的地毯。如果在那里有时间，时间就像地毯一样美丽，像家庭和睦一样好。但是将来的时间应该保持不变，对你和大家都一样。

我现在看到，我询问伦理学本来是书面讲授之后的一个请求，我将把这个讲授作为怪事取消了。当然我今后不知从何着手去处理你对信念、恩赐和与马克斯或者甚至与我的争论。

我的健康状况相当好，如果害怕老鼠不会引发肺结核的话。

1918年中等强国的军事纲领中还有一个有趣的细节，给我解除职务确定的最后日期是1918年1月1日。兴登堡来到这里太晚了。

向你和夫人致以衷心的问候（自从丢失袖珍本故事书以来我在你夫人处再没丢失什么东西）。

弗兰茨

〔1917年11月中旬于屈劳〕

242. 致马克斯·勃罗德

亲爱的马克斯：

空时间很多，奇怪的是，写信的时间却没有。推算一下，自从闹鼠害以来（你也许已经听说了。写作因此长期中断，不得不画一个盒子和一个钵），我根本就没有房间。我只能同猫一起勉强在那里过夜。但是坐在那里的篮子后面，听窗旁窸窸窣窣响（听到爪子抓得响），我对此没有兴趣，但是猫可有兴趣哩！它是极其天真活泼的动物。在我写字读书的时候，它监视着，保持着警惕，跳到我的膝上，或者及时地躲起来，捕杀自己的东西。它做事很拖沓。简而言之，我也不喜欢同猫单独在一起，如果有人在，就会差不多失去任何痛苦，否则，在猫面前脱衣，做体操，上床睡觉，已够讨人厌了。

我妹妹的房间是一个很舒适的房间，它仍然属于我。也许跨进房间，第一次扫视房内（底层，格子窗，破碎的墙）会感到恐怖，但这是完全没有理由的。如果晚上想写字，那么在共同房间里写的机会当然很少。白天很短，如果在床上早餐，晚起床，在底层房间差不多两点钟就天黑了。白天充其量不过3小时，如果天上不是浓云密布，白天更短，在冬天白天就更短了。因此我不是躺在床上，就是坐在窗旁读书。想在两次天黑之间从书中看到点什么的这段时间（在这期间洪韦德也清扫皮亚夫三角洲，从蒂罗尔方向进行攻击，占领雅法，接待汉特克，曼讲课取得了很大成功，埃西格根本没有成功，列宁不叫译德布鲁姆，而叫乌里扬诺夫等等），我不想用这段时间写东西，我几乎不想写，天已经黑了，只模模糊糊地见到外面池塘里的鹅。这些鹅（我要描述的话，可描述一大篇）很令人讨厌，如果同这些鹅打交道还不更讨人厌的话（今天一只宰了的肥鹅放在外面的碗里，看上去像死去的阿姨）。

但是没有时间。否则，这会得到证明，并且仍将证明这是正确的。这是正确的。我并不总是知道这一点的。但这是我的错误。我也总是认清我的错误，甚至还在片刻之前我还未犯错误的时候。要是我坚持老原则——我的时间是晚上和夜间——的话，那就会更糟，特别是因为白天工作有困难。由于白天不行,根本不能写作,虽然不会担心老鼠扰乱晚上和夜间掌灯时的宁静,也不是以得到这样的宁静为目标,上午的空闲时间待在床上睡觉(早晨猫刚走开,柜子后面某个地方就开始抓起来了。我的听觉经过千锤百炼也灵敏了,也同样变得更不可靠了。我用手指在麻布上摩擦了几下,我不能完全肯定我是否听到有老鼠。但是老鼠不是幻觉,晚上猫跑来时肚子瘪瘪的,而早晨肚子鼓鼓地走了),读了一会儿书(现在读克尔凯郭尔),傍晚在村道上散步,满足于一人独处,只想生活越来越充实,表面上任何诉苦都是不必要的,除非低声下气地接受无微不至的关怀和受到陌生工作的包围,而我虽然没有明显的病症,但是外表上无能做任何巨大的工作。最近我曾试图只在菜园做些轻微的工作,以后感到强壮多了。

奥特拉现在布拉格,也许她将带给我关于维也纳晚会更详细的消息。你在会议厅里可能没有比青春更好的东西。我对青年有类似的信任,尽管我对我的青春根本没有信任,要是我在青年时代,作为一个无前途的、只是年轻的青年人挣到了信任就好了。能够证明这种信任,那该多好啊!例如你最近在科莫陶就获得过信任,那时我深受感动(你写信谈过此事)。

弗兰茨

我现在注意到,我昨天晚上太容易和太不加思索地看到了一切,看到了我内心的情况。

第5包邮件(《评论》、《希勒》、《马尔西亚斯》[①])到了。

奥斯卡在做什么?我没有给他写信,他没有给我寄答应给的长篇小说。但是奥斯卡新年会来这里待几天。

有件新闻,整天上午我竖起耳朵,现在我在门旁看到一个新洞。这里也有老鼠。猫今天不舒服,不断地呕吐。

〔1917年11月24日于屈劳〕

---

① 双月刊,1917年秋特奥多尔·塔格尔出版。

243. 致奥斯卡·鲍姆

亲爱的奥斯卡:

我没有写信,你没有把答应给的小说寄来。这是表面现象,此外这里没有任何变化,但愿你那边也没有变化。

屈劳依旧很美,只是变成冬天景色了。窗前的鹅塘有时结了冰。儿童们可好溜冰了。我那在夜间被暴风雨吹到池塘里去的帽子在早晨一定差不多开始冻上了。老鼠显示出可怕的本领,你根本不可能向它隐藏住任何东西。我总是晚间在环形广场把猫抱在怀里带回家,用这只猫赶走一些老鼠,但是昨天又在烤面包炉旁发现一只大老鼠。它很可能还从来没有进过卧室,在我那里闹翻天,我不得不从邻室里唤来猫。由于我无能调教好猫,怕它跳到床上,一直将猫关在邻室的。这个好动物从一只不知装什么东西的盒子里高高兴兴地蹦了出来,这个提盒至少肯定不是用来让猫睡觉用的,它属于我的女仆。猫一过来,就安静了。其他的新闻是,一只鹅哽死了,狐狸长了疥癣,一群母山羊围着一头公山羊(据说是那头特别好看的小山羊,一头母山羊曾过公山羊处,突然想起来,又从我们的房子跑很远的路到公山羊那里去,然后又跑回来),那头猪据说即将被宰掉。

这就是简而言之的生死观,你将在新年完全接近它。我的态度将如何,我知道但还不肯定。根据教授上月的意见,我本来必须上班的,虽然我从有产者的观点来看肯定不健康(此外我感到健康状况几乎未变好)。如果我至少最近免除上班(这正是我的整个愿望),那么我将这样做,12月底我至少要到布拉格来,因为我的休职将在1月1日结束,我必须表态。既然人们大概没有兴趣供给我膳食,而我在这里得自己做饭,那么他们十之八九将把我打发走(也许我还将得到除委员会健康的理智之外的帮助)。那时候就又得急匆匆地赶回屈劳,你就能够如愿以偿地同我一起乘车走了。主要地对我而言,那是上策。至于你,在不考虑我的命运的情况下,你至少到这里来。奥特拉高兴极了。床和猫都会准备好的,雪和森林本来就有的。

那部长篇小说呢？

向你、夫人和孩子致以最衷心的问候。

弗兰茨

〔1917年11月底12月初于屈劳〕

244. 致费利克斯·韦尔奇

亲爱的费利克斯：

马克斯已经对奥特拉讲过，你的情况不错，而你的信也违背你的意志证实了这一点。这是什么样的工作啊，每天读三四本书，即使老是那几本。令人惊讶的当然不是数量，而是其中显示出的求索的韧性。我也读书，与你相比当然几乎谈不上是读书，但我只能喜欢那些与我的天性非常接近的书，那些接近得几乎要碰到我的书，其他一切都在我身边匆匆路过，而我的寻求能力是很差的。

假如你能告诉我哪里有一本印刷精美的可以买到的奥古斯提努斯①的《自白》（这本书的名字是不会搞错的），我就去订购一本。培拉吉乌斯②是谁？我读到过许多关于培拉吉主义的文字，但一点都没记住，是某种天主教异端学说吗？假如你也读麦蒙尼德斯③，那么《所罗门·麦蒙的一生》也许会帮助你（了解他）（由弗罗沫编写，格奥尔格·米勒出版社出版），这本书本身就是本好书，是一个幽灵般在东西方犹太教派间跑来跑去的人的特别耀眼的自述。再就是其中为麦蒙尼德斯的学院画出了轮廓，作者觉得自己是他的精神上的后代。但也许你对这本书比我更熟悉。

你为你进入了宗教领域而感到惊奇吗？你当初建立你的伦理学时

---

① 基督教神学家（354—432年）。
② 培拉吉乌斯（400年左右）是英国僧人，以他命名的培拉吉主义不承认原罪和上帝的仁慈的必要性。
③ 犹太教的神学家（1135—1204年）。

（这是我对它唯一自以为确实知道的一点）是没有基础的，但现在你也许发现了，它是有基础的。这难道很奇怪吗？老鼠我可以用猫来赶走，但我又用什么来赶走猫呢？你以为你没有对付老鼠的办法吗？当然，你也没有对付吃人者的办法。但是如果它们夜间在每口箱子下面爬出来，用牙齿啃咬，你一定不能忍受的。此外，我现在在散步时也观察田鼠，锻炼自己。田鼠不坏，但是房间不是农田，睡眠不是散步。

但是这里再没有吹喇叭——也没有吹你的喇叭——和总是闹翻天的孩子们。自从鹅塘封冻以来，甚至在百步以外，孩子们也都变文静了，再没有那么厉害地打扰我了。

有一项请求，这里一个富裕农民（也许是最富的农民）的女儿，她是相当愉快的、大约18岁的姑娘，将去布拉格一个季度。目的是，学习捷克语，继续弹钢琴，上家政学校——这也许是主要目的——没有达到可以详细描述的某种高度，因为她在这里的态度就此而论有点绝望，例如说，由于她的能力，她受的教堂教育，她在这里没有资格相同的女朋友。她也不再知道自己的位置在哪里。一个引人注目的基督教姑娘能用什么方式使自己像一个犹太少女。我说这一切只根据人们的表面印象，我本人同她说过几乎不到50句话。

在这件事情上我之所以请你出个主意，因为我不了解自己，你却认识那么多的捷克人。这些捷克人也许很乐意将这样一个只要有碗饭吃的姑娘接到家里，能够真正给她一点她所希望得到的好处。但是请尽快出主意。

我接替工作使我没有什么忧虑。此外，还有些东西受公司敦促，也肯定是多此一举。再说，也许没有忧虑，但是这个想法使我考虑到我同公司的关系，最近必须对此作出决定。如果按教授的意见行事，我本该坐在办公室里了。

致衷心的问候！

弗兰茨

〔1917年12月初于屈劳〕

245. 致马克斯·勃罗德

亲爱的马克斯:

我今天才复信,也刚告诉你关于房间、灯光和老鼠的情况,这只是凑巧。但是这与神经质和城乡交流无关。我在老鼠面前的表现,是十分的恐惧。找到恐惧从何而来,是心理分析学家的事。我不是心理分析学家。诚然,我的恐惧像老鼠等有害动物的恐惧一样,都与这些动物出乎意料的、不请自来的、不可避免的、有几分沉默的、顽强的、鬼鬼祟祟的出现相关。我总感觉到,老鼠在墙周围挖掘了千百次,并在那里伺机等待属于它们的夜间。由于它身体小,远离我们,因而更不大可能受到攻击。特别是体小会成为一个重要的恐惧因素。例如想象一下,有一种动物,长相完全像猪,自得其乐,体小又像老鼠,从地上的一个洞里喘着气钻出来。这是惊人的想象。

几天来我找到了一条相当好的、虽然只是权宜之计的出路。我让猫在夜间待在隔壁的空房间,从而防止弄脏我的房间(困难的是,在这方面同一个动物达成谅解。这似乎是误解,因为猫由于挨打和各种其他的宣传教育,知道拉屎拉尿是不受人喜欢的,必须仔细挑选大小便的地点。猫怎样做呢? 例如它选一个黑暗的地方,向我证明它的忠实,此外,当然也是为了它自己的舒适。从人的角度来看,这个地方偶尔是我的拖鞋的里面。这样的误会像夜间和需要那么多)和可能跳到我床上。我倒是得到了安宁。让猫进来就糟了。最近几夜也安静,至少没有明显的鼠灾迹象。如果我自己承担一部分猫的任务,竖起耳朵,瞪大眼睛,坐在床上或躬腰谛听,当然对睡眠不利。幸好仅仅第一夜是如此情况,现在已好转。

我回想起你曾多次向我讲起的特别陷阱。这些陷阱现在大概不会有了,我也希望它们不再出现。陷阱还在引诱老鼠,只是要灭绝它们,将它们打死。猫却是用自己的存在将老鼠赶走,也许甚至通过投放毒物,因此这也是不可完全轻视的。有猫的第一夜特别引人注目,这是在大闹鼠灾之夜以后。有了猫,虽然还不是完全"寂静无声",但是再没有老鼠跑来跑去了。猫坐着，由于老鼠被迫改换地方而脸色阴沉。猫坐在火炉旁的角落里，一动不动，但是神气十足，俨然像一个教师在场，老鼠只是在鼠洞里吱吱地叫几声。

你给我写信很少谈你的情况，我以老鼠之事报复。

你写道："我等着死亡。"幸而你的有意识的思想和你的行动不完全合拍。究竟谁感到自己未"生病，有负疚感，晕眩，在同自己的任务搏斗，甚而以自杀为任务呢？谁能拯救人而自己同时不被拯救呢？"雅纳切克（顺便说一句，我妹妹为他的信请求你）也在布拉格他举行音乐会那天到处转。此外，你并不痛苦，这一切都是暂时的。我会另外写那篇犹太教法典小说，正义者在哭泣，因为他们曾以为留下了许多痛苦，现在看到，与他们现在的状态比起来，这算不了什么。但是非正义者呢？他们有这样的痛苦吗？

我上上那封信你未回复片言只字，也未寄来韦尔弗的地址，因此请你现在必须将我的信送交韦尔弗本人。《开端》①的邀请大概是你发起的吧？

弗兰茨
〔1917年12月初于屈劳〕

246. 致马克斯·勃罗德

最亲爱的马克斯：

一个好行动，这是这里的第一条新闻。我得到消息后上床，脑子里尽转悠着我早晨的幻想。最近我收到两个邮件，今天收到第二件，包括《犹太评论》、《泛理想》②（一种与此事无关的恐怖杂志）、《舞台》（与《艺术家》③竞争的报纸），洛维特目录（也许我可以保留），《行动》、

---

① 自1917年底起由奥托·施奈德和路德维希·乌尔曼出版的传单。
② 全称《霍尔茨阿普费尔的泛理想》第一部，1917年伯尔尼出版。
③ 马戏团、各种舞台、乐团指挥和舞蹈团的中央机关报，1883年创刊。

《药丸》、《阿尔兹贝塔》（雅纳切克提到的莱比锡首场演出大概是弄错了，他指的是德累斯顿的演出吧？《胡德布尼评论》①上怎么登的？）等等。你可以赠送，我们不行。黄油商店没有使这里得到满足，用一张钞票封不住想亲吻的嘴（在一首令人讨厌的歌停顿时，我刚在厨房里听到惊呼："老鼠死了！"）马克斯，我有一个请求：《多瑙河流域》邀请我去，带上科尔纳②的摘抄本。我必须答复。但是复信不可能寄到编辑部，特别是顾及到请柬上印的附注。方塔太太当然有K君的私人地址。若有可能，劳驾你代我将复信送去，但是要快点。

你将不去看德累斯顿的彩排吗？

弗兰茨

〔明信片，1917年12月初于屈劳〕

247. 致马克斯·勃罗德

亲爱的马克斯：

有误会，除第一夜因老鼠闹得凶以外，没有因老鼠而闹得彻夜不眠。一般来说，我睡觉也许不很好。但是平均起来，至少等于在布拉格睡眠最好的时间。《火眼》也只意味着，我试图使猫眼能看清躲在暗处的老鼠，但未成功。现在这一切至少在目前是多此一举，因为猫以前撒在地毯和长沙发上的沙子几乎全收集在一个提盒里了。如果同一个动物取得了一致意见，真好极了。它就像一个很有教养的小孩，在取到牛奶以后，走向提盒，钻进去，躬着背，因为提盒太小，它做它必须做的事。这件事使我目前没有担心。"无鼠的疗养院"，"无鼠"同时意味着"无猫"，当然是一个豪言壮语。但是也不那么伟大，因为"疗养院"这个字眼小，所以我不乐于进去。我的健康状况同样良好：外观令人满意，有可能，

---

① 捷克的月刊。
② 约瑟夫·科尔纳博士，德国浪漫派作家施莱格尔遗著的出版人。

比在布拉格咳得更少。咳嗽大概有几天了，我未注意这些，这些天我不咳嗽，当然还可能有气短，就是说，在我过通常失业生活时根本未出现气短，除非我在走路时同人谈话，不然在散步时也根本不气短的。——这一定是太累了。但是这是整个状态的伴随现象，我将此事告诉教授，他也对此生气，米尔施泰因博士也生气。我不知道为什么疗养院问题现在应该决定，这个问题不决定，但公司的问题将要决定，因为如果我现在去找教授，他会整个冬天把我送进公司的。但是我不会去的，或者非常犹豫不决，因此从管理处的窗子望过去，将显出不去的样子。不过这首先不是愉快的事，因为他们对我真友好，有些事不可能使某些人理解，特别是某些人的某些事不能理解。

第二个误会是，由于我怀疑你真生病了，所以我不想安慰你。因为我确实看见了你生病，我怎能怀疑呢？我之所以比你更坚决地站在你那边，是因为我感觉到你的尊严，人的尊严因你生病很痛苦而受到威胁。当然，在更安静的时候容易作出判断，你将会同样做的。但是将以前的我同现在的你作一比较，确实必须加以区别。如果我以前绝望，那是我不负责任。我生病和我病中痛苦是一回事。此外我几乎没有什么。但是你的情况不同。在你的情况下，不是可以，而是决不可以有这样强大的攻击，致使你在攻击面前退缩不前，像你现在所做的那样，也像你似乎要做的那样，似乎要为自己去做的那样。这是我的看法，这使我不去安慰你，而只是我的信念。

我不认为，除了我说过的微不足道的不肯定的意见之外，我能给你更重要的建议。要是有可能的话，我当然还很乐意在你的办公室同你在一起待几个小时，那儿特别美，我曾经属于你，但这只会有快乐，不管被宣读的作品的好坏，但是不会有决定性的建议，不会有在个别情况下可用的建议。我决不能给你这样的建议，现在由于别的原因不能。我相信，只有根据越来越孤立无助的自控教育学的精神才能作出这样的建议。我想起弗尔斯特[①]的一个例子（当然记得很不清楚），这个例子表明，

---

① 弗里德里希·威廉·弗尔斯特，德国教育家与和平主义者。

怎样能正确无误地使一个孩子相信,不仅每个成年人在进房间时必须关门,而且一定要这个孩子关门。——这是一个任务,面对它我会束手无策,但是面对它我把束手无策看作是正确的。诚然,对关门的能力吹毛求疵是困难的,但这是无意义的。因此我想说一句,也许可能提出建议,但是最好不转移注意力。——马克斯,你至少同样未能使我意识到你活着,我有你,你的信来了,在这方面给我安宁。此外,我知道,你有长篇小说的成功,你决不能为此成功辩解的。

弗兰茨

〔邮戳:1917.12.10—屈劳〕

〔旁注〕由于《开端》杂志的邀请,我之所以问,是因为否则我不能解释,人们从何处得知我在屈劳的地址的。你能对他们说清楚吗?由于我的布拉格之行,请及时写信告我何时你去德累斯顿。

248. 致奥斯卡·鲍姆

亲爱的奥斯卡:

虽然今后几天我将到你那里去,但是我还必须写这封信,因为你写信谈到,我对你的来访的唯一疑虑(且不谈我最初在屈劳的时候,那时正在顺利发展的某些习惯也许能使人相信有必要完全独处)是,也许你不喜欢屈劳、我或者其他什么——当然奥特拉试图劝说我。如果这里有什么使你得到某种愉快的话,那么我将——这是肯定的——给你双倍的欢乐。我们现在不必谈这些。

我写的关于老鼠的情况,当然只是开玩笑。直到你听见真正有老鼠的时候,那才会当真。我不相信,作家和音乐家睡觉能受得住老鼠的打扰,没有一颗他们的心不是专受恐惧的侵袭,不受恶心和悲伤的侵袭。但这也只是开玩笑,因为多亏有猫,长时间来我听不到什么可疑的声音(这究竟意味着什么),因为我将在布拉格没有猫,必定到处听到老鼠的声音。此外，马克斯现在使我注意一个陷阱，能一下捕捉40只老鼠（我不知道是猛地一下还是慢慢地去捉）。猫已经订购了，将在我这里感觉舒适。你将在它的保护之下。

这在目前是最重要的，其他一切重要的东西是，例如屈劳的交通形式，根据这些形式，不是一个女仆，而是一位小姐狼吞虎咽地吃鹅，等等。我们将口头讨论这些，也讨论尚未寄来的长篇小说，我一定将它取来，然后我们三人一起阅读。

〔1917年12月中旬于屈劳〕

249. 致约瑟夫·科尔纳*

尊敬的博士先生：

您曾经那么友好地到办公室来，找我谈 D.① 的事，当时我说，我会寄一篇文章给您，但却什么也没有寄（不过您答应把您关于阿尔尼姆② 的文章寄给我，结果也没有寄来）。后来您的文章在 D. 上发表了，文中关于我的部分赞美堆积得超出了能想象到的界限，使我沉醉在虚荣的狂喜中，同时我又产生了一种战战兢兢的感觉，为我竟将您如此诱入歧途而害怕。而现在又收到了您的聘请。

请允许我说句坦率的话，D. 在我看来是个无可救药的骗子，它可以把最优秀的人们吸引到它的周围，其中的文学人士（他们身上无疑会发生这种情况）本来完全可以用最好的意图和力量加以引导的——如果源头老是不断涌出新的不纯来，那么就无法化不纯为纯。我这么说并无反对奥地利之意，并无反对军国主义、战争之意，并不是 D. 中有什么东西吓着了我。我厌恶的是那种独特的混合思想，一种极其罪恶的混合

---

* 作家，曾整理出版德国浪漫派理论奠基者施莱格尔（1767—1845年）的遗著，编写了《目录学手册》。
① 可能指《戴盟》月刊。
② 德国浪漫主义代表作家之一（1781—1831年）。

思想，而这个刊物就是这种混合思想煮出来的产物。

尊敬的博士先生，我给您写这些并非出自狂妄。从布拉格平民的生活中或甚至从我的农村休养中出发（我在这里已经待了三个月了，有病在身，但并没有为之惋惜的必要），您的看法就会同我一样的。作为工作人员，当然仅仅是被迫地作为工作人员，您必须把它看成委托您办理的意识形态上的事情，予以严肃对待，您不应该眼睛光盯着那份杂志，而要盯着您借以为那杂志工作的自己的良好的意志。

从我自身出发看只有三个因素可使我考虑合作事宜：

第一是想到您是编辑。但恰恰这一点会使我望而却步，因为我不愿将来在回忆中想起您就想起这个事实，我不像以往那样自愿行事，而是为了您的缘故参加了某种明显不真实的事业；还有一点是必须考虑到的，您当然不会由于我不来而使您的刊物蒙受损失的，因为这份聘请书只是出于您对我独特的友情，而不是其他什么因素。

第二个因素是想到这一合作也许对我的服役问题[①]会有某种益处。但这个问题已不存在，因为我有病在身。

第三个因素是对一定的收入的考虑。但目前我不缺收入，将来我也不打算以此方式来获取收入。

以上这几点在一定情况下是足以成为促使我参加合作的理由的，但它们在这里却都不成立。

尊敬的博士先生，现在您应该把您的阿尔尼姆论文寄给我（我记得您说过您只有一份，但我很快就会寄还给您的），以此表明虽然您对我这里的言论持异议，但您并没有真的生气。那样我会非常欣慰的。

致衷心的问候！

F. 卡夫卡　敬上

〔1917 年 12 月 17 日于屈劳〕

---

① 当指若参加该刊编辑工作，便可免服兵役。

250. 致费利克斯·韦尔奇

亲爱的费利克斯!

你要能来该多好！因为你记住，作为避难处（不是作为目的地，无论我还是屈劳都不是目的地），在屈劳的我本身和我所拥有的一切，"连同人和耗子"[①]全都属于你。

我不相信那种愤怒对于写作是必要的，而对于写作必要的避难愿望已经通过习以为常的肋骨旧疮和由此而来的流放命运得到表达。

我简直不能相信，为一位姑娘找个工作位置会这么难，这种困难显然成了你的诅咒的一部分（为了不造成错觉，你把这个诅咒表达得十分生动）。也许我们可以一起去寻找一下，因为我可能后天就将前往布拉格。就我的愿望而言，我会拖到以后才来，但这回是F.要来了。

同沃尔夫签订合同使我很高兴。

弗兰茨

〔1917年12月中旬于屈劳〕

251. 致马克斯·勃罗德

亲爱的马克斯：

我早就想为《埃斯特尔》感谢你，但是她正好在我心情最坏的日子到来（现在也有这种情况），迄今为止我在屈劳还从来没有这样坏的心情。这是心情不安，像波涛起伏，只要不终止写作，心情就不会平静下来。但这与你的痛苦有些不同。因为除我之外，没有人被牵连进去，除非心情不安不再可以感觉到，也许这得渐渐才能停止，但愿如此。

你的事业在我几乎预料不到的方面取得了进展。但是我仍然相信，这里的决定既不来自右边，也不来自左边，将不来自妇女。因为无论在

---

① "连同人和耗子"是经卡夫卡略加改动的一句德语成语。原成语为"连同房子和耗子"，意为"一切"。

什么地方,我无论在这里在那里都一定爱见你,这里的消极面将你赶过去,那里的消极面又把你赶过来。也许你可能选择鲁特,但在这两个女人之间你没有这样做,仿佛你能够这样做,或者仿佛是你所要求的,或者仿佛是你的事。哭似乎不需你选择地点,你在这里为那个女人哭泣,在那里为这个女人哭泣,或者即使不肯定某个地方,你的心情大概也绝不会平静。要不是能把这说成你完全被驱逐出这个圈子就好了。当然这种解释太过于带有我的标志。

这个女人在做超人之事吗?是的。也许只有超人之事,但这也是当然过分了。

《埃斯特尔》我在火车上给奥特拉念过(也是一种呼吸运动,不是吗?)。总的来说,对布拉格的印象得到了证实,就是说,序幕的大部分令人惊羡,几乎全部属于哈曼,———一个真正大的停顿,由于大停顿我把拿着的纸扯碎了,主要是因为停顿。我们的小姐今天在弗洛奥,现在晚上给我带来了邮件,否则我得明天才能收到它了。你的礼物过重,印刷品、明信片,对此无话可说(韦尔弗总是这样说,如果在你那里说我的好话,那么采取任何方式都行),然后是报纸和《自卫》,我的最高学监的一封长信(我同他有很友好的联系,他也在这里访问),最后,这里有中断,F.的一封信,她表明她来过圣诞节,尽管我们事前对这样的旅行的无意义乃至恶意似乎取得过一致意见。由于各种不值得列举的原因,尽管我要在圣诞节之后才回布拉格,很可能我将在本周六傍晚时来。

再回转话题,谈谈《埃斯特尔》。

第二幕写得好,使我深受感动。我也赞赏犹太人的整个部分。你知道的,对小东西的种种厌恶依然存在,因为我能够为自己提出论证。

但是另一方面,我也预先知道,我将读这个剧本时,情绪与布拉格非常不安的心情不同,但是结果是,我认为我对剧本理解得不大好,同时我更多地明白了剧本的重要性。我指的是,我以前也理解剧本的重要,正如人们抓着把柄一样,作为艺术品,我以前没有抓住它,我对剧本的理解不够。也许根本的困难在于，剧本里必然有些不真实的东西，因为三个角色哈曼、国王和埃斯特尔实际上只是一个，即人为的和艺术的三位一体。它通过多个相互交错，产生这样的前提、紧张、鸟瞰、结论，这些对于心灵的历史来说，只是部分的，即使也许大部分是真实的，或者真正无条件必要的。举一个例子，正由于我未完全理解，当然是一个错误的例子，哈曼和埃斯特尔同时，在同一个晚上跳起来，完全像一些傀儡隐藏在里面。在整个剧中（例如在最后一幕的绝望中我在列举我的职位时忘记了绝望），哈曼坐在国王的宴席旁，这也很美，很不人道。但是他们真的今晚才来吗？国王的生活已经渡过了一个重要的时期，他犯过罪，痛苦过，压抑过自己，确实输了。也许这一切比现在发生的事更深一层，也许从最高层来看完全相同，无论如何，没有哈曼和埃斯特尔，这是不可能的。再三进洞几乎暗示，国王怎样在第一幕就已经认识和了解全剧的发生地点，仿佛是过去的一个老戏。在最后一幕的告别谈话中有某种捉摸不透的成分，它比剧情本身更耐人寻味和被人说三道四。但是在这些场的前提中说得太少的事情，以后在第二幕的数千年历史中又出现了。由此得出结论，我以为艺术作品甚至肯定日益加强的、很难接近的错误道路，我不能走错误道路，这些错误道路在我看清楚之时，我内心中就会有某种东西拒绝去走，因为它们是给艺术带来牺牲和你的损害的道路。我的意思是，由于你的损害以及你的长篇小说中的什么（你最近曾谈起过），产生了你的性格中的三个部分，每一部分对其他部分表示惋惜和安慰。也许这里出现了艺术与真实人性之间的有害的对立。在那里要求有某种艺术家的正义感（这种正义感将你，例如国王——其实对国王这个角色早已决定了——引导到底，此外让你触及未来，或者将你（例如说）带到这样的地步：埃斯特尔确实扛起了世界，在剧本的生活中渺小和无知——她必须是怎样的人，在剧本的视角中这又怎样跟着得到别的意义——她在哈曼旁边走着，她，依然未变，由于杀死哈曼，在本质上发生了改变），但这里只有决定性的生话。

写得太晚和太多。我们即将再见。关于这些事,我当然会写得多说得少的。

弗兰茨

〔1917年12月18—19日于屈劳〕

〔边注〕陷阱已经设好。——是的,《开端》即富克斯的地址,他只写信给我谈到"坏的开端",他曾叫人邀请我去那里。我早已有向那些人——因为我喜欢传阅——真诚地表示不参加。

252. 致埃尔莎·勃罗德

亲爱的埃尔莎:

这是瞬间写成的信,在第二瞬间信未写成,在第三瞬间信未寄走。因此信基本上也是错误的,不符合对您根本上富有的人性的了解。

亲爱的埃尔莎太太,如果我们想谈谈马克斯的情况,我们必须首先在同一层次,只有作为马克斯的朋友才能相互谈话,只能作为朋友交谈,其他一切放在外面,即使您在瞬间的错误中,想到那里去握我的手,我也不敢去抓的。

但是我们作为朋友,既不是他的医生,也不是他的老师,也不是他的法官,而只是他身旁喜欢他的人。我认为,作为这样的人,我们,如果作为整体的话,不可以通过建议、耳语、暗示影响他,而只能通过直接产生的结果,通过我们的生活,通过爱情、善意、克制和友谊,才能影响他。您也这样影响过他,我常常见到这种情况很感动,但是您当然也不仅仅这样做,就是说,很少像所有的人,因为如我上面所说,这只是指目标。甚至最近(我相信您也将会在场)我也试图提出建议,也许这不是您所说的那种建议,但不会违背您的意思,至少违背我的意愿。这种建议是在马克斯的强迫下作出的,在他那样强迫下,您当然得不停地出场,提出非常非常之多的建议,直到精疲力竭为止。

这一点我了解得很清楚，这里我毫无保留地说我了解。但是真情实况确实是：虽然在看到他一瘸一拐地走过石头路、处于危险境地的时候，应该拦阻他，但是，如果不能做完全不大可能的事，那么就不可以通过冲撞阻止他跑入人们认为是他痛苦的境地。在这里想给他提出建议，大概等于说，我想因此谴责他，说他作为我的朋友，没有最早地陷入得肺结核的境地。

由于这个信念，我认识到您的信的错误。我再说一遍，我并不认为这些错误是您的错误，因此我也不可以保留您的信，将信退回。这些错误是：您出于爱情而诉苦，您有爱的真正机会。您找个说情的人，并且恰好把坚定不移的马克斯作为最强有力的说情的人。您把一件也许遥远的次要事情看成是大事（或者至少让别人注意到您的眼光），您困惑不解，心安理得地成为现在这样子，结果耽误了时间。

您现在可以想一想您的信的语调："别人处境困难，背诵几条原则很容易。"您是对的。我一想到您，这种感情就使我感到羞耻。但是，难道由于羞耻就该沉默不语，甚至撒谎吗？特别是在我们在关心马克斯问题上取得一致的时候。

弗兰茨·卡

〔1917年12月19日于屈劳〕

253. 致马克斯·勃罗德

亲爱的马克斯：

这里的许多手稿（我唯一的一份）请交给你夫人，不要给任何人看。请你叫人从库贝尔赖特和"旧报纸"上给我搞一份抄件，费用记在我账上，然后将抄件寄给我。我需要将抄件给科恩费尔德。

长篇小说我不能附上。为什么旧事重提呢？只是因为我迄今未烧掉它们吗？（不，正好F.的一封信到了，她很感谢你给她的《埃斯特尔》，她问是否应该向你表示感谢。）在我即将来之前，但愿我能来。取消这样"甚至"艺术上不成功作品的意义何在？在于人们希望从这些作品中能拼凑成我的整体，如果我处于困境，我将能捶某个上诉法院的胸脯。我知道，从那里得不到援助是不可能的。我拿这些东西该怎么办呢？难道不能帮助我的人还要损害我吗？如果知道这一点，那又会怎么样呢？本书耗尽了我的财力，否则我不早说我带纸来了。

离昨天晚上还只有很短的时间。对我这个未经历真正痛苦的人来说，这件事大概是这样的：你的夫人写的主要谴责我的信比起你的信来，也许触及到更重要的东西。

时间太晚了，我还必须去办公室。我很快会从屈劳给你写信的，也许今天不同你们谈话为好。

弗兰茨

还有一个请求：请你将征兵站的空白表格给我寄来，我相信，明年1月必须服兵役的。

〔1917年12月底于布拉格〕

1918年

254. 致费利克斯·韦尔奇

亲爱的费利克斯：

在6至8度的寒天开窗睡觉，早晨，罐子里的水表层已结冰，砸碎后，将水倒进脸盆，水又结成冰，就用这冰水擦洗，当然是赤身裸体。8天后居然还没感冒，先前我可是习惯于日夜守着取暖炉的——这一点，现在你得向我学习。真好，能一连8天待在图书馆里。日后面谈，我还会向你们讲述更多的趣事哩。向奥斯卡致以最衷心的问候。伊尔玛太太，这儿也有钢琴！上述一切均由疗养院主人和主要病人确证无误。

弗兰茨

〔风景明信片，1918年1月初于屈劳〕

255. 致马克斯·勃罗德

亲爱的马克斯：

今天我只是奥斯卡的秘书，没有责任一身轻。

"你可以确定在哪一天给我和费利克斯朗读这部小说的结尾。弗兰茨告诉我，结尾部分孕育着希望的美，使我比早先更好奇。我星期天来，也就是说从星期一起，我每晚都准备着。你和费利克斯商定后，也许能写张明信片给我。如果你没有可能效法我，我根本不想告诉你这儿的天气是多么地晴和美好。"我（正是我，弗兰茨，最近将更多地给你写信）不久前在朗读特略尔奇的文章①时忽然想到，这部小说建设性的结尾本来就比我原来设想的要简单和详细。就是说，建一座教堂和一所疗养院，几乎肯定无疑会建成的，拆得快，建得快。

我们和奥斯卡在一起很愉快。

弗兰茨

〔明信片，1918年1月初于屈劳〕

256. 致马克斯·勃罗德

最亲爱的马克斯：

奥斯卡在这儿期间，我没有给你写信，因为第一，我太习惯于孤独（不是寂静，是孤独），以至几乎不能写作；第二，他不久将亲自从屈

---

① 恩斯特·特略尔奇的《路德和新教教会》，载1917年10月《新评论》。

劳给你写信。在某些方面，我更了解他了，可惜我的能力不足以给这种清醒的认识经常不断地勾勒出一副清晰的面孔。你对奥斯卡的判断在整体上无疑比我正确，可在细节上你似乎弄错了。——这部小说的许多地方是奇特的，迄今为止，利用奥斯卡改变了的工作方法，我看到了太多表面上的东西，其实不是表面上的，确切地说那是真相，可它触及了那极度紧张、却太狭窄的范畴，由此产生了疲倦、错误、虚弱、呐喊。如果屈劳对他稍有帮助，我会非常高兴，为他也为我高兴，虽然我对此很怀疑。你是否来信谈谈这事。

对寄来的《笔记》、行动和表格，我表示感谢；这次我能把《笔记》送给F.吗？

我们的最后一晚过得不愉快，从那以后我很想得到你的消息。那一晚过得不愉快，是因为我（天生来就是无助的，可是这对我一点关系也没有）无助地看着你，对此又几乎不能忍受，尽管我试图把这种无助对自己解释为：当这辆老牛破车第一次摇晃着活动起来时，不能立刻找到恰当的步伐。你说着令人不安的事情时，也那样令人不安地在房间里踱来踱去。当时，在我看来，以另一种方式与此相应地，你妻子比你有理得多，就像为区分其他事物，妇女们从根本上或许就更有理。对你不适合结婚的指责，至少从她嘴里说出来的，听上去是真的。如果你反驳说，这正是你的痛苦，她的回答仍是，因为这痛苦不是她的，你就无权把你的痛苦变成她的。你只回答，这是她的事情，正因为她是女人。因此事情就又提交给一个那么高等的法院，该法院不判决，而是让审判重新开始。

她，我和她（不，我不想和你妻子联系得如此紧密，对这事，或许她的看法不同，）认为，你的"不适合结婚"之处在于，虽然你需要婚姻，可只是部分地需要，同时你的其他天性在拉扯你，也借此拉扯作为丈夫的你，而后者根本不喜欢这样，正因为如此，婚姻的基础遭到破坏。当然，你整个地结了婚，可是用和上述分裂人格相符的长远眼光来看，你先迫使人由远视变成斜视，这样即使结了婚，也是无益的。例如，你和你妻子结了婚，可是文学与她并存甚至高于她的存在。再比如，假使你和另一个人结婚，可是与她并存和高于她存在的是巴勒斯坦。这种情况即使必要，也不可能。与此相反，一位真正的丈夫——理论上可以这样概括——虽然应该在他妻子身上与世界结合，但不是把值得与之结合的世界看得远离他妻子，而是通过世界看到他的妻子。任何别的情形都是女人的痛苦，但是，对男人的拯救或拯救的可能性，也许并不少于那种理想婚姻。

弗兰茨

〔1918年1月中旬，星期天于屈劳〕

257. 致费利克斯·韦尔奇

亲爱的费利克斯：

但愿那事办妥了。我，一个病人，怀抱着你将使我复活的希望，竭尽全力赶到你的办公室，而你已离去，我伤心欲绝。旁边一位先生板着脸，对我很严厉。若那事真办妥了，但愿对此能起反作用。

这儿固然有很多更好的事情可以做，但几乎都得本人亲自到场才行。你不能为此抽空来几天吗？住的地方会有的。我妹妹，她不久前见过你，说你气色不好。来这里待几天，也许对你会有些益处。这邀请对你妻子当然也有效。只是目前我还想不起适合她的住处，不过，也许会找到的。就这样吧？

弗兰茨　敬上

罗伯特·韦尔奇好吗？

〔1918年元月于屈劳〕

258. 致奥斯卡·鲍姆

亲爱的奥斯卡:

首先感谢你绝妙的礼物。当我考虑到除了听我和 R 先生(我很乐意向他转告你的消息,可我不明白它的意思)谈话的愉悦外,你从这场美妙、忘我的钢琴演奏中什么也没得到;与此相反,我看到奥特拉从箱子里取出这两件礼物时的意外惊喜,我就感到有趣。——于是我(一再地)认为,这世上有什么地方不对劲了。特别是覆盆子汁,每一滴都是纯粹的享受;因为贪心不足,在不耐烦地用软木塞塞瓶子时,我差点把东西糟蹋了。还好奥特拉及时救住,她每天都大度地抢救诸如此类的事。这果汁还有一点好处,因为有些珍贵,它甚至诱人渴饮它。我现在想喝就喝,只因为它就在这里,而且让我感念一桩善行。

这儿还是那样,什么也没变,只是你离开了。你若再来,一切将和从前完全一样,你只需来就行。也许主要是为了回避幸运儿的名声吧,我最近几天比以往忧郁些,可这也只不过是又一段时期的轮回吧。

你真幸运,没有见到老鼠。大约你走后三天——我没有再带着那只雄猫。夜里我被嘈杂声惊醒,开始我还以为是那只猫呢,可马上就明白了,是一只老鼠。它像个不知羞耻的小孩,在那儿玩弄捕鼠器,它小心翼翼地扯下那块肥肉,这时,活门噼里啪啦地翻转,可就是开得不够宽,没有捉住老鼠。马克斯信以为真,诚心推荐的这个捕鼠器与其说是为老鼠设的陷阱,不如说是闹钟。另外,第二天夜里,另一个捕鼠器里的肉也被偷走。我希望,你别以为是我自己迷迷糊糊地悄悄溜到餐具柜底下,取出了那块肉。顺便说一下,最近几天又安静下来了。

西西里来的女歌手说日记[①]的坏话。这奇怪吗?还是没有心肝、缺乏理解力呢?没心肝的是把这本书给她用来讨论,这同给托尔斯泰伯爵夫人没什么两样。如果这个女人刚刚在他的窗下打过网球,浑身还热腾腾的,突然就走进日记的世界,她会说什么呢?此外,"保守主义总是

---

① 列夫·托尔斯泰的日记。

损害艺术"，这几乎引自我们读过的日记。克拉斯蒂克怎么会和你一起到布拉格的？那本戏剧史的书怎样了？沃尔夫写了吗？你睡眠怎样？

向你和你太太致以衷心的问候！

弗兰茨

〔1918年元月中旬于屈劳〕

259. 致马克斯·勃罗德

亲爱的马克斯：

你的信这次（一开始又无视我那些消息，我可说过多次，并清楚地感觉到）对我特别重要，因我最近遇到了两三件倒霉事，也许只是一件。这些事严重地扩大了我固有的困惑，打个比方说，好像我从人文中学的最高年级降到了公立学校的一年级，只因某个教师以他的理由判我不及格。为使你正确理解我，我要说，这些事只在某种程度上算是不幸，我重视它们好的一面，为它们感到高兴，而且也这样做了。可是在"某种程度"的范围内，它们仍是有好有坏。

其中主要的一件是奥斯卡的来访。在他逗留期间，我对事情的本质没有哪怕是最微不足道的了解，也许只有一点，一小点，在最后一天。可在这儿，事物的本质不过是平常的、不值得深究的对某种弱点或疲劳的感觉，这感觉在两人之间比在一人身上表现得更充分。最初几天，我们对奥斯卡的不幸想昏了头，之后的整个星期却都很快活，或许太快活了。另外，根据经验，我比哪位熟人都更容易感到疲倦。可是在此本不值一提，反倒有可能传开去。我想，《旧约》受难记中纯粹历史性的东西肯定也是以这种方式产生的。

就是奥斯卡的不幸也不完全属于此列。可你问及此事，而我到目前为止只不过随便提了一下，因为不久前，这件事不仅是作为秘密，更是作为自白倾吐给我的；因为我更不希望，在你即将与奥斯卡第一次晤面前，就对他有先入之见；还因为说到底，在这种情况下，你总是很接近事情真相，故也不必非得我来说什么。如果你愿意的话，可认为这件不幸有三个方面的因素（目前，这可真是我们之间的秘密），要是仔细考虑，远不止这些。第一，由于一系列经过屡次深思熟虑的原因，他不能忍受和他妻子的婚姻。我相信，事情可能是，他结婚7年了，可是有5年不和。第二，屈从于婚姻。如果有人问起，尽管他总是首先谈到他妻子的局限性（顺便提一下，她在性方面能完全适应他，而他认为她在可能的限度内仍是很可爱的），可指的却是婚姻的局限性。这里肯定剩下一点无法解决，例如对中篇小说的一次独特尝试，这是他和一群熟识的女人们某次就各自的婚姻顺序的主题进行的，最后总是得出完全不可能的结论。第三，他也许会离开他妻子。这使他极度不安。尽管他知道，分道扬镳是唯一正确的选择，任何犹豫延宕将使他永不得安宁，并相信有充足的内因和外因，来实施这种自认为是残酷无情的行为。可是面对他儿子，即使不是真的出于父爱，他也不必承担罪责。总的说来，他的几乎不能被分担的巨大痛苦，特别是他对幽明两间的无尽幻想（我们睡在同一间屋子里，用魔鬼换取病原菌），使他完全属于阿斯科纳斯①一类人，像他一样与我们西方犹太人时代密切相连。在这层意义上，即在社会思想的意义上，这部小说是一个伟大的公开宣言，如果是这样的话，随着它对更广阔的领域产生影响，其本来意义将会显示出来。该小说也许只是一个声明，只限于反映时代，但也是一个了不起的开端。最初几夜我们谈论这部小说就像对待一部人们用来证明种种事实的历史文献。我们也这样对待《诺尔内皮格》，可惜那时它没怎么触动我。至于我对奥斯卡事件的态度，就是这样，至少是有意的，很简单，动摇不定。由于内在的、但也许是出于有偏见的果断，对他的犹豫不决，当我相信听到的是"行"和"不行"，并且我的任务就是相信所听到的时，我也说"行"和"不行"，这就足以对他施加好的或坏的影响，对此，我很想听听你的意见。另外，不管我的意图如何，起了一半作用的是屈劳和到那时为止，这里听命于我的那些东西，还有我给他朗读过的特略尔奇和托尔斯泰。

---

① 马克斯·勃罗德的小说《伟大的勇气》中的人物。该书于1920年在慕尼黑出版。

尽管如此，日后我才觉察到，这些事情对我产生了一种反作用。他的来访作为一次考试，我算是通过了，可事后——事过境迁之后，却落了榜。最近，我写信给奥斯卡说，很难适应变化了的情况。共度了整整一周后，他离我们而去。这是真的，即使只涉及我，可也只是和那一周的共同生活有关，此外，就不是所有的事情都是真实的了。和这个可亲的人相处，还一直使我的心情压抑。并不是说，我承受着他的痛苦，或他唤起了我自己的某个切身的痛苦，而是几乎完全抽象的，他的思维方式，他走投无路的处境，他的直到最近被证实为无法解决的矛盾，他对自己所作的那些没有意义、开罪于人、不断复现他自己、彼此重叠上升（从你小说中学来的专门用语）又混乱不堪的辅助性设想，——这一切汇集于我，就像一潭死水经过一周而成活水。曾同一个人在异己的魔鬼中并肩而行，而这个人与其说是它们的中心人物，不如说是它们真正的主人，为了不屈服于他，需要多么强大的力量，需要何等巨大的力量和过往的孤独啊。

这儿，我稍夸张了些，无疑加上了别的东西，可基本上是实情。另外，部分地归功于这次来访的后果是，在奥斯卡启程前的那个黄昏，我已急切地开始阅读《非此即彼》，而现在在读奥斯卡寄来的布伯的最近一批书，丑恶的、令人作呕的书，三本一个样。它们和《非此即彼》都是特意用尖得不能再尖的笔正确而精细地写就的（几乎整个卡斯纳大量地、不停地向一个来自于它的人涌去），可是它们导向绝望，像在紧张阅读时常会发生的那样。人们面对它们时，会不自觉地感到这是世上独一无二的书，就是最健康的肺也会喘不过气来。当然，或许需要详尽的解释，只是我一向的健康允许我这么说。这些书，只有当人们确实胜过它们一筹时，才能写，才能读。可是如此一来，它们的丑恶便从我的手底下长出来。

在你的事上，你并未使我信服。你是否误解我，使得我们竟不知道，在某一点上，我们大约是一致的？我并没说，你是为了文学和你妻子结婚的，而是尽管你钟爱文学，你还是结了婚，并通过缔结一个文学的"理智婚姻"（根据你的意思）来试图使人忘却这个"尽管"，因为你也必须出于真诚的理由结婚。正是因为你不能以一颗完全的新郎之心去结婚,所以便把"理智动机"带入婚姻。就是现在,我的处境似乎也与此相似。在我看来,你不是在这两个女人之间,而是在婚姻和非婚姻之间摇摆不定。女人应该使这种摇摆固定下来,而不伤害两要素中的任何一个,这是你对"引路人"的要求。可是,且不说矛盾到底是否能一举解决,单说这种解决恐怕根本不是女人的任务,而是你的责任,试图推卸责任是某种形式的过失。

在一定程度上,过失也在继续,你不再称为过失,或者确切地说,即使是过失,也是好意。无疑,你有一副软心肠,可是在这里,没有机会得到证明。这种情形就好比当一个外科医生(不是面对因病而有错的生物,而是面对原则感到良心责备)在勇敢地纵横交错地开刀、扎针后,这会儿由于心肠软,也由于要与这个重要病例永久告别的悲哀("我妻子真应该,不中断第二性的精神和我的关系……"),而犹豫着迈出最后一步,也许会治好,也许会导致久病不愈,也许会致死,可无论如何是决定性的一步。

我对《沉钟》①不熟悉,可是在你说了那些后,便把剧中的矛盾冲突看作你的,可是只受到剧中两个人的吸引,因为山顶的仙女不是人。

奥尔加②吗?你没有按她本应有的性格发展来塑造她,而是有意识地使她成为伊雷妮的对立面,作为她的救星。

可是下述问题除外,这儿的事在你眼里无疑是:"在厄洛斯③身上,平静、绝对的安宁"是非同寻常之事,这似乎已被事实驳倒,而你却不加反驳地予以接受。只有当你用不那么高贵的名义称呼它时,人们才会怀疑。但是——这儿我又回到我的看法上来——正因为你这么称呼它,就更有可能出现另一个矛盾。

韦弗尔的话,肯定只是随口说的,他还没有被造得那么特别,以至于会在别人绝望的地方感到愤怒。可是,他悄悄地引诗的瞬间为证,却

---

① 德国自然主义作家盖哈尔特·霍普特曼的童话剧。
② 奥尔加及下文的伊雷妮,是马克斯·勃罗德的小说《犹太女人》中的两个人物。
③ 希腊神话中的爱神。——译者

是独特的,与我、与你、与所有人一样,需要为自己辩护时,好像这儿真有什么可引以为证,且更不愿试着把目光从这儿挪开。此外,兄弟般的、背信弃义的,也意味着"只有空虚的日子难以忍受",无法调和那种恼怒。

弗兰茨

附上《御使》①,谢谢《笔记》。

〔1918年元月中、下旬于屈劳〕

260. 致约瑟夫·科尔纳

尊敬的博士先生:

我没有想到《多瑙河流域》竟会给我带来这么大的快乐。昨天早晨,我在半梦半醒状态脑子里闪过一个念头:要是我能收到这篇阿尔尼姆论文和一封这样或那样说的信,会怎样怎样。然后它真的来了。非常感谢。

您对奥斯卡·鲍姆的见解完全正确。事情越多他越高兴。另外——尽管这可能已与您的编辑领域无关——难道费利克斯·韦尔奇(大学图书馆工作人员)就不可能应邀参加合作吗?就他而言,可与他开展多方面的合作,这些合作对 D. 将是有益无损的。最近他将在沃尔夫那儿出版《有机的民主》一书,还参加了希勒尔《目的》第二卷的写作。这些东西与 D. 自然是无关的,但还有其他一些。

阿尔尼姆论文非常温柔和真实。并不是每只手都能这样坚持到底的,没有爱和深刻的见地肯定做不到这点。那里有逃避工作和战争欲的某种奇妙的表现,它〔战争〕年复一年全副武装地站在门后,未曾越雷池一步。引语的排列对那种思想起了有力的辩护作用,但又避免露出一副律

---

① 全名为《皇帝的御使》。

师相。关于真理不只有两重,而是有三重的思想引起的烦恼是根本性的斗争。这三重是:献身是必要的,珍重自身更必要,而比后者更必要的是自我牺牲。阿尔尼姆也未能超越这一思想逻辑,他的自我观念并不会随着时间的推移而有所改善。我把那同婚姻作的比较改写了一下,当然是在他的思路启发下:"战争犹如婚姻,是可悲的,但不同于单身汉所害怕的。"

这篇文章有个错误(而这一点引出了您关于沃尔夫的问题),它的内容太广博,这样的内容当然是无法包容在其中的。——当然并不是就毫无希望了,但困难是有的,尤其在现在这时候。纸张是那么紧缺,而沃尔夫又忙于那么多非出版社事务,而且又正值他一心只想着他的新工程《新精神》。我现在同他没有联系,我最近的一封要求他迅速答复的信寄出约有 4 个月,至今未有回音。但可能性还是有的。我是这么认为的,沃尔夫本身是搞文学史的(我记得他是英塞尔出版社那套麦尔克①文集的主编和波恩研究文集中一篇关于奥伊伦贝格②的文章的撰稿人),所以可以从历史学方面着手与他谈论问题,甚至像阿尔尼姆这样的似乎是面很广的对象也不例外。出全集看来他一定会拒绝的。这他也承担不了,但也许可以出个书信集,加上序言。他最近不是出了棱茨③的书信集吗?紧跟着再出这个集子也许能办到。您不妨读一下这本书信集,我深深为之吸引,然后您写一篇文章登在《多瑙河流域》上,我想不出有比这更好(也更有价值的)的与沃尔夫谈判的开端了。无论如何总是要写出东西来,这样一个淹没在作家大海中的出版家才会侧耳倾听。要是能够成功,我将非常高兴。

致最衷心的祝愿!

卡夫卡博士 上

〔1918 年 1 月底于屈劳〕

---

① 德国"狂飙突进"时期的作家(1741—1791 年)。
② 德国作家(1876—1949 年)。
③ 当指 J.M.R. 棱茨(1752—1792 年),德国"狂飙突进"时期的作家。

261. 致库尔特·沃尔夫出版社

尊敬的出版社：

顺寄回校正稿，恳请注意下列各事项：这本书应由15篇短篇小说组成，我已在前不久的一封信里向你们说明过其顺序，到底怎样，眼下我已记不得了。不管怎样，《乡村医生》不是第一篇，而是第二篇；第一篇是《新律师》。请无论如何按当时拟好的顺序编排这本书。此外，请在最前面插入一页，题写献词："献给我的父亲"。书名的清样我还没收到，书名应为：

乡村医生

短篇小说集

此致

崇高的敬意！

卡夫卡博士

请将棱茨书信集寄给我，按给作家的优惠价由我付账。

〔1918年1月27日于屈劳〕

262. 致马克斯·勃罗德

亲爱的马克斯：

对你的事，只要你不给我回信，我就还是只说：我也相信妇女的引导才能，一如女人在原罪中所表现出的，对此，人们像大多数时候一样不知感谢。例如，你妻子在一定程度上引你越过她的身体走向另一个女人，在此意义上，她也是引路人。她引导你后，又抓住你，这属于另一范畴，也许这样，她以后更能引导。你说，真正的性生活的深层已对我关闭。你是对的，我也相信是这样。所以，我也避免评价你的事情中的这一部分，或者呢，仅限于确定，你认为是圣洁的那把火，没有足够的力量烧毁那些我容易理解的阻力。我不明白，为什么得像你那样解释但丁事件。可是即使是那样，至少照它发展到目前的状况，他的事也完全不同于你的：她死了，弃他而去；你却是迫不得已放弃她，以此让她死去。另外，但丁也以自己的方式舍弃了她，并自愿和另一女人结婚，这是与你的解释不相符的。

可是尽管来吧，来驳倒我的看法。只是你须事先及时拍电报来，好让我们接你，也免得你来访时正赶上我离去（如果事不如愿，我不得不回布拉格上班的话，大约在2月中旬）。据说我那位妹夫2月初来，我也不希望你和他碰上，就我现在所想到的，这可以毫无困难地避开，因为他肯定不会星期天来，而你可能会。由此可见，只要你事先拍电报来，整个2月全无障碍，要是奥特拉在这里的话（她在布拉格，约在星期一去探望你，肯定会因为你去外地演讲而不遇），为诱惑你来，她有数不够（对她而言够了）诱人的名堂。若你肯定不能在星期六早上动身的话（这种情况下倒宁愿星期五下午就启程），那么星期六两点钟后在国营火车站乘车，至5点半钟到达米克罗普，我们驾着马车在那儿等你。（现在作这次旅行，只用一个星期天不够，因为从1月1日起，早班快车不再停靠米克罗普站。）

非常感谢你寄来大量的印刷品和手稿副本（顺便提一下，既然我已找到另一出路，至少是对种庄稼来说，我不需要这个了①），也谢谢你让沃尔夫记起了我。这事通过你比由我自己出面要愉快得多（前提是没有使你不愉快），因为如果他对什么不感兴趣的话，他就能开诚布公地说出来，而他一向是有话不直说的（至少这是我的印象），至少不在信里说，当面谈则坦率些。我已收到那本书的清样。

既然奥特拉不可能见你，那她星期一中午就回这儿来。承作家协会（由"鹅毛笔"形成）告知，一家"奥地利早报"未经授权刊载了《为某科学院写的一份报告》一文，该协会想获准，为我追索30马克的酬

---

① 卡夫卡一直以写作为唯一的寄托和快乐。而现在他住在妹妹的农庄里，呼吸着新鲜空气，干着农活，喜欢上了农村生活，即他所讲的另一出路。——译者

金（将近30%的回扣）。我该同意吗？这20马克当然是受欢迎的，例如，可以用来继续研究克尔恺郭尔。可是这家协会名声不好，"追索"也难听，而这家报纸可能是那家犹太人报纸。那么我该怎么办？另外，你能通过魏契克转告我报纸的期号吗？（当是12月或1月的某个星期天）

因为我没有一个可与之分享快乐的人，为此对你的感谢是一句话，它出自一篇为弗兰肯施泰因疗养院呼吁的文章。一位大工业家，韦尔特尔·冯·阿图尔先生在该院的第一次董事会上作了一大篇讲话，显然希望把它印出来，并供协会作传单用。这篇讲话比类似的东西好一些，用语比较清新、纯洁，等等。结尾那段是我前不久在布拉格加上的。这像是又在鼓励他做些修改和补充，在印好的文章里，我现在还读到这些："多年置身于实际生活中，我的人生观——没有受任何理论的影响——逐渐归结为：保持健康，勤劳并富有成效地工作，为自己和家庭，以正当方式挣得某些财富，将使人类得到现世的满足。"

〔邮戳：1918年1月28日于屈劳〕

〔边注〕马克斯，请问一下普凡菲尔特①，怎么区别卢宾讷版和米勒版的托尔斯泰日记②。

263. 致费利克斯·韦尔奇

亲爱的费利克斯：

衷心感谢你，当然也感谢菲尔特③。这样真是太好了。即使没有所有这些帮助，这事也会成功。我曾提出愿意帮忙，并明确表示，不大相信帮得上忙，以后也还会这么说，可是甚至当事情失败的时候，仍然

---

① 《行动》杂志主编。
② 路德维希·卢宾讷，出版《列夫·托尔斯泰日记选，1895—1899年》，苏黎世，1918年。《列夫·托尔斯泰日记》，经W. 契尔特考权同意的完整六卷本，慕尼黑（由格奥尔格·米勒出版），1917年始。
③ 常在阿尔科咖啡馆聚会的圈中人。

有一道虚构的慈善的光环笼罩着我。这谎言从何而来?

听不到你的演讲,对我而言真是一大憾事,更何况是在你对最重要的问题公开发表意见的时候。你不能设法让我也分享吗?比方说,对第一次演讲《文学与宗教》,你没有哪怕是一个可读的草稿或概要吗?

你从风景明信片上所看到的屈劳的特点都是对的。秩序存在于这儿的每天、每季里,而人们也能适应,这真不错。就是教堂,也有些意义。最近我听了一次布道,官腔官调,天真幼稚,所讲的引自《圣经》卢卡斯2,41—52,这儿说明了三个信条:1. 父母不应该让孩子们在外面雪地里玩,而应带他们来教堂(你们瞧,这些空着的长椅!);2. 父母应该这样照顾他们的孩子,就像圣父圣母照顾他们的孩子那样(这儿指的可是孩童时的耶稣,对他,人们本不必操心);3. 孩子们应该这么虔诚地和他们的父母说话,就像耶稣和他的父母说话那样。因为天气很冷,这就是一切,可是总的来说还算有那么点威力。例如昨天举行的葬礼,死者是邻村的一个穷汉,那村子比屈劳还穷,可是葬礼极隆重,在雪地里的大市场上没法更隆重了。由于一道沟渠贯穿半个市场,灵车不能马上前往教堂,而必须围着鹅塘绕一大圈。参加葬礼的客人,即全部村邻,早就站在教堂门边,而灵车还一直在慢慢地绕它的圈子。它前边是一个小小的教堂唱诗班,正规地带着吹奏乐器,冻得缩成一团;后边是安闲地骑着耕马的消防队(我们的管家也在其中)。我则躺在窗前的躺椅上,恰恰是作为教堂附近的居民,把这一切看成对我的劝诫。

致以衷心的问候!祝演讲成功!

弗兰茨

〔1918年2月初于屈劳〕

264. 致库尔特·沃尔夫

尊敬的沃尔夫先生:

衷心地感谢您告知的消息和棱茨书信集这么好的礼物。这本书,我早就想要,甚至还在我知道您有意出版之前,因此它对我来说倍加珍贵。

致以衷心的问候!

弗·卡夫卡

〔1918年2月初于屈劳〕

265. 致费利克斯·韦尔奇

亲爱的费利克斯:

我有很多时间,在这点上你是对的,可是真正自由的、可以自由地做我想做的事的时间,却没有。你若那么想,就高估了我。一天天飞逝而去,倘若我在某一天——像有时会发生的那样——相信失去了一切,而为了追求那一切曾耗尽了过去的所有日子,那时,时间就过去得更快了。可是这些,你同样非常了解,也可以克服,而很多自由的时间却没有。

当然,你现在特别忙碌,这点我比你看得更清楚。没有哪个机构的庇护,而是独力承担自己的责任,每个星期走到人前,那些人坚持要从你这儿听到实质性的东西,而你自己也从各方面给予他们这种权利,——这是很了不起的事情,几乎具有宗教意味。我曾梦见过你做报告的情形,现在仍记忆犹新。不过,你的报告内容是关于植物学的(请把这话告知克劳斯教授①),你对听众讲解类似蒲公英的某一种花,确切地说,是蒲公英属的几种花;所提供的是些罕见的、巨大的标本,一个比一个高,从讲台直到天花板;真不明白,你是怎么只凭自己的两只手做到这些的。然后,从背景深处(刚才那儿是些戴着假面具的人,这是一种可怕的恶习,这种情况几乎每晚都要重复几次,这是对人的一种考验,因为假面人为了不暴露自己而沉默着,物主似地在房间里走来走去,而人得让他们高兴,让他们平静下来),也可能是从花自身射出一束光,使得花儿

---

① 布拉格的哲学教授。对信中提及的政治、文学讲演,他曾当面嘲讽他以前的学生费利克斯·韦尔奇;这儿,卡夫卡建议甚至连植物学讲座也向他报告。

闪闪发亮。对听众我也进行了观察,可是给忘了。

重要的事情,即报告本身,你根本没有提及,而我已是为此请求过你,不过,现在大概是不可能的。一旦你结束那些报告,请把完整的手稿寄给我。若在此之前,你能做些诸如此类的事,就别耽搁。

据说,我往奥斯卡耳朵里灌的那些东西,这个可怜人已尽可能都捎到屈劳来了。我很愿意知道,他过得怎样,不过,我可能下周就回布拉格(因为服兵役的事,如果免不掉的话)。从马克斯那儿,最近收到一封格外平静的信。

我上司的儿子是因疏忽而出的错。虽然我受到感激,可似乎总有点什么非同寻常的东西被忽视了。这个年轻人对事情的结局很伤心,只好自慰道:他之所以被解雇,只不过是因为他属于最后的一批人。

眼下,我自信是完全健康的,除了一个不肯痊愈的大拇指外,那是我在园子里挖地时划破的。我很虚弱,体力不及最小的农村姑娘。虽然以前也是这样,可是面对田地更觉羞耻,而因此失去了干农活的兴趣,也令人伤心。在这段弯路上,得出和以前一样的结论:我宁愿坐在窗前的靠背椅上读书,或者竟连书也不读。

致以衷心的问候!

弗兰茨

〔1918年2月初于屈劳〕

266. 致马克斯·勃罗德

亲爱的马克斯:

你最近这封信显得相当平静,不需要帮助,而另一方面又是如此不安。因为积攒了过量的工作(对此,我没有亲身体会可与之比较),故我宁愿不马上回信,免得在哪方面打扰了你。另外,若公司的回信下周前就到的话,下周我就回布拉格。我还得服兵役,那时我们也可以谈谈你信中没有提到的、对我而言特别重要的两件事情:有关奥斯卡的消息和你来访的事（好像你压根儿没收到我上封信似的）。

但丁的诗很美，可是从表面看，他的诗别具一格。只有在总的方面你才能和他媲美。人们是多么容易或多么必要在那儿与他相比！最近我在读一封伍尔悉尼茨基的信。我想是在利沃诺，一个贫困的、衣衫褴褛的手艺人流着泪给他吟诵但丁的诗句。

柯尼斯堡接受上演①无疑是一大成就，因为这可是最早的文学实验舞台之一啊，它现在将上演你最重要的剧本。这真使我高兴。

我们将谈论所有其他的事情。至少，在屈劳，人们不用为我担心。有人（不知名的作者）为屈劳的几乎每一个人都写了一节诗，给我的，除了韵脚不够理想，还算令人安慰：

博士是个好男人，

主会怜惜帮助他。

致以诚挚的问候！

弗兰茨

〔1918年2月中旬于屈劳〕

267. 致马克斯·勃罗德

亲爱的马克斯：

尽管天气这么好，我还是马上写回信。你误会了我的沉默，不是出于对你的考虑，如果是那样，那我宁可用不答复的方式来表达，这回是出于我的无能。在这一大段时间中我写了三封信的开头，可又都撂下了。原因是无能，但不能错误地理解成"退化"。那是"我的事"，可以经过极大的努力说出来（这件简单的事我只有付出极大的努力才能办到，这同那既幸福又不幸地随波逐流的克尔恺郭尔是不同的，他能那般奇妙地驾驭不可驾驭的飞艇，尽管这事本来与他毫无关系，而根据他的思想

---

① 指《埃斯特尔女王》的首演。

也是办不到这事的,而是否办得到也是无所谓),但不能传达。可是这么一来,我实际上也失去了说出来的能力。沉默也属于这片土地。当我离开布拉格到这里来的时候,正是它的用武之地(经过最近这次旅程,我到达这里时像是喝得酩酊大醉;仿佛我到屈劳来的目的是醒酒,而在我酒快要醒的时候,就总是马上又坐车前往布拉格,以求在这里在酒未醒之际又把自己灌得大醉),但当我在这里待了相当一段时间后,这里仍是它的用武之地,总是如此。自然而然形成了这种情况:我的世界通过寂静变得越来越贫穷;我总觉得我有一种特别的不幸。我没有足够的肺部力量(这是象征的具体寄托)来把世界的多姿多彩吸入我体内,而我的眼睛告诉我,世界显然是多姿多彩的。现在我不再作这种努力,它被排斥在我日常的日程安排之外,而日子并未因此而变得更昏暗。可是我现在比那时更难以说出那些话来,而凡是我所说的,却几乎都违背我的意愿。

在克尔恺郭尔身上我也许真的搞错了。当我读着你评论他的文字时,我惊讶地发现了这一点。事实正如你所说的:他的婚姻实现问题是他的主要方面,这个主要方面不断被抬高,甚至进入他的意识之中。我在他的《非此即彼》、《恐惧和颤栗》、《重复》中都看到了这一点(后两本书我是在这两周内读的,我已订购《阶段论》),但我真的把它给忘了——尽管现在克尔恺郭尔老是出现在我头脑中,无论我在什么地方干别的什么事,总是不能够完全脱离与他的联系。我读了那本小册子《克尔恺郭尔同"她"的关系》(英塞尔出版社①——这本书就在此地,我将把它寄给你,但它谈不上有什么重要性,有待今后加以摧毁),之后觉得我与他有"身体上的"相似之处,这种感觉现在完全消失了。他从一个邻居变成了一颗明星,这里表达的既是我的钦佩,也是我产生同感时的某种寒冷。除此之外,我不敢说什么肯定的话。除了上面提到的那几本书外,我只读过他最后那本《瞬间》。这两本书(《非此即彼》和《瞬间》)真是两个截然不同的镜片,透过它们可以向前或向后,当然

---

① 卡夫卡记错了,该书是斯图加特的 A. 容克尔出版社于 1905 年出版的。

也可同时朝两个方向探索他的一生。但在任何地方都不能仅仅从反面角度来认识他，比如在《恐惧和颤栗》中（这本书你现在好像正在读），他的正面思想扩大得巨大无比。只有当出现某个人（一个普通的舵手）时，只有当有人认为（我就是这么看的）这种正面思想升得太高了的时候，这种扩大才会停止。他看不到普通的人（但奇怪的是，他却非常懂得如何与普通人攀谈），却把巨大的亚伯拉罕画入云端。但不能因此而从反面来理解他（顶多只能把他最初几本书的术语看成是反面的），谁又能说出这一切意味着什么：应该说是他的忧郁。此外，关于完美的爱情和婚姻，你们在《非此即彼》一书的基础上取得了一致的看法。使 A 没有能力建立与 B 的完美的婚姻的原因，仅仅是由于没有完美的爱情。但阅读那第一本书《非此即彼》，至今还总是引起我的反感。

对奥斯卡的过敏我是这样理解的（有一点先要说明一下：不应该把他和某种乱七八糟的东西硬捏合在一起，而那另一个人至少在他眼中就是这么一种东西）：他感到非常痛苦（被逼着去做从一开始他就认为不对的事情），而他不愿停留在自我折磨上，因而也给了你一点折磨。从这个角度出发我能理解他，而且不认为这些事情是无足轻重的。

从皮克①那里我幸运地尚未收到任何东西。即使收到来信，对那要求可能也会愉快地予以拒绝。拒绝的诱惑力不会把我引入歧途，但力量确实很大。对你这种诱惑力是不会起作用的（我从莱斯出版社那儿得到一封友好的约稿信，而从沃尔夫那儿第一次清样寄出后却毫无信息）。

李卜施托克对你的评论是令人讨厌的怒火爆发，其文笔的可厌也同耶奴发（刊物）上的其他批评文章不同。据我的感觉，答复反而在一定程度上帮了他的忙，通过这答复，读者才意识到，原来对这玩意儿也可以讨论。

祝你在德国一切顺利，旅途愉快！

你的　弗兰茨

---

① 奥·皮克，诗人、小说家、翻译家，《布拉格新闻报》的编辑。

请代向费利克斯和奥斯卡问好,我不知道能否很快给他们去信。
关于卢宾讷出版的托尔斯泰日记,你问过普凡菲尔特了吗?
你说的奔波、操劳指什么?
同(保险)公司的关系仍然是我的痛苦。我能在这里待多久就待多久。
非常感谢那两个邮件,你对我非常好,只是别谈论"变化、退化"。

〔1918年3月初于屈劳〕

268. 致马克斯·勃罗德

亲爱的马克斯:

在德累斯顿竟会如愿以偿,实在出乎意料;在那儿他们怎么会这么理解的?我指的是那些演员、戏剧人员。出人意料而又美好。在那儿见到父母的愉快心情我是很能理解的。你的夫人没有同往吗?总之那是些美好的日子,他们的好意也许能够暂时补偿一下意志自由的损失。我说得这么随便,是因为我那把一切都视为荒漠的眼光永远不能像你那么聚精会神地去捕捉位于地平线某一点上的意志自由这个概念。再说,你在这里也能保持意志自由,或者至少不会失去它。因为你在目前不拒绝把此事作为恩赐来接受,即使作为恩赐接受了,却并不予以重视。我们是不会失去这种意志自由的。你可知道,通过多年兢兢业业的工作你已经把什么带入了光芒无限的运动之中了吗?我说的是你,不是我自己。

谢谢你在沃尔夫那儿介绍我。自从我决定把这本书[①]题献给我的父亲后,我非常希望它能马上出版。我并不是想借此求得父亲的谅解,敌意的根子从这儿是拔不出来的,但这样我至少做了一件事,虽说并不是迁居巴勒斯坦,但毕竟用手指在地图上划了一下。由于沃尔夫把我拒之门外,不答复我,什么也不寄给我,但这也许是我的最后一本书了,所

---

① 指小说集《乡村医生》,包括《乡村医生》等14篇短篇小说。

以我想把手稿寄给莱斯[1]，他友好地告诉我，有事可以找他。我给沃尔夫写了一封最后通牒信，但至今也还没有回信。可是这期间，约十天前又来了一份新的校样，我已经告诉过莱斯不要再寄来了。难道我应该把它寄到别的什么地方去吗？这期间也来了一封保尔·卡西尔[2]的邀请信。他是怎么得到我在屈劳的地址的？

也许你同阿德勒[3]也讨论过克尔恺郭尔？现在我对他已不再那么熟悉了，因为我已经很久没有读那些旧书了（由于天气好，我老在园子里劳动）。《阶段论》还没有到。你提到"彻底自首"，显然你同我一样感到摆脱不了他的术语以及他发现概念的威力。包括他那"辩证"的概念，或者那个"无限性骑士"和"信仰骑士"的区分的概念，或者甚至包括"运动"这一概念。这个概念会把人们直接送入认识的幸福境界，而且还要更进一步。这些都是他首创的吗？也许多少受到点谢林或者恩格尔（他写了很多反对这两个人的东西）的影响吧？

译者的态度显然是可耻的。我想，他只在《非此即彼》上承认"考虑到"作者的"青年时代而作了改动"，那么在《阶段论》的翻译中也是这样的啰嗦？这是令人讨厌的，特别是在感到对这些书无法真正理解的时候。但译者的德语还不算太坏，在《跋》中有时还能找到一些有用的说明，这是由于从克尔恺郭尔那儿射出那么多的光线，因此所有的深处都能被照到一些。但出版社本来是根本不必为了挖掘这些"深处"而翻译克尔恺郭尔的。

在他的出版物中（《阶段论》我没有读过，但从这书名的意义上看，他所有的书都具有自我表白的性质），我看不出同他的主要意图有什么根本的矛盾。它们是不清晰的，尽管他在以后的发展中会有一种清晰性，但这也只是他的精神、悲哀和信仰混杂的一个组成部分。这一点他的同时代人一定比我们感觉得更清楚。除此之外，他的自我表白的书都是假托的，其假托性几乎渗透纸背。这些书尽管充满了自我表白，但总的来

---

[1] 莱斯可能也是沃尔夫出版社的一个工作人员。
[2] 德国出版商和艺术品商人（1871—1926年）。
[3] 布拉格作家。

说都可以看成是诱惑者迷惑人的信件,在云雾中写成。假如这一切并非如此,那么它们就应该通过时间的缓和作用使这位未婚妻松口气,并使她摆脱那现在正空转着的,至少说只在折磨着她的影子的刑具了。为了达到这一目的,她即使至今一直耐心忍受了那些几乎每年都问世的出版物的"乏味性"的折磨,也是值得的。她作为克尔恺郭尔的方法(为使别人听不见而叫喊,在别人可能听得见的时候用错误的方法叫喊)正确性的最佳见证人,几乎是像小羊羔一样清白无辜。在此克尔恺郭尔也许获得了某种与他的意愿相反的东西,或者说获得了他的另一条道路上的副产品。

  对于克尔恺郭尔的宗教观我不如你那样看得特别清晰,这种清晰性对我也是具有诱惑力的。克尔恺郭尔一句话都不必说,仅他的立场本身似乎就已经在反驳你了。因为在克尔恺郭尔看来,与神的力量的关系是不能由任何外人来加以评论的,也许可以说,甚至连耶稣自己都无权判断他的那位后继者已经走了多远。这在一定程度上对克尔恺郭尔来说是个末日审判的问题,也就是说在世界灭亡后才能答复(假如还有必要答复的话)。所以宗教关系目前的外观是没有意义的。宗教关系本身当然想要显示出来,但不是在这个世界上。因此正处于努力之中的人为了拯救自己心中的神的力量,必须把自己置于反对这个世界的位置上;或者同样道理,神的力量为了拯救自己把人置于反对这个世界的位置上。这样世界就不得不被克尔恺郭尔,也被你所强制,这儿更多地被你,那儿更多地被他,这只是你们处在这被强制的世界的哪一面的问题了。下面这段话并非摘自《犹太教法典》:"一个带着某些原始素质的人来了,他不说'应该原封不动地接受这个世界(人们像刺鱼那样自由地通过了这个信号),'而说'不管这世界是什么样子,我反正保持我的原始性,我不想根据世界的良好现状去改变这一原始性。'话音未落,整个存在中就发生了变化。就像童话一样,一句话说完,着魔百年的宫殿打开了,一切又都恢复了生命。这就形成了完全由注意力组成的存在。天使们有事干了,他们好奇地看着,他们正在从事的这件事会因此发生什么变化。在另一方面,阴郁可怖的妖魔们原来长时间无所事事地坐在那儿啃手指,现在也都一跃而起,舒展肢体,因为,他们说:'在此,在我们等了很久的地方,有一些事可干了。'等等。"

关于自我折磨之神:"我具备基督教提出的前提(超过一般程度的受难和特殊性质的罪过),我在基督教中找到了避难所。但要威严地直接向其他人宣读教义,我却办不到,因为我没有能力把这些前提搬出来。"

关于欢乐(在观察耶稣始终是健康的这一点上):"身心完全健康地过一种真正的精神生活是没有一个人能办到的。"

你说,他不能算个范例,你认为他不是最后一个范例。当然,没有一个人是范例。

弗兰茨

〔1918年3月末于屈劳〕

269. 致马克斯·勃罗德

亲爱的马克斯:

我的信竟是那样的官样文章吗?克尔恺郭尔有时候是难于理解的,与我联系起来看就容易理解了。此外要考虑到,现在到了以某种方式向村子告别的时候了。人们在布拉格推行着人力所及的最佳政策(前提是,那里还要我),沉默、忍耐、付钱、等待。这是不容易忍受的,而我下个月也许又将成为布拉格的公务员了。

谢谢你附来的信件。皮克的信并不属于那些战争恶果之列。不妨想想,我不曾读到过的你的上一封信还牵着他的手呢,而且正是那些最基本的想法有些模糊不清,而对他来说本来不应该是弄不清楚的。此外,我反复遇到这种情况:通过作品来检验作家,和谐的,便好;有一种美感上或音调上的不和谐,同样是好的;但若是一种自相矛盾的不和谐,那就不好了。我不知道这样的原则是否可行,我很想否定它,但我觉得它对于一个由有活力的思想支配的世界是可以想象的。在这个世界上,艺术对我来说占有前所未有的位置,那是它应得的。(刚才我带着一头牝驴到一个叫沙布的村子去找一头牡驴,现在房间里已经太冷,而园子里那弄了一半的黄瓜畦中却仍很温暖。奥特拉刚搞来的山羊粪直冲我鼻子。)我的意思是:虽说分析是那种原则存在的前提,但对于我们来说,是不可能对这个原则进行分析的。我们始终是完整的(在这个意义上)。如果我们写下什么东西,并不意味着抛出一个月亮,以便让人们到那里去探索它的起源,而是意味着我们将我们所有的一切搬到了月亮上去,一成不变地搬上去,我们在那里一如在这里的我们。行进的速度可能会有千百种差异,而事实上一种都没有。地球在把月亮抛离后自身更坚实了,但我们却由于一个月亮上的家乡而迷失了自我,不是彻底迷失,世上没有彻底的东西,但终是迷失了。所以我也无法与你共同感受作品上所表现的意志和感觉间的差异(或许仅仅在正名方面能感到一些。此外,为了缩小范围,我只是就我自己而言,也许扯得太远了,但没有别的办法,我没有别的视野)。意志和感觉,一切始终确实是活的,什么都是不可分离的(奇怪,我不知不觉中作出了与你相似的结论)。唯一可以办到的分离——与家乡的分离是已经完成了的,评论家闭着眼睛便能加以确认,但绝不可能就其差异作出评价(这些差异与分离的无穷性相比也是完全不足称道的)。有的评论玩弄着真真假假的概念,在作品中寻找着不存在的作家的意志和感觉。这种评论一概毫无意义,而且只能这么来解释:评论也失去了家乡,而一切都是环环相扣的。我自然相信,它们失去了自己意识到的家乡。

在柯尼斯堡对戏剧和观众还要进行一次检验。愿马克斯带着我一切良好的祝愿前去。

弗兰茨

你提到的艾伦菲斯,给我留下了强烈的印象。你能把这本书借给我吗?顺便说一下,我订的书一本都没有来,没有人送来。

〔1918 年 4 月初于屈劳〕

270. 致约翰内斯·乌尔齐迪尔

尊敬的乌尔齐迪尔先生:

非常感谢您友好的邀请和寄来的杂志①,但是我没有任何可供出版的东西,请至少暂时不要考虑我的合作。

致以衷心的问候!

弗·卡夫卡

〔1918年春于布拉格〕

271. 致费利克斯·韦尔奇

亲爱的费利克斯:

写这封信,只是为了恢复文字交谈。这是寄自屈劳的最后一个问候,下一个在布拉格。对你,我无需道歉。你一定已明白,或至少已猜到,我是沉默寡言的人,对此,我也并不懂得更多。对我而言,安静不是为了写作,也不是为了说话。我非常想念你,不只是因为《和平》与《评论》②。再见!

弗兰茨

〔1918年5、6月间于屈劳〕

272. 致奥斯卡·鲍姆

亲爱的奥斯卡:

如果我这次休养有什么好的事值得写,我早就给你写信了。无论是开玩笑还是严肃地说,它在医学上都是没有希望的。你想听听外行的诊

---

① 已提到过的表现主义杂志《人》,由约·乌尔齐迪尔编辑。
② 1918年4月,费·韦尔奇在《新评论》杂志发表《器官的民主》一文。

断吗？肉体的疾病在此只是精神的疾病的溢堤泛滥而已。现在如果想把它逼回河床中去，脑袋当然就要反抗，因为正是它在痛苦不堪的情况下抛出肺病的，而现在正当它迫不及待要抛出其他疾病之际，却要把肺病逼回去，它怎么受得了呢？如果要从脑袋这儿做起，先把它治好，那就必须拥有家具搬运工那么大的力气。而由于上述原因，我永远不可能获得那么大的力气。所以情况只能一如既往。以前我一直有一种愚蠢的观点，但对于处在自我医疗头几年的人来说这种观点是可以理解的，即我认为，我在某一具体阶段只是出于这种或那种偶然的原因而不能好好复原；但现在我知道了，这种抗治疗的原因是永远黏附在我身上的。

除此之外，这里是非常美丽的，这晴雨交替的6月也不例外，柔和芬芳的风不停地抚摸着我，尽管它是那么清白，它却为不能助人恢复健康而请求原谅。

马克斯信中谈到了你朗诵的故事，我非常高兴将在6月底与你重聚。

向夫人、孩子和妹妹问好！

你的 弗兰茨

我发现自己刚才滑入了太深的忧郁之中，现在情绪已不再那么坏了。

〔1918年6月于屈劳〕

273. 致费利克斯·韦尔奇

亲爱的利克斯：

今夏的一大收获，费利克斯，我将再也不去疗养院了。现在，我确实害起病来，可我再也不去疗养院了。一切都颠倒了。你妹妹今天走，我本想拿着花在公路上等她的车，可是在园丁那里耽搁得太久，错过了。现在只好用这些花装饰我的房间。

向你和你夫人致以衷心的问候!

弗兰茨

〔风景明信片,约写于1918年秋于鲁姆堡〕

274. 致马克斯·勃罗德

亲爱的马克斯:

谢谢你的来信和审慎。你的希伯来语不错,开头有几个错误。若这样继续学下去,就不会再出错了。我什么也没学,只在力图取得地产,除了整天在园子里劳动,也不想要别的什么。我把你对那部小说的看法抄给了W.博士,想让他稍微(不太厉害地)高兴一下。他很看重你的评价。

下下个星期一再见。请代问费利克斯和奥斯卡好。

你的 弗兰茨

〔风景明信片,邮戳:1918.9.27(土尔瑙)〕

275. 致费利克斯·韦尔奇

亲爱的费利克斯:

根据和那位冷静的房东小姐的会谈以及自己的经验,首先得出结论:在那一带几乎找不到住的地方,因为森林旅馆不是已经关闭就是根本没开过张,反正都关着门。在那儿完全不可能找到住处(除非有极密切的私人关系),即使设法找到,你妹妹于深秋或冬季到那里,也会感到十分荒凉的。另外,据说那些旅馆物资匮乏(相当缺煤),而土尔瑙这边多少还能筹到一些。

这些考虑使我马上想到我住的旅馆,房东小姐至少没有劝阻我。这家旅馆的优点是:管理良好,清洁干净,我认为烹调也是一流的。缺点就不只是这一家独有的了，只有肉菜（虽然这些菜适合不同口味应有尽有）和蛋；极少有其他东西，连青菜也吃不上。

虽然提供上好的肥皂和香烟，可到现在我连一丁点儿牛奶和黄油也没得到，各种法子都用尽了。在这方面，女人当然要机灵些。小镇提供的面包很差，还会更差，我根本受不了。

森林很美，可与马林巴德的森林相媲美。放眼望去，到处都是美丽的、令人振奋的景色。

土尔瑙还有一妙处：美味的苹果和梨。我相信，你妹妹的捷克语不是很好，这固然会给在这儿的逗留造成些许困难，可是在旅馆里一点问题也没有。这儿，很多客人来自波希米亚北部，读的是赖兴贝格报、布拉格日报和《时代》，递上来的菜单也是德语的。

价格（不过是目前的）：房间 3 克朗，土豆酱牛肉 4.5 克朗，酸白菜烧猪肉丸 11 克朗，烤小牛肉 7—9 克朗，李子丸（特殊例外）4 克朗，土豆炒蛋 6 克朗等等。

若逗留时间长些，也许能优惠点。第一天，房东大叫大笑地拒绝给我优惠价，不过我们已经和解了。

这大概就是全部情况了。不过接下来，我还会到处看看。

致
衷心的问候！

弗兰茨

〔写在单独的一张纸上〕

亲爱的费利克斯，补充一点：土尔瑙附近的卡察诺夫有一所旅馆——寄宿学校，它为了取得公众的好感等等，在我们这里贴出令人惊异的布告。今天下午，我去了，从土尔瑙走去要一个小时的路程。一幢漂亮的、大开间的房子，周围环绕着草木茂盛的小山丘，房子进深不太大，窗户朝南。一个新来的人，一个男人，租赁了它。人们可以和他谈话，他显得很有抱负，可到现在为止，他在那里似乎没做什么比贴布告更伟大的事。房子给人一种冷寂的印象，只有喝的，没有吃的。他解释说，他妻子还没到那里，她还在他以前租用的旅馆里，不过两周后就来，那时他就能具体谈谈伙食及价格问题。但是，他现在就已表示，到时可以接纳你妹妹。这件事无疑极不可靠，还有待详细核实。

有关土尔瑙更详细的情况，将口头告知，我暂时还不知道，你妹妹到底过得怎样？

星期六或星期天，我就已在布拉格了。我也许星期天下午去你那里，或者你星期一到我办公室来。

致以衷心的问候！

弗兰茨

〔1918 年 9 月于土尔瑙〕

276. 致库尔特·沃尔夫出版社

尊敬的出版社：

衷心感谢你们告诉我的消息。如果我对你们关于该书印刷一事的说明没有理解错，那么意味着我将不会收到清样。这是遗憾的。你们告知的书内篇目顺序是正确的，但有一个不可忽略的错误：该书应以《新律师》为首篇，而你们所列的第一篇《谋杀》应完全删除，因为它同此后那个篇名说得无误的《弑兄》只有微弱的区别。全书的题词"献给我的父亲"请你们别忘了印上，随信寄上《一场梦》的稿子。

致崇高的致意！

卡夫卡博士

〔1918 年 10 月 1 日于布拉格〕

277. 致库尔特·沃尔夫

尊敬的库尔特·沃尔夫先生：

几乎是在久病卧床后写出第一笔时，就衷心感谢您友好的来函。关于出版《在流刑营》事宜，我很愿意同意您的计划。手稿我已收到，删掉了一小段，今天又寄回了出版社。

致

衷心的问候！

卡夫卡博士　敬上

〔1918年11月11日于布拉格〕

278. 致库尔特·沃尔夫出版社

尊敬的出版社：

我同时用快件给贵社寄去《在流刑营》手稿和一封信。我的地址是：布拉格，7号信箱。

致

崇高的敬意！

卡夫卡博士

〔明信片，1918年11月11日于布拉格〕

279. 致库尔特·沃尔夫出版社

尊敬的出版社：

贵社显然由于疏忽把给我的信寄到了屈芳。这是不对的，这些信经多次转寄，几乎是碰巧才落到我手里。我的地址是：布拉格，7号信箱。

随信寄去《在流刑营》的手稿，我已稍加删削。有关出版事宜，我完全同意库尔特·沃尔夫先生的计划。

提请贵社注意,在以"铁棒"结尾的那段(手稿28页)之后须留出一段较大的空白,其中可填入小星号或其他的什么。

致

崇高的敬意!

卡夫卡博士

〔1918年11月于布拉格〕

280. 致马克斯·勃罗德

亲爱的马克斯:

我本想上个星期天就出发的,可是星期六发烧,不得不躺到床上去。整个星期就这样半躺半坐地度过。我明天动身。马克斯,请帮个忙!如你在附信中看到的,手稿没到沃尔夫那里。我在同一天给沃尔夫寄去明信片和手稿连同一封信(附上的单据是证明)。明信片(沃尔夫称之为信)到了,手稿没到。两样都是寄的快件。你愿意替我要求赔偿吗?我从来就不知道怎么对付邮局。对付新国立邮局压根就摸不着门道。非常感谢你,再见!对希伯来语有疑问的地方,我也许会从舍列森寄一份问题清单给你。这不会增加你很多工作,你只需用一个字或摇一下头来回答这些问题,我们将就希伯来语进行交流。

弗兰茨上

〔1918年11月于布拉格〕

281. 致马克斯·勃罗德

亲爱的马克斯:

很遗憾,前不久没有在家里碰到你。顺便说一下,我不久将回去,也许就在圣诞节,元月初肯定已回去。这里没有屈劳那么好,当然也不坏,和各处一样富有教育意义。另外,价钱便宜得惊人。每天6个法郎(按照报上登的维也纳现在通行的汇率,1克朗=10ctm.)。附上问题清单,我几乎啥也没学。白天很短,煤油短缺,很多时候我躺在户外。我甚至连我的书也没读,只看看从图书参考室(里面也有《提荷·布拉赫》)带来的迈斯纳的《我的生平》[①]。这是一本特别生动和坦率的书,随处可见亲身经历的烙印,叙述了很多政治文学界的名人轶事,它们发生在围绕着上个世纪中心的整个波希米亚-德语-法语-英语世界,政治上具有令人瞩目的现实意义。

再见!请代我向你夫人、费利克斯和奥斯卡问好!你向邮局要求赔偿了吗?

弗兰茨

〔1918年12月初于舍列森的施蒂德尔公寓〕

〔附上两页信纸的问题,它们涉及希伯来语语法,其中有许多希伯来语文字。〕

282. 致奥特拉·卡夫卡

〔一张明信片上有6小幅卡夫卡的素描〕

我的生活图景。

你好吗?圣诞节带笔记本和书回来,我要考考你。另外,我该回布拉格吗?我在这过得很好,和在屈劳一样,只是价钱稍便宜些。我想在

---

① 阿尔弗雷德·冯·迈斯纳著的《我的生平》,1884年特申版。迈斯纳(1822—1885年),奥地利诗人、小说家,曾在巴黎生活并与海涅及法国作家贝朗瑞、巴尔扎克等人交往,回忆录《我的生平》中提供了许多有关海涅晚年的史料。——译者

这里呆4个星期，但愿在圣诞节能健康而快乐地回布拉格。

多保重！

弗兰茨

〔1918年12月于舍列森〕

283. 致马克斯·勃罗德

最亲爱的马克斯：

这件事将不予办理，但将受到重视。另外，我的皮夹子里早就放着一张寄给你的名片，可用来办类似的、简单的事情（在钱的事情上当然也一样）。暂时我们还住在这里，你有关联盟①的文章太精彩了。读的时候，我高兴得做鬼脸。它坚定、真实、透明，富有创见、温柔，此外还强烈地吸引人。——涉及伦理上个体的有机统一，据我的经验，这种统一的起因比它自身还要糟糕；这种统一在伦理上绝大部分只以内心保留为滋养。——可是所有的人都具有明显的社会性，也许除开两种人，一种完全在边缘地带游荡，随即倒下，而另一种是超人，能把整个社去都揽到自己狭隘的胸中。所有其他的人毫无例外都是社会的，只不过，他们须用不同的力量克服不同的困难。这点也应在文章中起作用，这篇文章虽然不是判决，但至少构成一个判决的事实情况。——对可能会由事实而产生的误解似乎也不应完全回避，例如（很典型地）在人民协会里坐着许多卓越的社会的人、在姑娘俱乐部里则少一些这样的事实。——可是我会经常不断地以这篇文章为准则。若你也完全照此构思你的新书②就好了！

弗兰茨

〔明信片，邮戳：1918.12.16—舍列森〕

---

① 《我们的文学家和联盟》，载1916年10月《犹太人》。
② 正在写作中的《异教·基督教·犹太教》。

284. 致马克斯·勃罗德

亲爱的马克斯：

你，坚不可摧的你，疾病也来作弄你。你现在已能起床了。我当时一点也不知道，我母亲没给我写信，没有人告诉我。写三两句话给我说说你的情况。我发烧时，你对于我似生命的保证。但愿你至少仍在当心轻微的后遗症，我感冒好后也有点后遗症的。无论如何，你病倒了约一个多礼拜。你妻子身体还好吗？你是否应到乡下休养一下？很遗憾，邀请你到这儿来有些不便，不过万不得已时来也行，因为我在被照顾方面有经验，应该也能好好地照顾你。我在考虑，是否应让我母亲去你那里，她是否会打扰你，也可能她在家根本见不到你，因你可能已在犹太国民议会里工作了。也许我只打发小姐①去你那里。

再会！早点来信！请代问费利克斯和奥斯卡好！

弗兰茨

〔明信片，邮戳：1918.12.17—舍列森〕

1919 年

285. 致奥斯卡·鲍姆

亲爱的奥斯卡：

这个冬天接下来的日子你怎么过呢？这事好像分配得很不公平，我这已是第二个冬天待在乡下了。而你呢，在屈劳如此愉快的你，却又待

---

① 卡夫卡父母家里有位女管家，她帮助教养了所有的 4 个孩子，后来被视作可靠的人而留在了家里，对卡夫卡总是充满了真正的同情。她出生于一个捷克－犹太人家庭，除了捷克语，我从未听过她说别的语言。人们总只称她为"小姐"。

在布拉格的风雪严寒里。这时我没有构思悲剧①，一部也没有，更没有一部可与你的②相比。关于你那部戏或至少是它的命运，我倒很想听听。

另外，我相信，我不久就得回去，大约10天后，除非这儿的大夫劝我别那么作。我不想说，这儿没屈劳那么好，但难对付些。我现在已是第二次来，可在我熟悉这儿之前，也许还得来十次，而每次都重新开始。在屈劳曾是那么轻松。当然，那时我的健康状况要好些。

这儿房子里还存留着对你的记忆，或者呢，其实是记着你的男孩子。邮递员（你们在他那住过）的一只小尖嘴狗忍受不住莱奥的折磨，由施蒂德尔小姐买下，即救下了。那只尖嘴狗早就不在了，可是你作为儿子的父亲将不会被忘记。刚才，楼底下的狗狂吠，它们每天夜里都为那只狗向我报仇，可是也不是很有关系。内心的狗对睡眠危害更大。

衷心问候你及你家人！

弗兰茨

〔1919年初于舍列森〕

286. 致马克斯·勃罗德

亲爱的马克斯：

前不久我梦到你了。这梦就其本身而言，没有什么特别的，是我常做的梦：我随手拿起一根小棍，或者只不过折断一根树枝，斜斜的朝地上一点，然后坐上去，就像巫婆骑着扫帚，或者，只不过倚靠着它，像有些人在巷子里散步倚着拐杖——这就足以让我跳起来，慢慢地，低低地，最后远远地飞了起来，上山，下山，随我的意。若飞得精疲力竭了，我只需再朝地上点一下，就又能接着飞。这就是我多次梦到的，可是这

---

① 指《守墓人》，奥斯卡·鲍姆于1918年1月在屈劳逗留期间，卡夫卡曾与他谈起过。
② 奥斯卡·鲍姆的戏剧《奇迹》，1920年柏林版。

一次，不知怎么的，你在场，注视着这一切，或者是在等我，那情形仿佛有时候身在鲁道夫公园。而现在我总是一再地伤害你，或至少是支配你。虽然只是些小事，一次我弄丢了一根你的小铁棒，而不得不向你坦白，另一次是由于我在飞行，而让你久等。可不，都是些小事——不可思议的是，你以怎样的善良、耐心和平静容忍这一切。要么——梦以这种思考结束——是你坚信，尽管我看上去过得很轻松，实际上日子挺艰难；要么至少是你坚持这么认为，并以此解释我一向费解的态度。你甚至没有用丝毫的抱怨干扰这夜间的欢乐。

总的来说，我白天过得也不坏，至少是涉及肺时。没有发烧，也没有呼吸急促，咳得越来越少。相反，妨碍我的是胃。

你什么时候去瑞士？

致以衷心的问候！

请代问菲莉斯和韦尔奇好！

弗兰茨

〔1919年1月于舍列森〕

287. 致马克斯·勃罗德

亲爱的马克斯：

你是在怎样设法战胜你的使命啊！这使命讲着一种如此美丽、清晰、响亮，又回声四起的语言。那些人又会说什么呢，他们的使命只是嗫嚅着，或根本就缄口不言。

当你还在梦中为你的思想[①]受苦时，我正乘着三驾马车去拉普岛。今夜就是这样，确切地说，我还没走，只是三驾马车给套上了。车的横

---

① 和一个梦有关，梦里，犹太人和犹太复国主义者的灾难折磨着我。那时，巴勒斯坦的局势很严峻。

轴是一根巨大的兽骨,马车夫对三驾马车给我作了一通技术上相当有见地的、也很奇特的解释。我不想在这儿一字不漏地重复它的冗长。与此同时,我母亲的家乡口音混进了他的北方腔调,她本人或许只是她的声音在评价或解说这个男子的民族服装,说他的裤子是邦迪公司用纸质织物制作的。这梦显然利用了记忆中前一天的事件,因为这儿也有个犹太姑娘,也谈到了纸质织物和一家邦迪公司。

这位犹太姑娘①还年轻,但愿只有点小毛病。既平凡又奇特;既不是犹太人,也不是非犹太人;既不是德国人,也不是非德国人。喜欢看电影、听轻歌剧和看喜剧,喜欢涂脂抹粉戴面纱,掌握有取之不尽、用之不竭的俚语粗话,总的来说很无知,乐而少悲——她大约就是这样。若要详尽描述她的民族特性,只能说,她属于混血种族。此外,她的心灵勇敢、诚实、忘我——这么多特征集于一身,身体上无疑不是没有美感,可是如此微不足道,就像一只对着我的灯光飞来的蚊子。她在长相和其他方面像布洛赫小姐,想起后者,你也许心怀厌恶。你也许能为她借给我《犹太复国主义之第三阶段》②一书,或别的你认为正确的书吗?她读不懂它的,它也不会引起她的兴趣,我更不会为此逼迫她——可是尽管如此。

我没有很多时间,这点你得相信我。日子几乎不够用。现在是11点1刻。我独自一人躺在阳台上,面对山上的树林,这耗去了我大部分的时光。

我的健康情形不差,虽然肠胃功能紊乱。就是神经或人们这么称呼的那东西,也应该更有抵抗力了,它在我看来犹如面对着第二个人。接纳体力的一个新人、特别是他的痛苦,首先是他领导的斗争。关于这斗争,我相信比这陌生人的自己知道得更多,——这一切完全与生育行为

---

① 尤丽叶·沃里切克小姐,后来卡夫卡曾与之订婚。随后又解除了婚约,主要是因为卡夫卡的父亲反对的缘故。
② 系马克斯·勃罗德所著。

相对应。

再见！请代问费利克斯和奥斯卡好！

弗兰茨

《自卫》已收到，你的短评《巴勒斯坦根本不明白》到底是什么意思？

〔邮戳：1919.2.6—舍列森〕

288. 致马克斯·勃罗德

亲爱的马克斯：

至今，我甚至还没为那本好书向你表示过感谢呢。在这本书的精神里活一阵子，真令人愉快。青春的记忆和感觉对于我来说渗透了一切事情，这个优点或缺点我还保留着。

就是那位小姐也让我感谢你，她认真地读了这本书，理解独特，虽然是用一种特别的少女瞬间领会的方式。此外，对犹太复国主义，她也不是像我开始想的那样一点关系也没有。她在战争中牺牲的未婚夫是犹太复国主义者，她的姐姐去听犹太人作的报告，她最好的女友在职工会工作，"不错过马克斯·勃罗德的每一次讲演"。

至于我，我的日子过得很愉快（粗略算来，我在过去5年里也没有最近几周笑得多），可是这也是段艰难的日子。那么，暂时我还得熬着，但我的健康状况不太好也不是没有原因的。另外，这段日子，起码是在它的现实性上，过几天也就到头了。如果公司承认本地医生的证明的话，我也许还在此多待些时。

最初的，我认为生活最初的明显错误是如此奇特。它们也许应该被分类，而不是受审查，因为它们具有更深远的意义但是有时候，人们不得不犯错误。我忽然想起一次赛跑，不管这次比赛是否当真，每个参赛者都坚信，他将赢得这场比赛。在取得生活的财富时，这种情形也是可能出现的。可是尽管看上去每个人都有信仰，为什么这种情形没有发生呢？因为非信仰不是在"信仰"里，而是在使用的"比赛规则"里表现出来的。虽然某人似乎坚信他会赢，但他只能以这种方式取胜，即他在第一排栏架前突然离开跑道，并且再也不返回。裁判清楚，这个男子不会赢，至少在这个层次上赢不了。看着这个人怎样从一开始就极其严肃地打算逃跑，肯定是很富有教育意义的。——祝你写作①顺利！并有很多时间！

弗兰茨

〔1919年〕3月2日〔舍列森〕

289. 致马克斯·勃罗德

我亲爱的马克斯：

对塔诺夫斯卡一案②我不明白，相反却很理解维格勒的看法，可是更重要的是汉德尔的判断，因为从他那开始引起公众的注意。你说为我准备了两首诗，这个消息给我的安慰比你知道的要多。我倒是很需要安慰。现在胃痛和你想要的东西开始得正是时候，而且来得这么猛烈，正适合于一个通过做米勒体操而变得强壮的人。整个下午，虽然很长，我却只是躺在沙发上，肚子里只有点代替午餐的茶。睡了一刻钟后，什么也没干，只是一个劲儿地生气，天为什么还不肯黑。这样，到了将近4点半的时候，光线发生了不停的变化，可是后来天完全黑下来了，也不合意。算了吧，马克斯，不要再抱怨姑娘们了，要么她们用来使你痛苦的痛苦是一种有

---

① 大约指戏剧《伪造者》。
② 指在当时引起轰动的指控塔诺夫斯卡伯爵夫人谋杀案。保罗·维格勒是著名的文学史家和随笔作家；维利·汉德尔是剧评家，写有离奇而出色的长篇小说《火焰》。两人都曾任布拉格德语报纸《波希米亚》的编辑，为期不长。估计卡夫卡在这份报纸上读到过关于上述那件轰动一时的诉讼案的报道。

益的痛苦；要么不是这样，那你就会保护自己，丢掉痛苦，得到力量。可我呢？所有我所有的东西，都反对过我；所有反对过我的东西，已不再为我所有。例如——这只是一个纯粹的例子——当我的胃使我疼痛时，它就真的不再是我的胃了，而是别的什么东西，在本质上和一个有意要痛打我的陌生人没有分别。所有的事情可不都是这样？我只是由尖刺组成，它们深深扎入我的身体，于是我想要用力反抗，可是这只不过让尖刺更好地扎进去。有时候，我想说，上帝知道，既然给我造成痛苦的纯粹是紧迫性，而它又根本不能让我接受这种痛苦，我怎么还会感觉到痛苦呢？可是我得经常说，我也知道，实际上我感觉不到痛苦，我真的是人们所能想象的最没有痛苦的人。因此，我躺在沙发上时不曾痛苦，不曾对到了时间就停止的光亮生气，对黑暗也同样如此。可是，亲爱的马克斯，即使你不愿意，在这点上，你也必须相信我，一切在这个下午就是这样安排的，我（如果我是我就好了）不得不按照严格的程序——感受到所有那些痛苦。从今天起，我不停地让人劝阻我：最好是开一枪。干脆开一枪，把自己从不在其位的职位上打掉。好吧，这似乎是胆怯。即使在一种情况下只能有胆怯，胆怯无疑还是胆怯。这一种情况在这儿是一种处境，一种无论如何必须打破的处境，可是还没有人用胆怯打破过它，勇气只是把它变成无谓的忙乱。那么就继续瞎忙吧，你不要担心。

〔1919 年春？〕

290. 致约瑟夫·科尔纳

尊敬的教授先生：

非常感谢您。这样的研究是如此的平和并带来安宁，特别是因为导言很温柔，又站在男人一边，我真想接着往下读。不过贝蒂娜看上去也像一个化了装的、困惑的、有一半犹太血统的年轻男人，而且我不明白，这个幸福的婚姻和 7 个孩子是如何产生的。如果孩子们以后的生活道路还会顺利的话，那真是个奇迹。

另外，单行本中删掉了这篇文章中有关野兽的大腿和类似的猎获物的绝大部分，很遗憾。

致以友好的问候！

卡夫卡　敬上

〔邮戳：1919.6.3—布拉格〕

291，致 J.W.（？）的父母

〔片断〕

……不管它的内容是什么，又是如何得到证实和传播的，都好像是在诽谤我，使我显得可鄙、可笑。但是无论怎样解释，在这方面它是真实的，我给最纯洁最善良的 J 带来这么多痛苦，与此相比，任何仅仅来自社会的处罚都是微不足道的。

我相信这两个假设是真的，如果不是这样的话，那么请让我们在一起吧，越过我所有的弱点，我们感觉彼此休戚相关。抱着一些希望，我打算 2 月份去慕尼黑，大约待三个月。J 也一直想离开布拉格，或许她也能去慕尼黑。我们将见识另一片天地，有些东西或许自身会发生些变化，或许将改变某些弱点、某些恐惧，至少是改变它们的形式和它们的方向。

我不想再多说什么，总而言之，我觉得，最后好像还是说了太多不雅和不愉快的事。请你们耐心些，不是宽容，而是耐心和专心，以便你们尽可能地不漏掉什么，也不对任何东西穿凿附会。

你们忠实的　弗兰茨·卡夫卡博士

〔19〕19 年 11 月 24 日

292. 致 M.E.*

亲爱的闵策小姐：

　　既然小姐和闵策不协调，那么我称您：亲爱的闵策，您给我带来了极大的快乐，当然照片也使我高兴，可是主要是因为您是我曾认为的那种人，值得信赖，守信用，善良。这是最重要的。因此，对照片我也能说实话，它们正如一个好人的真实写照那样，显示出某些人们很感激的东西，或许人们用自己的眼睛也没能发现的东西。您是位惊人的演员，或者更确切地说，您具有一个演员或舞蹈家的惊人素质。您神一样的傲慢（高雅意义上的），承受得住各种目光的打量，既中看又耐看。这点，我倒不曾想到过。可是，恐怕您的这种素质在摄影师———一个平时可能极出色的人——那儿，没有得到很好的、明智的把握。照片上好的东西，很清楚是您本人，例如，第一张，他照得有点像施尼茨勒·阿纳托尔；第二张，把您照得弱不禁风；第三张有些像韦德金德①；最后第四张则是(第一个晚上的)克列奥帕特拉。可这儿的前提条件是，您不是费恩·安德娜②。他就这样把各种东西混在一起，而且在每个地方，无疑都有点道理，可是根据我的感觉，总体上他从未真正掌握这些东西。我并不是想借此说，您应该回避这样的摄影，我坚信，它丝毫也损伤不了您的心灵。可是面对这些事情，您得时刻保持着怀疑，就像您面对您笔记本中的达恩③和鲍姆巴赫④面对多愁善感、谎言和矫揉造作所应保持的怀疑一样，因为您在本质上比这一切要好得多。而且毫无疑问，您将越过这一切，就像越过通往圣泉的冰封的道路。在那条路上，很多其他的人要么因为

---

* 一切迹象表明，女收信人同多拉·格里特在回忆录结尾部分提到的"年轻小姐"是同一个人，书里写道："他告诫、恳请、教导她，将来要献身于工作，并寄望于工作和效率的提高。"卡夫卡在波希米亚西北部的小村庄舍列森与闵策·E结识，卡夫卡曾多次访问那个村子。这里涉及的是卡夫卡于1919—1920年冬在施蒂德尔公寓的逗留，当时闵策·E久病后，也在那里休养，以求康复。

① 德国剧作家（1864—1918年）。——译者
② 当时很有名气的女电影演员。
③ 德国作家（1834—1912年）。——译者
④ 德国诗人、小说家（1840—1905年）。——译者

愚蠢而倒下，要么因为多愁善感而绊跤。我坚持认为，您来霍尔茨明德[①]是件大好事，那可也是一个广阔的世界啊，而且没有特普利茨[②]的红色背景。

那么，照片可由我保存了，不是吗，因为信里没有相反的命令。请再来信，特别是当您变换了地址时。拥有一个好朋友，也许根本不是什么坏事。

再会，闵策！请代我向那儿所有的人致以衷心的问候，特别是小姐[③]！

卡夫卡 上

星期六〔1919/20年冬于布拉格〕

1920年

293. 致 M.E.

亲爱的闵策：

您上一封信我倒是收到了，当然也因它而感到高兴，常常想着它，想着您。可是——我也不很清楚是为什么——直到今天还未给您回信。也许是因为它显得如此独立，根本不需要帮助，甚至不需要回复。

今天的信不一样了。这么不安吗？这可真糟糕。可是顺便说一下，就是在舍列森时，您的不安里就包含着一些快乐的、无忧无虑的和深信不疑的东西。人们为您担忧，可是也不希望您是别的样子。这就是我的态度，而亲戚们，他们就是愿意这样想，也不容易做到。可以理解，他

---

① 一所农业培训学校。
② M.E.出身于特普利茨一个生活条件优裕的家庭。——译者
③ 指施蒂德尔小姐，公寓老板，客人们通常称她为"Gnu"（德语，意为"角马"）。

们只会担心。我记不清，您是否对我讲过，父亲（且不谈管理企业和照料病人）对您有多么满意，您是否让他担心，他对您的未来是怎么考虑的等等。这些定会使我感兴趣。可是我相信，您谈起过父亲勃然大怒的情景。

真可惜，您放弃了学习计划，我不完全明白是为什么。如您所说，您已被霍尔茨明德录取。此外，霍尔茨明德也不是唯一可能的选择。仅仅在波希米亚北部就有好几所类似的学校。您作为实习生也许会想去一座农庄，那么，看来您一直都还是严肃地对待学习计划的。我知道眼下没有别的可能，但类似的可能性总还是存在的。要是我没有弄错的话，您自己不是说过，格罗斯普里森有个专业可能会录取您吗？——这方面也没有什么结果吗？那么，我们还将共同考虑这个问题。

在舍列森和那以后的时间您是怎么度过的？同沃尔夫在一起，再就是在原野中到处奔跑？这样倒不错，但却太少了或太多了些。一个人能够追逐自己的梦是好事，但又会变成坏事。大多数结局都是这样的：结果变成被自己的梦所追逐。正如您所写的，世界是广大、辽阔的，但绝不比人们在自己心中造就的它大一丝一毫。您现在眼中世界的无边无际，除了是一颗勇敢的心的真理外，也是十九年年华的幻景。这一点您用下面这个例子可以很容易地得到验证，在您眼里四十这个年龄同样是无边无际的，但您的整个周围环境将会向您表明，您所幻想的无边无际并未包含在这个年龄中。

您在卡尔斯巴德干什么呢？您已恢复健康了吗？我想，在卡尔斯巴德也有施蒂德尔小姐的一个亲戚，她对我讲过这亲戚的许多好话。您认识她吗？我也许一个月后去梅诺拉。您本人去过梅诺拉吗？

致
衷心的问！

弗·卡夫卡　上

〔1920年1、2月间于布拉格〕

294. 致 M.E.

亲爱的闵策：

不，我并不想夺去您对生命的无穷性的信念（这种无穷性也是存在的，只是不是就通常的意义而言），也无法从您那儿夺去，因为您实际上并不拥有它。我是说：并未有意识地拥有它。要我对此说三道四，那么我只想说：相信您自己，相信您的更好的自我吧。当然，闵策作为低着脑袋的垂柳有时也是很美的，至少（大约估算一下）比闵策—克列奥帕特拉漂亮十倍[①]。

奇怪的是，在您的信中"美妙的时辰"和"愚蠢"挨得这么近。它们不是同义的，而应该是相反的。用"美妙"来修饰时辰，这时辰中人们应比平时好，而"愚蠢"则是另一种时辰，那时人们比平时坏。"美妙的时辰"是用忧郁的情绪所买不到的，相反，"美妙的时辰"还能给一切灰暗的将来以光明。而为"愚蠢"，人们是必须付学费的，而且马上就付，尽管人们并不知道这一点。他们用左手干着"蠢事"，同时右手不停地付学费，直到付不出为止。而蠢事当然人们都在干，亲爱的闵策，人们干得多么多，多么多啊！人们干蠢事干得忙不过来，以致没法偷闲去干别的。但这并不等于说有理由对此听之任之，而您肯定也不会听之任之的，否则您就不是我的亲爱的小闵策了。

那同您达成一致而您也同他达成一致的叔叔是谁？

为什么您对在格罗斯普利申当实习生的可能性一字不提？附上一则广告，我也是18岁时经常在一家犹太刊物上看到它。您不妨写封挂号信寄给："伊蒙霍夫（黑尼·罗森塔尔），德意志帝国，德骚，马克[②]"。我相信，那儿离柏林不远，我亲耳听到过人家称赞那儿。

---

① 此话较费解，据估计："闵策"（Minze）意为薄荷，故作为植物与垂柳（意为"垂头丧气的人"）并提，意思是"柔情依依的闵策"；与后面的"闵策–克列奥帕特拉"（意为女王闵策——高傲的闵策）相对。克列奥帕特拉（公元前69—前30年）是埃及女王，罗马皇帝恺撒的情妇和盟友。

② 伊蒙霍夫在德骚城附近，是个旅游胜地，有个著名学府。"马克"是"区"的意思。

您在霍尔茨明德那儿的事具体怎样?

您在卡尔斯巴德干些什么?无所事事是"蠢事"中最大的,但也是相对较容易消除的一种。您读些什么?

我把您的哪些愿望忘记了?但总不会是我的照片吧。照片我是故意不寄的。闵策,如果我的眼睛在您的记忆中真的清晰、年轻、镇静,那么就让它们待在您那儿吧,那么它们在您那里的状况比在我这里好,因为在这里它们是相当阴沉的,越发不安,在36岁的坦率中轻微地晃动着。照片中这些虽未表现出来,但这张照片却因此而更没必要寄上了。如果我的眼睛哪一天变得美一些、纯洁一些,那么您会收到一张照片的,但那样的话又没有必要了,因为那样它们就会以纯洁的人眼所具有的力量一直追随您到卡尔斯巴德,径直看见您的心。而现在它们只是吃力地在您的正直的、因而可爱的信上爬来爬去,不知所终。

致衷心的问候!

卡夫卡 上

〔1920年2月于布拉格〕

295. 致库尔特·沃尔夫

尊敬的沃尔夫先生:

我什么也没忘记,但是当我去年12月就要去休假时,受了点风寒。医生给我作了全身检查,当他听说我要去慕尼黑时,极力劝阻,相反建议我去梅诺拉或类似的地方。我得承认他说得对,我的健康状况不稳定,因此虽说一次这样的休假只会对我有益,但我将不能自由而安全地度过。既然不能去慕尼黑休假,那么我宁愿什么地方都不去——完全闲着,等着体重增加——就待在此地。我也宁愿不给您,库尔特·沃尔夫先生回信,因为前不久我试图让您甚至对我的牛奶需求量感兴趣(实际上我是想一开始就把尽可能多的事实订进计划里),那么现在还有什么大做解释的必要呢?

这样，我唯一想做的这次健康休假是不能成行了——也许以后会让我补上——但是在这冬春之交，一次养病休假却势在必行。既然我已定下去巴伐利亚州，就让人给我寄了一张凯因岑巴德疗养院（在帕滕基兴附近）的广告来。可是就在今天我从慢吞吞的几乎不情愿提供咨询的管理处得到消息说，要到了月底才会有一个空房间，似乎晚了点。其实，我现在既不需要疗养院，也不需要治疗，相反，倒不如说这二者弊大于利。可是阳光、空气、土地和素食这一切，在这个季节，除开波希米亚，我只能在疗养院谋得。那么，尊敬的沃尔夫先生，在这方面您能给我出个主意吗？我会心怀感激地接受的，不然的话，我大约在3月底去凯因岑巴德。

致衷心的感谢和问候！

弗·卡夫卡 谨上

〔1920年2月于布拉格〕

296. 致 M.E.

亲爱的闵策：

首先对您上学的事，我和您同样高兴。您夸大了在学校里可能会遇到的困难。我认为：如果您去上学，这会是一个极好的开端，对您自己也是这样。首先，有您叔叔，也就是说来自于家庭的鼓励，这使您能有良好的心境，其次齐格勒博士①的推荐在学校里或许不是没有意义的，最后这可是——我这么猜测——一所犹太学校，会特别令这个眼下还有点动摇不定的孩子（只不过是一个称呼，比通常的称呼多些奉承意味）感到舒畅。

那么，在卡尔斯巴德过得就这么样？那当然。至于"整个俊俏的容

---

① 齐格勒博士是卡尔斯巴德镇的犹太教经师，著名的传道士和宗教作家。

貌",我几乎什么也没看见。青春当然总是美的,人们梦想着未来,或激发着别人的梦,或干脆说人们自身就是一个梦,这怎么会不美呢?但这是一种所有青春共有的美,人们是没有权利把它占为己有的。可是,"整个俊俏的容貌"在您那儿,指的是别的东西,而我没有注意到。发型和手臂像蛇一样的扭动虽然引起了我的注目,可是这一半是滑稽,一半是古怪,还有一半(闵策位于自然法则之外,由3个"一半"组成)甚至是不漂亮,过两天就会忘记的。可是她如此轻视的这个"否则"正在逐渐证实自己是某种实质性的东西。闵策,威胁着我的划线部分应该感觉到年轻,并未击中我。我并不是抱怨自己老了,而是相反,或者什么也不抱怨更好。您可知道,老年人的眼睛会变得远视,我说起过远视的缺陷。

我很可能不去梅诺拉了,太贵了点,也许去巴伐利亚州的阿尔卑斯山区。我相信,我的头更喜欢北方,而我的肺则喜欢南方。由于在我的头太难过时,往往是肺作出牺牲,所以我的头出于某种感激,也逐渐产生了去南方的渴望。

至于照片,就算了吧,闵策,因为人们在黑暗中(我指的是当人们彼此看不见对方的时候)互相听得更清楚。而我们是想好好倾听对方的。因此,如果我们现在在布拉格,不管是有意还是无意都不相见的话,将会好得多,我是当真的。

可是被学校录取之事,我是首先得知的人之一,这使我深感荣幸。

致衷心的问候!

卡夫卡　上

〔1920年2月于布拉格〕

297. 致库尔特·沃尔夫

尊敬的沃尔夫先生:

现在出乎意料地从凯因岑巴德来了一封电报,疗养院通知我,说早些时候的消息不算数了，他们在3月初给我预留了一个房间。这使我很高兴，就好像征服了一个难以驾驭的人。可是此外这也许是件好事，我的状况本来就容不得过多的耽搁。而且在年初这段还较冷的日子，我若待在某个疗养院里，也许更是件好事。也许以后会有一个更好的去处。无论如何，我请您，尊敬的沃尔夫先生，暂时不要再为我的事费心，并请确信我对您所有友好举动所表示的衷心感谢。

弗·卡夫卡　谨上
〔1920年2月于布拉格〕

298. 致 M.E.

亲爱的闵策：

　　这样的信肯定可以寄，而且尤其可以寄。其他更连贯的、不这么零散的信，常会违愿地掩盖某件主要的事。这样一封内容零碎的、由几个片断组成的信什么也掩盖不了。一个人能看到多少，其实只取决于其洞察力。这样一封信是如此亲密，好像人们在一所共同的房子里，虽然被一千个房间隔开，它们的门却依序敞开，因此人们在最后一个房间看到了您，尽管肯定只是很小和很模糊的身影。人们这时所看到的闵策，既不显得很美，也不很有趣，也不很好。

　　此外，闵策，您（或者干脆是这样，如果人们利用过的话）像一个小小的犹太教经师那样感觉敏锐、坚持真理。当然，这个必要的立足点是不能在学校里被灌入的，您必须在心中拥有它。您也许会在心里找到它，这似乎是很容易想象的。虽然闵策外表看上去这么清楚明白，可她的内心世界，就像每个人一样，是无边无际的，真诚寻找的一切都可在那里找到。

　　我面前放着一份带有图片的关于"阿勒姆园艺学校"的报告。现在那儿富丽堂皇，我过下一个生日时，最大的愿望莫过于变成19岁和去阿勒姆——就是您的西蒙学校。另外，这所女子园艺学校是在战争快结束时才开设的，在那之前只有一所男子园艺学校和一所女子家政学校。

这也许会增大您被录取的希望。但愿不久就梦想成真!

卡夫卡 上
〔1920年2月于布拉格〕

299. 致马克斯·勃罗德

亲爱的马克斯:

  昨天我被这篇短篇小说和它表现出的坚定不移的思想紧紧抓住,我耽搁了奥特拉的科隆之事①,没有像我预计的那样去谈。我对科隆的兴趣胜于斯洛伐克和巴黎。这事若能办成,我将更满意地离去。我不知道,你是否能做些什么以促成此事。不管怎样,我还是想对你说说这事。也许在勒维小姐那儿说句好话,或做点类似的事就够了。我暗自许愿,为国家基金献上一千克朗,这也许算不上是对命运的真正收买,因为我想以此为奥特拉换来的不过是辛苦和劳作的可能性。这件事对奥特拉的巨大吸引力比事情本身更使我高兴。要是真的能成就好了。

弗兰茨
〔1920年(约)3月于布拉格〕

300. 致费利克斯·韦尔奇

亲爱的费利克斯:

  谢谢你的耐心。可是上个星期我思想特别不集中,而且我想仔细地做这件事,也即读两遍,因此就拖了这么长时间。

  对我来说毫无疑问的小地方,我当即更正在长条校样上,对这些更

---

① 卡夫卡的妹妹奥特拉想报名上科隆的巴勒斯坦农业预备学校,卡夫卡热情支持。

正你当然得复校一下。与此相反,我相信没有放过一个印刷错误。其他的小问题和建议我记在另附的纸上。其相应的位置,你可从长条校样边缘处作的记号上找到。

这可能都是些小毛病,我不敢对你、对这本书提出更重大的问题。作为宗教书籍[①]——比我以前想的要丰富得多——现在及将来对我都意味深长。

新的校样出来,请别忘了我。

弗兰茨 上

〔1920年春〕

〔信后附有一张清单,上面列着约40个修改建议和问题〕

301. 致 M.E.

亲爱的闵策:

我生病躺在床上,依照改不掉的老习惯,发着低烧。而您又来信告知,在阿勒姆未被录取。那些人总还可以为您找到一个小位置的吧,看来他们不知道,您可以把自己缩得有多小。这期间,我也听说了别的犹太学校,例如科隆附近的奥普拉登。可是那儿也已满员。就是在4月开始的下一学年,也只有隐约的希望。可是关于这事,我也许会获悉更确切的消息。伊门霍夫呢——还是叫别的什么——根本没有答复吗?那么现在在格罗斯普里森实习——关于在格罗斯普里森的情况您固执地闭口不谈——明年去阿勒姆不可行吗?为什么呢?眼下,特普利茨风行在女帽上插戴植物状饰品,这不过是一种价值不大的、不很令人愉快的代用品。我不能容忍我从未见过的特普利茨。它正是您的家乡。对一个不管因何种原因而不得安宁的人(即使他愿意低估某些完全不属于家乡的东

[①] 费利克斯·韦尔奇所著的《神恩与自由》,从宗教与伦理学角度研究创造意志问题。1920年慕尼黑版。

西）来说，家乡寄寓着回忆、悲伤、细琐之事、羞耻和诱惑，而且还是一处滥用各种力量的地方。

家乡思想上的狭隘，导致您这么对立地看待他人和自己，确切地说，是别的姑娘和自己。对立肯定存在着，因为世界正是由于它的混乱才和您的头脑有亲缘关系，但是像您弄得那么简单——这儿是其他姑娘，那儿是我——这一刀无疑切不下去。可恶的特普利茨。

我的病状耽搁了写信。此外，这按说不是病，但也绝对不是健康，而是属于那组疾病。它们似乎待在某个地方，可它们的起因不在那里。因此，对这些病，医生比往常更加束手无策。无疑，病的是肺，但又不是肺。我可能还是去梅诺拉，或者到月亮上去，那儿根本没有空气，这样，我的肺就可以彻底休息了。

照片给了我很大的快乐，首先因为它们是信任的明显标志，您借给我的，对您来说是和父亲的照片一样珍贵的东西。翻印时，自然会失去某些东西，这只是一张二手照片。可是有些东西，相信还能清楚地看出，一个漂亮的额头，柔嫩的太阳穴，活力，一个异常艰难的生命。奇怪的是两手不自然的姿势。

这个孩子很出众。身体充满动物般的美，像一只北冰洋大块浮冰上的海豹，脸孔却具有人类的美。顺便说一下，更富女孩气质，眼睛会说话，嘴形饱满。确实令人欣慰，不管他是自己的孩子，是侄子，或者竟是姑姑的孩子。可就是在特普利茨，您也不应让自己被这两只最美丽的小手紧紧抓住。

卡夫卡　上

〔1920年3月于布拉格〕

302. 致 M.E.

可怜的闵策：

怪可怜见的闵策，我不想怪罪任何人，大概没有人故意这样做。可是人们显然想把您留在家里，而您把您的旅行准备工作显然正是委托给了这些人。他们不想做这次旅行，正因为如此，他们或许没有做能做到的一切。可是为什么学校方面不能办妥入境许可呢？而且如果校方不能取得入境许可（但至少希望，一旦您到了那里，就能获准留下来），为什么不至少给您写封信呢？凭这样的一封信可向领事馆证明：您，比方说为了一个讲座或一次考试，想在那停留两三天。对两三天的逗留，即使没有入境许可，您肯定也能得到签证。您若误了三两天的课，倒是没有关系。我现在将不再一味屈服了，就是说，若我处在您的位置，我会让步，或早就让步了。对这么沉重的、来自四面八方的许多老亲戚的重炮攻击，我是顶不住的，但您不是胆小的兔子，闵策。

当然，其他的——您瞧，闵策，我也了解这种痛苦，大家都了解，能化解的只是极少数人，可我也许以一种极有限的方式了解得比别人少，而您则多得多。所以，在这件事上，我根本不想和您作比较。我非常尊重您的痛苦，像对每个陌生人的痛苦一样。可是有一点，您也许弄错了，每个人心里都有咬啮着他的魔鬼，破坏夜间的安宁，这说不上好坏，这就是生活，谁没有它，谁就不是活人。那么，您心里诅咒的是您的生活。这魔鬼是那种您已获得的材料（而且归根到底是一种奇妙的材料），现在您应该用它做成点什么。如果您在农村劳动过，那么据我所知，这不是逃避，而是您把您的魔鬼赶到那儿去了，一如人们某一日把一头至今只养在特普利茨巷子里的牛赶到更好的牧场上去。布拉格卡尔桥上的一座圣徒雕像下有一幅浮雕，可说明您的故事。这位圣徒在那里种一块田，犁上套着一个魔鬼。它虽然还很愤怒（也即过渡阶段。只要不是魔鬼也满意，就不是完全的胜利），龇牙咧嘴，偏着头，用凶恶的眼光睥睨着它的主人，拼命卷紧尾巴，可它到底被架上了轭具。那么，闵策，您不是圣徒，也不应是圣徒。如果您所有的魔鬼都来拉犁的话，这完全没有必要，或许还是令人遗憾和悲伤的事。不过，对大部分魔鬼来说，拉犁是好事，而且是您利用它们做的大好事。不说这些了，因为只是在我看来是这样，——您的心灵正在追求这些。

您写道，如果那两个求爱者"不是那么不讨人喜欢"，您也许会结婚的，以求获得"安宁和家室"，您还把自己同您的母亲作比较。这里就有矛盾了，您的母亲有"安宁和家室"吗？"安宁和家室"也许是不能够简单地在疲惫状态下作为一种礼物接受下来的，而是必须去赢得的。必须是某种可以称为"我的杰作"的东西。假如在温暖的房间里所有的角落都坐着您的魔鬼，一个不缺，他们全体变得日益强大，其目的是使您变得日益虚弱，那么这又算什么"家室"呢？

可是，我不是无条件地坚持后一种看法的，也许完全是因为您执拗地畏惧婚姻，所以那两人在您看来才不讨人喜欢。再说，我相信，您在某一点上肯定和您母亲不同。一个自己的孩子会对您具有决定性的意义，也许能拯救您。您不信吗？

另外，面对您的信，还有一点使我感到安慰：您有时候肯定还能——不要否认这个，闵策——像当时在游廊上那样欢笑（在阳台上，听上去不再那么响亮）。

卡夫卡　上

〔1920 年 3 月于布拉格〕

303. 致库尔特·沃尔夫

尊敬的库尔特·沃尔夫先生：

巴伐利亚仍难企及。房间已订好，可是没有巴伐利亚区的入境许可就不能给我较长时间作疗养院逗留的签证。我打了个电报到凯因岑巴德，希望那边能为我办理。但回电给我的不是批准，而是告知，从本月15日起停办外国人入境手续，我得向区主管机构申办，这样无非是递交一份申请书，以便四周后能得到不同意的批件。这我可受不了，我将集中所有的钱到梅诺拉去，说穿了不太愿意，因为那里虽说对我的肺更好些，但我的脑袋想去的是巴伐利亚,而它指挥着我的肺病,自然理当如此。

　　致衷心的问候!

卡夫卡　上

　　您提到符腾堡地区的舍恩贝格疗养院,可这大概不是完整的地址。

〔1920年3月底于布拉格〕

304. 致 M.E.

亲爱的闵策:

　　这张照片真棒,值500个克列奥帕特拉,给我带来了莫大的愉快。沉思的(此外有点互不相同的)眼睛,沉思的嘴,沉思的面颊,一切都在沉思。在这个奇怪的世界上也确实有那么多引人深思的事情。我童年时,我们家有一小套莎士比亚的女人们的画片,其中有一个女人(我记得是波契亚)是我特别喜欢的。这张照片使我想起那早已忘却了的姑娘,她留的也是短发。

　　我明天去梅诺拉。和您的意见(这其实不是意见,而是一颗善良的心的表白)相反,我一个人去就是最好的了,但在这儿,即使是最好的东西也还会长久地不好。

　　我将从梅诺拉给您写信。除照片外,您信里最好的消息是:您还没有放弃阿勒姆。您的目光从特普利茨挪开而投向波希米亚——萨克森的瑞士,或许照片上您的面部神情正是借此说明了这一点,因为这张照片看上去是用于旅游身份证明的。

　　顺祝
一切安好!

卡夫卡

〔1920年4月初于布拉格〕

305. 致马克斯·勃罗德和费利克斯·韦尔奇

亲爱的马克斯：

这是在我的新房间的第一个晚上，房间看上去相当不错。寻找、决定、特别是告别旧房间（它似乎是脚下唯一稳当的地方，我却踢开了它，就因为几个里拉，和其他种种琐事，它们只有在境况较稳定时才会再有价值）的烦恼，所有这些烦恼，新房间当然抵偿不了，其实这也不必要。烦恼过去了，可它们的根子却留了下来，（说不定在哪一天）它会比这里所有的植物长得更茂盛。

我在阳台上写信，晚上7点半（夏令时间）多少还有点凉。阳台伸入一座花园，伸得似乎太深了点。我也许更喜欢有一定的高度（可是只有有了一千个这样的阳台，而且一个不少时，才找得到一个高的），而客观上，这也没什么缺点，因为太阳直到傍晚6点还暖暖地照着，满眼美丽的新绿，鸟儿和壁虎都来到我面前。

在这之前，我住在旅馆里。那是这儿的第一批旅馆之一，也许竟是第一所，因为其他同等级别的旅馆还未开放。客人中有几个高贵的意大利人，还有几个外来者，剩下的大半是犹太人，一部分受过洗，改变了信仰（但是，在一个改宗的犹太人身上，寄生着何等丑恶的犹太人的势力啊，直至临近爆裂，只有在信基督教的母亲所生的信基督教的孩子们身上才能平息下来）。例如，那里有一个土耳其——犹太血统的地毯商（我和他用我那点希伯来语交谈了几句），一副土耳其人的外形，僵化、平和，和君士坦丁堡的犹太教大法师是好朋友。奇怪的是他认为大法师是犹太复国主义者。——再就是一位布拉格犹太人，至颠覆时止，一直是德国皇室和梅斯坦斯卡·贝泽塔组织的（秘密）成员，现在只是随着职位的升迁，离开了军官俱乐部（此处涂改得完全无法辨认——勃罗德注），并立即把他儿子转入一所捷克中学。"他现在既不能会德语，也不能会捷克语，只能大喊大叫"。当然啦，他忏悔后，参加了选举。可是这一切根本没给他打上什么烙印，没有从远处触动他的要害之处。这是一位好心、活跃、诙谐、热情的老先生。

在我现在所住的膳宿公寓（我是偶然找到它的，经过种种长时间无奈的寻找，我偶然拉响了它的门铃。我现在忽然想起，当时是复活节星期一，一位去做礼拜的女人六神无主地在巷子里向我高声喊道："路德是个魔鬼！"我没有理会前不久别人给我的警告。）的社交圈子里，全是些德国基督徒。引人注目的有：几个老太太，再就是一位将军（是退役的或现役的，反正都一样）和一个同样情形的上校。这是两个聪明、受欢迎的人物。我请求在共用的餐厅里给我一张单独使用的餐桌，我看到公寓对另外类似的情况也提供服务的，素食者因为数不多而惹人注目，这样首先可以细细地咀嚼，单独用餐当然更保险。这自然很奇怪，特别是事实表明，严格地说，只有我一个人单独用餐。后来，我提请女主人注意这事，但她宽解道：她对"仔细咀嚼"也了解一点，并且希望我长胖。可是今天，我走进餐厅的时候（将军还没到），上校那么诚恳地一再劝请我同桌进餐，我只好让步。如此一来，事情按部就班地进行。交谈几句后，就显出我是布拉格人。将军（坐在我对面）和上校两人都熟悉布拉格。捷克人？不是。那就正视着这忠诚的德国军人的眼睛说清楚你到底是什么人吧。不知是谁说的："德国波希米亚人。"另一位说："混蛋。"然后一切归于平静，大家接着吃饭，可是将军灵敏的、在奥地利军队里受过科学训练的耳朵不满意，饭后他又开始怀疑我的德语声调。顺便说一下，也许眼睛比耳朵更怀疑。这时我便能试着说明我的犹太民族问题。他现在虽然在科学上满意了，可是在人性上并不称心。与此同时，也许是偶然的，因为所有的人都不可能听到这场谈话，但是也许有某种关联吧，全体人员都起身离去（不管怎么说，昨天他们在一起待了很长时间，我听见了动静的，因为我的房门就紧挨着饭厅）。就是将军也很不安，可他还是出于礼貌，在迈着大步急急离开这儿之前，以某种方式结束了这次简短的谈话。在人情上，这样也使我不很满意，我为什么非得让他们烦恼？另外，这也是一个好的解决办法，虽然不那么可笑地独坐，但也还是自顾自地待着，条件是人们不会臆想出什么处罚。另外，我这会儿要去喝牛奶、睡觉了。再见！

弗兰茨　上

亲爱的费利克斯：

你也需要我这些小小的新闻吧。说到阳光，我从来就没信过，根本从未相信过，这会儿一直是万里无云的大晴天。可这点也不真实，到现在（这会儿是星期四晚上）为止，这样的天气有一天半了，即使是这样，也出奇地凉爽宜人。此外也下雨，还有点冷。在离布拉格如此近的地方，还能期望别的什么吗？不过，植物使人发生错觉，这样的天气，布拉格的小水坑几乎还结着冰，而这儿，我的阳台前，百花却渐次开放。祝一切顺利！请向女士们和奥斯卡问好。

弗兰茨　上

能把《自卫》寄给我吗？（载有你的大作的那期我已读过了。）

〔1920年4月10日于美兰〕

306. 致 M.E.

从温暖的南方致以衷心的问候。温暖是因为生着炉子，我几乎靠在它上面。尽管如此，这儿仍很美，因为离布拉格至少有两步之遥（用头量和用脚量不一样）。万一有阿勒姆的新消息，请来信。我的地址为：南蒂罗尔，梅诺拉——翁特迈斯，奥托堡公寓。

卡夫卡　谨上

〔风景明信片，1920年4月于美兰〕

307. 致马克斯·勃罗德

亲爱的马克斯：

没有听到任何关于你的消息，已经好长时间了。当然是我的错，因为第一封信不知怎么给弄丢了后,我是可以寄去第二封的。或者相反,我也许不能好好地做这事,因为在这里虽说过得很舒适,体重增加,只是像通常一样日夜忍受着焦虑魔鬼的折磨,可是要最准确的告知我的生活情形却只有什么也不写才能办到。而你大概——并不一定是我的反面——由于大量的工作没有选择的可能性,这对写作来说是必要的。可是你气色不错,这是母亲写信来告诉我的。她的信使我摆脱了一些不愉快的想法,为选举而过度工作以及对选举的失望等等诸如此类的想法。

另外,我倒也听到一点你的消息。我的医生约瑟夫·科恩博士(布拉格犹太复国主义者),他到这儿来的途中看见你在慕尼黑下车,这使我很惊奇,尤其是考虑到选举的时间。直到他又一次带来慕尼黑剧院骚乱事件①的消息。奥罗斯明该听到这一切了吧!

这封雅诺维茨的挂号信,我是昨天收到的,随信附上;若附上的我的复信在你看来还过得去,就把它寄走,否则我当然很愿意按照你的愿望修改。可整个这事竟酿成了一场耐力游戏,只有当他或我们骂起人来时,才能得到意见一致的解决办法。我们若不想变得粗俗,那还是表示满意较好些。

请代我衷心问候费利克斯、奥斯卡以及太太们,特别是埃尔莎太太。

弗兰茨 上

〔1920年4月底于美兰〕

308. 致费利克斯·韦尔奇

亲爱的费利克斯:

谢谢你寄来的明信片和《自卫》杂志。我想看《自卫》,真是已把它当作来自你的消息。我根本没想过,你该特意给我写信。你的工作效

---

① 马克斯·勃罗德的独幕剧《感情的高度》(奥罗斯明)在慕尼黑被观众喝倒彩。

率,特别是你对此已表现出的勇气,我难以理解。面对自己,你是以怎样的优势、镇静和忠诚去做这一切的啊。关于明信片上提到的你个人的痛苦,我在字里行间搜寻着,可是没有觉察出一丝一毫。这样办杂志,表明在世时就已光彩照人。此外,对政治策略,我几乎评价不了。

不久前,在本地面包师霍尔茨格坦那里,我看见几册《自卫》放在店堂的桌子上,一个小伙子向女主人借杂志。他们谈的主要是报纸的事情,我没有机会插嘴。不管怎样,我大吃一惊,当即就想写信告诉你,有关对《自卫》的传播所进行的有趣观察。可惜给耽误了,而现在已太迟。因为我得知,原来那几册杂志本是我的,我借给了医生——位布拉格的犹太复国主义者(在这之前,我还借给了一位布拉格的老妇人)。医生把杂志忘在了面包师那里,不复再得。

前不久,我本想寄给你一份当地的天主教报纸,上面有一篇关于犹太复国主义的社论文章,可是当时又觉得太无聊了。社论评论一本在维也纳出版的书①,即维希特尔论犹太复国主义和共济会主义的书。根据该书,犹太复国主义是由共济会主义创造的,在布尔什维主义里已开始走向兴盛,以破坏一切现世的东西、建立犹太人的世界统治为目的。这一切是在第一次巴塞尔会议上决定的,这次会议虽然对外是磋商各种荒谬的事务(为了得到世界组织的表面同意),对内却只是商讨实现世界统治的方法。幸好秘密议定书被偷了一份出来,由俄国大学者尼卢斯②(社论中以一种奇怪的方式再次明确地补充说明"他确有其人,是一名俄国大学者")出版。议定书"复国(会议成员自己这么称呼)的方法"中某些地方被引用,它们和这篇社论一样既愚蠢又恐怖。

你告知的有关朗格(我让人多次谢过他)的消息使我很高兴。我知道,这绝大部分是孩子气的快乐,可是我享有它,毫不羞愧。这个孩子

---

① 弗里德里希·维希特尔的《共济会主义——犹太复国主义——共产主义——斯巴达主义——布尔什维主义》,汉堡和维也纳,1920 年。
② 这份报告最初引自 S. 尼卢斯的一本书,后来被 O. 弗里德里希和 H. 施特拉克证实是伪造的。

显然没有得到满足，攀着岁月的梯子往上爬，直到头晕起来。

我在这儿过得很好，如果不失眠的话。可是我常常失眠，而且很严重。也许是山区空气引起的，也许是别的什么。确实，我既不很喜欢在山区也不很喜欢在海边生活，这对我是过于英勇的行为。这只不过是玩笑话，可失眠是真的。尽管如此，我在这里还要待几周，或者搬到博岑附近去。

衷心问候马克斯、奥斯卡和女士们，还有你的父母和兄弟。伟大的时代不是很快就要来到吗？祝勇敢的女性一切顺利。

弗兰茨　上

〔1920 年 4 至 5 月间于美兰〕

309. 致马克斯·勃罗德

最亲爱的马克斯：

非常感谢。慕尼黑与我想象的相似，那些细节很奇怪。这是可以理解的，犹太人也许损毁不了德国的未来，但是人们可以设想，德国的现在会被他们毁坏。他们一直迫使德国接受某些东西，而德国也许已慢慢地用它的方式向这些东西走去，可是面对它们，德国却持反对态度，因为它们来自外人。一场极其徒劳无益的活动，反犹太主义及与之相关联的一切，德国都归功于犹太人。

至于我这儿的小圈子，矛盾早已平息。当时我夸大了些，其他人也同样。例如，将军现在对我比对别人和气些，顺便说一下，这并没有让我吃惊，因为毫无疑问我有一种令人愉快的好品质（很遗憾，仅此一点得益于所有其他的人）。我能够出色地、真诚而愉快地倾听。这肯定是在家庭里逐渐养成的习惯。例如，我的一位上了年岁的姑妈即使心里想着别的事，脸上也是一副专注倾听的神情：张着嘴，微微笑，睁大眼睛，不断地点头和无法模仿的伸脖子的动作——不仅表示谦恭，而且想减轻别人，也减轻了别人措词的困难。那么我——不是自夸，赋予所有这些以真理和生命——有着姑妈的脸，她的脸很大，可还一直包容着我的。将军对这些可解释得不对，他因此认为我是个孩子。例如前不久他说出他的猜测：我有一个漂亮的图书室，可是立刻考虑到我还年轻，纠正道：我大概正开始为自己建立一个图书室。尽管人们用不着为我考虑过多，在餐桌上，反犹太主义还是表现出它典型的清白无辜。一位上校对我私下表示怀疑将军（从各方面来说，这对他都是不公正的）是一个"愚蠢的"反犹太主义者。人们谈论着犹太人的卑鄙无耻和胆小怯懦的行为（战争制造了许多机会，也引起了可怕的事情。例如，一个生病的东部犹太人在上战场的前夜向12个犹太人的眼睛里注射淋病病毒，这可能吗？），同时，他们的笑声里带有某种程度的赞赏，过后又来向我道歉。只对犹太人中的社会主义者和共产主义者，他们一点也不肯原谅，恨不得把他们淹死在汤里，剁碎用油煎。可也不是没有例外，例如这儿有一位工厂主，来自肯普腾（那儿也有过一个维持了几天的、不流血的、非犹太人的苏维埃政府），在朗道尔、托勒和其他人之间，他分辨得很清楚，关于列文的叙述也使人敬佩。

要是我能睡觉的话，我的健康情形可谓好极了。虽然体重增加了，但失眠频频向我袭来，特别是最近这段时间。失眠可能有各种原因，其中之一也许是同维也纳的通信①。她是一团我从未见过的生机勃勃的烈焰，尽管如此，却只为他而燃烧。燃烧时极其温柔、勇敢、聪颖。她牺牲一切，或者若她愿意，通过牺牲赢得了一切。而能激起这团火的又是怎样的一个男人呢？

由于失眠，我也许会比允许的期限提前些回去。我不大可能去慕尼黑，即使出版社对我很感兴趣，也不过是一种消极的兴趣。

衷心地问候你、你妻子和大家，特别是奥斯卡，我还没给他写信。

---

① 这是卡夫卡第一次提到密伦娜·耶申斯卡女士。

尽管不存在障碍，但要写内容非公开不可的信①，我还难以决定。

你的 弗

〔1920年5月初于美兰〕

310. 致 M.E.

亲爱的闵策小姐：

今天才收到转寄来的您的信，连附件也没收到，它在布拉格等着我，我将再次使它复苏。万一我还没有说过这话，那么今天就说：您可爱而善良。今天我在上面的这座宫殿②里，许多内阳台并未让我忆起舍列森的阳台，它们稍稍富丽些。人们从远处看不到这两座小别墅，看到的只是奥尔特勒山。至少，有一个内阳台，满月的晚上大概也有年老的骑士在那儿坐过。祝一切顺利！特别祝你在阿勒姆一切顺利。

卡夫卡

我寄上这张画片，因为它表现的显然是梅塔③下的最后一窝幼崽。

〔两张明信片。1920年春于美兰〕

311. 致马克斯·勃罗德

谢谢，马克斯，你的来信使我十分愉快。那个故事也讲得正是时候，

---

① 盲人作家奥斯卡·鲍姆需要别人给他朗读信件。
② 指蒂罗尔宫。
③ 明信片上的图案为一个狗之家；含列森施蒂德尔公寓的狗叫"梅塔"。

我足足读了十遍，足足为它颤抖了十次，而且用你的原话复述了它。

但我们之间的区别是存在的。你看，马克斯，情况是完全不同的。你有一座庞大的堡垒，被不幸围成了一个包围圈，但你在最里面，或者在你喜欢待的什么地方，你工作着，在受干扰、不平静的情况下工作着，但毕竟是在工作；而我在燃烧自己，我突然间变得一无所有，只有几根横梁，倘若我不用脑袋顶住它们，它们就会倒塌下来，而现在贫困者的一切都在燃烧。我这是在抱怨吗？我现在不抱怨，是我的外表在抱怨。而我做的是对得起别人的，我心中有数。

第二条消息当然是使我愉快的，它在我那时候已部分产生。自那以来，我对这个人做了最恶劣的事，而且也许用了最恶劣的手段。就像一个林业工人在砍一棵树（但他是接到了命令）①。你瞧，马克斯，我还在羞愧呢。

我很愿意5月间与你相聚，我非常高兴地期待着与你见面。

你的信中只有一个地方不和谐。即你谈到恢复健康的那段。不，一个月来已经谈不上这个问题了。再说你还写过《加林纳岛》。

弗兰茨　上

向你夫人问好。

你是否碰巧知道奥特拉的情况？她很少给我来信。7月中旬将是她的婚礼。

我会给奥斯卡去信的，但我该写些什么呢？因为我只有一件事可写。

〔1920年6月于美兰〕

---

① 这里有三行被卡夫卡涂得无法辨认。

312. 致费利克斯·韦尔奇

亲爱的费利克斯:

非常感谢。不,我没有读过《世界舞台》①。如果能够,请你为我保存它。可是《自卫》又没来,第一次寄来后(我为此谢过你的)就再也没来了。又偏偏是现在,根据报上一则有关贝督因人②的消息,巴勒斯坦正涨大水。也许角落里的装订工人的小书桌也已被打碎了。

衷心问候你和你的夫人。

也请问候奥斯卡。我月底回去。

弗兰茨 上

〔明信片邮戳:1920.6.12—美兰〕

313. 致 M.E.

亲爱的闵策:

您不说,这一切我究竟该从哪里得知呢。您现在在一个农场,而秋天到阿勒姆!如果您深思过,您就能给我最大的快乐,而且是一种真正的快乐。当一个人疲惫憔悴、睡眠不足而径直(也不完全这么糟)往办公室去的时候,这种快乐也许会使他精神焕发、充满信心。而能带来这种快乐的除了您的信和小照,不可能是任何别的东西。我当然用不着夸大其词,您虽然称谓是女助手(多妙的词!今天一个人还只是个普通人,明天就是女助手了),可这也许只是某种消夏和使自己有用的方式(这可不是怀疑,而只是还一直感到惊奇:您本应该办到这么简单可又根本不容易的事的)。可是随后我在照片上读到:圣灵降临节后的星期一,

---

① 指德国作家库尔特·图霍尔斯基(1890—1935年)的《在流刑营》一文,载《世界舞台》,1920年6月3日。
② 指阿拉伯半岛和北非的游牧和半游牧的阿拉伯人。——译者

这可是很久以前的事了。您还一直在那里，这可真了不起。您也已经能捉住一只小猪了，虽然还有点费劲，可是抓得很牢，而且您也有做这事的、黑得发亮的、有力的胳膊。不，我对肥料车上的闵策可比对黄金御座上的克莱奥帕特拉要喜欢得多。

对阿勒姆，您肯定用不着害怕。在那里的生活也许将不像您现在的这么自由（您怎么利用您的业余时间？），可毕竟是陌生的土地，陌生的人群，新鲜的事物和新的目标。刚开始受点约束，这简直算得上是好事，否则，人们会走向虚无的。也许在特普利茨的所谓自由，更确切地说是一种束缚，是被最最短的链条捆住了手脚，是错把昏厥当作了自由。您能从那儿挣脱出来，真是一个奇迹。

您肯定已恢复健康、不再背痛了吧。现在读您的信时，我忽然想起，前不久，我看到过施特朗斯基先生，还有一次见到了科皮兰斯基，可是非常匆忙、模糊，像做梦似的，我记不清是在哪里了。两人看上去气色都不太好。我的情况还勉强凑合，梅诺拉对我的健康毫无助益。这就是"内在的敌人"，它消耗着我，不容许任何实质性的康复。要是能把它当作一头活猪捉到怀里就好了，可是谁又能把它从内心深处带上来呢？这可不是抱怨；对此抱怨意味着抱怨生活本身，那显得很愚蠢。

致衷心的问候，再一次感谢您。

卡夫卡　上

另外，闵策，您别以为，我现在根据照片一点也不能想象米尔斯奥的情形。大约是这样：平坦，南面是缓缓的斜坡。富于腐殖质的黑色黏土性土壤，混合着石灰和沙子。底土是砂质黏土。玄武岩地层。不很大，耕地不到60公顷，种植小麦、大麦、甜菜和玉米。约42栋房屋，约268位村民（包括闵策）。做礼拜得到布龙讷村去。

根据一张这么小的照片了解这么多，足够了。不是吗？而且根本没有合适的时间四下环顾，因为一位农妇的审视的目光——她期待地望着天——挡住了人们的视线。

〔1920年夏于布拉格〕

314. 致马克斯·勃罗德

亲爱的马克斯：

如果你非常懒惰的话，那一定是好天气时的一件碰巧的事。这事若搁在我身上可没什么特别的，我总是很懒。在乡下，在布拉格，一直都是，甚至在我忙的时候也多半是懒的，因为这种忙碌算不了什么，不过是感激地躺着晒太阳的一条懒狗。

就在星期一，我一口气读完了《异教》，《歌中之歌》① 还没读，因为从那时起是学游泳的好天气。这一章显而易见内容丰富，同时开门见山、构思精巧，常常一再地让我吃惊。尽管我预料到了这些，因为这本《异教》部分地是你的精神故乡，尽管你并不总是想要它。妙极了，我曾是你加利茨的女学生②，当然是从来不加以批评的，读的时候还常常悄悄地握你的手，并常常挽住你的胳膊。

同时我根本不能说我同意你，或者说得更准确些，也许我只是公开地支持你对《异教》的私下赞同。总而言之，在你说出心里话的地方，我都与你很接近；在你开始论战的地方，我也常常获得论战的兴致（当然，尽我所能）。

也就是说，按你的意思我不相信异教。例如，希腊人对某种二元论就很精通，否则，命运和许多其他东西又曾有过什么意义呢？不过正是那些特别谦恭的人——宗教意义上的，是路德教派的一支。他们必须远离自身来考虑这关键的神性，整个神的世界不过是抓住凡人身上关键东

---

① 《歌中之歌》为《异教·基督教·犹太教》一书中的一章。
② 回忆勃罗德在战争期间给逃难儿童办学习班的情形。只要有可能，卡夫卡都去旁听。

西的一种手段，好比人的呼吸要有空气。一种伟大的国民教育方法，它吸引住了人类的目光，虽不如犹太法典深刻，但也许更民主（这里几乎没有领袖和宗教创始人）；也许更自由（它牢牢地抓着，可是我不知道，它用什么抓）；也许更谦卑（因为注视众神的世界只让人意识到：神不是我们，我们连神也不是，那么，我们会是什么？）。也许人们这样将最接近你的观点，如果他们说：从理论上说，完满的尘世的幸福是可能的，即相信起决定作用的神性，而不是努力达到神性。这种幸福的可能性是渎神的，也是无法实现的，但是希腊人也许比很多其他的人更接近这种可能性。可即使这样也还不是你指的异教。而你也并没有证明，希腊人的心灵是绝望的，只是证实了，如果你是希腊人的话，你会绝望。这当然支持了你，我的观点，可就在这里也并不完全。

事实上，人们在这一章里读到三点：你的乐观，在这里一直不动摇，而在上一章里我还没有感到；再就是你令人激动地集中抨击希腊文化；最后是希腊文化静静的自我辩护，当然实际上也是你进行的。

前天，在索菲岛和回家的路上，我和你妻子谈了较长时间。她很高兴，如她所说，虽然朝思暮想，但高兴。你内弟订婚的故事虽然稍许使她有些不安，但无疑也有点使她感到鼓舞，正如这样的事情常会引起的那样，我在自己身上也曾体会到的。

阿贝勒斯那里很长时间没有消息来。我已担心事情失败了，可昨天下午他的回信来了，相当友好。顺便说一下，这事要归咎于勒维特出版社。因为阿贝勒斯于8月2日去度假了，把事情移交给他的朋友——奥恩施泰因博士——勒维特出版社的编辑，事情将会像他许诺的那样，"受到认真的处理"。关于钱，他只字不提，那么大概是在勒维特领。同时，他请我通知你，今年的年鉴不出版了。他不知道你现在的地址，他很重视给你"这个大忙人及时解除他乐于助人的许诺"。因为或许你太太须为年鉴抄些东西，所以今天傍晚时我已去过她那里，可她不在家，我只好给她留了张条告知此事。

我的情况嘛，还凑合。当然还有时间给维也纳回信。前不久奥托·皮克在我这里，他提到一位英国人——他想把《大众国王》①从德语译成英语，用于在美国演出。就写到这里吧，现在我上床睡觉了。我听见：你睡得那么香。为你的睡眠祝福。

弗兰茨

星期五〔邮戳：1920.8.7—布拉格〕

315. 致埃尔莎·勃罗德

亲爱的埃尔莎太太：

很遗憾，看门人没有见到您。正在通报。我只想告诉您，根据奥托·阿贝勒斯的一封信，犹太民族年历今年不出版，也就是说您什么也不用抄写和寄出。

致衷心问候。

弗　上

〔1920年8月7日于布拉格〕

316. 致 M.E.

亲爱的闵策：

您给我带来了许多快乐。真的，我收到您的明信片和现在收到您的信的这些日子比其他日子都要美好。这快乐几乎同您本身没有什么关系，我首先高兴的是某个人会突破重重困难（您的困难本身并不很大，但相对而言却大极了）成功地离开特普利策。那个地方我觉得对您这种类型

---

① 阿尔诺·德沃夏克著五幕戏剧《大众国王》，由马克斯·勃罗德译成德语。1914年莱比锡版。

的人来说是可怕的,我觉得比您现在所理解的更可怕。一个人能够从那里闯出来,进入一个无疑要大得多的世界,我很高兴。这确实给这个人大大增加了生活的勇气。而这个人恰恰是您,同时我在最遥远的地方,在最不相干的角落里能够分享这一成果,自然又加强了这一快乐。

现在您已经在那里了,即使您在静默中(也许不能这么说)对阿勒姆①的许多事不满意。您确实说得对,那地方有什么特别好呢?这是一种西方犹太人的事,所有这些事确实多半行将崩溃,也许您自己会将一根大梁从阿勒姆扛到巴勒斯坦去,不,这不是开玩笑,当然也不是一本正经的话。

不管阿勒姆怎么样,反正您在那儿已经开始认识到(您的信的每一页都证明了这一点),那个世界,首先是精神世界要比特普利策—卡尔斯巴德—布拉格这个该诅咒的三角地带要大得多。这个生动的认识是个收获,为它冻僵了也值得。要是能得到一个炉子当然更好。(这个炉子的故事真的使我很吃惊,也许只要我还穿着睡衣坐在烧暖了的房子里,面对着比我的胃口多十倍的食物,我对阿勒姆的有些事确实就不能完全理解。)(这字迹也使我不能马上理解一切。在阿勒姆您的字写得那么小。显然是在床上写的,使信的内容不能马上进入意识,这封信如此激烈而健康。)

果戈理、哈菲斯②、李太白,这虽然是个有点偶然性的选择(后二者显然见之于贝特格或者克拉邦特的译本中,它们并不很好。中国诗有个非常好的小译本③,但我估计已经售罄了,新版还一直没有出,是海尔曼编译的,皮佩尔出版社的《果壳》丛书之一。我有一次把它借给了什么人,就再也没有收回来了),但无论如何比达恩④和鲍姆巴赫⑤的舍列森回忆录要好得多。假如有时间读书的话,您可以借一套

---

① 闵策当时住在那里。
② 波斯诗人(1326—1390 年)。
③ 哈汉斯·海尔曼编译的《公元前十二世纪以来的中国抒情诗》,1905 年在慕尼黑出版。
④ 德国历史学家和作家(1834—1912 年)。
⑤ 德国作家(1840—1905 年)。

（每个图书馆都有）莉莉·布劳恩[①]的《一个女社会主义者的回忆录》，厚厚两大册，您可以浏览一遍，没有别的办法。我记得，在您这样的年龄她也已经独立生活了，怀着她那个阶级的道德观（这么一种道德观是骗人的，但一旦离开它，内心意识又会使人处于黑暗之中）。她经历了许多苦难，但她像一个好斗的天使一样闯了过来。

当然她生活在她的民族中。您对此会说什么我不认为是决定性的，但我不相信，远远不相信，您会去爱每一个犹太人，就因为他们是犹太人，或者有二十个抑或一百个犹太姑娘围着您。我不相信这会给您以民族支撑力，但也许这会给您带来对可能发生的事的预感。可以说：女人也许不太需要民族感，但男人需要它，因此女人也会为他和他们的儿子们而需要它的，大致如此。

您所说的关于当园丁的前途我没有完全弄懂，我希望听您谈得详细一点。您写的那些住宅区是什么样的？学校里都是犹太女人吗？老师也是犹太人吗？您根本不提小伙子们。汉诺威有多远？可以随便去吗？（另外，这种犹太民族观是多么高傲地俯视着德国人，这我觉得太过分了些。德国也不光是汉诺威。）

当很多人聚集在您的屋子里时（那些姑娘年龄多大？），我很愿意在那儿坐一会儿（为什么您在信中要提那种商品说明书？），也许就坐在那炉子上（因为我怕冷），听你们说话，一起聊天，一起笑（尽我的可能）。目前我却要在两周后到东奥地利的一个疗养院去，不过我的日子还过得去。那是愉快的斗争！

卡夫卡　上

〔1920年11至12月于布拉格〕

317. 致马克斯·勃罗德

你真是太好了，马克斯，我要马上为此感谢你。我在楼上你太太那

[①] 德国社会民主党妇女运动的领袖（1865—1916年）。

里,把玩着这张小纸条——格里门施泰因的居留许可证,觉得这是你送给我的一件了不起的礼物。虽然我不去那里,但不想让这事好像没有发生过似的。我不去那里,是因为我不能战胜自己,或者更确切地说是我被战胜了。不管从哪方面说,改变旅行方向都绝非易事。好在此事现在已经过去了。我去塔特拉斯克的马特利阿里(福尔贝格尔浴场管理处),至少是暂时去。若那儿不好,就转到离那里约有一小时路程的斯冲塔格斯疗养院(即诺维·斯莫科维奇)去。我18日启程,这之前还想在布拉格见见你,可别让我等得太久。

你太太,正如她习惯于以她独特的、有时动人的方式,通过作判断与人分享甘苦,对这次旅行讲了很多,叙述机智,悲喜交加。从评论中我得到这样的印象:这次演出① 很成功,没有受你意图的干扰。看来《埃斯特尔》为这次成功做了奇特的准备工作。

我将从塔特拉写信给你。另外,奥特拉和我同行,并在那里停留几天。

祝一切顺利!

衷心问候你姐姐、姐夫和特亚。

弗兰茨

〔邮戳:1920.12.13—布拉格〕

318. 致 M.E.

亲爱的闵策:

刚好在启程前收到您的信。多么奇怪的事情!您刚一上船,船就下沉。可是这事说得很含糊,至少从您的暗示里,我没完全明白。什么是波罗的海计划?我怎么一点也不知道。可是您真勇敢,这样也很好。请

---

① 指《伪造者》在柯尼斯堡国家剧院的首演。

您多保重,并让我继续从我的躺椅出发跟踪您。上次忘了问:您现在已完全恢复健康了吗?

致衷心的问候!

卡夫卡 上

〔风景明信片:1920年12月底于玛特利亚里〕

319. 致马克斯·勃罗德

亲爱的马克斯:

你以为,读你的信时我不激动吗?即使有人供给我天下的财富,让我过豪华的生活,我也不会得到。但不是因为我不会顺从,而是因为我出于贪婪在往下跳的时候会将自己摔死。如果有什么东西使我不能去柏林的话,那不是极度的虚弱和贫困。贫病交加阻碍了我得到"供给",但从来也不会阻碍我因"供给"而死。如果可能,我会攥紧双拳出发的,你不了解我的野心。

你的情况不同,你有能力(我真的看到了你的力量,正如你借口看到的柏林的生命力一样)。在作出对我来说是最有说服力的、最肯定的决定的时候,你没有让步。在这方面,你的决定对我而言是十分肯定和令人信服的。如果现在决定不去柏林了,我也会同样赞许你的决定的。另外,你信上压根儿没谈移居柏林之事。柏林的引诱力也很奇特,是那儿的紧张生活吸引着你,而你似乎感到,你在布拉格的生活不可能采取柏林方式加快节奏,而必须整个地变成柏林的生活方式才行。可是,也许你在柏林根本没有听到什么前往柏林的命令,而只是听到:离开布拉格。

若没有进一步的解释,我不明白所谓的戏剧事件是怎么回事。柏林人和我一样读了剧评;你亲自讲了话;各种各样的剧目都上演了,难道在《伪造者》面前被吓得打退堂鼓吗?

F. 没有去听你的讲座吗？或许由于她的处境？在柏林而没有见F.，我私下觉得有些不合适，尽管我遇到这事当然也会这样做的。

〔因为F.，我对这个城市的爱犹如一名不幸的统帅，他征服不了它，但"尽管如此"它却变得伟大了——她已有幸成为这两个孩子的母亲。你不曾得到有关第一个孩子的消息吗？〕

至于我，我在这里找到了一个好去处。说它好，是因为就人们所想要的而言，它还具有疗养院的外部特征，可它却不是疗养院。说它不是疗养院，是因为它也接收游客、猎人或随便什么人，没有过分的奢侈，只需吃了多少东西，就付多少钱。可它又是一座疗养院，因为这儿有一个医生，可以进行新鲜空气卧疗法，还有可口的饭菜、上等牛奶和鲜奶油。位于塔特拉——洛姆尼茨后面两公里处，也就是说，离大洛姆尼茨山峰还近两公里，该疗养院的海拔高度也有900米。是个好医生吗？是的，他是个专家。我要成了专家就好了。对他来说，世界多么简单啊！我胃部的虚弱、失眠、焦躁不安，简而言之，我之所以成为现在这个样子，他都归因于肺病。在病症还不明显之前，病就一直隐藏在胃部和神经的虚弱里。某些肺病——这个我也相信——的病症根本不明显表现出来。他既如此明白世界的痛苦，相应地，也总在一个小皮包里——不比一个国家基金会赠送的存钱罐大——随身带着救世的妙方。如果有人需要，他就给人打一针，收费12个克朗。他也确实像一个名副其实的医生：英俊健壮，红光满面。他很爱他年轻的妻子（显然是犹太人），他们有一个漂亮的小姑娘，出奇地聪明，他根本不能谈起她，正因为是自己的孩子，他不想显得自负。他天天来我这里，这样做没什么意义，可也不是不愉快。

总而言之，若我能在身体和精神上（特别是在同一地点）坚持治疗几个月的话，我将大大接近健康。可也许这是个错误的结论，只不过意味着：如果我健康，那么我会变得健康。第一周，我的体重增加了1.60公斤。可这并不能证明什么。因为在那一周里我还像头狮子似的攻击这种疗法。

这儿约有 30 名常住客人，我以为大多数都不是犹太人，而是地道的匈牙利人，可他们大部分却正是犹太人，包括算账的服务员。我话说得很少，也只和少数几个人谈谈，很大程度上是出于对人的恐惧心理，可也因为我认为这样（一个对人感到恐惧的人所表现出来的）是对的。这儿只有一个人可以交谈，他从卡绍来，25 岁，牙齿畸形，一只眼弱视、多数时候紧闭着，胃永远消化不良，神经质，也只会讲匈牙利语，到这儿后才学的德语，听不出一点斯洛伐克腔——真是个可爱的小伙子。在东部犹太人看来是招人喜欢的。惯于讽刺、焦躁不安、喜怒无常、自信可也贫困。一切事情在他看来都"有趣，有趣"，但所表示的并不是这个词的通常意义，而大约是"事情紧急，事情紧急"。他是社会主义者，可是回忆起童年，有很多希伯来的影响，研究过塔尔默得和舒尔汗·阿鲁赫①。"有趣，有趣"。可几乎忘记所有的事。他参加每一个集会，听你讲话，谈起卡绍就乐不可支。他也见过朗格创建米斯拉基小组。

但愿柏林在事后还能使你一切顺利，来信谈谈这事。或者你根本不去斯洛伐克旅行？你有次谈起的小说写成了吗？

请代我问候你妻子和大家好。为格里门施泰因的居留许可证，我曾写信到柏林的埃韦书店谢你。在我看来，这事在过去和现在都是一桩非常特别的善举。

弗兰茨　上

〔邮戳：1920.12.31—玛特利亚里〕

320. 致莱奥·鲍姆[*]

亲爱的莱奥：

先前我病了，所以直到现在才能从你至爱的双亲那里收集有关你的

---

① 两人于 1564 年系统编排约瑟夫·卡罗的犹太宗教法典和犹太法律的纲要。
* 系奥斯卡·鲍姆的儿子。

消息。我很高兴,你一切均好。虽然我从未怀疑过,事情(暂且不谈明显的、次要的、须用男子气概加以忍受的弊端)会有好的结局。不过,这事经常给我制造困难:和我的嫉妒作斗争。现在我正想试用"可怕的"硝酸银,但是不行。博努斯已在给你上课了吗?多年前,我怀着极大的敬意,读过他登在《艺术卫士》上的若干文章。现在这张图片告诉你,在丢勒时代就已有露天学校。这一只松鼠刚收到家里寄来的一个食物包裹,同伴装腔作势地转过身去,却回眸睇视。第一只松鼠也相应地忙着。

　　致诚挚的问候!祝一切如意!

卡夫卡　上

〔风景明信片("丢勒的松鼠")1920年〕

1921年

321. 致马克斯·勃罗德

最亲爱的马克斯:

　　最近三天我不很适合为玛特利亚里辩护,或者更不适合写信。有一件小事可告。一个客人,一个年轻人,有病,但是快活,在我阳台下面唱着歌,或者在我楼上的阳台上和一个朋友(那位卡绍人,顺便说一下,他对我关怀备至,像母亲对孩子一般)聊天——于是这件小事发生了。我蜷缩在我的躺椅上,几乎要抽搐起来,心脏承受不住了,每个字都钻入太阳穴,神经损伤的后果使我夜不成眠。我想今天就离开,去斯莫科维奇。我很不情愿去,因为这儿的一切都适合我,就是我的房间也很安静,我隔壁、楼下和楼上都没人住;我听到无偏见的人谈论斯莫科维奇,证实了我的反感(周围没有森林,这儿绝对美多了。两年前全都洒上西可朗①,别墅和阳台紧挨着市区一条多尘的繁华大道),尽管如此,我

---

① 一种含氰酸的杀虫剂。——译者

当然还是不得不去。可是人们现在调整了一下，从明天起大概可以保证我的安静：一位安静的女士将取代楼上的两位朋友。如果不是这样，无疑我会走的。另外过一阵子，我也肯定离开，仅仅出于我"自然的"不安。

我提到这一切，首先是因为，我受够了这些，好像组成世界的除了我上面的阳台和它的喧闹外没有别的；其次是为了向你表明，你对玛特利亚里的指责多么没有道理，因为阳台上的喧闹（重病人的咳嗽声，门铃的声音！）在人满为患的疗养院还要强烈得多，不仅来自上面，而且来自四面八方。我也压根不能认可另一个对玛特利亚里的指责（除非你是指我的房间算不上很时髦，可这也不是指责）；第三是为了说明我目前的心境。我有些怀念旧奥地利。有时候这样子也很快意，傍晚时分在暖气充足的房间里，躺在沙发上，嘴里含着体温计，牛奶罐放在身边，享受着某种宁静，可只是某一种，不是自己心灵的宁静。只不过是一件小事，我不知道，特劳特瑙区法院的问题是必要的，维也纳的王位开始动摇，一位制造假牙的技工，也就是他，在楼上的阳台上压低声音研究着，而整个帝国，确实是整个，突然一下子燃烧起来。

可是这些没完没了的事情就此打住吧。

我不相信，在那件主要事情上，我们像你描述的那样存在根本性的差异。我愿意这样概括：你想要不可能的东西，对我来说，可能的就是不可能。也许我只在你下面一级，但在同一楼层。你认为可能的即是可实现的。你结了婚，没有孩子，不是因为你无能，而是你不想要。我希望，你也将会得到孩子。你爱着又被爱，不仅在婚姻里，可是你不满足，因为你想要不可能的东西。也许出于同样的原因我不能实现这种可能性，不过这道闪电击中了我，比击中你早了一步，还在可能性实现之前。这当然是一个很大的区别，但几乎谈不上是本质区别。

例如，柏林的经历对我显然是不可能的。事情与一名女仆有关，这肯定不会降低你的身份，相反正表明，你是多么严肃地对待这种关系。这个姑娘表面上离柏林使你迷醉的东西很远，你往常经历的一切，本来会压制她。尽管如此，她却能由于你接受这种关系的严肃态度而如此坚定地保持自己的本色。但是——现在请不要对我下面说的生气，这或许是愚蠢和错误的，或许我误会了你信中的这一部分内容，或许这期间发生的事情会驳倒我——你如此认真地对待你和这个姑娘的关系，对姑娘本人也一样认真吗？这是不是说，人们不十分认真对待的东西，是想非常认真地去爱的东西，也正是想要的不可能的东西？好比一个人，他向前迈了一步，然后又后退了一步，可是却违背每个事实依据自称向前迈两步，因为他正好迈了两步，不比两步更少。与此同时，我并未考虑你说到的这个姑娘的意见，这和你的认真倒还可能相一致。可是你怎么会一点也没想到你对这个姑娘意味着什么呢。你是一个陌生人，一个客人，一个犹太人，喜欢这漂亮女佣的成百人中的一位，而且是这姑娘能相信其具备一夜真诚的人（假使他连这种真诚也没有）。可除此之外，到底还能再有什么呢？一种超越国界的爱情？通信？期待一个传奇般的2月？你需要的就是这种彻底的自我消磨？你对这种关系保持的忠诚（这一点我非常理解，确实是真正的忠诚），你也称之为是对这个姑娘的忠诚吗？这难道不是控制另一个人的不可能的事吗？这件事里的不幸自然是惊人的，这个我从远处可以看到，但是把你驱赶到这件不可能的事情中的力量——也可能只是渴望的力量——很大，如果你失败而归，它也不会消失，而是给你勇气和力量去迎接每个新日子。

你说不理解我的立场。其实我的立场很简单，至少最近是这样。你不理解，不过是因为你假设我的态度中有些同情或温柔的东西，可是这些你都不能找到。在这件事上，我对你的态度大约像一个考糟了八次的最低年级学生面对一个最高年级的学生，后者正面临着不可能的事——高级中学毕业考试。我能料想到你的挣扎。可是你，如果你看到我这个高个子为了一道小小的乘法题而犯难，你会不理解的。"八年！"你想道，"这肯定是一个极缜密的人。他一直在做。可即使他再缜密，现在也该做好了。所以我真搞不懂他。"可是也许我根本就缺乏数学理解力，或者仅仅出于无力的恐惧而没有撒谎，或者——最可能的——我可能出于恐惧失去了那种理解力，这一切你都没有想到。可这不是别的，正是最普通的恐惧，死之恐惧。就像一个人抗拒不了诱惑，游到海里去，满怀喜悦和庄严感。"现在你是人，是一个伟大的游泳家"，突然，没有太多的诱因，他直起身子，只看到天和海。波涛中只有他小小的脑袋，他感到一种极度的恐惧，其他的一切都无所谓了，他必须回去，哪怕肺部撕裂。就是这样。

好吧，再来比你和我的不幸——或者最好不比较我的，出于体谅——与过去的伟大时期相比较。唯一真正的不幸是女人的不育，可即使她们没有生育能力，人们还迫使她们生育。此种意义上的不育——必要的话，以我为重点——我根本未见到。每个母腹都可养育，而且无益地对着世界冷笑。若一个人把他的脸藏起来，这并不意味着，是为了在这种冷笑前保护自己，而是为了不让人看见自己的脸。其次，和父亲斗，意义不是很大，他只不过是个兄长，也是一个失败的儿子。他只是可怜地、充满嫉妒地尽力使他的弟弟在决战中动摇。可这也取得了成效。——现在可真是天昏地暗，就像为对付最后的渎神的言辞所必需的那样。

弗兰茨

〔1921年1月13日于玛特利亚里〕

〔边注〕你是否有施赖伯文章①的复印件，能寄给我吗？我将很快寄回去。

你也该有诗歌②的新校样吧？或许又是大开本的书？

请代我问候费利克斯和奥斯卡。我安静下来时，就给他们去信。我又读了一遍你对玛特利亚里说的那些话，并认识到，唯一还应给你的答复是：③你了解斯洛伐克，但不了解塔特拉。这儿可是布达佩斯人的避

---

① 阿道夫·施赖伯的《一个音乐家的命运》。柏林，1921年。
② 《爱之书》，慕尼黑，1921年。
③ 〔后面又补充〕此外，我的计划（背着公司），比你想象的要宏伟得多。在这儿呆到3月份，在斯莫科维奇呆到5月，整个夏天住在格里门施泰因，至于整个秋天嘛——我还不知道。（卡夫卡）

暑胜地,清洁干净,饭菜一流。我承认,对我们来说,一个德国或奥地利的疗养院也许会舒适些,可这只是最初几天的感觉,很快就会适应,另外这也是我的一个长处,你却想动摇我的这一优点(它们原本就已够动摇的了)。

我对这事和你要求的一样认真,马克斯,我认为反命题甚至更糟。这不是生或死,而是生或生的四分之一,呼吸或张着嘴大口喘气,慢慢(不比延续一个真实的生命快许多)发烧至死。我既这么看待这件事,你就能相信,为了中途朝好的方面转化,我将不会放弃我所能做的任何事。可是为什么医生应该——?我还在第一次读你的信时,就吓得试图用铅笔把那个相关的句子涂得无法辨认。他最后说的可一点也不蠢,肯定不比别人说的更蠢。甚至像《圣经》上说的,谁不能完全呼吸创造性的生命气息,谁就肯定浑身是病。

不吃肉,我的病也能治好,这点已被证实。在屈劳,我几乎没有吃肉;在美兰,由于我气色极佳,最初两周后,人们就认不出我来了。但是后来,这个敌人进行干扰了,肉食挡不住他,素食也吸引不了他,总之他来了。

我在这里恢复得很好,如果不是这里与M.不相干的某些东西也起了干扰作用的话,我还继续待下去。

由于父母的缘故,现在也因为你,最后也因为我(因为我们在这一点上可能是一致的),我感到遗憾,没有一开始就去斯莫科维奇。既然我现在已在这里了,我为什么要冒险作一次不利的交换,四个星期不到又离开这里呢?这里大家都尽力给我一切我需要的东西。

322. 致马克斯·勃罗德

最亲爱的马克斯:

再补充一下,以便你明白,"敌人"是如何出现的。这无疑是内在的法则,但是看上去却几乎像是根据外在法则安排的。也许你作为对身体不感兴趣的人，会更理解这事。

我远未克服阳台上不幸事件的影响。虽然现在上面的阳台很安静，但是我的耳朵因恐惧而变得灵敏。现在听得见一切，甚至听得见那个制造假牙的技工的声音，尽管他和我隔着四个窗户和一层楼。

〔接着是一张房间位置的简图〕

即使他也是犹太人，谦逊地问好，并且肯定没有恶意，但他对我也绝对是"陌生的魔鬼"。他的声音使我的心脏感到不舒服。这声音乏力，艰难地移动着，其实很轻微，但依旧破壁而来。我已说过，我得先从这件事中恢复过来，一切暂时都对我有干扰。有时我几乎觉得，干扰我的就是生活本身。其他的一切怎么会打扰我呢？

昨天发生了下面这件事：这里除了一位我还从未见过的病人，只有一位卧床不起的病人，捷克人，住在我阳台下面。他患有肺结核和喉头结核（"生或死"之外的其他变体之一）。因为他的病，也因为除他外这里只有两个捷克人，可这两人并不关心他，所以他感到孤独。我和他只不过在走道上匆匆交谈过两回，他让女佣请我去看他一下。他和气，安静，约有50岁，是两个成年男孩的父亲。为了用短时间解决这事，我在快吃晚饭时去他那里。他请我晚饭后再去一小会儿。然后他给我讲他的病，把那面小镜子拿给我看，有太阳的时候，他得用小镜子照喉咙深处，好照见溃疡。又指给我看那面大镜子，为了能把那面小镜子摆到适当的位置，他自己用大镜子朝喉咙里照。然后给我看一张溃疡图（顺便提一下，他的溃疡是三个月前第一次出现的），然后简短地谈了一下他的家庭。他已有一个星期没得到家里的消息，因此很担心。我注意地听着，偶尔提个问题，不得不把镜子和溃疡图拿到手里。"离眼睛近点。"他说，当时我把镜子拿得离我远远的。最后，没有特别的承上启下的过程，我就问自己（以前有时候我也有过这样的情况，总是一开始就提这个问题）："要是你现在晕过去，会怎样呢？"我就看见昏厥像一道波浪向我盖过来。在最后一刻，我还牢牢地保持着知觉，至少我这么认为。可是没人帮忙，我是怎么从房间里出来的，却无法想象。我不知道他是否还说了什么。对我而言，一切静悄悄的。我终于镇静下来，谈起了一个美好的夜晚的事情，用来解释为什么我摇摇晃晃地走到他的阳台上，并冒着严寒坐在栏杆上。在那里我甚至能说，我觉得有点不舒服，没能问候一声就从房间里走出去了。我扶着走廊墙壁和夹楼的一个沙发走到我的房间。

我本想为这名男子做点好事，结果却做了很坏的事。正如我早上听到的，他因为我彻夜未眠。尽管如此，我也不能责备自己，相反地，我不明白，为什么不是每个人都会昏厥。人们在那张床上看到的，比处决糟糕得多，那本身就是受刑。刑罚不是我们自己发明的，而是从疾病那里偷来的。可是这样的刑罚没有一个人胆敢施予，在这儿是长年受刑，为不让受刑过程进行得太快而故意停顿停顿——最特别的是——受刑者出于自己的意志、出于可怜的内心愿望而强迫自己延长受刑期。整个悲惨的病榻生活，发烧，呼吸急促，服药和痛苦而危险的（动作稍一不慎，他就会灼伤自己）照镜子，都不过是通过延缓最后必令他窒息而死的溃疡的生长，使这种悲惨的生活、发烧等等能尽可能长久地延续下去罢了。亲戚们、医生和来访者，为了能没有传染危险地看望和安慰这个受刑者，为了使他平静下来，并鼓励他接受进一步的受难，而在这个没有燃烧、但渐渐炽热的柴垛上正式搭起了脚手架。然后他们在房间里满怀恐怖地洗脸，像我一样。

我虽然也几乎未睡，但我有两个安慰者。首先是剧烈的心痛，这使我想起另一个施刑者，可他宽厚得多，因为快得多。然后做了好多梦，最后梦到：我的左边坐着一个孩子，穿着小衬衣（是不是我自己的孩子，至少根据我对梦的回忆，不是很确定，可这并未打扰我），右边是米伦娜，两个人都搂着我，我给他们讲一个关于我的皮夹子的故事。我把皮夹子弄丢了，又找到了，可是还没有打开，也就不知道钱是否还在里面。不过即使钱丢了，也没关系，只要他们俩在我身边就行。——早晨我还有的幸福感，现在当然再也感觉不到了。

这是梦，可事实是，我在三周前（在许多类似的信后，这一封是最关键的,因为它满足了我最迫切的需要,即在当时,现在和将来都作一个了结)只请求这一恩赐:不再写信,并阻止我们在任何时候相见。

另外,这一周我又长胖了,四周内总共长了3.4公斤。请代我问候费利克斯和奥斯卡。奥斯卡的西西里之行有点收获吗?他们两人在做什么?露特呢?

傍晚在阳台上,光线不是很好。
这封信搁了几天,也许因为我还想记下最近可能会"发生"的事。也没什么太糟的事。
收到你今天的信后,我为我对你和那姑娘说的话感到羞愧。若我结了婚,对我妻子也做了同样性质的事,我会——夸张地说(但是不比以这个为前提更夸张)——走到角落里自杀的。可你却原谅了我,根本没提及这事。的确,你在上上封信中说得太笼统了,但我本应该对你的笼统提法的认识不同于我的所作所为。尽管如此,我对此的基本感情却没变,只是不再这么愚蠢、简单地加以证明了。
也许我谈论自己的时候,更接近这种感情。你的信不在手边(要去取的话,我得从厚厚的包装中爬出去才行),可是我相信,你说,如果这种追求完美的品格使我不可能得到女人的话,那么同样地,也使所有其他的东西成为不可能,饮食、办公室等等。
这是对的。虽然追求完美只是我难解的戈尔迪大结上的一小部分,但是在这里,每个部分也就是整体,因此你说的是对的。但这种不可能性确实存在,只是饮食等等的不可能性,不像结婚的不可能性那样引人注目。
在这一点上,我们可以互相比较一下:我们俩都有身体上的障碍。你出色地克服了它。在我思考这事的时候,对面山坡上有滑雪者在练习。这不是人们在这儿通常看到的旅店里的客人或从附近棚屋来的士兵(当然他们给人的印象已够深刻的了。他们在公路上平稳滑行,从上往下冲,从下向上挺进），而是从洛姆尼茨来的三个陌生人。他们或许还称不上是艺术家，可他们滑得多么出色啊！一个高个子打头，两个小个子紧随其后。对他们来说不存在山坡、沟渠和斜面。他们掠过这个地段，像你在纸上写字一样。虽然下坡风驰电掣，要快得多，可上坡至少也是迅疾如飞。他们在下坡时所表现的，我不知道是否确实是特勒马克旋转[①]（是这么称呼的吗？），但如梦一般美妙，健康的人就这样从清醒滑入梦中。他们就这样，几乎是悄无声息地（我的爱有一部分也是为此）滑行了约一刻钟，然后上了公路，朝洛姆尼茨方向冲下去（只能这样表达）。

我注视着他们，想着你，你就是这样克服了身体上的障碍。

而我相反——我本想接着写的。

又是几个难熬的夜晚。最初两夜是由于偶然的、暂时的"一夜之因"，其余的则是因为一个脓肿。这脓肿长在骶骨正中，害得我白天不能躺，夜里不能睡。这只是些小事，如果没有类似的事接踵而至，我会很容易恢复过来的。我提及此事，只是为了表明，如果有随便一个什么人，想阻止我体重和力量的增加（顺便说一下，到目前为止，我只注意到体重的增加，五周内增长了4.2公斤），那他是能牢牢控制我的。

今天我放弃继续比较，马克斯，我太累了，这事也太烦琐。随着时间的流逝，材料有如烟海，又如此零散，因此，我如果还打算作比较的话，必然会夸夸其谈。

你是否该来？你当然应该来，如果不费九牛二虎之力就可能的话。可是我看这事不可能，除非你做一次斯洛伐克之行。从你信中似乎可看出，你想把这事和柏林之行联系起来，也许经过奥得堡。不，这太费神了，千万别这么做，就是为我也别做，这会让我承担太多的责任。或者，

[①] 滑雪时改变方向或停止前进的旋转。——译者

你能至少停留三天以上，权作你的休养？

我几乎又想从上一点开始讲起，就这么饶舌。你在"害怕什么"几个字下面划了线。怕许多东西，可就尘世这个层面来说，首先怕的是，我在体力上和精神上不足以承担一个陌生人的重担；只要我们几乎是一体的，这就仅仅是一个正在探索的恐惧，即"怎么？我们真的应几乎成为一体吗？"这个恐惧。然后，如果这个恐惧完成了它的任务，那它就变成了一个直至最后深渊都深信不疑的、不容反驳的、不堪忍受的恐惧。不，关于这事，今天什么也不再说了，说得太多了。

你提到戴默尔的信，我只知道12月份那一期上的几封，充满丈夫（人的一半）气概。

我还得再回到原来的话题。你写道："为什么对爱情比对生活中其他的事情更害怕？"就在这句之前写着："在爱情里，我最快、最多地经历了断断续续的神性。"这两个句子放在一块，就好像你想说："为什么不是像害怕那个正在燃烧的荆棘丛那样害怕每个荆棘丛？"

是这样的，好像我的人生任务就在于占有一座房屋。——就是它也还未完工。休息、疲倦、轻微发烧（也许是因为脓肿）持续了几天。外面是猛烈的暴风雪。现在好一些了，虽然今天晚上出现了一个新的干扰。但愿这干扰无关紧要，而让我能通过单纯的记录来加以压制。一个新的邻桌，一位老小姐，难看地扑着粉，还洒香水，也许患有重病，神经紊乱，社交场合多嘴多舌，作为捷克人有些依赖我，而且未对着我的那只耳朵听觉迟钝（现在这里还有几个捷克人，可他们将要离开）。我有一个武器，但愿它能保护我。她今天，不是当着我的面，称文科夫报①是她最喜爱的报纸，特别喜欢它的社论。对此，我着迷般地想了一整夜。（另外，她从斯莫科维奇来，在许多疗养院呆过，只极度赞赏其中的一家——格里门施泰因，可它从3月份起就卖给国家了。）狡猾的方法也许是一直窥伺着，直到她说了什么不可收回的话时，再加以辩驳。关于格里

---

① 代表捷克大地主利益的报纸，有时候不隐瞒反犹太主义的倾向。

门施泰因,她说:主人是个犹太人,可他经营得好极了。这恐怕还不够。

另外,马克斯,在我写了这许多之后,你可不要相信,我患了迫害狂想症。我由经验得知,没有一个位置是空着的。如果我不是坐在上面我的马鞍上,那么,那儿坐着的就只能是迫害者。

可是现在我要结束了(否则你启程前收不到这封信),尽管我没有说我本想说的话,更没有间接地经过我找到通往你的道路。通往你的这条路对我来说,至少刚开始时,是明暗相间的。这倒真是一个不高明作家的典型。必须告知的东西像一条沉重的海蛇躺在作家的臂弯,无论他向哪里摸索,都没有尽头,即使抓住了什么,他也无力承受。而他除此之外还是这样的一个人就好了,即吃过晚饭回到安静的房间,由于纯粹的邻桌关系引起的不愉快后果,身体几乎发起抖来。

与此同时,在写整个这封信的过程中,我主要想的是那两种变体。第一种在我看来不可能,报纸,阿尔登的日报,不可能,主要编辑人员不可能,工作负担(或许你不是唯一的音乐制作人?)太重,政治立场(这样一家报纸的每位工作人员都有自己的看法)太鲜明。做这事,整体来看有失你的身份。唯一的好处可能是收入高。可是第二种,为什么这会不可能呢?政府为了什么付账?政府完全是临时凑成的,处于极为紧急的状态中,唯其如此,它有时也做了些了不起的事。这也许是些诸如此类的事,也许只是对你所做之事、对你也许(从这点来看,不是存在着官僚机构的束缚?那么一年到头都不会催逼你做类似的事了)将做的事情所表示的感谢。另外,这样的事不只发生在捷克斯洛伐克,这些都是战争期间新闻界报道产生的好的影响。

奇怪——我得补充这点,即使不是立即有说服力,你迁居柏林的决定也有些可信性。——奇怪,你犹豫不决,是否把你的整个职业方面的力量(我指的是你想在这里确定干什么工作)献给犹太复国主义。

附上的这篇文章,我曾很快地一口气连着读了多遍,写得如此出色

（除了几处小小的、支支吾吾的、有关公函的、不必要的藻饰外），可这应是指控吗？也许不是？它应该很准确地击中柏林？并非每个大城市都是如此，至少西方的大城市不是这样。在这些城市里，使"生活"轻松愉快的习俗，必要时会变得更强有力和更具约束力。

你提到你的小说和犹太教神秘教义有联系。真的有联系吗？

诗歌我昨天收到了。你想到了我。请代我问候费利克斯和奥斯卡。他们也不应忘了我，即使我没写信。

此外，大约一周前，我又收到了一封 M. 的信，最后一封信。她很坚强，没有变化（大约是你所指的那层含义）。你也是一个恒定不变的人，可是不对，妇女们不这样谈论你。不，在某种意义上，你面对妇女也是（我特别推崇这一点）恒定不变的。

〔1921 年元月底于玛特利亚里〕

323. 致 M.E.

亲爱的闵策：

日常工作（类似温室工作）令人厌倦。最后一杯牛奶还未喝完，体温最后一次还没有量，温度计插在嘴里，我躺在长沙发上。闵策，您在广阔的世界上哪个地方乱转？我相信，如果您是一个男人，您会成为鲁滨逊或航海家辛德巴德，儿童们会读关于您的书的。

您怎样离开阿勒姆的？是好还是坏？那里的园艺学校不存在了吗？您现在的公司接受您作为没有培训的学徒？管两年馐宿（聘用在哪里）？

这还有些不清楚。但是此外，您做的工作似乎很出色，勇敢而骄傲。您的来信由两封信组成，一封是愉快的长信，一封是悲伤的短信，仅这一点已表明,您是在用自己的双脚走路,因为这个世界通常的进程就像在特普利策的大街小巷中所发生的那样,既不是快乐的也不是悲哀的,而是,无论它看上去是快乐的还是悲哀的,它永远只是一种混浊不清的、不可捉摸的混合体。

您的信正好在一个比较好的阶段的最后一天到来。我还在阳台上读信,这个阳台完全像在舍列森的阳台,只是它完全靠近雪山,更简陋和更破旧一些。我在那里读信,为您的幸福而高兴,为您的忧伤而不完全不高兴。我把脚放进脚笼里,您跟着去布罗肯山(几年前我在布罗肯山脚下待了几周,是在容波恩疗养院。也许您经过那里,它离哈尔茨堡不远。我曾在那里待了几周,尽管我完全健康,却没有去过布罗肯山。我不知道为什么。那里有一个人曾在一个温暖的夜里赤身裸体地登山,他只把大衣捆在背上。但是我宁愿在我的破茅屋里睡一个甜蜜的觉。漫游者当时还刚出世,或者已有几岁,也许是一个多少有点老实的女学生)。

这是最后的好日子,以后就越来越糟了。各种各样的病,最后感冒和卧床不起。暴风一连刮了三周后稍有停息。现在天气已经变好,天地安泰。

亲爱的闵策,写信又停顿了许多天。我身体不完全好,但是也不完全坏,只是有一点疲劳,抬不起手来写信。也许风暴是原因,再三刮暴风。树林里像波罗的海一样,涛声大作。但是现在几天来天气转好,白天有大太阳,晚上有霜冻,如果不戴耳罩,在外面转,耳朵就会开始发烧,即使离家只200米远,就可能回不了家,也许就留在外面了。

闵策,您工作那么多吗?您受得了吗?在布拉格果树研究所我同许多园艺工人在一起,他们谈到自己的经验。所有的人都一致认为,在商业果园里工作最多。于是我来到最大的波希米亚商业果园(马舍克、土瑙),那里情况根本不坏,那里主要是苗圃,除了春秋运送树苗的时间,人们甚至过很好的生活。但是这个企业已经有点走下坡路,与德国的精心经营相差十万八千里。

书吗？您有时间读非园艺书籍？我叫人给您送一本小书去吗？送去，您在那里过着上一世纪波罗的海这个小地方的生活，真妙。不久我将再给您写信。要有勇气！闵策，勇气！

您的　卡夫卡

〔1921年1月—2月于玛特利亚里〕①

〔旁注〕"如果医生做得对"，这意味着什么。

324. 致马克斯·勃罗德

亲爱的马克斯：

我按你在柯舍尔的地址给你寄去了一封长得无穷无尽的信，但它应该于2月1日才寄到。你还会收到它的，但如果收不到，也无所谓，正如它没有结尾一样，它也没有中间部分，只有开头。我可以马上从头写起，但是柏林会怎么处理它呢？

这封信由于信中所列举的各种障碍而耽搁了。最新的障碍还不在于此，我寄信时才对此有所了解。就是说，我感冒了，或者确切地说，我没有感冒，我不知道什么具体原因使我得了感冒。坏天气，已经14天几乎未停止的暴风简直不费吹灰之力地把我扔到了床上。我躺了4天，今天还躺着，直到晚上我才起床。还不坏，这是预料到的卧床。我只咳嗽、吐痰，我没有不正常的发烧，医生今天在仔细听诊肺部以后说，肺部没有什么新情况，肺部比几天前的情况好。我毕竟因此疲倦，第五周末体重已增加4.20公斤，明天肯定在最有利的情况下只会是同样情况。尽管疲惫不堪、障碍重重，可我暂时不想诉苦。迄今为止6周内发生的一切已集中到一起并且捏得紧紧的，还够不上在梅诺拉三天三夜的效果。

---

① 从上封信起有好几封信都未署名。——译者

星期三

昨晚我受到了打扰,但是出于友好。有一个21岁的医学大学生来了,他是布达佩斯犹太人,很有志气,聪明,也很爱文学,此外,外表上尽管粗鲁,整个形象类似韦尔弗,天生一副医生气质,好交际,反犹太复国主义,耶稣和陀思妥耶夫斯基是他的领袖。他还在9点以后从豪普特村到这儿来,以便给我(几乎不必要的)外敷。他对我特别友好,这显然出于你的名字的影响,他很了解你的名字。当然,你可能来的消息在他和卡绍人那里引起了轰动。

我在布拉格写的那封信里谈到这种可能性时写道:如果你来,我会很高兴的。但是只有在这样的前提之下,你还去斯洛伐克,或者你可能为自己较长时间休养而来。此外可作为特别的旅行,不管是从布拉格出发,还是从布吕恩出发(你似乎暗示,这会同柏林之行结合起来),请不要从奥得贝格或从一个遥远的小地方启程,这样做会将太多的责任强加于我。

要是到柏林就令人愉快了!如果我写了一些关于德梅尔的信的坏事,那么这肯定同你无关。爱一个女人,不受恐惧惊扰,至少能对付恐惧,此外占有这个女人作妻子,这就是我不可能得到的幸福,因此我(从阶级斗争来看)恨这种幸福。我也只了解12月号上的信件。

为什么要对生活的充实怀有一半空洞的畏惧呢?这种充实存在于你的书中,在时间和女人各呈异姿的那地方,在开头那几首诗中尤其强烈。在《吻》中,你表达得那么雄健有力,这几乎是从未有过的。我其实刚开始读这本书,以明亮的目光读着。这是几周来第一个美好的日子,是不躺在床上的第一个日子,它从现在开始了。

假如你能来,能带一本犹太教神秘教义的著作来吗?(我估计是希伯来语的。)

F. 上

〔1921年2月初于玛特利亚里〕

325. 致马克斯·勃罗德

最亲爱的马克斯：

我认为，不会再有信来。两周后我去。那时候我也许能根据你的信作口头答复。

这封信在许多地方使我很伤心。当我得到这封信时，我的头脑简直爆发似的对信作了回答，但是我未去写信。有几封信摆在这里等着答复（今天还没有答复）。我最近写信谈到的那位布达佩斯人几乎完全需要我一段时间，特别是疲劳越来越厉害，我躺在睡椅上几小时之久，蒙眬睡去，好像小时候在我的外祖父母处惊奇地望着他。我现在身体不好，虽然医生说，肺部的病已减轻了一半，但是我会说，病情加倍地坏，我还从来没有这样咳嗽，从来没有这样呼吸困难，从来没有这样虚弱。我不否认，要是在布拉格还会更坏得多。但是如果我考虑，除了各种障碍，客观情况这次够有利的，那么我根本不知道用什么方式还能使健康状况变好一些。

但是这样说，认为这十分重要，这是愚蠢和无用的。如果是小的咳嗽发作，只能认为是极其重要的。如果咳嗽减轻了，可能人与人不一样，本该如此。天黑了，还将点燃蜡烛，蜡烛烧完了，就在黑暗中静坐。正因为在父亲家里有许多套住房，不该喧哗的。

离开这里，我很高兴。也许我在一个月之前就该离开了，但我很难动，我从许多人那里了解了那么多的不可理解的友谊，因此，如果我的休假还持续更长时间，我会在这里待得更久，何况现在天气变得好极了。在树林中的新鲜空气卧疗室里，我可以光着上身躺几次，在我的阳台上曾一丝不挂地躺过。

通过上述解释，你可能认为我不认真疗养。相反，我对疗养极其认真。我甚至强忍着吃肉，其克制力比别人更大。错误在于，我迄今为止没有在肺病病人中生活，原来还没有盯着去看病，在这里才看病。不过，在梅诺拉大概有使病情好一些的最后机会。——现在终究可以畅谈个够了，我写了这些，以免在布拉格再谈此事。

你写信谈到萨洛莫·莫尔肖[1],仿佛我已经听说过关于他的事。在本季度我确实耽误了许多时间。

再见!

弗兰茨

维克尔斯多夫的传阅信正是个好题目。这封埃西格的信我以前凑巧在一份报上读过了。"那么喜欢在人心里发痒的小眼睛"愿意把这封信作为特别令人厌恶的例子给你送去。当然,根本上令人讨厌的只是现在发表这封信,再者,蛆虫已经把写信人吃光了。

〔1921 年 3 月初于玛特利亚里〕

326. 致马克斯·勃罗德

最亲爱的马克斯:

但愿你收到这封信的同时收到我昨天的信。昨天的信无效,我也根本没写明,它是在什么样的条件下写成的。我躺在长沙发上,吃得累倒了。我没有胃口,吃饭简直是折磨,脸上冒出汗来,看到摆在我面前的满盘菜肴就害怕。我 14 天来吃了许多肉,因为一位不大能干的男厨师替代了对我有好感的女厨师。吃肉又引发了痔疮,我日日夜夜疼痛剧烈。于是我写了这封信。但是这封信是不合适的。因为虽然咳嗽加剧,呼吸困难,有时候显得更厉害,但是也有好的一面。医生的诊断,现在却说我的体重增加了,体温也有利。我们即将相见,竟写出这样夸大其辞的信来!谁在向人伸出手呢?

弗 上

〔1921 年 3 月初于玛特利亚里〕

---

[1] 《虚伪的弥赛亚》一剧中的反面角色。

327. 致马克斯·勃罗德

最亲爱的马克斯:

请你办一件很大的差事,而且必须立即去办。我愿意仍然待在这里,不是恰恰在这里,而是在塔特拉,十之八九在波利安卡的古尔博士疗养院。有人向我赞美它,当然,这个疗养院也就比玛特利亚里更贵些。

我想留下出于下述理由:

1. 这里的这位博士威胁我说:如果我现在去布拉格的话,我的身体可能完全崩溃。他向我许诺:如果我一直留到秋天,就能接近痊愈,然后每年有6周假期,足够游逛山水,以便留住我不放。两种预言都夸大其辞,第二个预言比第一个尤甚。至少,他每天早晨都用各种方式折磨我一通,显出父亲般的友好的关怀。虽然我知道,他的预言从任何角度去看都没什么了不起,如果他知道我想迁徙波利安卡,那么这会给我留下深刻印象的。

2. 家里人都请求我留下,其理由比他们自己知道的还多。自从我在这里生活在肺病病人中间以来,我确信,虽然对健康人没有传染的可能性,但是这里只有树林里的伐木工人或者厨房里的女佣(她们用手将这些病人盘子里的残羹剩汁倒掉,我简直不敢坐在她们对面),但是我们之中大概没有一个人进城。坐在(例如)一个喉病病人(肺病病人的近亲、更可悲的兄弟)对面会感到多么讨厌!这个病人现在坐在你对面,友好和善,肺病病人睁着一双美丽的大眼睛望着你,同时对着你的脸咳嗽,伸开手指接吐出的带肺结核的痰液脓血,那多么令人恶心!但是我会安坐在家里,像一个"好叔叔"坐在孩子们之间,那就不十分糟了。

3. 也许我会在布拉格十分好地度过春天和夏天,至少拉尔博士写信建议我来。现在他似乎在父母面前又回到这个建议(这种摇摆不定因我的写作方式摇摆不定而来)。如果正如这位博士所说,身体真正变好,那么,突然在半路上作出决定性的事情,也许会更正确些。在天气暖和的时候,除了住在高山上,还有哪个地方是我更好的安身之所呢?(波利安卡山高1100米以上)我知道何处安身更好,在一个村庄搞轻微的劳动，这要好一些，但我不知道这个村庄在哪里。

4. 但是关键是我的主观状态。当然还有无限多的恶化可能性。我的主观状态不好，咳嗽、呼吸困难，都比以前加剧，在冬季更厉害。那是一个困难的冬天，寒冷且不讲，而且狂风暴雪不停。呼吸困难有时几乎要命。现在风和日丽，当然情况转好。我现在对你说：如果我的主观意见有道理，那么，我的工作岗位发生什么事，无关紧要。——不，我在这里搞错了，我的工作发生什么事，更不是无关紧要，我特别需要工作岗位，如果我将接近于健康，我反而不大需要工作岗位。

我的休假将于3月20日结束。我该怎么办，我考虑太久了。完全出于害怕和疑虑，我一直等到现在，等到最后几天，延长假期的请求几乎成为不体面的讹诈。因为事态本来的程序本当是我先征询经理的意见，然后根据回答提出申请，然后将这份申请报告呈交管理委员会，等等。办这一切手续当然为时太晚了，不可能打什么书面报告了，只能用口头请求将讹诈缓和一下。我可能去布拉格，但我该浪费时间吗？那么我可以请奥特拉前去，但是她处于那种状态，我怎该请她去办呢？我不想将全部情况一五一十地向她讲明，如同向你讲明一样。那么只剩下你了，马克斯，我将包袱加在你的身上。这项请求是，你拿上我附来的医生证明，尽快地去找我的经理奥德斯特齐尔博士（我下午才拿到医生证明，但愿像我们讨论过的情况那样），最好上午将近11点就去。说什么，你当然知道得比我好得多，我只想说，我怎样想的，大概是。

我无疑能去办公室（旁白：也能去上班，干我在那里的工作），但是不等我来，也正是我，无疑地在秋天我又必须离去，又会处于比去年秋天更坏一点的状态。如果我呆4至6个月的话，医生认为我会有长期工作能力。因此我请求延长假期，先大约给2个月，然后我又将寄去一份详细的医生鉴定书。我请求给假（尽管可以给假）并且工资付给全部、四分之三或一半，只是不应该完全无薪水。更不能指望退休。此外，也可以将这半年挪前而取消退休。批准这种有限的假期甚至对我是一种便利,因为我非常清楚,我是从公司给的假期中得到了什么。我现在请假的方式肯定不合适,只好这样来辩解:我至今犹豫不决,反复考虑,因此现在才同经理详细谈过。我也知道,首先必须送交申请报告等。不过也许可以让我补交一份申请报告,前提是:有把握可以指望得到批准,让我留在这里,而不必要我在20日去上班。如果这不可能,我至少过些时候能回布拉格。

大概可以说这些,然后你,马克斯,给我拍个电报:"留在那里"或者"回来"。

再谈一些关于经理的事。他是一个很好的和蔼可亲的人,对我特别好,当然政治因素也起了作用,因为他可以对德国人说,他对他们中的一个人特别好,但实际上这却只是一个犹太人。

关于薪水问题,请别疏忽了,也不要提到我父亲的财富,因为第一,十之八九不存在财富;第二,肯定不是给我的。

我强调我的做法不对,因为经理很关心他的正确,关心保持他的权威。

这次谈话肯定会被转移到泛泛而谈,具体说是他转移的,你也是一个。你也许能使他高兴——不是为了贿赂他,我丝毫不想这样做——因为我感到对他确实负有很大的义务,顺带地提到,我多次谈到他简直有创造性的口才,只是通过他才体会到活生生的捷克语令人钦佩。也许你不会十分注意到这一点。自从他任经理以来,这种力量在他的讲话中几乎失去了,官僚主义使它在讲话里抬不起头来。他必须说得太多。此外,他是社会学家和教授,但是你一定不知道此事。当然你可以随便说德语或捷克语。

这也是一个任务。当我想到你在百忙之中还给你添麻烦,我实在——请相信我——过意不去。但是我已疑虑重重,必定要找个地方突破。马克斯,你必将受累。请原谅我。

再者,奥特拉从亲身体会中引导出类似的教训,那是不可能的。事前向我们打听一下为好。

也许在你看来,我对办公室太谨小慎微了。不对,请想一想,办公室对我的病完全没有责任。此外,办公室不仅因我生病吃了亏,而且在其5年的发展过程中受到了损害。办公室甚至还宁愿支持我,而不让我糊糊涂涂地混日子。

我要是留在这里,也许能见到你来这里,那真好。

多多问候你夫人和费利克斯及其夫人、奥斯卡及其夫人。

〔1921年3月中旬于玛特利亚里〕

328. 致 M.E.

每天您发烧醒来,这是什么样的"低烧"?用体温计量过?是真正发烧吗?在阿勒姆有一个校医,您同他谈过话吗?同在巴特的医生谈过吗?我不知道,也未去问,自从见到那张推粪车的照片以来,我就非常相信您很健康,您在那里身强力壮,比在舍列森时健康得多了。您在舍列森大致是健康的,您大步流星地在前面走,我跟在后面气喘吁吁。您似乎到了那里。现在发低烧?但是没有低烧,只有令人讨厌的发烧。"浪费生命越早越美,您写得越好"。您想怎么样,也许就怎么样。但是请您相信我,由于发烧,生命被浪费掉了,生活过得不"美",也不"更早"。我在这里不是住原来的疗养院。在疗养院,这种印象可能更强烈。但是在这里我也看到,我环顾四周,没有什么更美更快的浪费,人们不浪费,人们被浪费。人们可能以您的青春妙龄巧妙地反对浪费。您必须这样做。条件是:根本会有进攻,这我不知道,也不想相信。但是如果真正发烧,正常体温37℃或高一些(用口表量),那么您必须立即去看医生。这确实是不言而喻的。那么跟鲁滨逊去吧,至少暂时跟他去,自己也成为鲁滨逊。在他发烧被一只船接走,在家刚恢复健康以后,他又离家出走,又成为鲁滨逊。在他的书里,他删掉了这一章,因为他感到羞耻,他至少为自己的健康忧心忡忡,大个儿的鲁滨逊大概要变成小个儿的闵策了。

此外，闵策，您是对的。如果我认为您现在的生活很美，那是夸大其辞。但是结果一样。哲学家叔本华对这个问题在某个地方下过评语，我在这里只能顺便复述一下。它的大意是这样的："觉得生活美的那些人表面上很容易证明这一点。他们大概需要从一个阳台显示一个世界。无论如何，在晴天或阴天，世界总会是那样，生活总是美的。这地方不管多样还是单调，它总是美的。人民的生活，家庭的生活，个人的生活，不论生活难易，它总是古怪和美丽的。但是用什么来证明呢？如果世界不比西洋镜更大，那么只有世界是真正无限美的，然而可惜它不是西洋镜，而这个美的世界上的美的生活，在每一瞬间的每个细节上都为人所经历。这时候，这就不再是美的，而只是艰辛。"叔本华大概说了这些。如果运用到您的情况下，这就会是：生活虽美而古怪，有着了不起的外表，闵策在那寒冷的北方自己谋生糊口，在苦日子的晚上，裹着粗羊毛毯，躺在草袋里，旁边的李斯尔已经睡了，外面大雪纷飞，潮湿而寒冷。明天又是一个苦日子——这一切从一个塔特拉的别墅阳台上看都是美的。

但是晚上望着身边的煤油灯，生活根本不美，几乎想要哭起来。

在如此类似的情况下，我当时想继续写下去。然而我被打断了，这次不是被暴风雨和卧床所打断，相反，现在是整整7天，天天大太阳，我赤身裸体躺在树林里，紧靠着很深的积雪，不穿大衣行走，更自由自在地呼吸。但是病人用痛苦的呻吟打断我，仿佛我能够帮助他们似的。这些事情使我想到一个永远忘不了的小故事：有一次，格里尔帕策① 受到邀请参加一个社交会，他将在会上与黑贝尔② 晤面。但是格里尔帕策不肯去，因为"黑贝尔总盘问我关于上帝的事，我不能告诉他什么，他就生气"。

在这期间您的第二封信来了。如果我没有弄错的话，您比以前快乐

---

① 奥地利剧作家（1791—1872年）。——译者
② 德国剧作家（1813—1863年）。——译者

一些,尽管手受了伤。(用园艺工作用的小刀干活可不容易。我总是宁愿伤了树,而不使自己受伤的。如果我用刀割了自己,别人会安慰我说:"这块笨肉何必不切掉呢"。)您去博士那里吧。他大概不仅只看你的手的。51公斤,不重,不重。

至于波罗的海浴场,诚然,它们很漂亮。我只是走马观花地看过顶西边的一个浴场:特拉维明德浴场。在那里我悲伤了。那天好热,漫不经心地跟着浴场的人到处转。这大概是战争爆发前一个月。而现在去,闵策,这会完全违反我们的约定(且不谈其他一切),根据约定,我们决不要彼此相见的。当然,正如您梦想当鲁滨逊一样,这"绝不是"夸大其辞。我祝您有一个大的花园和蔚蓝的天和去南方。

亲爱的闵策,自从上次约会以来,多少天过去了。我无法数天数,至今发生了什么事,我说不清楚。大概没有发生什么事,例如,我记不得在整个时间读过一本特别的书。相反,也许我时常处于一种完全神志昏迷状态,似乎我作为小孩子依偎在祖父母的怀里惊奇地望着他。日子过得真快,不知不觉就过去了好多天。没有时间去写信,我不得不逼着自己给父母和您写张明信片。我觉得似乎我应该努力越过整个德国,向您伸去手,这当然也是不可能的。

此外,对我来说,拖延时间的结果是,我本想于3月20日到达布拉格的,现在我将在这里待更长时间。这里这位博士百般地威胁我,如果我走,他祝我一切顺利,如果我留下,那么我还将待些时候。但是我不想待在阳台上或躺在林间新鲜空气卧疗室(大雪已将森林封锁),而宁愿在某个地方的庭院里"汗流满面"地劳动,因为我们肯定要这样做的,不干活,实际上能体会到的。您干活吧,祝您身体健康!这大概在许多方面不美,生活不美又该怎么办?这可是遭到厄运,避免厄运要糟得多。

但愿在您劳动时头顶的太阳如此明媚,正如我躺着时的阳光一样(两天以来我每天下午都赤身裸体地躺在我的阳台上,像一个小孩子一丝不挂地躺在一个失明的伟大母亲面前)。波罗的海的海滨浴场真美,当然,我更想在您自己的花园里见到您（尽管这个花园在南方某一个湖边，我也一定会不畏艰辛地去加尔达湖或马乔列湖），同您的丈夫和孩子们，他们排成一排，这比最好看的牧羊犬不知好看多少。此外，为什么一定到一个欧洲的湖？基内雷特湖或梯贝里亚斯湖也很美。附来的剪报——根据其重要性读破了——稍有论及此事。

冯塔纳①的这本小书也许使您对波罗的海的生活失望。也许人们必须对冯塔纳另眼相看，才能很好地理解这些回忆录，特别是他的信。我尤其不清楚，我在哪里找到了波罗的海的这种有特点的生活，是在他的回忆录里还是在他的某一本小说里？此外，我也不肯定知道这本长篇小说的名字，是《塞西勒》还是《不可挽回》，还是其他的名字。我不知道，我要回布拉格后才能证实。

4月份过生日吗？但您可根本不是像4月天那样反复无常的人，您怎么出生在4月呢？生日是几号？

随信附上合同。它听起来很聪明，不像我担心的那样可怕。我想即将听到一些关于发烧的消息。

卡夫卡 上

〔1921年3月底于玛特利亚里〕

329. 致马克斯·勃罗德

亲爱的马克斯：

我的身体过去不很好，现在仍然不好，消化不良。要么是因吃肉所致，要么还有别的原因。几天之后才会有结果，然后我写信详细告诉你。你当然给我写了信，但总只是谈我，而不谈你自己，你的工作、旅行，

---

① 德国小说家（1819—1898年）。——译者

还有莱比锡、菲利斯和奥斯卡。几天后我写信。祝你身体好。请代我向你夫人问好。我突然想到，我离开布拉格好久了。

你的　弗兰茨

〔明信片邮戳：1921.3.31—玛特利亚里〕

330. 致马克斯·勃罗德

最亲爱的马克斯：

你有安静的环境，能忍受紧张，你的中篇小说① 一定作为生活本身的好孩子生出来，怎能不成功呢？一切都多么理智地服从你，在局里也一样。在以前的局里你是一个懒惰的公务员，因为你在局外的工作无效，充其量可以容忍和纵容。但是这次你的工作是大事，先给你在局里干的工作以本来应有的、其他公务员达不到的价值。因此，你在工作方面仍然很勤劳，即使你在那里无所事事。最后，特别是你怎样真正用强有力的手操办你的婚事，去莱比锡旁边并穿越过去，把你放在二者之间，由现实的力量去说服人，即使不理解也罢。祝你在你艰难、崇高、骄傲的道路上一切顺利！

我吗？如果她们并排站队，传来关于你、费利克斯和奥斯卡的消息，我作一下比较，似乎我觉得自己像一个孩子在成年人的森林里迷了路，到处乱走。

日子又在疲惫不堪、无所事事、凝望云天、也生闷气中过去了。你们都提升到男人的水平，这是真情。结婚之事在这里不知不觉地未定下来，也许有历史发展的生活命运和无历史发展的生活命运。有时候我介绍自己是一个匿名的希腊人，不想去特洛亚而去特洛亚。他在那里还没有环顾，就已经处于人声鼎沸之中，连群神自己还根本不知道发生了什

---

① 指长篇小说《弗兰兹或一种二等爱情》，慕尼黑，1921 年。

么事，但是他已经挂在特洛亚的一辆战车上，并在城周围被拖着走。荷马还好长时间未开始唱歌，但是他睁着一双玻璃眼睛，躺在那里，如果不是躺在特洛亚的尘土里，也是躺在睡椅的软垫上。为什么呢？赫库巴对他来说当然不算什么，但是海伦也不是关键性的。正如被上帝召唤、驱逐、保护、斗争的其他希腊人一样，他被父亲一脚踢了出去。在父亲的诅咒下，他战斗过，幸而还有其他希腊人，否则，世界史会被局限在父亲住宅的两间房和他们之间的门槛里。

我写信说的病是卡他性肠炎，像我这样还从未患过此病的人很少有。我确信，这是肠结核（我了解肠结核是什么，我承认，菲莉斯的表兄死于肠结核）。有一天我发烧，40℃，但是，我相信没有损失就过去了。体重减轻也将得到弥补。我曾写的那个受刑的男人结束了自己的一生，显然半是有意，半是偶然，他在行驶着的快车上从两个车厢之间掉了下去，掉到缓冲器之间。他几乎神志昏迷地离开了这里。每天清晨，他作短距离散步，没有表、信袋和行李，然后将散步转移到电车，继而乘轻便摩托车、快车，方向全是去布拉格。复活节探亲，但是他又改变了方向，跳下去了。我们大家在这里都有过失，对他的自杀没有过错，但对他最近绝望有责任。每个人都怕他，怕这个很爱交际的人。我们在沉船之时，都会无所顾忌地服从最有强权的人物。我把医生、护士和室内清洁女工排除在外。在这方面我非常尊敬他们。以后又来了一个类似的病人，但是已经走了。

在一份偶然到我手中的布拉格日报上（一份《麦里施—奥斯特劳尔—图里斯特报》到达这里要几天时间，我们本来不会彼此交谈的，他经常友好地给我送来一堆报纸，他在这里读报，对我说："在为犹太文化而斗争。"）我读到，哈斯娶了雅米拉。这并不使我感到意外，我总是很信任哈斯，但是世人将对此感到惊异。你知道更详细的情况吗？

你写信谈到也许能让人给我找一份工作，你太好了，读到这个消息令人也很愉快，然而其实不是为我找的。如果我有3个愿望吹了，我会在疏忽上述欲望的情况下表示希望：接近痊愈（这是医生们说的，但我未觉出有痊愈的迹象。近年来我也多少次去疗养过,在疗养 3 个月后,我远比现在为好,在 3 个月内转好的,肯定是天气而不是肺部。当然,不可忘记我以前对整个身体的疑心现在汇集在肺部),然后去国外。去一个南方的国家(不一定是巴勒斯坦,在第一个月我读了很多圣经章节,因而心情也平静下来了),买一件小小的工艺品。这就是说,希望不算多,连妻儿均未列在愿望之内。

〔1921 年 4 月中旬于玛特利亚里〕

331. 致马克斯·勃罗德

最亲爱的马克斯:

在我得到这本书以后,我在这一天立即读了两遍,几乎读了三篇,然后立即借出去了,以便被快速传阅。在我读过以后,我第四次读它,现在又借走了,如此匆忙。但这可以理解,因为这本书多么生动。如果人们在暗处呆了一些时候,然后看到这样的生活,那么会一拥而入。这不是真正的讣告①。这是你们俩之间的婚礼,既生动,又忧伤,甚至绝望,正如那些结婚的人举行的婚礼一样,旁观的人高高兴兴,张大眼睛,心扑扑跳。要是旁观而自己这时不结婚,甚至独守空房也可以,那就好了。这种生动场面由于只有你作了报道而更增异彩。强者生存,这声音虽然如此柔弱,以致你的声音未压住死者的声音,而是他能参加谈话,使人能听见他的无声语言,甚至能用手捂住你的嘴,以便在他觉得有必要的地方压低你的声音。这真妙极了。尽管如此,如果人们愿意的话——这本书献给读者的意志,读者尽管受内心力量的支配,也会有很大的意志自由——但是又只有生者(全世界说话的人)对死者而言有着活人的生命,这情况有如一块墓碑,它也是生命的支柱。很可能你觉得不重要的

---

① 指勃罗德的朋友、天才的音乐家阿道夫·施赖贝尔在柏林万湖自杀之事。

地方却最直接地抓住我,例如这段话:"是我疯了,还是他疯了?"这里站着这个男子,忠实的人,不变心的人,眼睛总是睁着,泉水不会干涸。这个男子——我表达得似是而非,不过开门见山——不能理解这可以理解的事情。

以上是昨天写的。我还想说些什么,但是今天收到了M.的来信,她不要我告诉你什么,因为她向你承诺过不给我写信的。我先说这一点,就算作在同M.的关系上,仿佛我没有对你说过什么。我知道,马克斯,有你这个朋友,多么幸福。

不过,我必须写信向你谈这封信的事。原因如下:M.写信说她病了,患肺病,在我们一起来之前,她就有这个病,但当时病情轻微,完全不重要,一害怕,病有时候就真来了。据说现在病情加重。她身体强壮,生命力强,我的想象力不够,想象不出M.病成什么样了。你也听说过有关她的别的消息。至少她给她父亲写过信,她父亲很友好。她来布拉格,一定住在他那里,然后去意大利(她父亲建议她去塔特拉,她拒绝了,现在仲春去意大利吗?)。她将住在她父亲那儿,是很奇怪的。如果他们和解了,她丈夫在哪里呢?

但是由于这一切,我不会写信给你谈这件事。当然这只关系到我。问题是,你要告诉我关于M.何时在布拉格逗留(你将大概知道的)和她待多久的情况,以便我不在那个时候去布拉格。你告诉我,也许M.确实要去塔特拉,我好及时从这里前往。因为见次面并不会意味着绝望达到揪扯头发的地步,而是她在自己脑袋和大脑里抓出了道道伤痕。

如果你满足了我这个请求,你就不要再说什么你不理解我了。在较长时间以前,我就想写信告诉你此事。我太厌烦了,我大概也多次暗示过此事。对你来说,这不会有什么新东西,但是我还没有粗略地说出来。事情本身没有什么特别之处。你最早的故事之一就是写这个的。当然是友好的。这是患阳痿病。根据生命力,应该有能力满足,根据我的生命力我没有得到能力,或者说,这种能力逃离了我。当然处于使局外人(此外还有很多像我这样的人）不可理解，为什么还要拯救。但是人并不总是出走来救自己的。灰也是这样。风把烧的一堆灰吹掉，但是灰未吹走，来拯救自己。

在房门还关着的时候，我不谈幸福的、在这方面幸福的童年时代。在房门后面，法院在商议（这位无门不入的陪审官之父从那时以来已出来好久了），以后的情况是：有一半姑娘的身体引诱我，我寄予希望的那个姑娘的身体根本不诱人。只要她（F）摆脱我，或者只要我们是一个人（M），这只是来自远方的威胁，说远也根本不远。一旦发生任何一件小事，就完全破裂。为了我的尊严，为了我的高傲，显然我（虽然他看上去还如此恭顺，是一个点头哈腰的犹太人！）只能爱高高在我之上、我够不到的东西。

这大概是整体的核心，当然长得非常大，大到"吓死人"的整体的核心。并非一切都是这个核心的上层建筑，而肯定是下层建筑。

在关系破裂后，情况可吓人。我不能谈此事。只谈一点：你在帝国饭店搞错了。你认为兴高采烈，其实是牙齿打战。幸福只是夺走黑夜的4个白天的碎片，这些碎片硬是撕不破，已经锁在抽屉里了。幸福是这个成就之后的叹息。

现在我在这里又得到她的信，信里只要求一条不用回答的消息。在我后面是一个绞尽脑汁的下午，在我前面是一个夜晚，但是这将不会再来了。消息到不了我这里，因此我必须心满意足。我的力量处于令人欢欣雀跃的状态。除了痛苦，还有耻辱。这情况好像拿破仑对召唤他去俄罗斯的魔鬼说过的："我现在没办法，我还得喝晚上的牛奶。"这也好像他在魔鬼问"这将持续很长时间吗"时说："是的，我必须仔细品尝它。"

现在你明白了吗？

〔1921年4月中旬于玛特利亚里〕

332. 致马克斯·勃罗德

亲爱的马克斯：

我最近的一封信（关于写信人和关于 M.），你难道没有收到吗？可能他写错了地址。如果一个陌生人得到此信，这就令我遗憾了。

多谢小品文，巴黎日记。你不知道，这使我多么高兴。否则，你就会把你出的书全给我寄来了。连在《自卫》上没有发表的，我都知道得一清二楚。例如《牛》那篇文章（有点凶猛，有点高声，有点着急，但读来愉快），我只了解第二部分。你多次写论拉辛①这样的批评文章吗？（也真妙，你怎么在读第一栏时睡着了，而在读最后一栏醒来时生气地说，读者这么少。也奇怪，你怎么绝处逢生，竟然高兴地在这座古墓上寻找拉辛的遗物，这真不可能，因为这样一来你会陷入四面来风，无法躲到一边去幻想你在那里如何如何好。）

也感谢你关于那位药剂师的一席话。他当之无愧，他也许必须在城外停留更长时间，直到秋天。你根本看不出他有什么病。他身材高大，身强力壮，肩宽背阔，脸上红润，满头金发。他穿上长袍，几乎太魁梧了。他没有病痛，不咳嗽，只是有时体温升高。在我从外表上将他介绍一番（在床上，穿着衬衣、头发蓬乱、有着一副青年小伙子的面孔，好像霍夫曼的儿童小说中的铜版画，同时面容严肃、紧张，又如在梦中，简直美极了），我请求为他做两件事。第一件，你大概从你的经验出发，可以毫不费劲地回答。关于支持或提供生活的方便。他在布拉格能指望什么呢？他有两项建议：一项未被采纳的建议是由布达佩斯的一位犹太教经师向犹太教经师施瓦茨提出的；一项很好的建议是由布达佩斯的教育团体向布拉格人提出来的，得到了犹太教经师埃德尔施泰因特别热心的支持。他是这位经师的学生。当然我是担心，任何来布拉格的外国人都会提出这样的建议。那时候，如果他将获得捷克斯洛伐克国籍（他也许能办到，他有一个不使人怀疑的名字克罗普斯托克，他的早已故去的

---

① 法国戏剧家（1639—1699 年）。——译者

父亲出生在斯洛伐克），这会意味着他得到上大学许可的方便，他昔日的生活也将是一大便利。

你询问我的健康状况。体温有利，发烧极少。甚至 36.9℃ 也远不是每天都达到的。这一切都是用口表测试的。口的温度比腋下高 0.2℃ 至 0.3℃。如果没有太多的变动，可以说体温几乎正常，但是我多半躺着。咳嗽、吐痰、气喘都已减弱，但这是自从气候转好以来才减弱的，与其说肺部转好，不如说是气候变好。我的体重约增加 6.5 公斤。令人生气的是，除了肺病和忧郁之外，我不是连续两天完全健康。我完全不轻视你的建议。但是这里谁也不知道洛奇草药膏。漂亮、温柔、高个儿、金发碧眼的洛姆尼茨的药剂师打量我，看看我是否愚弄她。其实，为了消遣，每个人都可能为自己捏造一个可笑的名字，问一问是否有这种药膏。嗯，克拉尔博士同意，我舅舅反对，这里的博士同意，斯莫科维奇的宗塔格博士反对，在这次会诊中我却唱反调。马克斯，特别是当你在这本书里也提出警告的时候，你对此不能提出什么非议。关于注射防疫针的文章我以前已读过了。奥斯特劳晨报是我现在几乎每天都收到的唯一报纸，我也读医学副刊，报上的部分文章显然是由一个幽默作家写的（顺便提一下，这个副刊也是这里我很喜爱的一位医生的专业读物）。文章里列有一般的人工统计，这些统计与自然疗法的反对派相比无关紧要。医药能在十分有限的时间里医治疾病创伤，因此自然疗法只有受蔑视。也可以相信，肺结核能受到限制，任何病最终会受到限制。治病等于战争。任何战争都有结束的时候，任何战争也都有不能停止的时候。结核病有自己的部位，在肺部也有，像世界大战在最后通牒中有其根源。只有一种病治不了，这一种病被医药盲目医治，犹如一头动物被赶入无边无际的森林。不过，我没有疏忽你的建议。你怎么能这样想呢？

弗兰茨

〔1921 年 4 月于玛特利亚里〕

333. 致奥斯卡·鲍姆

亲爱的奥斯卡:

  这么看来你还没有忘记我。我差点要为我没有给你写信而责备你了。但在这里的笼罩一切的无所事事中,写作对于我几乎是一种行动,几乎是一种新生,一种在世界上的新的奔波劳碌,但紧随着这阵劳碌而来的必然又是躺椅,这是不可抗拒的——于是人们被吓退了。但我这么说并不是想给人以一种印象:我在这里寻找理由。不,完全不是这样。

  我几乎未听到你的消息,只读到你在魏宁格作的报告,(仍然没有公开出版的手稿?没有这篇文章的校样?)听到关于提出批评的谣传,此外没有听到什么。我总是用我的嘴完全向马克斯述说我的事,几乎不给他机会写别人的事。无论从那时以来的这些年里发生了什么事,我想,你大概到舍列森去过几次吧?做了多少工作,勒奥可能几乎一直在大学。在躺椅上很难确定时间。我以为已经过了4个月了,但是理智地想一想,已经许多年过去了。

  人也总算变得相当老了。例如说,现在一个布达佩斯小姑娘也离开了。(她曾叫阿兰卡,每三人中就有一人叫这个名字,每两人中就有一人叫伊龙卡,这都是漂亮的名字,有些人还叫克拉里卡,每个人都只是在谈话时叫名字:"你好吗,阿兰卡?")这个布达佩斯姑娘都走了,她不很漂亮,在有点歪斜的脸颊上嵌着一双不无缺陷的眼睛,厚大的鼻子,但年轻,她正值妙龄啊!一切都与这美丽的体型相配。她快快乐乐,敞开心扉,人人都爱恋她,我故意同她疏远,不向她作自我介绍,她待在这里大约3个月了,我没有直接同她谈过话,这在这么小的社交圈子里是很不简单的。最后一天吃早餐(午餐和夜餐我单独在我房间用餐),她来找我,开始用她那不地道的匈牙利式德语讲了较长时间的话:"博士先生,我不揣冒昧地向您告别",等等,正如人们向一位年老的达官显贵说话,脸红而不安。我吓得双膝直发抖。

  我又高兴读这本书,这是出于在某种意义上不可控制的原因。这本书是你的书中我最喜爱的一本。在书里生活,非常好,暖和,好像在一间房的角落,被人遗忘了,现在回味发生的一切,更觉味道浓烈。可惜我不得不把书借出去,不过明天就收回。我的邻座,这次是伊龙卡,她见到了这本书,请求我无论如何借给她,显然她一生还从未读过这么好的书。她的美丽在于那柔嫩、几乎透明的皮肤。当时我真想看看她高兴地阅读你的书时是什么样子。

最衷心地问候你、夫人、孩子和姊妹。

弗兰茨 上

〔1921年春于玛特利亚里〕

334. 致马克斯·勃罗德

亲爱的马克斯:

仍然不可理解?这很古怪,但是更好,因为这是错误的,作为个别事件,这是不正确的,如果不把这个扩大到整个生活,那是错误的。(扩大吗?因而模糊不清吗?我不知道。)你将同M.谈话,我将永不会有幸福。如果你对她谈起我,等于谈到一个死人。我认为,这关系到我的"在外地",我的"治外法权"。最近埃伦施泰因到我这里时对我说,M.的生活向我伸出了手,我有了在生死之间的选择。这真说得有些太好了(不是从M.的角度说的,而是从我的角度说的)。但是本质上是真的,只是愚蠢,以致他似乎相信我有选择的能力。如果还有德尔菲的神谕[①],我本可以问询和答复的:"生死之间的选择吗?你怎能犹豫不决呢?"

你总是写信谈如何成为健康的人。这对我来说却不可能(不仅从肺部来说,而且从其他一切来看,例如最近又有动乱不安的浪潮向我袭来,

---

① 德尔菲是希腊雅典西北120公里的村庄。有阿波罗神殿。据神话传说,通过抽签向阿波罗询问神的指示,即神谕。

最小的噪声也使我失眠、痛苦,在空无一物的空中硬是产生噪声。关于这一点我真是一言难尽。白天夜晚被弄得精疲力竭,像今天夜晚一样,一小群魔鬼聚集一处,夜半之时在我房前快快活活地谈话。晚上从基督教的社会团体的大会回家来的职员们都是些无辜的好人。没有人会像魔鬼一样戴面具),这是不可能的。只有这具不情愿活着的身体以及大脑,听到这些话感到吃惊,现在又违背己愿地勉强活着,不情愿地活下去。他不能吃,有一个脓肿的伤口,昨天去掉了绷带,在伤口愈合之前,需要打大绷带一个月之久(这位快乐的博士当然手头给予帮助:注射砷剂。我很感谢),这是不可能的,但也不是高不可攀的。

你写信谈到姑娘们,没有一个姑娘留我在这里。(特别是照片上的那些姑娘,她们也走了几个月了。)任何一个姑娘都不能把我留在某个地方。女人有着古怪而少有的锐利的眼光。她们只注意到,人们是否喜欢她们,人们是否同情她们,最后,人们是否向她们寻求怜悯。这就是全部,一般来说,这也就够了。

我本来只同医生打交道,其他一切都只是顺带的事。有人想了解我的什么,他对医生说去。我想了解某个人的什么,我也对医生说。尽管如此,我并不孤独,这根本不是孤独,是半愉快的生活,在一个极其友好的人们的交际圈子里过着表面上半愉快的生活。当然,我不会在众目睽睽之下淹死,谁也不必救我。她们也那么友好,不会去淹死。有些友好也有十分清楚的原因:例如,我给了许多小费(比较多,这也够公平了),这也是必要的,因为酒店服务员最近给他在布达佩斯的妻子写了一封公开信,信里说,他在12位客人中根据他们给的小费多少而采取不同的对待:"12个客人可以留下,其余的滚蛋。"他开始点其他人的名,并连祷式地加上说明:"亲爱的G.太太(顺便说说,她真是一位亲爱的、年轻仁慈的、来自齐普斯的农家妇女)见鬼去吧等等。"我不在其中。如果叫我滚蛋,那肯定完全不是由于小费少的缘故。

这么说,奥斯卡真是在《新闻报》工作,不是在《晚报》了?在这家报纸,就可以对他提出建议?他放弃了上课?你能给我寄一期载有奥斯卡的文章的报纸吗?我还没有见到这家报纸。保尔·阿德勒也在那里?费利克斯呢?这样的事情总有一些的。情绪高涨了?这抓着他的核心了吗?其实,迄今为止情况不是这样。根本上说,他毕竟还住在罗马,只是在亚洲边界在同野蛮人战斗。事态更糟了?孩子呢?现在会有夏天住房?祝生活愉快。

弗兰茨

〔1921 年 5 月初于玛特利亚里〕

335. 致奥特拉·达维多娃

亲爱的奥特拉和维鲁斯卡(?母亲写的名字是这样,究竟名字怎样写?薇拉,还是维拉,或叫科帕尔夫人的女儿?命名出于什么考虑?就不管它吧!):

福贝格尔夫人为其兄弟(集邮家)需要:

100 枚	2 赫勒的快信邮票	
100 枚	80 赫勒的邮票	带胡斯像
100 枚	90 赫勒的邮票	

请从我的钱里扣除给你的钱。他将会付给我钱。这些邮票 5 月底失效,因此必须立即买来,据说只有在布拉格才能买到。

如果这条路对你们两个太难了(骑童车怎么能向上驶入邮政大厅呢?你有一辆漂亮车?W. 太太有点嫉妒呢?),那么也许佩帕能这么做(他不去巴黎吗?),那时候你也能呈交附来的布吕纳的利多韦·诺维尼的小品文给人评论。如果他认为这件事情好,当然他也还要同克拉尔博士谈的。他也许还能打听到在哪里得到医疗船的床位和整个费用有多高。你们不能立即告诉他,小品文可惜登载在 4 月 1 日那期上。那一期文章很严肃,这里一个穷病人把文章交给了这位博士去发表评论。他给我把评论带来了,要我通读一遍,因为他不懂捷克语。我当时患卡他性肠炎,身体虚弱,我相信我真正读了一两个小时。

这是外部原因。此外,我本想给你写得最长,但是我太累了,或者说太懒了,或者只是太难了。这几乎不能区别。我也总有一些小事,例如现在又有一个来势凶猛的脓肿,我得与之斗争。你们俩动作十分敏捷,这使我高兴。但是你们不应该太敏捷。这里有一个年轻的农家妇女,中等病情,当然愉快和可爱,穿着深色服装,芭蕾舞裙子婆娑多姿,漂亮迷人。她受到婆婆的支持,总是下大力去工作,尽管那里的医生总是警告她。医生说:

必须保护青年妇女。

像保护金橄榄一样。

这句话虽然不完全理解,但是很显而易见,因此我也谨慎持重地去寻找新途径。

总之,找一条通向经理的新路将是必要的。这是为了磨嘴皮。5月20日休假到期。(他真的是从批准假期的角度谅解你的吗?)以后怎么办?然后我到哪里去?我大约在6月底以前还留在这里,这是次要的考虑。(自从据我看因吃肉而患卡他性肠炎以来,已作了这样的安排:一位小姐在厨房里——我想是这样——花了大部分时间挖空心思去想能给我做什么吃的。吃早餐时想到建议我中午吃什么,下午吃点心时想到晚餐吃什么。最后这位小姐从窗户外望,梦想她的家乡布达佩斯。然后她突然说:"我真是翘首以待,急于知道晚上的生菜是否合您的口味。")

我又怎能再要求休假呢?在哪里可以看到尽头?很难。也许要求假期付半薪?请求给这样的病假容易吗?如果我能够对自己和别人说,这个病大概因公司而起或恶化了,也许容易请假,但是它的反面是真实的,是公司阻止了病情恶化。真难办,而我一定要请假。我当然能出示一个证明,这是很简单的。喂,你的意见呢?

但是你决不能以为我在这里一直在这么思考。昨天（例如说）我笑嘻嘻地度过了半个下午，具体地说，不是哈哈大笑，而是带着一种深有感触的、可爱的笑。可惜这只能意会，而不能言传。

这里有一位总参谋部上尉，他被分派到木棚医院里工作。他像许多军官一样，住在下面。因为木棚上面太脏，他叫人从上面给他打饭。只要下大雪，他就去滑雪，直到山顶附近，经常是单枪匹马，几乎胆大包天。现在他只有两个工作人员，一个管绘图和画水彩画，另一个吹笛子。每天前者定时在室外画画与绘图，后者在自己的小房间吹笛子。上尉显然总是独自一人（只要他在绘图，他似乎乐于容忍地望着）。我当然很敬畏他，迄今我同他谈话几乎不到5次，只有当他从老远喊我，或者出乎意料地在某处碰到的时候。如果我在画画时遇见他，我会对他恭维几句，事情也并不真正糟，是好的或很好的业余工作。我看，这就是全部，仍然没有什么特别之处。我确实这样说的，我知道，不可能说出整体的实质。也许我试图描述他的样子：如果他在村道上散步，总是昂首阔步，愉快地缓缓地走着，总是抬头望着洛姆尼茨山峰，大衣在风中摆动，他看上去就大约像席勒。如果有人在他附近，望着这干瘪的、多皱纹的脸（有一部分是吹笛子起的皱纹），像木头那样的淡黄色，脖子和身体也是像把干柴，这时他就想起西略雷利①画中的死人。我以为这是大师的名画之一，她们在那里怎样从坟墓中爬上来。他还有第三种类似性。他想入非非，头脑里出现许多观念。

不，太大了，我是指内心方面。一句话，他举办了一个展览会。医生把一篇评论寄给了一份匈牙利报纸，我则寄给一份德国报纸，一切都秘密行事。他拿着一份报纸走向酒店服务员，以便服务员为他翻译。对于他来说，这太复杂了，因此他毫无恶意地带领这位上尉去医生处，说他将翻译得最好。医生正好躺在床上，稍微有些发烧。我去拜访他，谈

---

① 指《末日审判》，奥尔维托大教堂中的弗雷斯科。

话就此开始,但是够厌烦了。我不说这些,我为什么要说这些呢?

再者,为了又接上前面的话题,你决不能认为我一直在笑,其实不是。

我现在附上陶西格的账单。此外有一段给艾莉,关系到费利克斯,对你的账单来说,十年后再考虑。这不算太长,在睡椅上从左向右翻个身,看看表,十年就过去了。只有在运动之中,才会觉得时间长。

我当然让人再非常特别地问候艾莉和瓦莉。你怎样看此事?我让人问候她们,因为问候容易,给她们写信难。因为写信难吗?根本不难。我让人问候她们,因为她们是我亲爱的妹妹,我不专门给她们写信,是因为我在给你写信。最后你会说,我也让人只问候你的女儿,因为写信困难呀。其实写信不比其他一切困难更容易一些。

祝你和你的家人生活愉快。

请代我问候小姐。

弗

〔1921 年 5 月初于玛特利亚里〕

336. 致约瑟夫·达维德博士

亲爱的佩帕:

你写得真好,真好呀!现在我还只塞进了几个小错误,一般来说,信里难免没有一点错误的,请原谅,我的经理也将在你的信里找到错误。如果我将在每封信里找到错误,我这么做,只是为了在信里有适当数目的错误。

我力图在这里安安静静地生活,我几乎得不到一份报纸,我连《论坛》也读不到。我既不知道共产党人干什么,也不知道德国人说什么,我只听到马扎尔人说什么,但我听不懂。可惜他们说得很多,要是说得少一些,我会高兴的。佩帕,为什么一首诗未使你疲劳?为什么一首新诗使你疲劳?霍拉兹已经写了许多好诗,我们才读了一首半诗,此外读了你的一首诗,这首诗我有了。这里附近有一个小的军人门诊部,傍晚军人沿街都是,只有这些"豹",总是"他们转身"。捷克士兵也不是最坏的,他们滑雪,大笑,像孩子们一样大喊大叫,当然是像有军人声音的孩子们。但是那里也有几个匈牙利士兵在场。他们之中的一个人向这些"豹"学习了五句话,显然他失去了理智。无论他在哪里出现,他就在哪里吼叫这首歌。周围美丽的群山和森林都那么严肃地望着这一切,仿佛这一切使他们喜欢。

但是这一切并不坏,每天只有一小会儿安静。在这方面,家里魔鬼般的喧闹声更坏得多。不过,这也可以克服。我不想诉苦。这里有塔特拉,扎比内地区的群山是在别的什么地方,也许任何地方都没有。

请代我问候你的父母和姊妹。民族剧院停演了,这是怎么回事?

弗　上

你的信是用捷克语写的,已由主编翻译过来了。

〔大约 1921 年 5 月于玛特利亚里〕

337. 致马克斯·勃罗德

最亲爱的马克斯:

我的罪过太大了。我从你那儿得到了那么多,你为我做了那么多,而我僵直地、静静地躺在这儿,直到内心最深处都受到邻舍那个男人的折磨。他在隔壁那几间屋里砌炉子,每天(包括休息日)早晨 5 点就开始用锤子干活,又是唱歌,又是吹口哨,不停顿地持续到晚上 7 点,然后出门一会儿,9 点前回来睡觉。我也在 9 点前上床,但却睡不着,因为别人的时间表不是这样的,而我就像父亲在玛特利亚里期间那样,直到房内最后一个尖声高叫的姑娘上了床才能入睡。当然,影响我的并不单单是那个男人（今天中午，尽管我竭力制止——我这么个躺在躺椅上逐渐腐烂的人有什么资格禁止一个出色的工人干他想干的事呢？——那寄宿姑娘还是禁止了他吹口哨，于是他除了有时忘乎所以外，几乎完全不吹口哨，但不停地锤打着，而且也许在诅咒我，可是说老实话，这样我毕竟感到舒服了一些），何时他停下来，这里的每一个生物都打算，并有能力接替他，他们会这么做，也确实这么做了。但影响我的不仅仅是这里的噪声，而且还包括这个世界的噪声，而且不仅是这种噪声，还有我自己的无噪声。

除了长时期睡眠不足以外，在同 M. 会面之前我不想给你写信。每当我写信讲关于她的事时，我总是不知不觉地陷入谎言之中。我——虽然不是为了你，也不是为了我——不想影响你。现在你已经看见她了。她用什么方式同她父亲和解，我无法了解。对此你大概也一无所知。我自信知道，她看上去不坏。斯特尔巴处于塔特拉的对面一端（最高的地方，但不是原来的疗养院）。请原谅我，我在此把什么东西强加于你了。此事的发生，原因在于我一见到她当时的信就未加考虑地激动起来，当然，我也请你考虑过。她会立即向你谈她那封信的，这一点我深信不疑。但是她没有权利要求我对那封信闭口不谈。关于那封多余的信你写了什么，关于"不再用此方式转交"似乎意味着她不再想知道我的消息（我说过，我陷入撒谎之中）。"当面评价"，这是作为局外人对这种性格的姑娘首先必须明白的主要东西。你尝出虚伪的味道，我未能尝出来，尽管我倾听着。在这方面，我对这种评价的真实内容未夸大其辞，这些评价不是固定的，一句话可以使评价平息下来。我不想成为由这样一个舵手驾的船，但是评价是勇敢的、伟大的、引导人去见诸神，至少去奥林匹亚山。

我也不相信我曾对你讲过关于 M. 对你夫人的关系方面的一些话。M. 的这个评价也时常受到限制并且几乎被取消了。我记不起来她同莉斯尔·贝尔的关系，但大概记得 M. 的一句评语。根据这句评语来看，她曾同哈斯和你夫人在一起，你夫人谈起过你，M. 对这种点头哈腰、一味奉承的做法显出深恶痛绝。马克斯,在这里不要这么严厉地对待M.,这是一个我常常百思不得其解的案子。你试一试把你夫人的女朋友们扳起指头数一遍,哪些是你认为无可怀疑的女朋友,也许你将会找到你夫人根本蔑视的那些女朋友。我就可以作为某个人宣布无罪了。在某种社交的、社会的意义上(正是在对你夫人的孤独化有决定性的意义上),我同你夫人非常类似(但这不意味着相近)。类似到这样的程度:匆匆一瞥,可以说我们是同一个人。我以为,这种类似根本不只是今天造成的,而且包括了原来的天性。我们本来就是善良的、有上进心的,但是有某些缺点的孩子。现在,在我们之间确实存在着一种差别,虽然用科学的肉眼看不出来,但至少是事实。这种差别很小,小到微不足道,但是它足以使我(如果拿不出任何其他的社会材料的话)亲近某个(例如M.)声称恨你夫人的人。当然,你夫人由于结了婚,比我先大胆地深入生活,没有人会想到用我的生活态度来衡量我的价值。如果有此想法,那是不可信的。

M.也许同斯塔查和解了。这个说法在半年里被重复了一两次。斯塔查也总是对我投来锐利的目光,在第一次遇见时,她立即说,我是不可靠的。还从来没有这样的桃色故事对我产生了深刻的印象,更正确点说,印象简直太深刻了。如果我听到这样的故事,例如说:她非常漂亮,他不英俊,他爱她,她爱他,她不忠实,他服毒自杀——这一切千篇一律、令人深信不疑,言者热情洋溢,结果,在我的心中只会无可挽回地升腾起一种危险的、表面上只是孩童般的、实际上破坏生活的感情。

我本想说:这一切使我〔原文至此中断〕

这是度过14天受刑期后的第一个比较平静的日子。我在这里度过的是一种一定程度上堪称世外生活的日子,它本身并不比别的类型的生活差,没有理由为之抱怨。但如果世界像盗墓人那样把脑袋探入这世外生活,冲着里面大喊大叫,如果我失去了自制力,我就真的会一头撞在历来只是虚掩着的通往疯狂的门上。只需一件小事即可将我引入这种状态,比如在我的阳台下面,有个年轻的不太虔诚的匈牙利犹太人卧在躺椅上，脸向着我，四肢舒展，一只手遮在头上，另一只手深深插在裤子门襟里，一整天快乐地哼着教堂歌曲，这就足够了。（这是什么样一个民族啊！）有一丁点儿这类事情就够了，而其他事情会迅猛地跟着涌来。我躺在我的阳台上犹如躺在一个鼓里，人们在上面和下面，从四面八方击打着它，我再也不相信地球表面上还有平静的所在。我醒不了，睡不着，即使偶然有一次出现安宁，我也照样睡不着，因为我的精神已被摧毁。我也不能写作，而你责备我，但我甚至都不能阅读了。可我在三天前（通过医生的指点）找到了一片美丽的、离此不太远的林中草地，它实际上是一座夹在两条小溪中的岛屿，那里是安静的。在那里度过三个下午后（上午那里当然是被士兵们占领着的），我的健康大大恢复，以致我今天甚至能够在那儿小睡一会儿；今天我通过给你写这封信对此表示庆祝。

你去波罗的海海滨？去哪儿？最近我读到关于许多风景优美、价格便宜的波罗的海海滨浴场的消息。蒂索、沙尔波伊茨、内斯特、哈夫克鲁格、蒂门多弗尔海滩、宁多夫，都可考虑，每天只30—40马克。你同谁去？同夫人，一个人，还是同其他人？有时候我也想去波罗的海，但是多半是梦想，而不是切合实际的想法。

你妹妹给我写了一封友好的信。我收到了药膏。我得到它很高兴。冬天痛苦不堪（现在空气浴保护着我），如果药膏真有强效和阻止疖子扩展，那么这药膏能轻易成为所谓人类的苦难，因为用药膏不能减少，只会增加地狱看门犬狗头的数目。

对前面之事我还想说几句。我觉得所有这些桃色故事是可笑的、狂妄的、装模作样的，与这里说的可悲的肉体相比，非常可笑。她们玩自己的游戏，关我个屁事。

我在这里早晨也同一位姑娘在树林里散步一两次。散步总是有效的。至于饮食，可称得上国王的宴席。食物丰盛，令人鼓腹。根本没出什么事，几乎未看一眼。这位姑娘也许根本没有注意到什么。也没有什么，风波早已过去了。完全谈不上形势很有利，也不会再起风波。现在也没

有特别的奇迹,如果〔信至此中断〕

〔旁注〕我暂时寄出这封信,明天再续。

我给你写信,这么支离破碎,失眠——不是当前的原因,只是以前时候的遗产——不容许干什么别的。

收到电报,谢谢。

〔1921年5月底6月初于玛特利亚里〕

338. 致费利克斯·韦尔奇

亲爱的费利克斯:

请你不要设置"不写信的围墙",不要有这样的围墙。我写信给马克斯,也给你,马克斯写信给我,你给我寄《自卫》,你也写信的。对你来说……我不能抄出这句话,很遗憾,你的文章里当然没有痕迹,那么在你的思想里也没有。

《自卫》在这里征求了新订户,我已登记了名字。这里的医生勒奥波尔德·施特雷林格博士,地址是:塔特兰斯克/玛特利亚里,塔特兰斯卡——洛姆尼卡邮局。从下一期起,让《自卫》杂志社给他寄来。现在我只能向他借几期看看。他高兴死了,这使我惊讶,因为在我看来,他以前一直干完全不同的事。

衷心地问候你、夫人和孩子!

弗 上

〔邮戳:1921.6.5—玛特利亚里〕

339. 致罗伯特·克罗普施托克

在病房,依旧失眠,眼睛依旧发热,太阳穴发胀。

……从这个角度看，我从来不相信，但是感到惊异、恐惧，满脑子装着诸如草地上有蚊子之类的问题。大约在我旁边有这朵花的地方，它不完全健康，朝着太阳抬起了头。谁不这样抬头呢？由于它的根和浆汁遭到折磨，充满说不出的忧愁。那里发生了什么事，仍然会发生什么事，但是它只传达出这方面很含糊的、非常不清楚的信息。它现在却不能弯下腰，不能触地和沉思，而必须仿效兄弟们，挺起身子，她也这样挺着，但是累了。

我可能想到另一个亚伯拉罕①。当然他不会把此事带到犹太教祖先那里，根本不会去见这个旧衣商。他愿意像一个侍者那样，立即乐意完成受害者的要求，但他未实现牺牲，因为他未能离家出走，他是必不可少的，经济界需要他。还有些东西要经常安排。房子没有完成，他的房子未完成，他就不能毫无后顾之忧地走掉。《圣经》也认识到这一点，因为《圣经》说："他订购自己的房子。"亚伯拉罕实际上早已有了万贯家财。如果他没有房子，他在哪里抚养孩子，把屠刀塞在哪根屋梁里？

另一天：对这个亚伯拉罕作了很多沉思之后，这些老故事现在不值得一谈了。特别是真正的亚伯拉罕不值一谈。他早已有了一切，从童年起就被带走了。我看不到这段跳跃。如果他早已有了一切，并且被引导到更高的地方，现在必定从他身上至少表面上夺走了一些东西。这是合乎逻辑的，并且没有跳跃。另外，上面的亚伯拉罕们站在自己的工地上，现在突然要去莫里亚山。也许他们还没有一个儿子，应该把他去献祭。这是不可能的。萨拉有道理，她笑了。只是仍然有嫌疑，这些人是否故意不将房子完工——举一个很大的例子——把脸藏到有魔力的三部曲里，以便不必抬头，就能看见远处的青山。

还有一个亚伯拉罕。一个想完全正确地牺牲的人，他对整个事业

---

① 指丹麦哲学家克尔恺郭尔的著作《恐惧与战栗》中的人物。

一般有正确的信念,但是不能认为他就是那个讨厌的老人,他的孩子就是那个肮脏的男孩。他不缺少真正的信念。他有这个信念,只要他能相信就是他,他会十分镇定地献牲。他担心他虽然作为亚伯拉罕与儿子骑马出去,但是在路上会变成堂吉诃德。如果世人当时见到这样子,一定会对亚伯拉罕感到吃惊的。但是,他担心世人见到这光景会笑死的。但这不是他担心的那种可笑——当然他也担心可笑,特别是他跟着一起笑——他主要担心这种可笑将使他变得更老、更讨厌,使他的儿子更脏,更不值得被召唤回来。一个不召自来的亚伯拉罕!这仿佛是在年终庆祝时应该得奖金的优秀学生,在充满期望的寂静中这个最坏的学生由于听错,从自己肮脏的最末座位上跑出来,全班哄堂大笑。也许根本不是听错,他的名字真的被叫了,根据教师的想法,奖励优秀学生同时就是对劣等生的惩罚。

真是可怕的事情——够了。

他们抱怨这孤独的幸福。孤独的不幸又如何呢?——说真的,这几乎是成双的。

从赫勒劳没有来什么消息。这使我忧郁。如果赫克纳想一想,他本来能立即寄一张明信片来的,告诉我他在沉思。我们对赫勒劳的希望①无法实现。

卡 上

〔1921年6月—玛特利亚里〕

340. 致马克斯·勃罗德

最亲爱的马克斯:

几天前我把续稿搁在一旁,因为我突然想到你是否会对我生气。当

---

① 卡夫卡试图在赫勒劳的赫克纳印刷厂为克罗普斯托克谋一职位,但未成功。

时我写信时，我没有想得那么深远，在理论上这也是对你的夫人的深深的敬意，这恐怕比我在生活中敢于向她致的敬意还深得多。但是我以后想到有这种可能，现在情况幸而不是这样。当然，我的例子是错误的，M.甚至仇恨几乎所有的犹太女人，也许文学也起了作用。但是你举的反面例子苍白无力，这种"基督教"的友谊充分利用了人种学的刺激，这种友谊该怎样深化，首先我没有那么想强调其反面，即缺少友谊。因此理论留存，犹如箭留在我的肉里那么牢固。

写到此为止？这么幸运？我对此一无所知，到此为止，算了吧。即使在波罗的海旁边我也对此一无所知。现在我可以开诚布公地说，我只知道同你一起走。我不能完全沉默，也不能开诚布公地说，因为这毕竟是一种病人运输。如果我在这方面试图处于你的位置，我就会看到，如果我健康的话，肺病会立即大大地损害我的健康，这不仅因为毕竟存在传染的可能，而且主要由于这种慢性病很脏，脸色和肺病之间的矛盾不明朗，一切都不干净。看见别人吐痰，我就恶心。我自己也没有我应该备有的痰盂。但是现在，所有这些疑虑这里都有。医生绝对禁止我去北部的某个海滨，他也没有兴趣在夏天把我留在这里。相反，他也允许我离开，我想去哪些树林就去哪些树林，但是不许我去海滨。此外我也可以去海滨，但是应该冬天去内维。情况就是这样。我已经很高兴，将对你、对旅行、对世界、对海涛的喧嚣感到愉快。草原四周溪水潺潺，树木飒飒，这也令人安慰，但是这并不可靠。军队来了，而现在永远离开了那里，他们从林间草地中建造一座旅舍，那时候，小溪、树林与军人一起喧闹。这是他们之中的一个精灵，一个恶魔。我试图离开这里，如你所建议的那样。然而除了在心中，又在哪个别的地方有可能安宁？例如我昨天在塔赖卡，在群山中的一幢旅舍里。这里山高1300米以上，荒凉而优美。我有大批人保护，人们愿为我尽心尽力，尽管宾客盈门，人们仍然为我烧菜，比这里好得多。

上面这些已成往事。那里比这里更闹，有旅客的喧哗，有吉普赛人的音乐。我又留在这里，一动不动，好像我生了根，当然我不会在此扎根的。我主要是对公司提心吊胆（一般来说我并没有考虑这许多），只要我还没有离开公司。我不在屈劳，但是在那里情况变了，我在那里也变了，那位老督察官还抓住我一会儿。我欠公司的债是非常大的，不可数的，只会越来越大，对公司来说，也没有改变的其他可能性。现在，我习惯于这样解决问题，我让自己被这些问题累垮，也许我在这里也这样做。

对摘出的几段我根本不感谢你。任何人身上都有幸福和信心以及它们轻易操作的手。奥斯卡的论文多么晦涩，拐弯抹角，读起来时常很费劲，特别是在某种社会意义方面不够味，但是总的来说，他也称得上是不屈不挠的人。费利克斯忽略了我，《自卫》一连几期都没寄给我；这里的医生勒奥波尔德·施特雷林格博士也忽略了我，我作为新订户向他报告过，他至今还没有收到它。

相当长时间以前我读过克劳斯的《文学》①，你一定知道它吧？根据当初的印象（这一印象自那以后当然减弱了许多），我觉得它特别切中要害，箭箭直射人的心灵深处。在这个德语犹太文学的小天地中他确实占有统治地位，或说得更准确些，他所代表的原则占有统治地位，他令人甘心情愿地服从这个原则，以致他本人甚至与这原则混为一体了，而别人也接受了这一混合。我相信我分辨得十分清楚，这本书中哪些是幽默成分（当然那是些出色的幽默）？哪些是值得怜悯的、可怜的成分？再就是哪些是真实？那里至少有着像我的正在写的手一样的真实，并且有着如此清晰、如此令人惧怕的本人的肉体的质感。其中的幽默主要是一种以犹太德语讲话，像这样讲犹太德语，除克劳斯外无人办得到，尽管在这个德语犹太世界中几乎没有任何人除了讲犹太德语外还会别的什么。从最广义上来看（也必须从这种程度的广义上看），讲犹太德语是

---

① 即《文学或人们将看到的》，奥地利作家、文艺评论家卡尔·克劳斯（1874—1939年）于1921年所作的一出轻歌剧。

一种不得不拿过来的东西,即以喧哗或悄悄的或自我折磨的狂妄态度把一种别人的所有物拿过来,这种拿不是一种争取,而是通过(比较)仓促的抓攫而偷来的。即使没有丝毫语言错误能够被证实,这个别人的所有物仍然是那样原封不动地保存着。当然这里任何事物都能通过良心在后悔的时辰一声轻轻的呼唤而能证实。我说这些并无反对讲犹太德语之意,犹太德语本身甚至是美妙的,它是书面德语和形态语言的一种有机结合(这话是多么形象化:Worauf herauf hat er Talent?^① 或者这句伸直胳膊,仰起下巴说出的话,请您相信!或这句令听者双膝使劲对擦的话:"er schreibt über wem?"^②),它也是一种细腻的语感的产物。这种语感认识到,在德语中,只有方言或最个性化的标准德语才是真正活着的,而其他的,所谓语言的中层仅仅是灰烬而已,只有通过活跃非凡的犹太人的手里面乱掏一气,它才会产生一种生命的假象。无论有趣还是可怕,事实便是如此。但犹太人为何会不可抗拒地被吸引到那个方向去呢?德语文学早在犹太人获得自由之前便已存在,而且十分光辉灿烂。据我看,它一般首先不逊于今日之丰富多彩,也许今日甚至倒是失去了许多昔日的丰富性。而这二者与犹太属性间存在着联系,与年轻一代犹太人同其犹太属性的关系之间存在着联系,与这一代人可怕的内心状态之间存在着联系,这一点克劳斯认识得尤其清楚,或说得更正确些。以他来衡量可以清楚地看到这一点。正如这个轻歌剧^③中的祖父,他^④与他的不同仅仅在于:他并非光会讲 oi^⑤也写枯燥的诗歌(他这么做是有一定的权力的,就像叔本华略怀着点快乐,生活在那始终为他所认识到的向地狱坠落的过程中的那种权力)。

在这方面,比心理分析学更令我折服的是,与有些人引以为精神食

---

① 这似乎是一句不太符合德语语言习惯的话,直译或可译为:"他的天才是踏着什么东西站上来的?"意为:"他哪来什么天才?"——译者
② 这句话的后半句在德语语法上是错的,第三格"wem"应为第四格的 wen 代替。意为"他在写东西,关于谁?"用前者则成了"他在写东西。在谁的上面写?"——译者
③ 指克劳斯的轻歌剧《文学》。
④ 指克劳斯。
⑤ 读"噢伊",估计为"噢"或"噢厄"("eu")的方言化。

粮的那种恋父情结相关联的不是那无辜的父亲，而是父亲的犹太属性。离开犹太属性，多半会受到父亲们含糊的首肯（这种含糊是令人气恼的），是大多数开始以德语写作的人所希望的，他们想要如此，但他们的后腿仍然粘连在父亲的犹太属性上，而前腿又探不到新的地面。对此的绝望成了他们灵感的来源。

这种灵感同其他任何一种同样值得尊敬，但进一步观察，便会发现一些可悲的特性：首先，尽管它表面上像是德语文学，但实际上成不了德语文学，这便是他们的绝望的导火线。他们生活在三种不可能性中间（我只是随便地称之为语言上的不可能性，这么称是最简便的，但它们也完全可以被称为别的什么不写之不可能、用德语写之不可能、用其他语言写之不可能。几乎可以加上第四种不可能性，即写之不可能（因为这种绝望不是某种可以通过写作得到安慰的东西，它是生活和写作的敌人，写作只是一种应急措施，就像一个准备上吊自尽的人写下遗嘱以应急一样——这是一种可以持续一生的应急措施），所以说这是一种从所有方面看来都不可能的文学，一种吉卜赛文学，它把德国孩子从摇篮中偷出，匆匆忙忙地安置一下，因为总得有个人去绳索上跳舞（但这甚至不是那德国孩子，这什么都不是，人们只不过说，有人在跳舞）……①

〔马克斯·勃罗德的上封信附有一张问题单，
由弗兰茨·卡夫卡填好退回〕

问题单

体重增加？　　　　　8公斤
总重量？　　　　　　65公斤以上
肺部客观诊断？　　　医生保密，据说有利
体温？　　　　　　　一般不发烧
呼吸？　　　　　　　不好，在寒夜几乎像冬天一样
签名：　　　　　　　使我难堪的唯一问题

---

① 原信在此中断。

341. 致奥特拉·达维多娃

我第一次郊游。

我立即认出了薇拉,费劲地认出你,我只立即看出你的骄傲[①]。我看她长得更大了。她根本不去取明信片。看来她有一副坦率诚实的面容。我以为世上没有比坦率、真诚和可靠更好的东西了。

你的

〔明信片邮戳:1921.8.8—玛特利亚里〕

342. 致马克斯·勃罗德

亲爱的马克斯:

是的,我曾经发烧,已卧床一周。未感冒,由于肺病发烧,我无法防御。除了咳嗽,现在病已好,因此我还获得了最近几个星期天。我也没有一下子挣脱玛特利亚里疗养院(重要的不是玛特利亚里,而是运动),而是逐步地,以符合我的方式离开这里。周末我大概到布拉格,然后我立即去找你。但愿你不在卡尔斯巴德。

你的

〔明信片,邮戳:21.8.23—玛特利亚里〕

343. 致埃莉·赫尔曼

亲爱的埃莉:

我本来等待一封不大拒绝的信,至少是一封愉快的坚决的信。你未

---

① 指奥特拉的女孩薇拉。

认识到幸福吗？你认识到有更好的教育可能？有更激进的、个人举办的、也许更重要的学校，例如维克斯多夫；有更圆滑的、异样的、从这里不能评断的遥远的外国学校；有血统更近的、也许更重要的巴勒斯坦的学校。但是在附近和不大有风险的、在赫勒劳之外的地方大概没有学校。因为他10岁差几个月，太年轻吗？7岁上学，有3年学龄前教育。对于成年人生活、结婚、死亡来说，可能是太年轻了，但是对于温和的、不强迫的、一切顺利的教育来说也太年轻吗？10岁虽小，但是在某种情况下算是高龄，10年没有身体锻炼，没有身体保护，生活舒适。尤其在舒适生活中，没有眼、耳、手的训练（收电梯钱在外），关在成年人的笼子里，成年人基本上（就普通生活而论）只会向孩子发脾气。这样的10年并不少。当然，在菲莉斯家，10年不能算坏，他是一个身强力壮、安静、聪明、快乐的人。这10年是在布拉格度过的。特别是不想受孩子们打扰，这种思想正好在布拉格富裕的犹太人中起作用，我当然不是指个别人，而是指几乎可以用手抓住的这种普遍思想，因每个人的气质不同，这种思想在每个人身上会有不同的表现。在你身上怎么样，在我身上也一样，都有这种卑鄙的、肮脏的、温和的、耀眼的思想。能够拯救孩子，使他们不要有这种思想，这是多么的幸福！

弗

〔1921年秋〕

344. 致埃莉·赫尔曼

亲爱的埃莉：

不对，这不是毅力，既不能让人吓唬你（这样做，仿佛我可以用毅力强迫你干些违背己意的事情），也不能让人鼓励你（这样做，仿佛我能用毅力来替换你缺乏的、送走菲莉斯的意志，你乐于有而又缺乏的意志）。这不是毅力，充其量是言语上的毅力。这种毅力也将停止，甚至已经停止,这不是毅力。你感到惊人的好,但是解释不正确,而你写道,你也想从"我们的环境"出来,因此(因此!)不能送走菲莉斯。这就更不是毅力,你想跳出我们的环境,依靠菲莉斯做到这一点,二者是好的,也有可能。养儿防老,理论上我不懂得怎么会有无孩子的人,但是你怎样想实现"出去"?正是通过这种环境的典型行动,通过贪心(我不将他托出去),通过绝望(没有他我怎么办),通过失望(他将不再是我的儿子),通过自我欺骗,通过借口,通过美化弱点,通过美化"环境"("使生活可以忍受","承担责任","甚至从远处能举出这种母亲的例子",等等),我要是你的话,这一切当然是"好上加好"。

从这个"启蒙教育"故事中,除了故事中美和感人之事外,还读出下列之事:第一,你来得太晚了。第二,菲莉斯没有带着布拉格青年的故事去你那里。第三,关于薇拉,他未询问你,而是审问你,因为他拥有青年人的解释。第四,你可能把这解释当然只用作抽象之物,即爱情。这不好(喜鹊故事的优点是它的相当远的现实性,此外无法审查),更糟的是,将这种抽象性与这个青年人觉得令人惊异得可怕的现实性相提并论。好,你没有撒谎,此外,他也没有隐瞒什么。第五,你的评语很好。一个人想干什么,就什么都能干出来,干可笑的事和坏事。可惜这样做不仅能通过言语,而且还通过行动,干得不好的好事看上去类似最坏的事,以致鱼目混珠。那么你的评语中有什么保持未变呢?这个布吕克斯青年在他的圈子里没有权利吗?第六,后来你在你的解释和那个青年的解释之间建立了联系,你做得怎样,将使我感兴趣。但这本身并不难。每个人迫不得已时在生活中都会这么做的。我不谈妇女,但是这个布吕克斯青年在所有男人中到处转,只有这个青年那里的团体,不论以何种方式表示态度,都至少因害怕凌驾于他头上的东西和求知欲而受到尊崇。因此,我站在青年这边反对男人们,在某种意义上也反对你的启蒙教育。因为只有青年是坚定不移的真理探索者和无所顾忌的传播者。由于他缺乏知识和经验,人们可以信任他。由于他内心中蕴藏着共同性,他会感觉到他缺少什么,这一认识将接近正确,因为他是别人的血液中的血。

请看（例如）这两个男孩，他们教训了我。他们知道今天肯定不比昨天多，但是正如事实表明的那样，有着特别统一的一贯的性格。他们一个从右边，一个从左边，同时教训了我。右边那个心情愉快，父亲般的、善于交际、爱笑，以后在各种年龄的男人那里，也在我这里我都听到他的笑声（诚然也有一种爽朗的笑，另有一种对事物的嘲笑，但我还从未听到过这种笑）。左边那个是就事论事的、理论性的，这令人讨厌得多。两个人都早已结婚，一直待在布拉格。右边那个已经被从梅毒到无知摧毁了多年。我不知道他是否还活着。左边这个是性病教授与消灭性病协会创始人和主席。我不想将他们互相贬低。此外他们大概不是朋友，当时他们只是偶尔为了教训走到了一起。

但是比较起来，这一切相当不重要。你的启蒙教育和对这个青年的启蒙教育都不重要。关键的问题只是他自己将如何决定，如果他的身体开始活动的话，在这方面我未考虑某些行动或疏忽，而是想到将引导他的思想。一般来说，如果不是超人的上等天资起作用，他一定会自己决定他的生活到那时为止是怎样的情况。如果他的生活厌倦了，身心交瘁，在大城市受到过度刺激，失去信念，闲极无聊，那么他会做出相应的决定。而你把整个时间（这在时间和精神上都是不可能的）都花在在他后面，时时刻刻出于一片爱心地告诫他。例如说，你连表面上最容易的事（即防止无聊这个万恶之源）都做不了。这一点你自己已经承认，我也在任何情况下都见到他。这些情况在这方面是令人绝望的，必定一年一年地恶化和危险，因为这对他和对你而言都变得面目全非。童年时代这些情况已经模糊，人在迫不得已时可能做些相反的事。但是正是这些情况（在精神意义上）逐渐显出百无聊赖和尽兴消遣。他读书，学习音乐，踢足球，这一切不必要，但是能够包含惊人的无聊和无领导。无论他本人还是别人都不能辨别，但是后果是可以看得出来的。

〔1921年秋〕

345. 致艾莉·赫尔曼*

……① 我为自己找到了一个伟大的证人（是伟大证人中的一个），但我在此只是摘抄他的话，正是由于他是伟大的，再就是因为我昨天正好读到这些话，而不是因为我竟敢持同样的见解。斯威夫特在描述格利佛的小人国之行时（那里的环境大受褒扬）说："父母和孩子们的相互义务的概念与我们的概念完全不同。由于男人和女人之间的联系像所有动物一样，依据的是自然法则，于是他们干脆声称男人和女人仅仅是为了这个原因而结合的；对孩子们的爱也照此类推；所以他们不愿承认，一个孩子由于是父母所生，就应该对父母尽义务。由于人类在受苦受难，这种尽义务就谈不上是行善了；再说父母们也并不想做什么善事，而总是在卿卿我我的相聚中想着全然不相干的事情。从这一结论和其他一些结论出发，他们认为，在所有人中，把孩子们的教育托付给父母是最不妥当的。"他这话的意思显然同你对"人"和"儿子"的区分是一样的：一个将会成为人的孩子应该尽可能从他表现出的兽性，从纯粹的动物状态中摆脱出来。

你自己承认，你的犹豫中有自私的成分。但是即使从自私看，这不也是一种颠倒了的自私吗？比如说，你不愿把冬装放到皮革工场去保养一个夏天，因为你觉得这些衣服到你秋季取回时会使你内心中感到陌生；假如你自己保管这些东西，它们当然将在秋天完全地、从内在因素到外表全都属于你，但却会被蟑螂啃啮得支离破碎。（我这么说毫无恶意，真的没有，这只是个例子，一个相近的例子。）……

我就是这样看你的疑虑的，我能够完全认可的只有一个你没有提到的反驳理由。也许你是这么想的。即：在我甚至没有能力向自己提出如何获得自己的孩子的建议的情况下，我对其他人的孩子的教育说三道四又能有什么价值呢？这个论据是无法反驳的，完全符合我的情况。但尽

---

* 卡夫卡的大妹妹，结婚后姓赫尔曼。
① 原信在第二次世界大战中失落。信中的空缺处都是当时摘抄时留下的，已无法将它补全了。

管它是那么出色，我却相信，与其说它针对的是我的建议，不如说是针对我的。不要为我的建议是从我这儿来的而惩罚它。

〔1921年秋〕

346. 致艾莉·赫尔曼

……你所强调的（孩子们不必为他们的存在而感激父母）不是斯威夫特的主要意思，任何人也不会用如此简短的语言来表达这个思想。重点在结束语上，"在所有人中，把孩子们的教育托付给父母是最不妥当的"。当然这一论点和引出这句话的例证讲得太简短了，所以我想试着把它更详尽地向你解释一番。不过我要重申一遍，那一切都只是斯威夫特的观点（他还是一家之父呢），我的观点虽然与此相近，但我却不敢讲得这么肯定。

斯威夫特的意思是：

每个典型的家庭首先展示的只是一种动物关系，可以说是一个单一的生物结构，一个单一的血液循环系统。因此当它各自为政时，它不能超越自身，它不能从自身中造就出一个新人来，如果它试图通过家庭教育来做到这点，那就成了一种精神上的乱伦。

所以说，家庭是个生物结构，但却是个特别复杂和不平衡的生物结构，像任何生物结构一样，它不停息地追求着平衡。这种对父母和孩子间的平衡的追求（父母之间的平衡不是这里探讨的问题）被称为教育。为什么它会得到这么个称号，这是难以理解的，因为这里看不到真正教育的任何踪影，看不到一个正在长大成人的孩子的能力得到平静的、带着无私爱心的展现，也看不到对独立发展平静的宽容。看得见的只是多少年来注定要面临最强烈的不平衡状态的生物结构吸引着人们多半在高度紧张地试图为它制造平衡。这个生物结构可以称为家庭动物，以示与个人动物的区别。

立即公正地在这个家庭动物体内制造平衡是绝对不可能的（只有公正的平衡才是真正的平衡，只有它才能存在下去），其原因是它的各个组成部分之间存在不平等差距，即多少年来父母对孩子表现的强得吓人的威势。因此，在孩子处在童年时代时，父母认为自己是唯一有权力代表家庭的，不仅对外如此，而且在家庭内部的精神结构上也是如此。这样他们就一步步地剥夺了孩子的个人权利，使他们没有能力让这种权利发挥好作用。这是个不幸，它以后对父母的打击将并不比对孩子的打击少多少。

真正的教育和家庭教育之间的根本区别是，前者是人类的事业，而后者则是家庭的事业。在人类中，每个人都有一席之地，或至少有以自己的方式走向末日的可能；在父母搂在怀里的家庭中却只有几个确定的人有一席之地，他们必须符合一定的要求，此外还必须符合父母的命令。如果他们不能符合，他们将不是被驱逐出去（要能那样倒是很好，但却是不可能的，因为他们是一个生物结构的组成部分），而是遭到咒骂或折磨，或两者兼而有之。这种折磨不是肉体上的，不是依照希腊传说中那古老的父母样板的（像克罗诺斯吃他的儿子，——他是最正直的父亲），但也许克罗诺斯正是出于对他的孩子们的同情才舍弃通常的方法，采用自己的方法的。

父母的自私——这是真正的父母感情——是没有边际的。在教育意义上父母最大的爱也比花钱请的教育者的最小的爱更自私。这是必然的。父母并非是自由地面对孩子们，不像一个成人对一个孩子的那种关系，孩子毕竟是自己的骨肉——更复杂的是，那是父母双方的骨肉。比如当一个父亲"进行教育"时（母亲也同样），他会在孩子身上找到他自己身上的毛病，那正是他所恨而又无法消除的。现在他肯定希望能消除它，因为他自信对这个孱弱的孩子的控制力量比对他自己的强，于是他不等孩子长大成人，就狂暴地对准孩子插下手去。或者，比方说他震惊地发现，他一度视为自己的出色方面、并认为是家庭中（家庭中！）不可缺少的因素居然在孩子身上不存在，于是他便开始使劲地把这个因素敲进孩子的脑袋里去,他确实成功了,但同时却失败了,因为他这么一来也把孩子打得粉碎。或者,比如他在孩子身上发现了一些现象,这些现象存在于他的妻子身上时是为他所爱的,但存在于孩子身上(他总是把自己同孩子混为一谈,所有父母都是这样的)却为他所憎恶,比如他非常爱他妻子的天蓝色眼睛,但如果他自己的眼睛突然变成天蓝色的,他就会极端地讨厌它们。或者,比方说他在孩子身上发现了他身上所有的、为他所爱或渴望他自己能有的、认为是家庭必不可少的因素,那么孩子身上出现的其他因素于他全然无足轻重了,他在孩子身上只看到他所爱的方面,他迷恋于他之所爱,卑躬屈膝地甘愿为仆为奴,他用爱磨损着孩子。

这是父母从自私自利生出的两种教育方法,各种层次一应俱全的暴君相和奴才相。暴君相可以表现得非常温柔,("你必须相信我,因为我是你的母亲!")而奴才相可以表现得非常骄傲。("你是我的儿子,因此我要把你造就成我的救星。")但这是两种可怕的教育方法,两种反教育法,只能用来把孩子重新踩回他所钻出来的地底下去。

父母对孩子只抱有动物的、无意义的、不断把自己同孩子搞混的爱,而教育者对孩子所抱有的则是尊重,这点与前者相比在教育的意义上要强得多,即使没有爱也并无影响。我重申一遍,在教育的意义上,因为我把父母的爱说成是动物的、无意义的,本身并不是贬义的评价,如同教育者那充满意义的、有创造精神的评价一样,它同样具有一种无法捉摸的神秘性;只是从教育的角度看,这个评价还真是贬得远远不够。N.把自己称作母鸡是很有道理的,每个母亲从根本上说都是母鸡,谁若不是,那就是个女神或也许是一个生病的动物。但这只母鸡N.却不是希望由母鸡们,而是由人来教育孩子,她认为自己不能单独教育孩子。

我再说一遍,斯威夫特并不是想抹去父母之爱的光彩,有时他甚至认为父母之爱有足够的力量来保护孩子不受父母之爱的影响。不知哪首诗里写过一位母亲从狮子的爪子下拯救她的孩子的故事,但难道这个孩子就不应该也保护自己不受她的手之害吗?难道她这么做就得不到奖赏,或者不如说,得不到获得奖赏的可能性吗?在另一首载在教科书中的诗里（你一定知道这首诗的）叙述一个游子的故事，他离家多年后回到故乡的村庄，除了母亲外谁都没认出他来："母亲的眼睛毕竟认出他来。"这是真正的母爱奇迹，这里表达了一个伟大的道理，但实际上只是半个，还应该补充一点：如果儿子一直留在家里，那么她绝不会认出他来。每天同儿子坐在一起使儿子在她眼里变得完全无法辨认，这样就会出现同诗中截然相反的局面，任何其他人都比她更容易认出他来。（当然这样她也根本不需要认出他，因为不存在他回到她身边的问题）你也许会说，那个游子是在11岁后才步入世界的，可我确切地知道，他那时离10周岁还差几个月，或换句话说，并不是母亲贪婪地想要承担责任，贪婪地想要分担快乐，也许更糟的是，还想分担痛苦。（他什么都不能完全拥有！）并不是母亲导演了这出戏的全过程，基于对儿子的信任（不信任是布拉格的特产，此外，信任和不信任从后果上看同样是有风险的，但不信任从其自身看也是危险的），以求有朝一日得到儿子的拯救，并果然通过她的儿子的回归而得救了（也许从一开始她所遭遇的危险就并非大得不可思议，因为她不是布拉格的一个犹太女人，而是来自施蒂利亚①的一个虔诚的天主教徒）。

　　那么该怎么办呢？照斯威夫特之意，应该让孩子们离开父母，也就是说，那个"家庭动物"所需要的平衡首先应该以下述办法获得：通过接走孩子，把最终的平衡推迟一段时间，直到这些孩子在不依赖父母的情况下，无论在肉体上还是在精神力量上都与他们平起平坐，毫不逊色，这样真正的、相亲相爱的平衡时刻就到来了。这种平衡你称之为"得救"，而其他人则称之为"孩子们的感恩表现"，并认为是十分罕见的。

　　此外，斯威夫特懂得要划出一定的界限，他认为接走穷苦人的孩子并不是非常必要的。在穷人那儿，从一定程度上说，世界、劳动、生活

---

① 奥地利东南部一个地区，现为一个州。这是根据英文转译的通用名称，按德文直译应为施泰尔马克。——译者

自己会无法阻止地闯入茅屋之中（比如当基督在半敞的茅屋中诞生之际，整个世界都来到了那儿，包括牧人们和来自东方的智者们），使摆设豪华的家庭房间中那种沉闷的、充满毒素的、摧残儿童的空气无法生成。

当然斯威夫特也并不否认，在一定条件下，父母也能成为出色的教育者，但只是对别人的孩子。我大体上就是这样理解斯威夫特的这段言论的。

〔1921年秋〕

347. 致罗伯特·克罗普施托克

亲爱的罗伯特：

旅行很愉快。我提及此事，只是因为发生了许多奇妙的、相互牵连的偶然性事件，这些事件使我搞到了一个好座位。列车挤得水泄不通。起初乘客还到处坐在箱子上，以后几乎无立脚之地。据说，在乌鲁特基加了两节空车厢，在那里会有座位。在乌鲁特基我下了车，跑向这两节车厢，全挤满了，此外有旧的脏车厢。我又跑回我的车厢，一下子找不到，便上了另一个车厢。这也无所谓，全挤满了人。在这个车厢里人挤人，其中有3个女人挤到墙边。她们从洛姆尼茨乘车去布拉格，其中一个是女教师，我在玛特拉匆匆见过她一面，当时她将在别处没有座位的G.工程师带引到我的桌子旁。现在在车厢里我给她们搞了一些小的服务。这位女教师同老年妇女和女教师联合起来，以疯狂的劲头，决定一个车厢一个车厢地走，给自己强占一个座位。事实上她在偏远的一等车厢找到一个座位，由于某种偶然性，在那里也还有一个座位空着，现在两个女人有了座位，第三个女人也同她们一起走了。于是在那个车厢立即发生下面的事：在余下的4个旅客中有两个铁路低级职员之类，他们费尽唇舌，说服了售票员（因为他们自己只要求二等车厢），说这个车厢就是二等车厢,在特殊情况下售票员有这种变动权。他终于同意。但是要求乘一等车厢的其他旅客因此受到伤害,要求乘空着的一等车厢。售票员给了他们车票。这样一来就有了两个座位空着。一个给第三个女人,另一个给我(因为女人们想要为服务表示感谢)。她们喊我穿过挤满人的走道。我根本不知道怎么回事,因为她们不仅不知道我的姓名,而且这个女教师根本记不起(事后证明)什么时候她们第一次同我谈过话。至少我听到她们怎样叫我。我走过去,正好售票员将一个大"2"字贴到玻璃门上。在旅行食品中最好的是桃子,好极了的桃子。

布拉格有些变化,例如一个年老的、脾气古怪的叔叔死了。他是几个月前去世的。几天前我从玛特拉给他寄去了第一张明信片。即将再见。致亲切的问候。

事情立即表明,我通过亲戚与明策教授有很好的联系。如果存在这种聘任的可能,一定会为您找到个职位的,如果我及时地开始作准备(例如现在为费伯尔作准备)的话。请您给我只寄某些文件,教授的信等等。

也许我还要去德国一家疗养院3个月。祝你万事顺利,并感谢你的祝福。

你们的 卡

〔1921年9月2日于布拉格〕

348. 致 M.E.

亲爱的闵策:

只是急于回信。我现在才收到您的两封信,因为我至今呆在玛特利亚里,邮件未转给我。您什么时候来?我将在这期间想尽各种方法打听。但是闵策,如果您来的话,请您不要对我这封信感到意外,我遇到意外事件就受不了。长期患病损害了我的神经。现在靠墙放的小柜子把我吓了一跳,何况是个大人闵策,一个女工,突然之间进来。因此,闵策,请你先来封信,告诉我,我们何时何地能相见。

希望即将再见!

您的 卡夫卡

〔1921年9月初于布拉格〕

349. 致M.E.

亲爱的闵策:

您9月中旬来,很好(9月底10月初我大概又将离开布拉格)。13日或14日是我父亲的生日,也许您能避免在这时候来,如果避不开,您也可以在这两天来。您任何时候来成都欢迎。如果您任何一个周日上午来,我将几乎不可能在火车站接你(因为我的公司的许多救济工作,我至少必须在写字台旁坐几周)。然后您正好从火车站到我的办公室(波里茨7号)来"自我介绍",我在那里直呆到2点。守门人会叫我下来的。可惜您本周不来,否则,您能睡在我小妹妹那里(她丈夫本周出外旅行,她住在像我住的那样的房子里),以免由于持续不断的旅行而劳累过度,您本来也能在卡尔斯巴德看看大会的。

但是请您至少事先来封信,告诉我您什么时候来,到哪个火车站,几点钟。(您曾在布拉格有一个友好的家庭,现在没有了吗?)

祝一切顺利!

您的 卡

〔1921年9月初于布拉格〕

350. 致罗伯特·克罗普施托克

亲爱的罗伯特:

我还没有证实您的挂号信……

我同皮克谈过，他甚至知道我给赫格纳的信。赫格纳——人们不能预料——对一种好的、但使别人有点神经质的习惯，如果不是说"是"，也必定完全沉默。此外他对皮克说过：卡夫卡写信给我，说我要聘他的一位朋友在印刷厂工作一年。我该怎么答复呢？提了这个反问，我们的事情算办完了。正如皮克所说，霍尔茨曼根本不害怕，甚至受到衷心欢迎。也许您已经得到了这方面的消息。

我的健康状况不很好。要是我从办公室回来不马上上床躺着并留在那里，我就不能经受住的了。头几天我没有上班，便自食其果了。那天天气还很好，我也累得连手都举不起来，不能把明信片寄往玛特拉。请您向大家问好。

在福楼拜的日记中我读到这么一段美妙的逸闻：有一天，夏多布里昂同一些朋友到戈布湖去（比利牛斯山脉中一个幽静的山间湖泊），大家坐在我们（福楼拜等）吃过早饭的那条凳子上吃东西，美丽的湖光山色使大伙儿如痴如醉。"我愿永远在这里生活。"夏多布里昂说。"噢，您会在这里厌倦得要死的。"他们中一位女士说。"什么话，"诗人笑道，"厌倦是我的家常便饭。"使我愉快的倒不是这个故事的智慧火花（就这点而言它并不算突出），而是那种快活，是这个男子的那种堪称庄严的愉悦。

祝一切顺利！

卡夫卡　上
〔1921 年 9 月初于布拉格〕

351. 致罗伯特·克罗普施托克

亲爱的罗伯特：

这究竟怎么回事？你说，我根本没有写信吗？两封信和一张明信片，绝不可能全丢了……我疲软无力，这里的人个个身强力壮，精神抖擞。

恩斯特·魏斯刚好来过这里,并不凶恶,而是亲切友好,总的来说也比以前温柔。他只是由于自己的意志,身体一直保持健康和非常健康。如果他愿意的话,他也可以像任何人通常那样生病。

多多问候!

卡 上

〔明信片邮戳:1921.9.7—布拉格〕

352. 致罗伯特·克罗普施托克

亲爱的罗伯特:

我只是暂时作答,以后星期一我将更详细地复信。首先我对这封信还有点犹豫不定,然后我再三思考,最后我同马克斯(他早已在布拉格。犹太复国主义者大会已在几天前闭幕。他在那里没有呆到大会结束)和奥特拉商议……今天——据说这还不是最终日期——我会由于担心城市,建议至少抓住贝朗利格特的可能性,如果不存在这种可能性,就试图使之成为可能,当然是在冬天。10月中旬之前的几天当然就没有价值了。如果不可能是 B. 或斯莫科维奇(这个英国的工厂主?),那么据我所知,也许只有布拉格留下来,因为即使可能,也不能在几天之后取得诺尔达赫,如果能取得它,那么大概布拉格能更轻易地……我目前身体很好,晚上6点刚量的体温是 36.8℃。

卡 上

〔1921年9月中旬于布拉格〕

353. 致罗伯特·克罗普施托克

亲爱的罗伯特:

事情没这么严重,只是不好。我肯定会去的,可能去格贝尔斯多夫,那儿似乎不比玛特拉贵。或许我更乐意继续往前走，去某个地方，比方说莱茵河畔或汉堡。但我未得到真正的回复。体温虽未超过37.3℃，但每天都过了37℃。

您写信为何不谈一点自己的事？健康，斯莫科维奇，推荐信，奥斯湖，诸如此类。

伊龙卡寄来了巧克力。她真是太好了。她像个小封臣似地寄来了贡物，对那事什么也不敢说。她是多么文静哦，在我记忆中变得更文静了。

……

最近雅瑙赫在这里，只待了一天。他从乡间来。他已致信表明态度，说他一点也不生气，尤其是您的信，给了他莫大的快乐。他到我办公室里，又哭、又笑、又叫，给我带来一堆书，说是要我读。继而他又带来了苹果，最后带来了他的情人，一位小巧、友善的女子，森林管理员的女儿。他住在外头，与这女子的父母同住。他自称很快乐，但有时给人留下这种印象，即非常迷惘，而且他看上去气色也不佳。他想办高级中学毕业考试讲座，又想学医（"因为这是份安静、朴实的工作"）或学法律（"因为这会引他步入政坛"）。是什么魔鬼烧起了这把火呢？

霍尔茨曼会在海德堡念书吗？这么说他不在赫克纳那里？遗憾。那么他部分已属于斯特凡·格奥尔格，后者人不坏，但很严厉。

那些玛特拉人在干什么？首先是格劳伯在干什么？他的波普拉德计划怎么样了？慕尼黑研究院是怎么回复的？斯齐奈已在那里了吗？

衷心问候您！

K

〔1921年9月中旬于布拉格〕

354. 致罗伯特·克罗普施托克

我正想着玛特拉（而且没有别的明信片），所以寄了张从玛特拉带出来的明信片。我未发电报，因为我没找到任何下楼的人，而且电梯坏了，因为我的信想必已寄达，因为我甚至羞于打电报谈我的健康，打电报很贵，因为在最挑剔的医生面前略有点夸张地抱怨，要得到许可而又不遭致惩罚（那么我可在谁面前申诉呢？），最终还因为那封信摆在那儿。但信直至谈及健康状况的地方被弄得无可辨认时方能寄走。

K

〔风景明信片（玛特拉）
邮戳：1921.9.16—布拉格〕

355. 致罗伯特·克罗普施托克

亲爱的罗伯特：

……感冒演变成了厉害的咳嗽。今天我未去办公室上班，虽然明天可望去，但现在恰巧来了封电报，是波莫瑞那名女园丁（她也一点都不生气）拍的。电报中女园丁说明天到，只待一天。我无论如何得集中精力接待一番。另外，她这人友好、亲切、有耐心。她想得到一个主意，不过那些好主意悬在星星之间——因此那儿是如此的黑暗——该怎么将它们取下来呢？巴尔也许会成功，这令我高兴。在这方面，我几乎不能从马克斯那里得到什么，他现在很忙并受着折磨……

我不能去海边度假。从哪里弄钱呢？即便想"弄"钱，我也没法弄。大海对我来说也太遥远。出于健康原因我欲去天涯海角，由于生病的缘故至多只想花 10 小时。

斯齐奈身体好吗？

请代为问候格劳伯!

卡

〔明信片邮戳：1921.9.23—布拉格〕

356. 致罗伯特·克罗普施托克

亲爱的罗伯特：

离去教授那儿，我还有几天时间，这很好。波莫瑞那位女园丁的客访，相当顺利地过去了，而且时间也颇短。但现在却发生了一件大一点的事，即那名写信的女士（您认识她笔锋奇突而又有规则的字迹）到了布拉格，从此开始了无眠之夜。

如果伊雷妮小姐作您上封信中那种理解，那就好，这样便只剩下对齐普斯那位丈夫的悲伤了，但她过去对他可能太温柔了。我非常高兴她走了出来。这就像掷骰子，起初似乎是您的学生赫勒瑙会赢，接着是我外甥有希望取胜，继而是您（加上作为随从的我），跟着又是霍尔茨曼，最终倒是伊雷妮小姐胜了赌局。我们根本不知道，她也在一起玩。从德累斯顿来的电报到了吗？

您的表妹在柏林呆的时间较长吗？她在那儿画画么？

我不会去巴尔那里的，罗伯特。我本可以长时间待在塔特拉，但重又回到了布拉格，我当时好像感觉到又染上我自己的、留在了塔特拉（我没有因此少患病）的病。我现在又想在别的什么地方染上病。医生们也想让我去一家正规的、能进行搓擦与湿敷治疗、具备石英灯并能提供较好膳食的疗养院。格贝尔斯多夫疗养院并不比玛特拉贵。但即使去那地方，也让我高兴不起来。我们的日内瓦湖计划可是最佳方案。

奇妙的是意志力怎样同疾病做游戏。但同意志力做游戏又是何等可怕啊。两天来我几乎不咳了，这或许并不那么奇怪，但我差不多也不吐痰了，而过去我曾吐过大量的痰。不过，我倒更愿意正儿八经地咳嗽，而不是患上"气胸"。

《自卫》与《议会报》，我也未收到，与您一样的遭遇。您不来玛特拉吗？

斯齐奈究竟是不是得了肺病？他要去哪儿，去下施梅克斯吗？（哦，对了，下施梅克斯，那里不是肺病疗养地吗？）G．女士如何？伊龙卡小姐去了什么地方？

祝您安康！

您的 卡

〔1921年9月底于布拉格〕

357. 致罗伯特·克罗普施托克

亲爱的罗伯特：

今天只谈伊雷妮小姐的事。我到过皮克那里，他什么也不知道……但保罗·阿德勒在那儿，很热心，尔后他在一次集会（我自然不得不参加）上给我写了两封信，现随信附来。他是个杰出的人。我倒未料到他在这方面也很出色。两封信中的一封是写给德雷尔教授的。德雷尔是艺术学院的教授，约45岁，很友好，同他夫人一样。他还是那两封信中提及的格罗斯（工艺美术学院院长）的朋友。如果德累斯顿A魏森豪斯胡同7号这地址不确切，那么在艺术学院至少是可打听到详细地址的。虽然也可去学院探访德雷尔教授本人，但上他家里要好些，因为这样伊雷妮可马上结识他夫人，从而得到那种女性的庇护。我与格奥尔格·封·门德尔松有一面之交。他肯定记不得我了，但我却忘不了他。他是个高高大大的、具有北方人外表特征的人。他有张小小的、极富活力的、鸟似的面孔。他的性格,他短促而不连贯的谈吐,他那种似乎拒绝任何可能的事情的态度,都让人害怕,不过有一点肯定不必害怕,即他这人无恶意,至少在平素的态度中无恶意,而且绝对可靠。他在德国工艺美术界占据着中心位置,在赫勒瑙开了间工艺品制作室。从各方面看,他可能都属于工艺美术界的"内行"。

由于收到了这两封信(信中除了其可爱之处外,自然也有各种可能的胡说八道。因为伊雷妮小姐的缘故,也许不必理睬这类具有良好意图的胡扯,正如我做的那样),所以我认为目前只考虑德累斯顿是最正确的。伊雷妮小姐在那里会有机会的,或是在一所小型的、私人办的学校学习,或是在一所工艺美术学校自学,视具体情况而定吧。此外,德累斯顿这城市漂亮、舒适,首先是环境极卫生(比慕尼黑干净得多,花园城市的味道浓多了),而且离家乡最近。

所以我只往德累斯顿寄了申请。得不到回信或得到的只是拒绝的回复,这没关系,推荐信会起弥补作用的。如果来的是有利的答复,那么便可用点什么在德累斯顿的新朋友们面前证明证明自己了。因此,其他申请书所需的费用与邮票,我暂时夹在副刊中给您寄回来了。往德累斯顿寄申请时我附了30克朗;10克朗我觉得太少了。我之所以给您写信,是因为我认为胡恩斯多夫在邮政上不怎么可靠。或许伊雷妮小姐也已在玛特拉。

衷心问候您和伊雷妮小姐!

K

为了让伊雷妮小姐对那名写信人略有了解,我在此附上一篇关于他的评价。到底是不是胡恩斯多夫邮局?电报也到了。

[在单独的信纸上]

现在我"私下里"还对您讲几句，只要事情仅涉及投寄申请这种无望的试验，那么我会产生兴趣的，不过只是从远处看才产生兴趣，就好比一个人（比方说尤莱斯·费尔内）看无忧无虑的孩子们在船上嬉闹时会产生兴趣一样。人们对自己说，轮船不会意外地挣脱开去而往外漂，例如往大洋里漂，但最不可能的可能性却是存在的，所以，这也同样有趣。不过现在由于情况变严重了，由于我自己也给扯了进去，因此便不再有趣。您信中的看法我认为不正确，但慕尼黑那位校长的评价可能是对的。然而，这评价也并非决定性的，即使此处根本发现不了充满活力的人才——而且这似乎更多的是针对我鉴别人的能力而非针对我"外行"的眼睛而言。如果事情本身不是那样糟糕，那么，学校的教育、老师的影响和自己心灵的绝望也许有些用处，但这一切只在少年时代能起点作用，在伊雷妮小姐这样的年龄便无甚效果了。的确，她在齐普斯原始森林那儿生活了很长时间（从德累斯顿那些先生头脑的灵活性这角度看好像是如此），这种温柔的笨拙、羞涩，在人际、艺术以及其他各方面的缺少经验，具有一定的物质价值。生活方式的急剧改变将起强烈的影响作用，毕竟存在的某种坚强的人是会懂得如何忍受这一影响，而不会产生什么损害。但可惜，因为年龄的缘故，这也不会有什么好处。如果我们就这样将她推出去，会要承担怎样的责任啊。恰巧是现在，在能通过婚姻自我拯救的这几年内，她要在国外待着，并会认识到，自救的希望也是徒然的。她将带着羞愧归来。直到目前她才看到，一切的确是白费了。一想到她在去德累斯顿途中将路经此地，我将见到她（此外我身体虚弱得没法带她浏览市容）并不得不做出仿佛我有信心的样子，我便感到颓丧。当我想象到，艺术学院那名教授、善良的萨克森人说："那么，亲爱的小姐，给我们展示一下您的作品吧。"并且他夫人也站在一旁时，我眼下就想因为对世界的恐惧而爬到地洞里去，尽管以后我在地点上将远远避开那种场面。推荐信写得漂亮，但将其撕个粉碎却更妙。

昨天我还参加了一个集会，同大家一起听一个新的年轻女子的朗诵（顺便说一下，她的艺术前途并不比伊雷妮小姐好多少，她在莱因哈特门下学习），然后我因心灵的虚弱又去了咖啡馆，再带着颤抖的神经回家，我现在连人们的目光也受不了了（不是出于敌视人类，而是人们的目光，他们的在场，他们的就座和朝我注视，这一切我都受不了），连续咳了几小时，直到黎明时分才入睡，真恨不得一下子从生命中游了出去，由于看上去那路段很短，这样做我看似乎并不难。

我要过一两天才去明策那里。

为什么伊雷妮小姐不上园艺学校呢？这样岂不更好？另外，德累斯顿或许也有诸如此类的学校。

刚才我发现，伊雷妮小姐不是我想象的那样 28 岁，而是 26 岁，这个小细节说不定会给人一点儿希望。

没有发电报！我并未连续几小时地咳嗽，而是连续几小时地失眠且同时稍有咳嗽。

〔1921 年 9、10 月间于布拉格〕

358. 致罗伯特·克罗普施托克

亲爱的罗伯特：

一张明信片和一封信按说该到了。我不理解为何杳无音讯。直到星期四，我都非常忙，其实这样的忙碌还比不上思想活动，而后将复归宁静。比起我初受惊吓诚惶诚恐之时，我的身体情况要好些，但危险仍在并升级了……

衷心问候您！

K

〔补白〕伊雷妮小姐待在哪儿？

〔卡夫卡未填写附寄的一张调查表。表中列有克罗普施托克预先拟出的栏目，例如"体温，咳嗽等"〕

〔两张明信片，邮戳：1921.10.3〕星期天〔布拉格〕

359. 致路德维希·哈尔特 *

尊敬的哈尔特先生：

我下午6时到达下面的布劳恩施特恩。之所以来这么晚，且隔了一会儿就走了，是因为我想节省我不多的气力，好星期三晚上一定来。我当然不能假设，您刚巧在这一偶然确定的时刻可抽出空来。如果您没时间，那就以信函形式寄我处，我会去门房打听的。假使我星期二再也不能以这种方式见到您，那么，我唯有一事相求，即如果可能，如果能劳您大驾，那就请将那则关于克莱斯特的轶事收入节目单，可以吗？

卡夫卡　叩上

〔用铅笔写的附言〕

尊敬的哈尔特先生，您的信刚到，那个晚上肯定是最恰当的，但我不敢在这样的雨天连续两晚外出。所以我想尝试着6点钟与您见面。如果不成，我试试8点半来，不过鉴于这种情况，6点钟我仍将在门房那儿留张字条。弄得多复杂啊！请您别为此而生我的气。

〔1921年10月初于布拉格〕

---

* 出色的朗诵家。他常读卡夫卡的散文。

360. 致罗伯特·克罗普施托克

亲爱的罗伯特：

请别生气，或者，请你别那么不安。我也不安，但与您不同。局面很清楚，众神在戏弄我俩，不过在您那里是那些神，在我这里又是另外一些神，我们得尽人类的努力试着去协调这点，我不能对那件主要的事情谈很多，对我自己来说，它也锁在胸中的黑暗处，它可能位于肺病旁，同在一张病床上。星期四或星期五我将又是一人独处，到时我或许会给您写信谈那事，但也不会详谈，没人（包括我在内）能了解其详情。我当然需要一名值得钦佩的朗诵者（但是这里没有），在我这里待几天。我现在有点忙，对我来说，一点儿可惜就算很多了。

卡 上

〔明信片邮戳：1921.10.4—布拉格〕

361. 致罗伯特·克罗普施托克

亲爱的罗伯特：

这不行，我妹妹在那儿。一本新护照要花191克朗。不过，且撇开这一令人难以置信的价码（是为无价值的东西付钱）不谈，他们还不想签发新护照呢。说是旧护照尚好，他们曾有过烂得多的护照云云。但将护照中的页码缝上是不对的，不过这也没关系。此外，他们为保险起见在每页都加盖了图章。更多的东西就得不到了，仅此而已。我们本是可以道出真情的，但这么一来同样也得付一大笔钱。

伊雷妮小姐昨天在此。我对那事的怀疑并未消除。这是荒唐的行为，荒唐至极，甚至连一旁注视也不妙。如果事情半途完满了结，我会欣喜发狂的，我将不单是在个别事情上被驳倒，而且我的整个世界观都会受到影响。今天中午伊雷妮小姐乘车走了，也许上午她还曾同哈尔特在一起并从他那里得到了一封推荐信呢。——整体上我是很为自己打算的，这看上去就好像我今天想依了自己的梦想，报名参加 10 岁男童组成的斯考茨剧团似的。

伊雷妮小姐几乎不知道讲点您的事。她也未讲巴尔的任何事，未讲玛特拉的任何事，未讲 G. 夫人的任何事。——不过，她自然是温柔可爱的。我不想以我粗略的评价谈这问题。

我已得到些许安宁，但因为前几日的劳顿，现在很疲倦。至于整体的健康状况，还不是太糟。

祝万事顺遂！

您的 K

〔1921 年 10 月初于布拉格〕

362. 致罗伯特·克罗普施托克

亲爱的罗伯特：

事情拖延了一天，现在已过去。哈尔特眼下还在这里，他许多方面值得钦佩，某些方面显得很可爱。他星期二走，然后就安静了。近几日我白天几乎未躺过，但也不算太累，不过咳得厉害。明天我将去一家捷克疗养院看看。格贝尔斯多夫 11 月底才有空房，而且他们反对吃素。关于巴尔，想必终于肯定下来了吧？伊雷妮小姐情况如何？

您可能感到痛苦吧，罗伯特。痛苦是自然的，但您可将责任推给别人。不过，如果您愿意，那就不应将责任推给任何人，这样便更好。何等自由、美妙的生活呵！

您的 K

〔明信片邮戳：1921.10.8—布拉格〕

363. 致 M.E.

懒汉与女工[1]

亲爱的闵策:

我隐匿已久,我高高兴兴地拿出了您美丽的小照,干脆插进了镜框。我还拜读了您的两张明信片和那封信,觉得您仿佛坐在长沙发前向我絮絮而谈。另外,我还接待了几次让人激动不安、精疲力竭的客访,有时也在床上躺躺。未得片刻的闲暇,这是因为接待工作,因为疲劳。不过我也知道,我今天或明天写信,这在您我之间不是决定性的问题,因为甚至某一方不写信,我们也不会烦躁,两人都清楚对方是极坚定的人。——荷兰之行告吹了吗?遗憾啊遗憾。——我在布拉格还要待一阵子。

最衷心地问候您和那些女友!

卡 上

我妹妹(她让我代她向您衷心致意)的地址:布拉格,老城区环行路6号,奥蒂莉厄·达维德。

〔风景明信片邮戳:1921.10.11—布拉格〕

364. 致罗伯特·克罗普施托克

亲爱的罗伯特:

您总对我不满意。这对我不可能有益处。我还是玛特拉时的我,可

---

[1] 该标题源出阿勒斯一幅题为《秋日》的画。画中图景是雨中的田野上一农妇赶着鹅群回家,一个小男孩在放风筝,等等。卡夫卡以"懒汉与女工"为标题,是取幽默之意。译者疑"懒汉"为卡夫卡之自况,而"女工"指闵策·艾斯纳。——译者

您当时并没有总对我不满呀，无疑是共同生活做好事似地抹去了那些界线。从整个事情中似可得出结论，当您完全识破了我的花招时，就根本不愿再与我打交道了。

将我同您的表妹比，这点时时威胁着我，让我觉得总有根鞭子要抽到身上来。除了您本人，我与您表妹肯定没有半点十分重要的共同之处。早年当我干了某桩表面上显得愚蠢的事、但实际上是从某一原则性错误中得出结论时，父亲便常说："十足的鲁道夫。"他是在拿我同在他看来极为可笑的我母亲的一位继兄相比。我这舅舅是个让人猜不透的、过于友好、过于谦虚、孤独但几乎又算得上饶舌的人。其实我和他几乎没什么共同处，与我父亲这位评论者倒是有。但令人痛苦地一再重复这种比较，几乎属于体质方面的困难，我现在准备不惜代价避开那条我以前根本不曾想过的道路。最后，父亲的说服力或他的咒骂（随便说吧），这一切促使我至少靠拢了我的舅父。

整个关于气胸的故事，不过是玩笑而已。我在忙活其他事，而不是我的肺。肺已领会这一玩笑的合理性，有那么一会儿比较安静。从那时起，肺重又得到了补偿。

您一人独处，当然不好啦，尽管我不能说得那么坚定。您在学习吗？体温如何？

伊龙卡的消息您什么也不知道吗？那么加尔贡太太的情况呢？斯齐奈得了肺病，这可能么？

万事顺遂！

卡　上

您说哪本书我曾答应给您？

〔1921年10月中旬于布拉格〕

365. 致罗伯特·克罗普施托克

亲爱的罗伯特：

在此寄上护照。我又病了一场，所以这事又拖延了，但愿您马上能用上它。就您的情况而言，最糟的事不是疾病（尽管发烧是可悲的和不可理解的），而是疾病与那有时涌上您心头的沉重的绝望感的共同来临。绝望是从虚无中、从青春中、从犹太教中、从这个世界共同的苦难中来的。只有这一经验能给日常生活带来安慰。有时候人们又会从无底的深渊中脱身而出，尽管这非常令人难以置信。

卡夫卡 上

〔1921年10月于布拉格〕

366. 致罗伯特·克罗普施托克

亲爱的罗伯特：

那封信我也许未全懂。信中是不是说，尽管那名教授——据我的记忆——几乎已答应您留在塔特拉，那些英国人却未给您钱在塔特拉疗养？您现在想即刻来布拉格、投入城市的怀抱吗？在某个暖和的下午穿越内城区，而且还是慢慢地走，给我的感觉就好像身处一间久不通风的房中，甚至连推开窗户让新鲜空气进来的力气都没有了。在这里常住吗？住解剖室吗？在冬天，住在生了炉子的、不通风的房间里吗？就这样不经过什么过渡而立即从那纯净的山区空气中来吗？您是否认为您想马上过来？……

那个姑娘的信写得漂亮，既漂亮又可恶。信中发出的是夜间诱惑人的歌声。女妖们也是这么唱的。唱什么如果别人认为她们想引诱人，那是冤枉了她们。她们知道自己有利爪而无生育的子宫，所以大声抱怨。他们不可能认为，抱怨声听起来很美妙。

因此您可以相信姑娘的那些信。谁是赫迪,我根本不清楚。可怜的格劳伯!不过,这也许能加速有利的发展进程。那姑娘其实应关怀他,并采取反抗父亲的态度,同时抛开她自己对那件主要事情的顾虑,如此等等。

自那时起,《自卫》仍未出版。《议会报》有时寄给我,有时寄往玛特拉。不过,直到最近一期(或许也几乎不能引起您的兴趣。报上谈的是如何精耕细作土地的建议),也不值得一读,全是对谈话所做的枯燥的摘录。

孩子们使我高兴。例如昨天,倒数第二个外甥女(我有一次让您看过她的照片)坐在地上,我站在她面前。她突然因为完全没法弄清的原因怕起我来,便朝我父亲跑去。父亲只得将她放在膝盖上坐着。当时她满眼含泪,发着抖。但由于她非常温顺、柔弱、友好,所以她(此时因有外公手臂揽着而情绪稍有安定)仍然回答了所有问题,例如,我是弗兰茨舅舅,我很勇敢,她很喜欢我,如此等等。不过,她依旧抖个不停,而且是因为害怕而发抖。

致以衷心的问候!

卡 上

〔1921 年 11 月于布拉格〕

367. 致罗伯特·克罗普施托克

亲爱的罗伯特:

那种恐惧现在已渐渐停止,但曾很严重。讨厌的是体温问题。难道没有特别的原因?您躺卧的时间至少有夏天那么多吗?您在玛特拉弄个位置疗养的事如何了?……

我收到了伊雷妮小姐在见习期前写的一封信。看来那儿的人对她很不错。哈尔特给她介绍的两位姑娘似乎也与她交上了朋友,虽然哈尔特——正如他私下里对我说的那样——在此事上对这两名成长道路完全不同的、精神气质上热情洋溢的俄罗斯犹太小姐期望不高。但愿照惯例不会出现这种情况:某人已无可救药,可大家都去帮扶(您知道《强盗》吗?对那名可以救助的男人,只有伟大的勇士伸出了援助之手,而众人却将精力用在了无可挽救的人身上)。要是伊雷妮小姐情况正常该有多好啊!信中可看出她激动不安。

您读过《布拉格晚报》上发表的《山羊之歌》[①]吗?剧本妙趣横生。好一场同波涛的搏斗!那名伟大的游泳者总是一再出现。明天我该去看他,但我不会去的。

星期一我给您寄《自卫》来。如果您因为以前常常轻视它而现在对它生出了些许渴望,那也不打紧。我还将寄教科书来。

至于又一次疗养的事,尚无从谈起。那名医生与大多数医生一样,极为幼稚可笑。后来我对他们颇有好感。不过这点关键在于,他们尽自己的努力去做他们能办到的事。而且尽的努力愈小,便愈令人感动。但他们有时也会让人感到意外。

祝万事顺遂!

请您代为问候格劳伯和斯齐奈!

卡 上

〔1921 年 11 月于布拉格〕

---

① 弗兰茨·韦尔弗的剧作,1922 年于慕尼黑出版单行本。

368. 致罗伯特·克罗普施托克

亲爱的罗伯特：

您是个什么样的人哟！伊雷妮小姐居然被录取了。这样一个姑娘。26 年里（看来根据她的资质）除了对一张拙劣的风景明信片所作的拙劣的模仿外，未从事过其他艺术活动；除了豪普特曼·霍卢普展出的业余画作①外，不曾看过其他画展；除了萨菲尔的报告外，没有听过他人的报告；除了《喀尔巴阡山邮报》外，再未读过别的报纸——这样一个姑娘居然被录取了。她还写些不无细腻之处的、半含喜悦的信，还是一名看来很重要的女士的女友。这真是奇迹的奇迹，而且是由您变戏法变出来的。在这令人悲伤的冬季，我以此来暖和自己。

卡 上

〔1921 年 12 月初于布拉格〕

369. 致罗伯特·克罗普施托克

亲爱的罗伯特：

您叔叔的故事很奇特，好像是由帕伦贝格表演的。从您信中可感到那房内的空气。但后来情况怎样，您未写信告诉我，只谈了些关于公民的事。

选择职业的问题——嗯，您不想当医生，想干点别的——自我对您略有了解以来，就从不曾想过。您说当医生只是为有钱人服务，这可能错了。对中欧，对世界其他地区，尤其是对已开始令人高兴地拼命往您视野内挤的巴勒斯坦②来说肯定就不正确。当医生也是一种体力

---

① 据罗伯特·克罗普施托克的陈述，霍卢普与萨菲尔是齐普斯地区的名流。卡夫卡曾撰一短文评论霍卢普这名捷克斯洛伐克职业军官展出的他业余创作的乡村风光画。

② 卡夫卡的犹太复国主义态度，此外还通过他将巴勒斯坦视为每个犹太人理所当然的活动场所这点体现出来。

劳动。而半拉子职业，即不正儿八经从事的职业，不管它是体力型的还是脑力型的，都是可恶的。不过，所从事的职业，不论它是体力型的、还是脑力型的，只要是理解人类的，那么便是美好的。认识到这点非常容易，寻找那条能通过去的、有效的途径却非常困难。但对您来说，并没有这么艰难，因为您是医生。谁要是去巴勒斯坦，先应被磨成尘土才行，这话主要是针对普通的法律研究者而言的，因为巴勒斯坦需要的是土地，而不是这类研究者。我与一位布拉格人有泛泛之交，他就是在学过数年法律之后放弃了专业，改当钳工学徒的（换职业的同时，他结了婚，还生了个小男孩）。现在他都快出徒了，今年春天去了巴勒斯坦。在这种情况下换职业，的确通常如此，即未受高等教育者学徒期为3年，而受过高等教育的人则达6年或6年以上。此外，最近我参观了一个徒工制作展览。从徒工们（虽然未受高等教育）学习一两年后完成的所有手工艺品来看，可发现他们取得了惊人的成绩。

很奇怪的是您的表妹未呆在柏林。不过，这意味着您可作为一个相当自由的人品味柏林的生活。您表妹如此轻松地离开了柏林，说明她很有本事或者表明她没什么本领。而另一点，即她未从塔特拉路过且不想同我谈谈，也不足为怪，并不使我感到惊奇。

如果您没有贝格曼的《雅夫内与耶路撒冷》[①]，我就寄一本给您。

您眼下的生活如何？在做什么？我尚未重访我的堂兄。我也开始跻身于那些没有时间的人中了。白天的时间很精确地作了划分，用来躺卧、散步以及做诸如此类的事。我连阅读的时间与气力都没有。曾有几日不发烧，而现在体温又上升了。医生只给我开了药茶。他的话假使我未理解错，那么，这茶当含有硅酸。而且医生说，他曾在某处（但愿不是在幽默杂志上）读到过，硅酸能促进创伤愈合。您或许也可试试这茶。如

[①] 胡戈·贝格曼的论文集，1919年于柏林出版。

果我上楼去我的住所，我就为您抄下处方。此刻我在妹妹的房间。我的卧室未生炉子，犹如冰冷的地狱。

衷心问候您、格劳伯和施泰因贝格！

K　上

您给我写信谈谈伊龙卡和加尔贡太太的情况吧。想必您已收到我的一封信和那本教程。

〔1921年12月初于布拉格〕

370. 致罗伯特·克罗普施托克

亲爱的罗伯特：

在对伊龙卡作的评价中，您是不是略有点夸张？她受到外界的压抑，谨小慎微，不相信自己的判断，但具备健全的神经系统，以便按他人的评价行事。但愿她有这一神经系统。假如她的确十分柔弱，就不能创造英雄业绩，而是自认和向他人承认那种悲伤。可惜她就有这种柔弱。另外她听从了她父亲的意见，我并不认为这绝对是悲剧。一个人如果相信自己的判断，并不一定总对；但假使他不相信自己的判断，那倒可能总有道理。此外，婚姻在大多数情况下至少是桩相当不错的喜事，只是要经受住订婚期的考验。我在致伊龙卡的一封信中，曾试图增强她在这方面的信心。您是否知道一点有关她的新消息？您在信中为何只字不提加尔贡太太？

伊龙卡的事，您夸大其词了；我则对伊雷妮的评价欠分寸。我出于高兴而夸张地认为，这样一个孩子特有的梦想，至少根据其形式在附近的什么地方存在，而且世界上存在这么多的质朴，并因此而存在这么大的勇气和这么多的机会。但我们不必如此纠缠细节，虽然恰恰是这些细微处使我高兴。克劳斯与科柯施卡等人究竟是干什么的？在德累斯顿达圈子里天天提到这几个名字，次数是如此的多，就好像玛特拉那儿谈论洛姆尼茨的首脑人物。不过，至多是在与下述情况相同的含义上提起这些人，即如果一个人有时不能强迫自己去认定山区永恒的单调很美妙，那么，这种单调是会让人绝望的。那些"创造奇迹的"信（罗伯特！）是指3张用铅笔写的便笺。信中我向伊龙卡和我自己表达了祝贺之意。

我目前的状况不比冬天在玛特拉时糟，虽然体温的正常与体重的保持不如在玛特拉时好，但除此之外没有其他恶化的情况，肯定没有。韦尔弗在这里的时候，我身体可能比现在要差一点，但那不是大夫对我施行禁令的原因。大夫主要是反对我去找泽墨林，他这人很粗暴。他尤其反对任何持续的、暴力性的变动，另外还反对中断他的治疗工作。不过，与此种态度有点相矛盾的是，他一月底将携家小去斯平德尔米勒（位于巨人山），想带我同行，但只待两周。

您读过《布拉格晚报》上发表的、厄普顿·辛克莱所写的关于亚伯拉姆博士的文章吗？我认为这是个玩笑，但别人却不这么看。

…………

您的事情仍无起色，部分是因为我的马虎，但部分程度上我也没有责任。起初是我堂兄（他妻子与冈策有亲戚关系）把这事接过去了，可他一直在生病，现在病得厉害起来了。于是我从他那儿取来证件，并将其交给了费利克斯·韦尔奇。也许星期天我能听到一点消息。

卡　上

请您代向格劳伯、斯齐奈和施泰因贝格致意。霍尔茨曼情况如何？

他将格奥尔格的作品寄给您了吗?

在我给您寄来的报纸中,有份《改革报》,上面载有一篇介绍 X 线疗法的文章。如果文章中有什么值得注意之处,还请您给我来信时顺便谈几句。报刊已装入包裹内,我不想再拆开了。

〔1921 年 12 月于布拉格〕

371. 致罗伯特·克罗普施托克

亲爱的罗伯特:

我手头上有的、关于亚伯拉姆事件的证明材料并不十分可靠。我妹妹只同鲁道夫·富克斯谈起过此事,后者对她说,这是众所周知的事,即所谓亚伯拉姆主义,是上了书的。我不相信富克斯是在开玩笑。他在哪儿听说过亚伯拉姆主义,是不是在编辑部,我不清楚。我本人除了同马克斯(有时也同奥斯卡和费利克斯)和我的医生谈起过外,未对任何人提起此事。这两人对亚伯拉姆主义一无所知,不过,他们也未读那篇文章。(您能告诉我是哪期报纸登载的吗?)我的医生(我不得不抛开信——其中对他多有饶舌——第一次的起首部分,他对此事有责任)比我年轻,人很热情,对癌症也特有兴趣,曾在听了我的叙述后向我出示了一本他正在研读的关于放射性的书,但对亚伯拉姆毫无了解。

您的自责是因亚伯拉姆而起的!这样的事,这样的信仰,一直使世界回避着我。如果这类罪孽的产生真是非同寻常的、个别的、极为可怕的事,那我就不仅仅只是不理解这个世界了。这点是不言而喻的。但这类罪孽是别的材料做成的,与我的不同。对我来说,此种罪孽不过是生活洪流(我在上面行进,如果不被淹死,便感到高兴)中的一个水滴而已。它被突出强调,在我看来与下述情形无异,就好像某人研究伦敦的废水,结果在废水中发现了唯一一只死老鼠,于是便据此得出结论,说"伦敦一定是座极令人作呕的城市"。

因为工作材料而生的恐惧可能永远只是生活本身的一种停顿。人之被闷死,一般不是因为缺少氧气,而是因为缺乏肺活动能力。

对亚伯拉姆事件您解释得非常好。只是我不懂电子,连其名字也不懂。

《改革报》无疑是张很可笑的报纸,但其可笑处并不能减损那件事的价值,相反只能起增益作用。这家报纸与其他诸如此类的小报的追求,也许比起送报人要显得富于生气些。而且,这些报纸在此种半明半暗的状况中只是在等待其时机的到来。

祝万事如意!

卡 上

您的健康与工作如何?为何总未提及加尔贡太太?

〔1921年12月与1922年1月间于布拉格〕

372. 致 M.E.

闵策,您没有忘记我,使我非常高兴。不过,我并不认为您的明信片是对我长久沉默的原谅——原谅是容易的——而将其看作是对我特殊情况的理解,或者更确切地说,不是对我清楚的了解,而是一种理智的忍耐。哦,这的确让我高兴。您比那时(您最后一次给我写信时,我真的不知该如何回答)快乐些了吗?我现在考虑问题常要碰上这个范围。

衷心问候您!

卡 上

〔风景明信片(施皮茨韦格的《新郎》)。

1921 年与 1922 年间之冬于布拉格〕